I Canguri
Feltrinelli

Pablo Tusset
Nel nome del porco

Traduzione di Tiziana Gibilisco

Titolo originale dell'opera
EN EL NOMBRE DEL CERDO

Traduzione dallo spagnolo di
TIZIANA GIBILISCO

Prima edizione ne "I Canguri" giugno 2007

ISBN 978-88-07-70184-9

A JMP,
un uomo buono che ho ucciso crudelmente.
A Mercedes,
sua vedova, che non potrà mai perdonarmi.

INTRODUZIONE

In previsione di ciò che potrà accadere nel corso della mattinata, sia il commissario capo Pujol che l'agente Varela non hanno mangiato niente di solido a colazione. Dopo un'ora di viaggio il commissario sente un vuoto allo stomaco, per di più l'auto di pattuglia, una Peugeot 205 color granata, gli sta stretta, e corre sull'autostrada più veloce di quanto gli sembri prudente. Non riesce a rilassarsi.

"Varela, guardi che non andiamo a spegnere un incendio."

"Come dice?"

"Rallenti un po', per piacere."

Varela alza il piede dal pedale dell'acceleratore, un po' dispiaciuto per il rimprovero che gli è sembrato duro, anche per effetto della raucedine del commissario. Dal canto suo, il commissario avrebbe preferito che ad accompagnarlo questa mattina fosse qualcuno più esperto, o che almeno non avesse paura di lui. Gira le manopole della radio fino a quando trova un po' di musica: *Qué horas son en Mozambíi-que / Qué horas son en el Japón...* Gli dà fastidio anche il puzzo di sigaretta che ristagna nell'abitacolo; ha persino dovuto abbassarsi per raccogliere un mozzicone che qualcuno ha spento sul tappetino, sicuramente un ispettore troppo comodo nel suo sedile per usare il posacenere. Ha preso nota del fatto nel suo taccuino. *Doce de la mañana en La Habana, Cuba...* Al ritorno lo farà presente a un addetto al garage, o magari all'impresa di pulizie; fanno tutti a scaricabarile quando succedono queste cose. *Me gustan los aviones, me gustas tú / Me gusta viajar, me gustas tú...*

"Conosci questa canzone, Varela?"

Varela perde la concentrazione, prima equamente divisa tra la musica e la strada, e diminuisce ulteriormente la velocità.

"Come dice?"
"Questa musica." Il commissario indica la radio.
"Ah... Manu Chao."
"Be', non è neanche necessario che andiamo a passo d'uomo... E cosa sarebbe, una nuova tendenza?"
"Cosa?"
"Il manuchao."
"No... è un cantante."
"Sai come si scrive?
"Mah... non saprei... credo così come si pronuncia."
Il commissario tira fuori ancora il suo taccuino da sotto il maglione e scrive: "Manu Chao", così come si pronuncia. *Me gusta marihuana, me gustas tú/ Me gusta colombia-na, me gustas tú...*
"Hai voglia a diffondere campagne quelli del ministero..."
"Come dice?"
"Niente... Che macchina è quella?"
Il commissario si riferisce all'auto che schizza via come un razzo nella corsia di sinistra.
"Quella? Un'Audi, una A3..."
"Se noi andiamo a 120 quello andrà a 180... Non mi stupisce che poi si ammazzino."
"Quasi nessuno va a 120 in autostrada..." si azzarda a dire Varela.
"Io sì... e anche lei, quando è in servizio." Pausa. "Costano molto?"
"Cosa?"
"Di cosa stiamo parlando, Varela? Le Audi: chiedevo se costano molto le Audi di piccole dimensioni."
"Mah... non saprei."
Vista la povera conversazione offerta da Varela, il commissario si concentra sul paesaggio; comunque sia, stamattina gli conviene amministrare bene quel poco di voce che gli resta. Ormai il centro della città è molto lontano, e anche la periferia e la vasta zona industriale. Il grigio non prevale più neanche nel cielo, che diventa sempre più azzurro a mano a mano che fa giorno. Dopo i primi boschi, a nord-est, appaiono i campi coltivati, le fattorie, le case solitarie, prima di tegole e mattoni, e poi di pietra e ardesia, via via che l'autostrada sale e si snoda in curve più tonde. Il commissario abbassa un po' il finestrino per respirare una boccata d'aria, così diversa dal concentrato di notte urbana imprigionata nella Peugeot. Parte del tragitto di questa domenica di primavera coincide con quello che percorre quasi ogni sabato mattina con sua moglie, al

volante della sua auto, una grossa Peugeot che profuma di lavanda. Ma raggiunto il punto dove lui di solito imbocca la statale che conduce verso la costa, loro proseguono in direzione nord ancora per un bel tratto. Il commissario si sente a suo agio vedendo i primi pascoli; ha sempre pensato di essere un montanaro esiliato in una città troppo grande. Poi imboccano una strada che s'inoltra ancor più nelle regioni interne dell'Ovest e salgono fino a raggiungere un'alta e ampia vallata che delimita le comunità autonome. E infine, nell'ultimo tratto, s'infilano in una stradetta sinuosa come una biscia e si arrampicano tra la fitta vegetazione dei boschi.

"È sicuro che sia per di qui?" domanda il commissario.

"Be', abbiamo seguito le indicazioni..."

"Non si fidi. Se gli ispettori della Omicidi spengono i mozziconi sul tappetino di un'auto di pattuglia s'immagini cosa può fare un vigile coi cartelli stradali."

Ma l'esasperante zigzag della strada sembra averli condotti nel luogo giusto: SAN JUAN DEL HORLÁ, annuncia un piccolo cartello pieno di scarabocchi. Accanto al cartello, una Citroën della polizia locale attende ferma sul ciglio della strada. Gli agenti in divisa, un uomo e una donna, stanno fuori dalla macchina e guardano in direzione della piccola Peugeot color granata che si avvicina. Hanno lasciato accesa la luce della sirena.

"Che stupido modo di consumare la batteria" osserva il commissario.

"Come dice?"

"La luce della sirena... credevano che non li avremmo visti?"

Il commissario si slaccia la cintura di sicurezza e, faticosamente, dopo aver tirato fuori il braccio per aggrapparsi al tetto della macchina, esce all'ombra degli alberi senza infilarsi la giacca. Il gilè grigio perla basta per un montanaro, anche per un montanaro esiliato in città. Contempla l'alta rupe che si stacca dal massiccio montagnoso: una testa quadrata di pietra grigia che si protende su due spalle sottostanti. È il Monte Horlá, il commissario lo ha già visto in fotografia. Si sgranchisce un po' le gambe e vince le incertezze dei poliziotti in divisa, che aspettano un capoccia inviato dalla capitale ma non sanno ancora che il sessantenne tutto tirato a lucido che scende dalla piccola Peugeot è proprio il capoccia che aspettano.

Il commissario è incapace di sorridere per mostrarsi cortese, e non si sforza nemmeno di farlo:

"Salve. Commissario capo Pujol, della Centrale". Si indica la gola per spiegare che ha qualche problema alla voce. Gli agenti salutano; il commissario risponde con un gesto simile al loro. "Nel posto dove andiamo si può bere un caffè? Vorrei prendere qualcosa di caldo... per la voce..."

L'agente risponde di sì, che il luogo dell'appuntamento si trova a poco più di due chilometri da dove stanno ora e che c'è la macchina per il caffè. Il commissario fa cenno che lui e il suo uomo li seguiranno con la Peugeot, e questa volta gli riesce anche di sorridere, non stimolato dall'impulso di mostrarsi cortese bensì dalla soddisfazione con cui pregusta il caffè caldo. Ne approfitta per guardare negli occhi la donna poliziotto. Il commissario sa, e lo specchio glielo conferma, che il sorriso è l'unica caratteristica fisica che lo salva dalla bruttezza del suo sguardo.

Montano in macchina. È una giornata luminosa, ma resti di nebbiolina avvolgono con un riverbero giallastro la strada di campagna che i poliziotti imboccano subito dopo il cartello. Superano una fabbrica abbandonata, un mulino ad acqua diroccato, un ponte di pietra su un fiumiciattolo, e di lì a poco si addentrano nella profondità del bosco passando sotto un tunnel di vegetazione da cui filtrano i raggi del sole. Il commissario intravede un edificio industriale bianco e rosso, acquattato nella boscaglia come un'astronave a riposo. Tra gli alberi spicca una torretta quadrangolare, sulla cui sommità, sempre in rosso vivo su fondo bianco, è dipinto un logo: UNI-PORK.

Dove termina la strada, ormai solo un sentiero male asfaltato, girano a sinistra e trovano due cancelli aperti. Li sorveglia un custode nella sua guardiola, al comando di una sbarra che si solleva senza alcuna formalità al passaggio delle auto. All'interno della recinzione c'è un parcheggio così grande che sembra vuoto, malgrado accolga due enormi camion frigorifero e diversi furgoni, tutti con i colori aziendali e con il logo della compagnia. I veicoli sono più numerosi in prossimità dell'ingresso e della zona degli uffici: un'altra Citroën e due motociclette della polizia municipale, diverse utilitarie, un'auto sportiva, due berline scure e lucenti e un'ambulanza a quattro ruote motrici con la luce della sirena accesa.

Mentre parcheggiano accanto alla Citroën, il commissario tossicchia e Varela attende altri commenti sullo spreco delle luci.

"Varela, quanti cadaveri ha visto in vita sua?"

"Come dice?

"Cadaveri, morti, defunti; quanti ne ha visti?"

"Non so... parecchi."

"Qualcosa di spettacolare?

"Be'... le solite cose: gente accoltellata, con la testa spaccata a sassate..."

"Bene, fino a nuovo ordine mi segua dappertutto come un'ombra. E stia pronto ad annotare tutto quello che le dico di annotare. Intesi?"

"Intesi."

Questa volta il commissario prende la giacca dal sedile posteriore. Se la infila, e il blu s'intona con quello della cravatta a minuscoli pois bianchi. Non ha freddo, ma sicuramente dovrà avere a che fare con qualche autorità. E con il giudice, che certamente sarà seccata per non essere stata l'ultima ad arrivare. Si augura che almeno qualche medico legale sia rimasto ad aspettarlo. Ma per il momento pensa sia giunto il momento di cominciare a prestare attenzione ai dettagli: a caso, così come gli saltano all'occhio. Si ferma davanti all'auto sportiva. È una Porsche 911 decapottabile, nera, con la capote di tela color panna e i cerchioni dorati. Sembra un vecchio modello, forse degli anni sessanta, la targa non ha ancora le lettere. Il suo seguito, cioè Varela e i due poliziotti, aspetta, con gli occhi inchiodati sulle scarpe, che il commissario, un po' curvo, con le mani dietro alla schiena, finisca di curiosare attraverso il finestrino. Sul sedile del passeggero c'è un libro con la copertina nera. Il commissario riesce a leggere il titolo ma non il nome dell'autore: *Canti di Maldoror*. Non l'ha mai sentito.

Subito dopo entrano attraverso porte di vetro automatiche e arrivano alla reception. Dietro il banco c'è una signorina con la faccia spaventata e un aggeggio per parlare al telefono calato sulla testa. Al sopracciglio ha uno di quei piercing argentati che si usano adesso. I controlli li svolgono altri due poliziotti locali, che salutano il commissario e come risposta ricevono un altro dei suoi vaghi cenni. L'ingresso è lussuoso, stile anni novanta: abete sbiancato, acciaio satinato, lampade alogene e grosse poltrone di color rosso acceso, come grumi di sangue sul parquet. I due computer sul banco sono della Apple. Pujol ha già visto questo modello simile a un gigantesco uovo traslucido. Anche i computer sono rossi, e non del tipo che di solito si vede in una reception. Il commissario ipotizza che il titolare dell'azienda sia l'erede del proprietario del vecchio macello, che abbia meno di quarant'anni, che abbia passato la sua gioventù a studiare nella capitale e che la Porsche posteggiata davanti all'ingresso sia sua. Si pone come piccola sfida l'obiettivo di verificarlo, una cosa che lo fa sorridere per la seconda volta questa mattina: sono esattamente dodici anni che non gioca più agli indovinelli. Vuole approfittare dell'occasione, chissà, forse non gliene capiterà un'altra prima della pensione.

Salgono in ascensore al secondo piano. Il poliziotto di scorta li precede, bussa a una porta a battenti e annuncia il loro arrivo. Dentro si sente un rumore di sedie. Quando il commissario e Varela entrano nel salone, un uomo sulla quarantina, con dolcevita, basette lunghe e sottili e un brillantino all'orecchio sinistro, li attende con la mano tesa. Si presenta:

"Berganza, della Omicidi del commissariato di zona" e poi, indicando gli altri: "Prades, medico legale, Gálvez, mio assistente".

"Buongiorno" il commissario abbozza un vago cenno di saluto; gli sembra inutile presentarsi, e così si limita a introdurre Varela, che dice "Salve". "Be', a quanto pare siamo in famiglia. Vi ho interrotto col testimone?"

Il commissario si riferisce a un tizio che non gli è stato presentato e che è rimasto seduto davanti al lungo tavolo. Ha i capelli tinti d'azzurro e una spaventosa cicatrice che gli attraversa il viso passando sopra una palpebra.

"No, abbiamo finito. Questo signore è uno degli operai che hanno trovato il corpo questa mattina, quando stavano per iniziare il loro turno. Se vuole fargli qualche domanda..."

Al commissario dà un po' fastidio che Berganza, mentre parla, si stuzzichi il lobo dell'orecchio, quello dove brilla l'orecchino. Prades, il medico legale, indossa giacca e camicia. E un paio di occhiali con una grossa montatura nera.

"No, per il momento non ho domande."

"Ci sono anche i due guardiani che erano di turno e gli altri operai che erano presenti quando è arrivata la prima pattuglia. Non sono molti: cinque in tutto. E ci sono anche il giudice, il proprietario del macello e il funzionario del governo, che è appena arrivato. Sono scesi al piano di sotto a prendere un caffè. Vuole che chiami qualcuno di loro?"

"Più tardi. Prima preferisco parlare con lei. Sa se il titolare è il proprietario della Porsche posteggiata qui sotto?"

"Di quella e di mezzo circondario" risponde Berganza. "Il funzionario del governo è suo cugino, come la maggior parte dei sindaci dei dintorni. Qui non siamo nella capitale, funzionano ancora le famiglie..."

"È giovane?"

Finalmente Berganza lascia in pace l'orecchino:

"Sulla settantina, ma non li dimostra. Si veste come se ne avesse trentacinque e guida come un ventenne, è arrivato sgommando con la Porsche. Quella macchina è una specie di gioiello d'antiquariato. Ha visto i cerchioni? Sono placcati d'oro...".

"Davvero?" domanda il commissario.

"Proprio così. Ma parla con molta solennità, e ho saputo che scrive poesie sul giornale locale, che d'altra parte gli appartiene... Insomma, direi che si dà un gran daffare per non dimostrare i suoi anni, ma appena apre bocca si capisce subito che ha un certo passato."

Il commissario è soddisfatto della risposta dell'ispettore e per un attimo si dimentica del suo orecchino. Si porta una mano alla gola mentre scosta una sedia per sedersi, proprio quella che sta a capotavola.

"Scusi, ha detto Berganza, giusto?"

"Sissignore, Berganza."

"Bene, Berganza, se è possibile vorrei prendere qualcosa di caldo prima di continuare. Questa mattina sono completamente senza voce."

L'ispettore congeda il testimone con la cicatrice, cerca qualche moneta in tasca e fa cenno al suo assistente di andare a prendere un caffè per il commissario e per Varela. Prades, il medico legale, dice che lui ne ha già bevuti a litri. Rimasti soli, i tre agenti e il medico si siedono al tavolo delle riunioni. Pujol a capotavola, Berganza a sinistra e Prades a destra; Varela resta in piedi, dietro al commissario. Il primo a parlare è ancora Berganza, che si ricorda del suo orecchio ingioiellato e ricomincia a stuzzicarlo:

"Come potrà immaginare, il mio rapporto non è ancora pronto, ma posso mandargliene una copia domani".

"In realtà dovrebbe mandarla a Rodero, della Omicidi del Comando centrale. È fuori città e sono venuto io al suo posto, ma teoricamente questo caso è suo. Comunque le sarei grato se ne mandasse una copia anche al mio ufficio. Ci pensavo poco fa: sono esattamente dodici anni che non esco dalla Centrale, dal settembre dell'89. Ho la sensazione che ormai non sarei più neanche capace di stendere un rapporto su una zuffa tra vicini."

Berganza sorride:

"Certe cose non si dimenticano".

"Già... come quella di oggi, immagino."

"Non ho mai visto niente del genere. E francamente non vedo l'ora di staccare per andarmi a bere qualche birra. Più di tre, possibilmente." Sorride ancora, ma questa volta senza allegria.

"A che ora l'hanno trovata?"

"Alle quattro del mattino, gli operai del reparto taglio. Sono quelli che maneggiano i coltelli, tanto per intenderci. Quello coi capelli azzurri e la cicatrice è il macellatore. Ha scontato sei mesi per aver staccato l'orecchio a un tizio... e adesso sgozza duecento maiali al giorno, a mani nude, quindi immagino che non gli manchino le emozioni forti. La sua faccia l'ha vista, e dovrebbe vedere anche la sua cassetta degli attrezzi: sembra quella di re Artù, ha persino un guanto di cotta di maglia."

"Si sgozzano ancora i maiali?"

Berganza annuisce:

"Mi sembra di aver capito che per un po' li hanno ammazzati con una scarica elettrica, ma restavano rattrappiti, così adesso li stordiscono per evitare che si agitino, li appendono a testa in giù e gli recidono la giugulare. Muoiono dissanguati, ma a questo proposito ne sa di più Prades...".

Il commissario volge lo sguardo verso destra, in direzione del medico legale che, seduto con i gomiti appoggiati sul tavolo, è intento a stuzzicarsi le unghie.

"Vuole sapere quello che so con certezza?" domanda, sentendosi interrogato con lo sguardo. Al commissario il tono sembra sarcastico.

"Gliene sarei grato" risponde.

"Molto bene." Prades incrocia le mani sul tavolo e fa una pausa per prendere fiato e preparare mentalmente la frase. "Abbiamo ricomposto il cadavere quasi completo di una donna bianca di circa sessantacinque anni e di costituzione obesa."

Qui si ferma e resta a guardare il commissario.

"Tutto qui?"

"Tutto quello che sappiamo con certezza."

"E quello che ancora non sappiamo con certezza?"

"Una domanda spinosa per un medico legale. E a quanto so, lei ne ha incontrati parecchi..."

"I migliori possono permettersi il lusso di azzardare qualcosa" dice il commissario.

Prades fa un sorrisetto:

"Non c'è molto da dire sulla base di ciò che abbiamo trovato. In un dito della mano c'è un taglio che risale a diversi giorni fa, leggermente infetto; la vittima aveva problemi di cicatrizzazione, secondo me aveva il diabete, è comune in un soggetto in menopausa e in grave sovrappeso. Non si rilevano segni di artrosi né di altre patologie legate a qualche particolare attività lavorativa, per lo meno niente che si noti a una prima ispezione a occhio nudo; la muscolatura è forte, ma non presenta ipertrofie di rilievo. Ho trovato delle varici, questo sì, che secondo me dipendono da una naturale predisposizione della vittima, aggravata dal sovrappeso e da qualche problema circolatorio. Inoltre sul naso e dietro le orecchie si rilevano segni di occhiali, che la vittima non portava permanentemente ma forse solo per guardare la televisione o per cucire; ci sono anche tracce di piccole punture sui polpastrelli... Non ci sono segni a indicare che la vittima portava gioielli, a parte un anello all'anulare sinistro che deve essersi infilata quando pesava quaranta chili meno. Sul corpo non è rimasta traccia di capelli o di peli, quindi non si può dedurre niente neanche da quello... Lo stato della cute è completamente alterato, ma credo di aver identificato dei segni di abbronzatura. Giurerei che la donna non andava in spiaggia ma passava molto tempo all'aria aperta; delle linee così nette ci dicono inoltre che il guardaroba della vittima non era particolarmente vario, niente abiti scollati. Il corpo presenta anche una serie di vecchie cicatrici alla vagina, che è stata ricucita da un calzolaio travestito da ostetrico, svuotamento mammario, smagliature sull'addome... Tutto questo e altri indizi secondari fanno pensare a una massaia, madre di due o tre figli che oggi avranno dai trenta ai quarant'anni".

"Non sembra il quadro di una tossicodipendente, vero?" domanda Berganza guardando il commissario.

"E neanche quello di una spia russa..." ribatte il commissario.

"Né di un invasore extraterrestre" conclude il medico.

"Bene, c'è altro che può dirmi?" domanda il commissario al medico legale.

"Non mi sono sbilanciato già abbastanza?" domanda Prades.

Il commissario si attorciglia un baffo in segno di delusione:

"Ho conosciuto medici più audaci...".

Prades sorride, un altro ghigno:

"Ma non che colpiscono più nel segno. Molto bene, le darò quattro dettagli che troverà interessanti. Primo: date le circostanze ho potuto esaminare lo stomaco senza bisogno di autopsia e non ho rilevato la presenza di cibi solidi ingeriti dalla vittima nelle ventiquattro ore precedenti al decesso. Secondo: le unghie degli alluci sono rimaste attaccate e presentano tracce di una sostanza che a prima vista si direbbe un misto di fango, paglia e sterco di maiale. Terzo: il cadavere presenta contusioni ed ematomi irregolari sulle natiche e sui fianchi che fanno pensare a colpi inferti *ante mortem*. E quarto: evidenti tracce sulle caviglie indicano che la vittima è stata appesa a testa in giù per le caviglie, prima e dopo il decesso".

"Può precisarne esattamente la causa?"

"Del decesso? Per ora no. Ma ha tutta l'aria di essersi dissanguata rapidamente, con tutta probabilità dopo essere stata sgozzata con un coltello. La prenda come una valida ipotesi."

"A che ora?"

"Non mi sono già sbottonato abbastanza?" Altro sorrisetto. "Questo è impossibile da precisare: la temperatura del corpo è salita e scesa diverse volte per cause esterne, e quindi non si rileva un comune *rigor mortis*. Forse verso mezzanotte, ma lo dico basandomi su dati circostanziali, e in questo senso è piuttosto Berganza a dover fare delle ipotesi."

Il commissario volge di nuovo lo sguardo alla sua sinistra:

"Abbiamo degli abiti, o degli effetti personali... quell'anello che le andava stretto?".

"Niente. Secondo me l'hanno portata qui nuda in un camion per suini." Berganza continua a giocherellare con l'orecchino.

"Impronte? Immagino che saranno già venuti quelli della Scientifica..."

"Sì. Non hanno potuto impolverare l'intero macello, ma dove era ipotizzabile che ce ne fossero non ne sono state trovate. Niente di strano: gli impianti vengono lavati e disinfettati tutte le sere. Non hanno trovato neanche orme, capelli, mozziconi, pelucchi. Niente di niente."

"La vittima può essere qualcuno che vive nei dintorni?"

"È quello che crediamo. Il digiuno di ventiquattro ore fa pensare che sia stata sequestrata uno o due giorni fa. Se stava in paese sicuramente avranno già notato la sua assenza, anche se viveva sola... Stiamo a vedere cosa succede stamattina."

"Be', speriamo che almeno l'identificazione non presenti difficoltà." Il commissario sospira. "Un'altra cosa: dov'è stato trovato il messaggio?"

"Ce l'ha in bocca," risponde ancora Berganza, "scritto su un biglietto. È ancora là, non abbiamo spostato niente prima che lei arrivasse."

"Bene, se siete d'accordo andiamo a dare un'occhiata, possiamo continuare a parlare strada facendo" dice il commissario.

"Non vuole aspettare il suo caffè? A tratti le va via la voce."

In quel preciso istante l'assistente di Berganza arriva con tre bicchierini di plastica.

***

Varela è un po' teso, ma non ricevendo altre istruzioni segue il commissario, che a sua volta segue Prades e Berganza verso l'ascensore. I quattro passano nuovamente dalla reception, diretti verso l'uscita, e poi attraversano il piazzale dell'edificio fino a raggiungere il lato opposto alla zona degli uffici, dove la strada asfaltata termina in una fangaia solcata da profonde tracce di ruote. Il commissario pensa che quello che sembra l'ano dell'edificio ne è invece probabilmente la bocca vera e propria. La sua ipotesi è confermata quando, al di là di due grandi portoni aperti, vede la zona di scarico e un camion per il bestiame parcheggiato davanti all'entrata. C'è puzzo di porcile.

"Prima stazione della Via crucis" annuncia Berganza.

Il cassone del camion posteggiato nella zona di scarico è diviso in due piani separati da un'inferriata. Il commissario si avvicina alle sbarre del piano inferiore chinandosi un poco. Il tanfo è pauroso. Lancia una rapida occhiata al pavimento coperto di paglia sporca di quella gabbia alta un metro e suddivisa in tanti compartimenti. Anche Varela avvicina il naso e lo ritira immediatamente.

"La paglia trovata sotto le unghie della vittima è quella del camion?" domanda il commissario.

"In apparenza sì" dice Prades. "Come vede ce n'è dappertutto, però sul pavimento è particolarmente triturata e infangata, mentre sul cadavere ho trovato sia filamenti sporchi che puliti. Sulle sbarre sono state rilevate parecchie impronte, ma ovviamente possono appartenere al conducente che normalmente le apre e le chiude. Staremo a vedere."

"Se la vittima fosse arrivata viva in un camion, il corpo presenterebbe grosse contusioni..." osserva il commissario. "Non credo che una donna di quell'età e di quella stazza sia in grado di mantenersi in equilibrio nel cassone di un camion in marcia, né tanto meno di stare carponi in una gabbia."

"A meno che non abbia viaggiato strizzata fra quattro o cinque maiali" ribatte Berganza. "Abbiamo già fatto due volte il giro dello stabilimento: la prima con il proprietario, il nostro amico poeta della Porsche, e la seconda con il macellatore dai capelli azzurri; certamente quei due hanno visioni completamente diverse delle procedure. Secondo il macellatore, i trasportatori cercano di stipare il maggior numero di animali nello stesso compartimento, un po' per evitare di dover poi cambiare la paglia di tutto il camion, ma soprattutto perché in questo modo le bestie non prendono tanti colpi contro le sbarre. A quanto pare se un maiale arriva morto non viene pagato."

"Comunque può darsi che con l'autopsia si scoprano altri particolari" aggiunge Prades. "Fratture, traumi... A ogni modo nessun colpo inferto alla vittima è stato letale, perché qui è arrivata viva, di questo ne sono sicuro. Quello che non sappiamo è se l'hanno fatta passare per i cortili sul retro o se l'hanno infilata direttamente nella catena di macellazione."

"'Linea di sacrificio', stando al proprietario" precisa Berganza. "Si vede che s'intende di letteratura..."

I tre avanzano di qualche metro, sempre seguiti da Varela.

"Seconda stazione" continua Berganza. "Vede la canna dell'acqua? I maiali salgono su questa rampa. Generalmente sono recalcitranti. Noi non lo possiamo ancora sentire, ma per un maiale qui c'è già puzzo di sangue; sanno che stanno per essere ammazzati e allora urlano e non vogliono più camminare. Stando al macellatore alcuni hanno le convulsioni e magari muoiono a metà strada per un attacco di stress. Quelli che invece riescono ancora a camminare sulle proprie zampe procedono da questa parte. Di solito l'incaricato sta in mezzo e li spinge avanti a calci o a bastonate..."

"I segni sulle natiche?" domanda il commissario guardando il medico legale. L'interpellato fa cenno di sì con la testa.

"Bene," continua Berganza, "qui gli fanno una doccia per dargli una prima sciacquata. Acqua fredda, naturalmente, e senza balsamo: un bel getto per levare il fango prima di passare alla camera a gas. Al diavolo, credo che non riuscirò mai più a mangiare una braciola di maiale senza che mi torni in mente questa passerella. Lo sapeva che i maiali sono più intelligenti dei cani?"

"Be', può sempre mangiare braciole di cane" esclama Prades prima di rivolgersi al commissario: "In realtà non credo che la doccia fredda serva per lavarli, quanto per provocare una vasocostrizione periferica che favorisce il dissanguamento".

"Proprio così," dice Berganza, "prima una bella vasocostrizione con l'acqua gelata e poi la camera a gas. 'Camera di desensibilizzazione' secondo il proprietario."

"Che tipo di gas?" domanda il commissario.

Risponde il medico legale:

"Di solito una miscela di anidride carbonica al settanta per cento e ossigeno al trenta. Sembra che questo sistema funzioni meglio dell'elettronarcosi: è più rapido, e inoltre favorisce il dissanguamento e causa meno emorragie e rotture di capillari".

"E che effetto sortisce su un essere umano il quantitativo di gas calcolato per desensibilizzare un maiale?" domanda il commissario.

"Dato il peso, immagino che su un essere umano l'effetto narcotico sia molto più forte che su un maiale. Stando al macellatore un maiale bianco pesa circa centocinquanta chili quando arriva al macello, mentre il cadavere che abbiamo... ricomposto sembra quello di una donna obesa di circa centodieci chili, e quindi un po' meno pesante di un maiale. Ma non siamo del tutto sicuri che sia stata usata la solita miscela. È possibile variare manualmente la percentuale a seconda della dimensione e della razza degli esemplari, e infatti abbiamo trovato i rubinetti chiusi."

"Bene," Berganza riprende il suo ruolo di cicerone, "i maiali escono dalla camera su questo nastro trasportatore" e così dicendo afferra un laccio di corda che pende da una guida scorrevole. "Qui di solito c'è un tizio che gli lega le zampe con questo... le due zampe insieme. Allora la catena si muove, il sostegno sale," lo segue col dito per indicarlo al commissario, "e l'animale prosegue appeso a testa in giù fino al macellatore che lo aspetta per sgozzarlo. Per 'dissanguarlo', secondo il proprietario."

"È ovvio che il corpo della vittima è stato appeso," spiega Prades, "come le ho detto c'erano i segni sulle caviglie. Il decesso è avvenuto dopo. A quanto pare il macellatore affonda il coltello nella gola dell'animale per raggiungere i grossi vasi sanguigni poco prima che arrivino al cuore. Questo spiegherebbe ciò che ho trovato, e quindi per il momento possiamo ipotizzare che sia andata così."

Berganza avanza ancora di qualche passo e annuncia il nuovo polo d'attrazione:

"Qui è dove re Artù aspetta con la sua Excalibur. Zacchete! Assesta il fendente ed eccoci nel cosiddetto 'corridoio del dissanguamento', dove muoiono gli animali. Vede? I maiali stanno appesi alla guida scorrevole e avanzano lentamente, e lungo tutto il percorso sono colpiti da getti d'acqua fredda, come in un autolavaggio, che contribuiscono a velocizzare il dissanguamento, dico bene Prades? Poi il sangue è convogliato nelle canaline e finisce in una caldaia dove si rapprende...".

"Spero di trovare del sangue umano in quei cento chili di sanguinaccio che ci sono nella caldaia" dice Prades, camminando tra il commissario e Varela, che sta sempre in coda al gruppo, in silenzio. "Me ne basta un campione omogeneo per il laboratorio, non so cosa deciderà di farne il giudice di tutto il resto..."

Berganza indica ora una specie di vasca d'acciaio con una chiusura ermetica:

"Questa è la camera di scottatura".

"Secondo il titolare l'animale è sottoposto a un bagno in acqua a 75°" Prades si ferma accanto al commissario, a due passi dal marchingegno; anche Varela si ferma dietro di loro. "È una temperatura sufficiente per ammorbidire il pelo e favorire la depilazione, ma l'acqua non è abbastanza calda da far staccare le unghie. Nel caso di un essere umano, però, le unghie vengono via quasi tutte," e così dicendo sfila le mani dalle tasche e fa un gesto per indicare le unghie che saltano, “immagino che se ci mettessimo a cercarle in quel brodo le troveremmo, ma non le consiglio di avvicinarvi, c’è un tanfo spaventoso.”

Varela non sente niente di nuovo, ma fa lo stesso un passo indietro. Berganza prosegue sempre in testa al gruppo, diretto verso nuove fermate:

“Qui abbiamo il salone di bellezza” e così dicendo per qualche ragione si ricorda dell’orecchino e controlla che sia ancora al suo posto. “Questo affare si chiama ‘flagellatrice a secco’: non mi chieda come funziona perché non ho voluto saperlo. Poi troviamo una strinatrice a bruciatori di gas propano e infine, se il cliente ha ancora la chioma ribelle, si finisce di bruciacchiarla a mano con un cannello. Quella laggiù invece è la ‘flagellatrice ad acqua’; anche quella non so come funziona, ma a occhio e croce sembra una macchina che produce violenti getti d’acqua.”

“Non credo che il nostro cadavere sia stato sottoposto all’intero procedimento” osserva Prades, che si ferma nuovamente alla destra del commissario. A quanto pare ogni razza di maiale richiede un differente sistema di depilazione, più o meno aggressivo. Sul corpo che abbiamo ricomposto non resta traccia di peluria, né di strato superficiale del derma, ma gli strati più profondi della pelle hanno resistito bene, perciò...”

“Ora non resta che sventrare gli animali e passare al reparto taglio” spiega Berganza, che attende gli altri accanto a una porta con degli oblò in fondo al lungo corridoio. “‘Eviscerazione’” secondo il proprietario. Qui gli animali vengono nuovamente appesi a questa specie di trapezi; questa volta però con le zampe allargate, in modo che gli operai possano lavorare più agevolmente.”

“Ovviamente per prima cosa si asportano gli intestini,” spiega Prades, che così dicendo fa un gesto per indicare l’intestino che salta fuori dalla pancia, “perché se si rompono rovinano la carne. Poi si toglie lo stomaco e infine l’apparato urinario e quello genitale” questa volta non indica niente, ma fa un gesto come a ripulire un vasetto di yogurt col cucchiaino. “Le interiora vengono analizzate per assicurarsi che l’animale sia sano e poi si separa la parte commestibile da quella non commestibile: la prima passa direttamente alle celle frigorifere mentre lo scarto va al piano per la lavorazione dei sottoprodotti. Ora si trancia in due parti la colonna vertebrale con una sega elettrica, si mozza la testa dell’animale, ed eccoci nel reparto squartamento.”

“Vuole vederlo o passiamo direttamente alle celle frigorifere?” domanda Berganza indicando col pollice le porte con l’oblò. “In realtà qui non c’è niente di particolarmente interessante.”

"Passiamo direttamente alle celle" ordina il commissario.

Berganza attraversa un angusto passaggio ed evita così il reparto taglio, chiuso nel centro dell'edificio. Lo seguono il commissario, con le mani dietro alla schiena, poi Prades, con le mani in tasca, e infine, come sempre, Varela, con le braccia conserte e una mano sul naso. I quattro giungono in quest'ordine nel reparto imballaggio, una sala grande, con tanti pilastri di cemento dipinti di bianco. Berganza continua a gesticolare come la guida di un museo:

"Qui gli operai preparano i pezzi da spedire alle macellerie. Un'ordinazione può includere una o diverse parti di uno o più maiali, mi spiego? Può essere, per esempio, che una macelleria ordini quattro lonze, un muso e, che so io... otto chili di costine. E così gli operai vanno a prendere i pezzi nelle corrispondenti celle frigorifere". Indica tre grandi porte d'acciaio inox su una parete laterale. E poi, rivolto a Prades: "Tu vieni?".

Prades infila un paio di guanti di lattice, che estrae da una scatola che gli rigonfia la tasca della giacca, e aziona l'apertura della prima cella:

"Qui fa freddo, la temperatura è di 2°, 3°... se vogliamo possiamo dare un'occhiata veloce e uscire subito, altrimenti ci conviene andare negli spogliatoi del personale a prendere qualche giacca a vento. Prima siamo stati qui dentro per due ore a frugare nella carne col giudice e il fotografo e quando siamo usciti eravamo mezzo congelati nonostante la giacca a vento".

Dentro la cella frigorifera la luce fievole proviene da un'unica lampadina che pende nuda dal centro del soffitto. Entrano solo Prades e il commissario; Berganza aspetta sull'uscio stuzzicandosi l'orecchio e Varela sbircia rimanendo un poco più indietro".

"Dunque, in totale abbiamo trentasei tipi di tagli diversi," spiega Prades, "dodici in questa cella, dieci nella successiva, otto nell'ultima, e sei a parte, che vedremo alla fine. Vediamo... qui ci sono trippa e frattaglie." Sposta un carrello ed estrae un enorme piano che scorre su guide laterali. "Il fegato in questione è nel terzo cassetto, ci ho messo un po' a riconoscerlo... Lo sa che nel Medioevo l'anatomia umana si studiava sezionando maiali? Ci assomigliano abbastanza... È tutto al suo posto, eccetto gli organi difficili da identificare, che ho messo nelle buste per evitare di dover frugare di nuovo dappertutto quando sarà il momento di portarli via... Non so se vuole vedere qualcosa in particolare... Qui ci sono gli intestini, nel carrello lì accanto lo stomaco, qui abbiamo il pancreas, le ghiandole parotidi... il cervello è in quel carrello là, e il cuore anche, laggiù... Non le consiglio di guardare i polmoni, al fotografo si è rivoltato lo stomaco... Questa comunque è stata l'operazione più complicata. Adesso è tutto perfettamente separato e ordinato, ma guardi questo," apre un cassetto e infila la mano inguantata in cerca della busta, "sa quanto ci ho messo per sbrogliare nove metri di intestino tenue?"

"Preferisco non saperlo" replica il commissario. "Credo che basti così."

Escono dalla prima cella ed entrano nella successiva, dove si conservano zampini, orecchie, lonze, culatelli, alette, pancette, costine, guanciali... Prades apre un cassetto e tira fuori un lungo pezzo di carne rossa.

"Ha mai visto una lingua umana tranciata all'altezza della laringe? Ha molte più papille gustative di quella di un maiale, non ci avevo mai pensato. Qui ci sono i lombi, molto più piccoli degli altri, e infine... costine, pancetta, filetti... Secondo il macellatore lo squartamento dei maschi e delle femmine può essere diverso; da una femmina di maiale ben nutrita, per esempio, si ricavano lombi di miglior qualità. E perciò a volte si sceglie un particolare animale per qualche ordine speciale; di solito però le bestie vengono squartate a seconda delle necessità della giornata, senza badare se l'animale è maschio o femmina. Nel nostro caso una parte del corpo, che è stato sventrato a metà, è stata sottoposta a un procedimento di taglio e l'altra metà a un procedimento diverso. Come può immaginare, ciò ha complicato maggiormente la ricostruzione del cadavere... Passiamo nell'ultima cella?"

Escono dalla seconda cella ed entrano nella terza. Berganza e Varela li seguono sempre fino alla porta e da lì ascoltano la conversazione.

"Bene, qui abbiamo prosciutti e spalle" esclama Prades. "In questo caso è stato semplice. Questi sono i pezzi che ci interessano: molto più lunghi del normale, ovviamente. Le gambe sono state asportate dal tronco con due tagli," spiega il medico ruotando la gamba destra che pende da un gancio, "uno assestato sulla linea che separa i glutei e un altro perpendicolare alla colonna, tangente all'ileo. Le mucose sono state in parte rimosse: vulva, sfintere anale eccetera, e da questa parte anche lo strato di grasso più superficiale, perciò si vedono i fasci muscolari. Ed ecco una delle lacerazioni di cui le parlavo," Prades segue la linea con l'indice inguantato, "vede questa cicatrice laterale?, arriva quasi a unire la vagina con l'ano, nell'altro arto si vede ancora meglio... E vede perché le dicevo che il soggetto era obeso? Guardi l'accumulo di grasso nella coscia." Assesta un sonoro schiaffo al pezzo di carne. "Comprimendo l'arto, il sangue contenuto nella femorale e nella safena si è svuotato, a quanto pare è una procedura comune. Come vede i piedi sono al loro posto, con l'unica unghia intatta dopo la scottatura." Si sposta di qualche metro e afferra un pezzo più piccolo, difficile da identificare come un braccio umano. "Nel caso delle estremità superiori, invece, le mani sono state mozzate: a volte si fa così anche coi maiali, quando si decide di destinare la spalla alla preparazione di insaccati. Insomma, come avrà notato mancano delle parti importanti. Innanzitutto la coda, naturalmente, che non abbiamo trovato da nessuna parte." Prades sorride per sottolineare la sua battuta. "Il resto lo abbiamo sistemato in una teca là fuori. Vogliamo dare un'occhiata così concludiamo? È dalle cinque di stamattina che vado avanti a caffè e non vedo l'ora di uscire da questi congelatori e mangiarmi qualcosa di caldo."

I quattro lasciano le celle frigorifere e girano attorno a un lungo banco d'acciaio montato sotto dei pannelli verticali. Per un ghiribizzo del percorso, ora Varela cammina in testa al gruppo, curiosando fra i biglietti fissati ai pannelli con delle piccole calamite. Sembrano ordinazioni: Macelleria Mantilla, La rosticceria, Salumeria Hernández. Il banco, ben illuminato da una fila di neon, è un'isola che circonda i pannelli di metallo. Giunti dall'altra parte, Varela si ferma davanti a un fondo vassoio di plastica blu sigillato con un foglio di pellicola trasparente. Si avvicina, vede alcuni pezzi di carne rosata, ma ciò che lo colpisce è soprattutto un biglietto che spicca nel centro, sotto il cellophan. La frase, scritta col pennarello in stampatello maiuscolo, non sembra affatto il nome di una macelleria. Osserva ancora la carne e, quando mette bene a fuoco l'immagine, ha appena il tempo di girarsi e di usare il pugno come un cartoccio in cui gettare la bile che dallo stomaco gli arriva in bocca.

"Il suo assistente ci ha preceduto" esclama Prades rivolto al commissario. "Per fortuna ha bevuto solo caffè. Il fotografo aveva mangiato anche una brioche..."

"Si sente bene, Varela?" domanda il commissario da lontano. Varela cerca di annuire, mentre tossisce e inghiotte una gran quantità di saliva e viscosità amara. Innanzitutto si è ripromesso di non vomitare sul pavimento.

"Vada pure fuori a prendere una boccata d'aria se vuole, le farà bene."

Varela fa cenno di no; la tosse si calma. Quando i tre non lo guardano si accorge di avere gli occhi pieni di lacrime e la mano destra piena di saliva. Non ha il fazzoletto, e allora si asciuga gli occhi con la manica della divisa e poi infila la mano nella tasca dei pantaloni per pulirla con la fodera. Sente l'umidità che penetra fino alla coscia. Ma piano piano va meglio, e non appena riesce a controllare la respirazione si avvicina ancora al banco.

Il commissario e Prades stanno in piedi davanti al vassoio e Berganza, mezzo metro più in là, seduto sul banco con le gambe penzoloni tormenta il suo orecchino. Prades spiega, e il commissario ascolta con le mani dietro la schiena.

Varela inspira profondamente e si avvicina ancora. Sbirciando sopra la spalla di Prades, che è parecchio più basso del commissario, può vedere qualcosa. L'importante è non trovarsi quella roba davanti all'improvviso. Dapprima si sofferma sulla parte superiore del viso, usando la spalla di Prades come scudo per nascondere il resto. Poi può guardare gli occhi, prima uno e poi tutti e due insieme. Sono occhi infossati, vuoti, senza ciglia né sopracciglia, con le palpebre abbassate. La punta del naso sembra un po' arrossata, forse a causa di qualche coagulo di sangue, mentre il labbro inferiore e metà della gola sono coperti dal biglietto rettangolare fissato alla bocca. L'espressione è rilassata, beata, come quella di un Buddha dormiente. Ai lati del viso, dove ci si aspetterebbe di trovare le orecchie, ci sono le mani, grasse e bianche, con il dorso rivolto verso l'alto, a fianco delle gote. L'unico punto dove si vedono il sangue fresco, che spicca sul pallore rosato, e qualche tendine biancastro, è all'altezza del polso, sulla linea del taglio. Le dita serrate, con le punte arrossate e senza unghie, pendono su qualcosa che in un primo momento, con la spalla di Prades che gli ostacola la visuale, Varela non riesce a riconoscere. È qualcosa di rotondo e molliccio, coperto da uno strato di pelle così sottile che le vene blu traspaiono in superficie. Deve spostarsi un po' per riconoscere, nell'angolo in basso, un capezzolo con un'enorme areola.

Prades, intanto, non smette di parlare:

"...si dice che Eliogabalo mangiasse sempre vulve e mammelle di scrofa. Lo sa come erano strani quei romani... Secondo il proprietario quel manicaretto ormai non va più di moda, ma a quanto pare il nostro artista ha voluto renderci omaggio come se fossimo dei veri principi".

Vulva? Dov'è la vulva?, si domanda Varela non appena tradotto mentalmente il termine. Non può resistere alla tentazione di sbirciare nello spazio libero tra Prades e il commissario per vedere tutto il contenitore. La trova subito, sotto la gola, posizionata tra le mammelle come un paio di turgide labbra verticali separate da una fessura a forma di goccia capovolta. Ora quell'insieme gli sembra un costume piegato e riposto nella sua scatola con la maschera, i guanti e il resto degli accessori. Ma un costume da cosa?, si domanda Varela, un costume da maiale? Solo ora si accorge che l'apprensione con cui si era avvicinato, unicamente per compiere ciò che lui considerava il suo dovere di poliziotto, si è trasformata in una specie di aspettativa morbosa che gli fa tremare le ginocchia. Davanti a quello spettacolo prova un misto di euforia e rimorso, come un bambino tutto eccitato a torturare uno scarafaggio.

E con questo stato d'animo Varela riprende a osservare la frase sul biglietto fissato alla bocca: NEL NOME DEL PORCO, una frase che dapprima gli era sembrata incompleta ma che improvvisamente ha acquistato il suo pieno significato. Come capita quando, finalmente innamorati, leggiamo un oscuro poema d'amore.

IL GIARDINO DELLE DELIZIE

1.

IN PARADISO

T è un uomo di razza caucasica, fisico atletico, capelli e occhi scuri, quarantatré anni. Entra nel self-service coreano all'incrocio tra la Settima e la 37ma. In coda davanti alla bilancia, un tizio bianco, troppo basso per essere anglosassone, si rifiuta di pagare otto dollari al vecchio con la barba lunga che pesa il cibo. Fu Man Chu della Bilancia. Discutono a voce sempre più alta fino a quando, a un cenno del vecchio, un altro commesso asiatico si avvicina e toglie il vassoio al piccoletto bianco. A causa del movimento brusco, parte degli spaghetti cinesi si rovescia sul pavimento, e il tizio bianco comincia a gridare: *Help me, Police*. Ma la polizia dev'essere occupata a risolvere altre questioni, perché ad accorrere, invece, sono altri due commessi in divisa, che afferrano il piccoletto e lo sbattono fuori. T è il prossimo in coda davanti alla bilancia. Fu Man Chu pesa il suo vassoio e dice *nine fifteen*. T paga senza fiatare, stando attento a non calpestare gli spaghetti, poi sale col vassoio nella sala da pranzo e si accomoda accanto al finestrone con vista sui sacchi di spazzatura ammucchiati sul marciapiede. Seduti alla sua sinistra al tavolo vicino, due uomini anziani, di colore, vestiti da jazzman, alla sua destra quattro ragazzi catalani che chiacchierano nella loro lingua. La conversazione dei due neri è pacata, ricca di pause, mentre quella dei catalani è allegra e travolgente. T mangia il suo pot-pourri di verdure impanate, le alette di pollo alle spezie, e rosicchia con grande avidità le costine caramellate con una gelatina rossa. Quando ha finito vuota il vassoio nell'apposito contenitore ed esce schivando un barbone nero che inveisce furiosamente contro tutti quelli che escono dal ristorante. Diogene Incazzato.

T accende una sigaretta e si incanala nel fiume di passanti dietro a un tizio bianco sulla cinquantina, cicciottello, in giacca e cravatta, del tutto convenzionale se non fosse che sculetta e porta a tracolla una borsa trasparente con i bordi fucsia. All'incrocio con la 35ma un taxi gira senza fermarsi alle strisce pedonali; il grassoccio impreca e molla una borsata sul portabagagli. Malgrado T rallenti il passo per allontanarsi, la sua sigaretta è ancora a metà quando raggiunge la pensilina dell'Hotel Pennsylvania.

Finisce di fumare appoggiato alla facciata. Il giovanotto con lo spolverino e il berretto che ferma i taxi per i clienti offre uno spettacolo gratuito al gruppo di fumatori: due metri di statura, stazza di quattro uomini messi insieme, il ragazzo si lancia senza esitare in mezzo alla strada gesticolando, impartendo ordini, soffiando nel suo fischietto. Golia Signore del Traffico.

T schiaccia il mozzicone per terra ed entra nella hall passando dalla grande porta centrale. Sembra una stazione, con gente che va e viene o che attende davanti al banco, in fila nei corridoi delimitati da nastri rossi. C'è coda anche ai telefoni, e T decide di non fare altre code prima della siesta. Mentre si dirige verso l'ascensore la guardia di sicurezza gli chiede il pass. È un omone nero e muscoloso, in abito scuro a sei bottoni, cravatta arancione, basette rasate. Quando T sta per tirar fuori il portafogli la guardia lo fa passare: *Ok, I remember you.*

Perde per un soffio un ascensore stracarico. Il successivo sale dall'interrato. A bordo una donna anziana, bianca, carica di borse di plastica, con un trolley sgangherato. Spettinata, rossetto sbavato, un ombrello con delle piccole Tour Eiffel che sbuca dal suo armamentario. Il monitor TFT sopra la tastiera dell'ascensore trasmette un notiziario locale; la vecchia imita la parlata del presentatore e deplora con voce rauca l'accento della città. T, che non è in grado di riconoscere la cadenza del posto, si limita a sorridere. Ma evidentemente la vecchia non s'accontenta, perché, arrivata al suo piano, lo saluta con un *See you later, Alligator* piuttosto sgarbato. T scende al quindicesimo piano e percorre con abile precisione l'intrico di corridoi poco illuminati. Mentre apre la porta della sua stanza sente le voci di due cameriere che, non lontano da lui, parlano in spagnolo. In sottofondo il rantolare dell'aspirapolvere industriale che le segue come un satiro. Le Donzelle e il Minotauro.

T entra nella stanza e vede il letto ancora disfatto. Se resta in camera quelle due non verranno a rifarlo. Il problema però non è il letto, ma il bagno, con il pavimento allagato dall'acqua della doccia: gli toccherà sguazzare per il resto della giornata. Calzini bagnati, impronte umide sulla moquette piena di bruciature di sigaretta. Si avvicina alla finestra a ghigliottina affacciata sul cortile interno. Tutto ciò che vede sono diverse dozzine di finestre. Su qualche davanzale alcune paia di scarpe esposte all'aria. Rumore di traffico, sirene, un brusio come di voci sovrapposte e motori accesi. La finestra è bloccata da un tirante di metallo che ne limita l'apertura a non più di un palmo. T l'abbassa per quanto è possibile. Poi gira le manopole dell'aria condizionata e assesta qualche colpetto all'apparecchio che sferraglia come un aeroplanino. Si siede sul letto, prende il telefono e preme il pulsante della reception sperando che chiunque risponda parli spagnolo.

E infatti: deve solo dare all'operatrice il numero che vuole raggiungere e restare un attimo in attesa godendosi ogni sorta di ronzii.

"Sì, dica" esclama una voce maschile, nitida, ben chiara.

"Commissario..."

"Accidenti, il nostro viaggiatore, come stai?"

"Bene, sono arrivato ieri sera."

"E come va? Tutto bene?"

"Il volo bene. La camera fa schifo, ma quando ho visto il primo grattacielo sono quasi svenuto. I nostri al confronto sembrano dei giocattoli."

"Già. E com'è il posto?"

"Il centro è affollatissimo. Ieri sera sono stato fuori fino a tardi e un po' per l'ora, un po' per la stanchezza del viaggio oggi mi sono svegliato dopo mezzogiorno. Adesso sono le tre del pomeriggio."

"Noi stiamo per cenare... tortilla di patate. E così, tutto ok? E l'inglese?"

"Bah... qui parlano molto in fretta, ma non credo che morirò di fame..."

"Sei già andato all'Istituto?"

"No, preferisco approfittare del fine settimana prima di presentare la domanda. Voglio visitare un po' la città..."

"Fai bene... Divertiti. Hai fatto bene a partire..."

"Il caso Uni-Pork?"

"Sì, figliolo, sì... devo parlare con lo psichiatra... Conosci Puértolas?"

"Non mi dica... 'Uhm, vero?', 'Naturalmente'... Non le ha ancora parlato de *Il giardino delle delizie*?, ha una specie di ossessione per quel dipinto..."

Si sente una risatina del commissario:

"Sì... un maiale vestito da suora e roba del genere... Be', senti, divertiti e spassatela più che puoi, che questa chiamata ti costerà un occhio della testa...".

"Dia un bacio a Mercedes..."

"Non mancherò... Fatti sentire ogni tanto."

T appende la cornetta, si sveste, punta la sveglia dell'orologio in modo che suoni dopo mezz'ora e si corica sul letto. Non chiude subito gli occhi, ma resta a contemplare gli strappi nella carta da parati e il colore che cambia nelle zone dove un tempo stava appeso un quadro. Quando l'albergo è stato aperto, nel 1917, la tappezzeria era di un color azzurro piuttosto vivace, come si vede ancora dietro i comodini e dentro l'armadio a muro, ma adesso, ottantaquattro anni dopo, è diventata verde acquitrino, tutto a chiazze. Appesa alla parete c'è solo una stampa in un involucro di plastica trasparente: *Madonna col Bambino*, Giovanni Bellini, olio su tavola, 85x118, Pinacoteca di Brera. Dal letto la didascalia non si legge, ma T la conosce a memoria.

Guarda il soffitto e cerca di calcolare quanta gente avrà dormito in questa misera stanzetta con la finestra bloccata per evitare che qualcuno si butti di sotto e il cartello che raccomanda di non aprire la porta agli sconosciuti. Secondo i calcoli di T, almeno un migliaio di persone appena arrivate in città in cerca di una vita migliore, o magari fuggite dalla vita peggiore che conducevano in una qualunque altra parte del mondo. T si domanda per quale ragione anche lui dovrebbe desiderare di rimanere in una città così sporca, così malandata, così piena di matti rabbiosi che non la smettono mai di sbraitare... Cerca una risposta concreta e si stupisce di trovarla subito: vuole restare in questa città perché questa città è viva. O magari è già morta, e questo è solo il ricordo di ciò che è stata, ma è comunque in costante fermento, proprio come fermenta la carcassa di un cane dove milioni di vermi si affannano per sopravvivere.

T pensa che sia sicuramente una buona idea chiedere al ministero la sovvenzione per il trasferimento. E poco dopo si addormenta sognando di essere un verme su una massa viscida ma dall'odore inaspettatamente piacevole.

***

T è in città da ormai una settimana. È martedì. Prende in strada il primo caffè della giornata, insieme a un gruppo di fumatori trincerati fuori dal flusso di lavoratori che risale la Settima come un branco di salmoni nella stagione della deposizione delle uova.

I fumatori non sono mai gli stessi, ma tra loro si instaura quel tipo di complicità che esiste tra compatrioti in una terra straniera, o tra adolescenti che s'imboscano durante una festa per "farsi". Il caffè americano comincia a piacergli, almeno il primo della giornata, quando il corpo gli chiede qualche buona sorsata dolce e ricca di caffeina, combustibile perfetto per affrontare la frenesia della città. Attorno a lui, come al solito, sembrano tutti sapere esattamente dove stanno andando ed essere decisi ad arrivarci il prima possibile. T non ha le idee così chiare, e inoltre ha tutta la mattina a sua disposizione per svolgere la semplice commissione di andare all'Istituto a informarsi per le sovvenzioni. Però è felice di avere almeno una meta precisa, un obiettivo da raggiungere lottando gomito a gomito con i vermi della carcassa.

Si accomoda sulle scale del Madison Square Garden a finire la sigaretta. A pochi metri da lui, seduto a un tavolino da campeggio piazzato nel bel mezzo del marciapiede, un tizio sulla cinquantina, grasso da far paura, lotta con un panino imbottito a tre strati che cola maionese da tutte le parti. È rasato male e pettinato ancor peggio e porta un paio di scarpe da tennis senza stringhe e senza calzini. Sul tavolino, oltre ai suoi gomiti giganteschi, all'enorme bicchiere di Coca-Cola e ai resti di maionese e di lattuga che cadono dal sandwich, c'è una caraffa di plastica trasparente con dentro qualche moneta e qualche banconota arrotolata. Accanto alla caraffa, un cartello scritto col pennarello a lettere cubitali: *HELP FOR THE HOMELESS*. Nonostante la voracità dimostrata nei confronti del povero panino indifeso, il nostro personaggio, con le caviglie piene di croste e i capelli arruffati, ha un'aria molto beata; sembra una specie di creatura celeste materializzatasi in piena ora di punta. A un certo punto l'omone si ficca in bocca l'ultimo pezzo di pane, si scola il suo catino di Coca per buttare giù la mappazza, e comincia a gridare con voce rotta ma potentissima: *A help for the homeless, ladies and gentlemen, a help for the homeless...*

Vedendo quel tizio che si ciba con tanto gusto, a T viene appetito, e così decide di andare a mangiare un boccone in un posto dove ci siano le posate d'acciaio. Spegne il mozzicone su uno scalino, e prima di unirsi al flusso della folla infila un biglietto da dieci dollari nella caraffa di quell'angelo enorme. E l'angelo, come un pupazzo del luna park azionato dalla moneta, prorompe in urla di gratitudine: *Thank you, sir, God bless you, sir...* T si avvia in direzione est camminando a buon passo. 34ma, Quinta, 42ma. Sempre a velocità da crociera raggiunge la Lexington e si ferma davanti a una caffetteria abbastanza elegante da far supporre che il servizio di posate sia dignitoso. C'è posto, il cameriere messicano lo accoglie con un sorriso e parlando in spagnolo, le uova *sunny side up* sembrano quasi fritte, perfino il cucchiaino da caffè è di autentico acciaio. T lascia dieci dollari di mancia per il sorriso e per il cucchiaino ed esce a fumare. Mentre finisce la sigaretta guarda l'indirizzo dell'Istituto, che ha segnato sul retro di un biglietto da visita. È vicino, sulla 42ma Est, ma ci mette un po' a trovare l'edificio tra impalcature e annunci pubblicitari.

Quando finalmente trova l'entrata, T spinge la pesante porta girevole come un criceto nella ruota. Sbuca in un atrio con marmi e lampadari a goccia. Il portiere in divisa lo guarda ma non gli chiede niente. T entra in uno dei vecchi ascensori di legno e ottone e preme 11. Quando esce cerca la porta giusta. Sulla targa c'è scritto in spagnolo Istituto di Studi applicati. Suona il campanello. La porta si apre con un suono metallico. Ad accoglierlo una bella donna di mezza età seduta dietro un bancone. Diane Keaton Receptionist. A giudicare dal colore dei capelli e della pelle non sembra sudamericana, perciò T prevede che dovrà cavarsela in inglese.

"*Good morning... Excuse me, do you speak Spanish?*"

"Sicuro... Posso aiutarla?" accento americano.

"Grazie. Il mio inglese è ancora un po' scarsino... Dunque: sono un collega spagnolo, ispettore... In Spagna ho saputo che gestite le richieste per le sovvenzioni per il trasferimento da recapitare al ministero."

"Sì. Ha con sé un documento e un numero di matricola, per favore?"

"Ho la carta d'identità e il distintivo," T cerca nel portafogli e glieli porge, "il mio codice identificativo è: 245/B/987/400012."

T scandisce lentamente il numero, Diane Keaton lo inserisce nel computer e poi prende la carta d'identità e controlla i dati e la fotografia.

"Sì. È ok. Adesso però la persona che se ne occupa non c'è. Se vuole aspettare un attimo, sarà qui tra poco, è uscita per fare colazione più o meno venti minuti fa."

Suona il telefono, la Keaton si scusa e risponde. T vede le poltrone per gli ospiti, ma non ha voglia di sedersi e così si mette a curiosare tra i fascicoli esposti sugli scaffali. Poi passa al piccolo labirinto della biblioteca, formato da armadi disposti a corridoio. Di lì a poco sente che il campanello suona e che la Keaton apre la porta. T alza lo sguardo dagli scaffali per vedere chi entra; un semplice riflesso condizionato provocato dal suono del campanello. È una donna con i capelli castani, forse leggermente ramati. Si avvicina al banco e si rivolge alla Keaton in inglese, apparentemente con un tono molto giocoso. T riesce a malapena a intravedere il suo viso, ma gli sembra che sia molto giovane. Tailleur principe di Galles sul verde, camicetta bianca, scarpe marroni col tacco a spillo, borsetta in tinta. T lascia perdere i fascicoli e approfitta degli spazi vuoti tra i libri per guardarla. I capelli sembrano morbidi e folti, si capisce dallo chignon stile eroina di Hitchcock, un'acconciatura (e un abito e una borsa e un paio di scarpe) che le donne non portano più ormai da cinquant'anni. E certe donne forse anche di più. Eppure proprio questa donna, vestita in questo modo, sembra che ora stia raccontando una barzelletta alla Keaton; piega persino un poco le ginocchia e si porta le mani alla cintura come un cowboy in procinto di estrarre la colt.

T esce da dietro gli scaffali per cercare di sentire la barzelletta, o quanto meno per cercare di afferrare parte di ciò che la ragazza col tailleur sta dicendo in quella sua fantastica imitazione di voce virile e rauca. Ma mentre si avvicina fa rumore, e inoltre lo sguardo della Keaton Receptionist cade per un attimo su di lui, e così la ragazza dal tailleur, con la schiena curva, il bacino proteso in avanti, le ginocchia piegate e le mani sulle sue fondine immaginarie, si gira verso di lui. In un primo momento il viso di lei sembra quello di Braccio di Ferro, con un sopracciglio inarcato come reggesse un sigaro inesistente tra le labbra piegate in una smorfia, ma subito dopo si rilassa, recupera quasi del tutto la sua normale espressione e, questa volta con voce femminile, dice a T:

"*Ok, just a minute: it's just a joke*".

T capisce, ma non trovando niente da dire in inglese così su due piedi si limita a sorridere e ad annuire. La ragazza dal tailleur torna allora alla sua faccia da Braccio di Ferro per finire di raccontare la barzelletta alla Keaton, che comunque sta già per scoppiare a ridere. A questo punto il presunto pistolero estrae la colt, si punta la canna immaginaria alla tempia, e snocciola un bel discorso rauco prima di imitare il rumore di una pistola: *bang, bang.*"

T non capisce un'acca, ma le due donne scoppiano in una risata talmente contagiosa – soprattutto dopo i primi secondi, quando cercano di contenersi per mantenere un certo contegno – che T non riesce a reprimere un sorriso, sicuramente un po' idiota, che va da un orecchio all'altro.

"Scusi... Questo signore penserà che siamo pazze..." dice la Keaton Receptionist, sempre con una mano davanti alla bocca.

"No, no... dev'essere divertente..." replica T.

"Scusi... Ma..."

Le due scoppiano ancora a ridere, producendo adesso quel suono di quando si cerca di trattenere una risata che poi all'improvviso scappa fuori dal naso, la qual cosa, ovviamente, accresce la loro ridarella. Ciononostante la ragazza col tailleur riesce a raddrizzarsi sui tacchi, e il suo corpo, fasciato dall'abito, si rivela ora come il sogno di un sarto: tutto è esattamente al suo posto, proprio dove ci si aspetta che sia. D'altra parte quel completino sembra disegnato apposta per la scena di un aperitivo con Cary Grant, è impossibile non notare un capo così particolare. All'improvviso T si sente un po' a disagio, in parte perché non ha capito la battuta e non può ridere con le ragazze, ma soprattutto per le sue scarpe non lucidate e per la camicia militare comprata per sette dollari in una bancarella della 34ma. Gli resta solo una consolazione: almeno lui non ha le spalle misere come quelle di Cary Grant.

"Va be', adesso basta" esclama la Keaton sforzandosi di parlare con un tono normale. "Ah... Suzanne!" dice alla ragazza, ora rivolgendosi in spagnolo anche a lei, "questo signore è venuto a chiedere informazioni sulla sovvenzione per il trasferimento. È un collega spagnolo, ispettore capo. Puoi aiutarlo?"

La ragazza col tailleur si gira ora completamente verso T, accennando ad asciugarsi una lacrima:

"Mi scusi un attimo, credo che mi sia colato tutto il rimmel..." Indica una scrivania. "Vuole accomodarsi? Arrivo subito."

A T sembra di riconoscere l'accento secco e duro del Nord della Spagna e, cosa più importante, proprio allora si accorge della straordinaria somiglianza.

***

Nel corso del suo primo colloquio all'Istituto di Studi applicati, T viene a conoscenza di una serie di dettagli sulla vita privata della ragazza col tailleur. Il primo, e più rilevante, è che lei si chiama Suzanne: Suzanne Ortega ("Come Ortega y Caset, l'inventore del magnetofono" gli spiega). Scopre anche che suo padre è spagnolo e che sua madre è irlandese (mentre glielo dice, accenna un movimento ritmico con la testa e tamburella con due dita sul tavolo imitando una ballerina di danze celtiche); che è arrivata in città da tre mesi e che divide con altre due ragazze un appartamento a un indirizzo non ben precisato tra Chelsea e il Village. Infine scopre che anche a lei non piace mangiare con le posate di plastica (questo glielo spiega fingendo di infilzare una polpetta immaginaria che sguscia tutta impaurita per il piatto e poi finisce sulla scrivania, pling, pling, pling)."

Tutte queste informazioni, ovviamente, gli giungono intercalate come spiegazioni tra le domande del questionario, che la ragazza traduce e va completando man mano che T risponde. Qualche malattia infettiva?, no; quanto pesa?, ottantasette chili e mezzo; qualche variazione al suo stato civile?, nessuna; ha avuto dei figli dopo l'ultimo aggiornamento della sua scheda?, è poco probabile. La maggior parte delle volte sottolinea la domanda con una smorfia o con un gesto, come per esempio un gesto da "malattia infettiva": viso tutto accartocciato, soprattutto le narici, e dita ritratte, come chi cerca di mettersi in salvo da qualche cattivo odore o di non toccare troppo qualcosa. È divertente, e T sorride e risponde con allegria, a volte con qualche battuta, anche se gli piacerebbe vedere il suo viso normale per qualche secondo. Ci riesce solo durante gli istanti in cui la ragazza si concentra per leggere una domanda in inglese e trovare le parole giuste per tradurla a T in spagnolo. Allora il suo volto è serio e rilassato, come in una fotografia dello schedario della polizia. È durante quei momenti che T si rende conto della sua bellezza e, soprattutto, della sua somiglianza. Della sua stupefacente somiglianza.

Per una ventina di minuti T resta seduto a rispondere alle domande, e a un certo punto si sente un po' a disagio perché la ragazza gli dà del lei malgrado lui le abbia dato del tu fin dall'inizio. Indubbiamente questo crea una barriera. Ma per fortuna riesce facilmente a trovare una scusa per tornare un altro giorno e ricominciare col piede giusto. T ha portato con sé il passaporto, perché era sicuro che glielo avrebbero chiesto, ma finge di averlo dimenticato in albergo per tornare un'altra volta a consegnarlo:

"Ti trovo domattina?".

Lei lancia un'occhiata circospetta a destra e a sinistra, come cercando di scorgere qualche nemico nascosto:

"Immagino di sì, se non mi avranno ancora licenziata perché faccio il pagliaccio".

***

Uscito dall'edificio, T si avvia per la 42ma, pensoso, a un passo troppo lento per il ritmo di quella strada. È preoccupato da quel "lei". Quanti anni avrà? A giudicare dal modo di parlare e di comportarsi, secondo lui ne ha più di venticinque. Ma potrebbe averne anche venti, con quella pelle così liscia e il bianco degli occhi così bianco, di un bianco quasi azzurrato: il colore degli occhi nuovi. Comunque per lavorare in quell'ufficio deve aver già finito l'università, e quindi avrà almeno ventitré anni. Così sarebbero un paio d'anni prima del ritratto, che perciò coincide, o coinciderebbe... Sta di fatto che esiste senz'altro una differenza di età, anche se lui non potrebbe essere suo padre né niente del genere... o magari sì, dal punto di vista puramente fisiologico, se lui avesse avuto una figlia da giovanissimo. Ma T è sicuro di non avere l'aria di essere il padre di una ventenne; è qualcosa che non rientra nella sua esperienza e che perciò non può aver influito né sul suo aspetto né sulla sua personalità. È possibile, però, che la barba lo invecchi un po'. Da quando ha chiesto l'aspettativa non si rade più tutti i giorni, e ora non si sbarba da quando è arrivato in città, e quindi forse la sua barba è diventata troppo lunga, parecchio brizzolata sul mento. Sarà meglio accorciarla? Tagliar via quella punta bianca da... druido?

Mentre cammina evitando ostacoli e passanti, gli vien voglia di sedersi a pensarci un po' davanti a un semplice caffè macchiato. Ma al pensiero di infilarsi in un Deli e diventar matto per scoprire che tipo di bevanda è possibile prendere e come fare per ordinarla gli passa la voglia. Perciò lascia perdere il caffè e continua a camminare in direzione ovest, con la vaga intenzione di entrare nella Public Library e mettersi in coda per connettersi a Internet. Quando arriva all'incrocio con la Quinta, sopra il rumore del traffico si ode il cinguettio degli uccelli del giardino davanti alla biblioteca. Ne vede uno molto appariscente, che gonfia il petto rosso sul ramo di un arbusto, a pochi metri dal sinuoso nastro d'asfalto dove taxi e limousine navigano come stanchi galeoni. Ma l'uccellino non bada al traffico o al cielo imprigionato tra i grattacieli di settanta piani: il piccolo innamorato dal petto vermiglio pensa solo a conquistare la sua amata, lì come nel bosco più sperduto del pianeta.

T si ferma un attimo all'entrata dell'edificio, poi gira sui tacchi e scende la scalinata.

Tornato nella sua stanza, apre la guida della città e dà una scorsa all'indice: "Shopping", "Abbigliamento a prezzi d'occasione". Sottolinea con la penna qualche indirizzo: Daffy's, a Herald Square; Filene's Basement, all'incrocio tra la Sesta e la 18ma... Poi esce di nuovo, si tuffa nella metropolitana a Penn Station e riaffiora a Canal Street. Da un tizio di colore compra un orologino da cinque dollari, molto bello nella sua semplicità di sfera nera, e poi un rasoio in un bazar cinese.

Poi mangia un pezzo di pizza mentre risale per Broadway, deciso a raggiungere la 18ma a piedi: una lunga passeggiata tra la folla multicolore. All'altezza di Soho una jeep nera senza capote né parabrezza passa molto lentamente. A bordo due enormi skinhead con la carnagione rosata e l'uniforme militare, nera dalla testa ai piedi. Il più muscoloso dei due sta al volante, che manovra con una mano sola – si notano i tricipiti anche col braccio piegato sullo sterzo –, l'altro è semplicemente mastodontico, un orso polare con una grossa grinza di pelle sulla nuca e una svastica tatuata tra l'anfibio lucido e la gamba del pantalone. Entrambi fissano i passanti negli occhi; un gesto impensabile in questa città, senz'altro una provocazione.

T, che sta masticando l'ultimo boccone di pizza, si ferma e pianta gli occhi in faccia all'orso polare; addirittura gira con lui al passo dell'auto, seguendo con lo sguardo la macchina e continuando a masticare lentamente. L'orso, allarmato dalla strana immobilità rotatoria di quella sagoma sul marciapiede, sposta lo sguardo, mette a fuoco, osserva per qualche secondo gli occhi che lo guardano, e immediatamente distoglie i suoi e li fissa più indietro, e poi verso un punto lontano. Il conducente dai grossi tricipiti, ignaro del gioco di sguardi, continua a guidare lentamente verso Union Square, e T sputa in un cestino l'ultimo boccone di pizza, che non riesce a inghiottire a causa della scarica d'adrenalina. Non può trattenersi dal tirare un calcio al cestino, da cui saltano fuori delle cartacce. Qualche passante si allontana un po', intuendo un pericolo, ma a T basta fare qualche passo per confondersi subito tra la folla e passare inosservato.

Quando arriva alla 18ma, la sua eccitazione si è abbastanza calmata, e così entra da T.J. Maxx e cerca il reparto camicie. Ce ne sono centinaia, appese alle grucce, e sono davvero a buon mercato, avanzi di fine serie di marche che conosce persino lui, che di marche non capisce un'acca. Una, color rosso cupo molto intenso, gli ricorda l'uccellino del giardino della biblioteca, e così la mette subito nel carrello. Poi prende due paia di pantaloni che non può provare perché non ci sono i camerini, un abito grigio di un bel tessuto, e infine una giacca principe di Galles che si abbina con entrambi i pantaloni. E con questo ha completato i suoi acquisti, a parte un paio di scarpe adatte che comprerà in qualche negozio di Garment.

Esce dall'edificio con due enormi sacchetti di plastica, così sottili che rischiano di rompersi da un momento all'altro, e dato che non gli va di prendere la metropolitana con tutta quella roba e a quest'ora è impossibile trovare un taxi, T si dirige a nord per quindici isolati, fino a quando vede la torre nera del Madison Square Garden. Nella hall dell'hotel il guardiano gli chiede il pass. È grosso come quello che fa il turno del mattino, però è bianco e biondo. Questa volta T non posa neanche le borse, ma si limita a fissarlo per qualche istante con le sopracciglia inarcate. Il guardiano sgonfia il petto sotto la giacca: *Ok, ok, I know...*

2.

SULLA TERRA

Alle dieci del mattino il negozio di dischi ha appena aperto e il commissario trova solo due commessi che chiacchierano dietro il bancone sul fondo. Vicino all'entrata un altoparlante annuncia i titoli della top ten. Il commissario non ne conosce nessuno. Va su e giù tra gli scaffali con le scritte: HOUSE, HIP-HOP, INDIE... Mai sentite queste parole. Cerca di attirare l'attenzione dei commessi fissandoli insistentemente da lontano. Macché. Allora si avvicina al bancone e si pianta davanti a loro con le mani dietro la schiena. I due ragazzi gli lanciano un'occhiata rapida, ma non smettono di chiacchierare:

"E quanti anni ha?".

"Diciannove."

"Mmhh... com'è giovane..."

"Ma è bellissimo, un figazzo da panico."

"Uff, sarà, ma è così giovane..."

Il commesso preoccupato per l'età del bello controverso sfoggia un paio di basette sottili, maglietta fucsia che lascia scoperto il piercing all'ombelico e una cintura di vernice bianca che serve ad abbellire i jeans ma non a tenerli su. Il commissario si avvicina al bordo del bancone e appoggia le mani incrociate sul piano, proprio in mezzo ai due conversanti.

"Desidera qualcosa, signore?" domanda quello con l'ombelico di fuori.

"Buongiorno..."

"'giorno... Le serve qualcosa?"

"Sì, mi serve qualcosa... Un disco."

"Che disco?"

"Quello di un certo Manochao."

"Manu Chao... Quale di Manu Chao?"
"Non so... *me gusta la marihuana y me gustas tú*... Così dice il testo, io non approvo."
Occhiata dall'alto in basso. Occhi che si socchiudono:
"Sì, immagino... Fa parte dell'album *Proxima Estación: Esperanza*. Ma è piuttosto vecchiotto, è uscito due anni fa."
"Voglio quello."
Il commissario segue il commesso nel labirinto di scaffali. Arrivati a quello con la scritta POP SPAGNOLO, il ragazzo cerca sotto la M e tira fuori un cd giallo che al commissario sembra un dischetto per bambini, con una specie di pagliaccio che suona la chitarra sulla copertina.
"Sicuro che è questo?"
"Be', può darsi che non badiamo molto ai clienti che entrano, ma di musica ne sappiamo qualcosa..."
"Lo spero. Avete la cassetta?"
"Oh Madonna! Ma quelle non esistono più..."
"No? Ma se ho visto delle cassette in vendita che non è neanche una settimana..."
"Forse da un benzinaio sperduto da qualche parte. Qui abbiamo solo cd e dvd: questo è un negozio serio."
"Già. E cosa succede se qualcuno non ha lo stereo per sentire... i cd?"
"Non ne ho idea... Può sempre comprarsi gli spartiti di qualche paso doble e suonarseli al pianoforte. I tempi cambiano, signore."
"Già, vedo.... a quanto pare adesso il paso doble si suona al pianoforte... Va be', lei non è un commesso molto premuroso e a quanto vedo anche di musica non ne sa un granché, ma il cd lo prendo lo stesso."
"Spiacente, ma io sono premuroso solo col mio fidanzato, qui devo solo vendere musica."
"La capisco, ragazzo, nemmeno io sono premuroso, eccetto con mia moglie, e quindi lasci perdere i fatti suoi e mi incarti il cd."
Altra occhiata dall'alto in basso. Occhi che tornano a socchiudersi:
"Perfetto! Sarà un piacere accontentarla il più presto possibile".
Il commissario esce dal negozio convinto che l'umanità abbia perso la bussola e che il mondo sia sul punto di collassare. Cerca di infilare il sacchetto col cd nella tasca della giacca. Non ci sta. Si rassegna a tenerlo in mano. Percorre vicoli bui, sporchi di piscio, cartacce e cacca di piccione. Osserva il camper del comune, dove si distribuiscono gratis siringhe e preservativi. Per quanto ha potuto vedere, mai nessuno si avvicina a prendere qualcosa, soprat-

tutto i tossici, che scappano a gambe levate appena vedono un veicolo bianco e blu. Comunque il commissario trova che combattere i contagi regalando preservativi e siringhe sterili sia assurdo come combattere la caccia di frodo regalando pallottole a salve. È la strana logica dei tempi moderni, pensa: pigrizia, condiscendenza, mancanza di polso da parte delle autorità...

Arriva al commissariato come chi giunge in un'oasi di ordine e pulizia. Almeno questo gli piace del nuovo edificio: è pulito e ordinato. Stile Internazionale reinterpretato da un minimalista postmoderno. Prima la Centrale era una solida fortezza con le feritoie, ora sembra un acquario panoramico fragile e indiscreto. Il commissario attraversa porte a vetri e risponde vagamente ai saluti cercando di coprire il sacchetto del cd con la mano per nascondere il nome del negozio. Sale con l'ascensore al secondo piano e saluta ad alta voce Varela che monta la guardia davanti al suo ufficio. Sopra si sente odor di nuovo, del legno delle porte e dei rivestimenti di cuoio, e i passi del commissario echeggiano sul pavimento di marmo bianco. Entra nella sala riunioni adiacente al suo ufficio per bere un bicchier d'acqua. Gli hanno messo una caffettiera elettrica, un piccolo frigobar e un distributore di acqua minerale, fredda o temperatura ambiente. Ha anche un posto macchina privato nel garage, il climatizzatore indipendente dal resto dell'edificio, un gabinetto personale con soffici asciugamani, e due poltrone e un divano di velluto blu che usa per rilassarsi dopo aver pranzato al bar del primo piano. Solo la bandiera, lo stemma della polizia ("Sacrificio, Tecnica, Dedizione"), e la foto del capo di stato gli ricordano che lui è sempre lo stesso funzionario con uno stipendio modesto. In realtà qui è tutto troppo grande, qualunque cosa gli serva sta sempre in un altro piano, nessuno è a portata di voce, bisogna usare sempre l'interfono, ma soprattutto non gli piace il finestrone con vista sulla strada che sta dietro la sua poltrona e che incornicia facciate fatiscenti, tristi esposizioni di panni stesi, finestrelle dietro cui stanno ammucchiati gli immigrati clandestini. "I tempi cambiano, signore" ripete ad alta voce guardando il cd che ha tirato fuori dal sacchetto. Lo mette in un cassetto e si accorge che Varela gli ha lasciato un fax sulla scrivania. Lo prende e legge l'intestazione:

INVIO TRAMITE TELEFAX.
Mitt.: Isp. Antonio Berganza, Sez. Omicidi Commissariato di zona.
Att.ne: Cs. Capo Pujol, Centrale.
Oggetto: Rapporto "Uni-Pork".
Numero pagine compresa questa: 23.

***

Il commissario approfitta della pausa pranzo per passare alla Scientifica. Lo stabile non è cambiato: stessa architettura grigia e anonima del vecchio complesso della Centrale. All'ingresso l'agente di guardia in divisa lo saluta. Il commissario solleva la mano e si dirige alla sezione di Criminologia. L'unico psichiatra disponibile è Puértolas, non ci sono alternative. Perciò il commissario si rassegna a esporgli i fatti armandosi di pazienza.

"Vediamo, eh? 'Nel nome del porco', sì, uhm... sembra... ricalcare la formula che si pronuncia facendo il segno della croce, vero? 'Nel nome del Padre, del Figlio e dello Spirito Santo', vero? e via dicendo."

Il commissario annuisce.

"In questo caso pare che il Porco corrisponda al... Padre, vero?, cioè a Dio... e quindi il Porco qui potrebbe essere il Demonio, naturalmente... uhm... ma non un demonio qualunque, bensì Satana in persona, vero? Peccato che la frase sia scritta tutta in maiuscolo... sarebbe... sarebbe stato interessante... poterlo verificare con precisione, vero?, se solo la 'P' di 'porco' fosse stata una lettera... maiuscola, sarebbe stato significativo, in effetti, anche se naturalmente l'animale... costantemente associato alla figura del Demonio è... nella cultura cristiana, naturalmente, è il caprone, vero? e via dicendo... ma anche il serpente, vero?, e il gatto, il gallo, il mastino nero, e naturalmente, mi faccia pensare... il lupo, vero? E il topo e il rospo e il pidocchio, in effetti... in realtà tutte le bestie, vero? Se sono ripugnanti e, naturalmente, anche aggressive... pericolose o portatrici di mali o epidemie, vero? O più semplicemente di color nero o associato a... in qualche modo, alla morte, vero? Come... lo scarafaggio, o il corvo e via dicendo. Comunque è anche possibile trovare un demonio capace di... incarnarsi in un cerbiatto, vero? O in un... coniglietto bianco, per... raggiungere i suoi scopi malvagi... e via dicendo. Ma un coniglietto non sarà mai... il simbolo di Satana, vero? Il coniglietto bianco è... quasi sempre... la vittima. Il maiale invece... vero?... naturalmente si può interpretare come immondo... sguazza nel... fango e negli escrementi e via dicendo, ed è sporco, fetido, e il suo aspetto... il suo aspetto... vero?, è legato alla terra e via dicendo, e naturalmente, lo avvicina al diavolo, vero? e via dicendo. Ricordo, ricordo... nel *Giardino delle delizie*... di Bosch, ovviamente... sulla sinistra, si ricorda?, il Paradiso... la Terra al centro... e sulla destra... l'Inferno, vero? Bene, insomma... alla fine dell'Inferno appare... appare un maiale travestito da suora e via dicendo... che sembra, insomma, sembra che induca l'uomo a... firmare... firmare un contratto, vero? A quanto pare... quell'uomo è... l'autore in persona, Bosch, naturalmente..."

Il commissario, per quanto possibile, cerca di eliminare le divagazioni pittoresche dal resoconto:

"E quindi qui il Porco potrebbe identificarsi col Demonio?".

"Be'... in effetti... In un certo senso, naturalmente... Prendiamo alcune... espressioni comuni... si dice 'Godere come un porco'... o 'Spassarsela come porci', vero? e via dicendo, che naturalmente rimandano alla libidine... alla lussuria, in effetti, caratteristiche molto... molto tipiche... del demonio, vero?, proprio come 'Mangiare come un porco', che significa, in effetti, abbuffarsi, ma abbuffarsi... con avidità, vero?, o pensi a quello che in spagnolo chiamiamo un 'Porco con le bretelle', e cioè un ricco perverso, un tiranno, vero?, che come il demonio è... naturalmente, ricco e despota e via dicendo. Naturalmente... queste sono solo delle ipotesi, vero?, però mi sembra abbastanza chiara... l'identificazione porco-piacere e... porco-peccato e... porco-sporcizia e via dicendo, e quindi, quindi, quindi, mi sembra molto chiara la connessione... eh?, Porco-Demonio, che... in effetti... è ciò a cui naturalmente volevamo... arrivare."

"E poiché il cadavere è stato rinvenuto in un macello per suini non potrebbe esserci spiegazione più attinente a quella frase..."

"In questo caso... naturalmente... in questo caso calzerebbe a... pennello, vero? Ma è possibile che il porco non sia citato perché... in effetti, l'omicidio è stato perpetrato in un macello, ma perché... come dire... forse, forse... forse l'omicidio è stato perpetrato in un macello per... vero?, per enfatizzare... la citazione del porco, ovviamente. Non dobbiamo dimenticarci che l'animale prescelto, vero?, è effettivamente quello, e non, vero?, un altro qualunque, e naturalmente non mi riferisco solo... all'irriverenza implicata, vero?, dall'associazione Padre-Porco, o alle implicazioni psicoanalitiche, naturalmente, ma anche, per una questione di simmetria estetica, eh?, come dire..."

"Per il suono delle parole?"

"In effetti... per motivi metrici e per ogni sorta di... ragione estetica, vero? La parola 'Porco' è formata da due sillabe, vero?, la prima tonica e la seconda, naturalmente, atona... come 'Padre', in effetti... insomma, 'Nel nome del Pidocchio' naturalmente non sortirebbe lo stesso... effetto, certo, sul, in questo caso, sul poeta, vero? Mentre 'Nel nome del Porco' suona... bene, è... un bel sintagma, come, vero?, il titolo di un... di un... manifesto, o... di una dottrina."

"Capisco..." Il commissario fa una pausa per cambiare argomento. "Secondo lei si tratta quindi di un malato di mente?"

"Uhm... direi piuttosto di uno... psicopatico... forse. È possibile, naturalmente."

"E uno psicopatico non è un malato di mente?"

"Non proprio... Mancanza di empatia è l'espressione più... adatta, vero?, per definire il comportamento dello psicopatico... o del sociopatico, vero?, come... come dicono i nostri... colleghi americani, naturalmente. Posso consigliarle... le consiglio un libro... un testo semplice, naturalmente, vero?, lo troverà in qualunque... solo per farsi... un'idea, sì, un'idea."

"Le spiace scrivermi il titolo?"

***

Malgrado l'ingorgo del traffico, il commissario si gode il viaggio di ritorno. L'autobus abbandona il lugubre centro storico, l'ottocentesca scacchiera di edifici neoclassici, e infine arriva nel suo quartiere, che negli ultimi anni è diventato una prestigiosa zona residenziale, pulita e tranquilla. Alla sua fermata vede l'ennesimo cartello IN VENDITA che pende da una terrazza dell'attico di un edificio di mattoni sull'angolo, e calcola mentalmente quanto costerà l'appartamento. Allora si domanda dove potrebbe vivere un commissario capo che dovesse comprar casa al giorno d'oggi. Probabilmente in periferia.

Smonta dall'autobus con un grosso sacchetto di plastica e attraversa il parco. Niente camper del comune che distribuiscono siringhe, niente cacca di piccioni, né muri imbrattati di piscio; l'aria profuma di oleandro e l'erba delle aiuole brilla agli ultimi raggi di sole. I bambini giocano nella zona delle altalene, puliti e ben vestiti, magari un po' in disordine perché stanno correndo, ma senz'altro curati, costantemente seguiti dall'occhio vigile di mamme, nonni e tate di colore che chiacchierano sulle panchine. Il commissario sa che nessuno di loro varcherà mai la soglia di un comando di polizia – salvo magari per denunciare un furto nella casa al mare – e che un giorno quei bambini saranno sicuramente persone rispettabili e nutriranno la conciliante certezza di meritare ciò che possiedono.

La palazzina del commissario è una delle più antiche della strada. È di mattoni rossi; una delle poche, in questa zona, che a suo tempo sono state costruite in edilizia convenzionata. Sale al quinto piano con il moderno ascensore, installato nel corso della ristrutturazione dell'edificio, e apre la porta, la numero 2. Dentro casa: carta da parati con disegni di Morrison verde scuro, mobile basso con fregi, due marine con la cornice dorata, appendiabiti di legno. Profumo di tortilla di patate.

"Ciao-ciao..." voce sonora e canterina del commissario.

Una voce femminile si ode da lontano:

"Già a casa? È presto, no?".

"Mi mancavi e così sono uscito prima..."

"Be', oggi ho fatto tardi, è venuta a prendermi mia sorella e siamo state al Corte Inglés fino alle sette. Per la lista di nozze di María Teresa..."

"Quale sorella?"

"María Luisa."

Il commissario posa il sacchetto nell'ingresso ed entra in cucina. Sua moglie è davanti ai fornelli, di spalle: un metro e sessantacinque, costituzione robusta, capelli castani, tinti e raccolti in uno chignon dietro la nuca. Grembiule, pantofole coi pon pon, viso sorridente che mostra quando si gira per porgere le labbra al marito. Si scambiano un bacio rapido che coglie il commissario sui baffi all'angolo della bocca a causa della loro differenza di statura.

"Vai via, che ti rimane l'odore di frittata nei vestiti."

"Be', avranno un buon profumo..."

"Non essere sciocco, vai a cambiarti. Cosa hai portato che ho sentito il fruscio di un sacchetto?"

"Ora ti faccio vedere. Lasciami togliere le scarpe."

Il commissario apre la porta della veranda annessa alla cucina, si toglie le scarpe con un sospiro di sollievo e s'infila le pantofole.

"Ti fanno ancora male?"

"Ormai quasi più, ma sono dieci ore che le indosso."

"Non ti sei steso un attimo dopo pranzo adesso che ti hanno messo il divano?"

"No, ne ho approfittato per andare alla Scientifica e per comprare una cosa..."

"Vuoi che te le faccia mettere in forma? Ci ho lasciato dentro la carta di giornale umida per tre giorni, ma siccome sono di cuoio..."

"Non importa, domani per riposarmi mi metterò quelle vecchie. Vado a cambiarmi e a vedere come sta il gatto."

Il commissario entra in camera e saluta il peluche di Garfield che dorme sul letto, tra i due cuscini. Era in un cesto di Natale che ha vinto tre o quattro anni fa alla pesca del bar della Centrale, ma quando lo ha portato a casa non immaginava che sarebbe diventato il padrone della sua stanza. "Ciao, Garfield!" pronuncia ad alta voce per farsi sentire fino in cucina. Poi si toglie gli occhiali per massaggiarsi la congiunzione delle sopracciglia davanti allo specchio della toilette e si osserva attentamente gli occhi. Il commissario cerca sempre di nascondere gli occhi, come si fa con un brutto eczema, persino a sua moglie, l'unica persona, a parte l'ottico, cui è concesso di vederli senza occhiali. Ma neanche con gli occhiali guarda mai fisso qualcuno, a meno che non possa farlo sorridendo, nel qual caso i suoi baffi si sollevano simpaticamente come quelli del gatto Garfield. O a meno che non si tratti di un interrogatorio, naturalmente, perché in questo caso i suoi occhi si sono sempre rivelati molto utili.

Esce dalla stanza indossando un paio di pantaloni vecchi con le bretelle e una camicia a quadri. Prende il sacchetto che ha lasciato nell'ingresso e torna in cucina:

"Guarda, vuoi vedere cosa ho comprato?".

"Cos'è?"

"Una cosa che suona..."

"Uh! È enorme..."

"È un lettore per i cd..."

"E perché?"

"Lo stereo ormai è inutile, adesso vendono solo cd..."

"E da quando ascolti musica?"

"Prima a casa la sentivamo..."

"E che dischi vorresti ascoltare se i nostri non si possono sentire con questo apparecchio?"

Il commissario solleva un poco i pantaloni, fino a scoprire i calzini, e si mette a saltellare battendo il ritmo con le pantofole:

"*Me gustan los discos y me gustas tú / me gusta la tortilla y me gustas tú*".

La moglie lo fissa con le mani sui fianchi, reggendo la schiumarola:

"Madonna Santa! Stai a vedere che ti hanno messo nell'acqua una di quelle porcherie che sequestrate ai ragazzini!".

Il commissario la raggiunge a passo di danza, l'afferra per la vita, le dà una pacca sul sedere. Lei cerca di darsi un tono, di liberarsi, gli dice di lasciarla. Lui in cambio vuole un bacio. Lei acconsente, ma nel tafferuglio il commissario riceve un altro bacio sui baffi, e così ne reclama un altro. In quel mentre squilla il telefono: "Su, smettila di fare lo stupido e vai a rispondere, che sto preparando la tortilla".

Il commissario si avvia verso il salotto dopo aver dato un'altra pacca alla sua preda. Solleva il ricevitore. Dalla cucina si sente un saluto: “Accidenti, il nostro viaggiatore...”, ma il resto della conversazione è pressoché incomprensibile. Il commissario non si trattiene a lungo, solo due o tre minuti: “Be’, stammi bene, e fatti sentire ogni tanto... Non mancherò...”.

Il commissario torna subito in cucina:

“Mi hanno appena incaricato di darti un altro bacio, quindi ora me ne devi due”.

“Ah sì? Chi?”

“Tomás, da New York.”

“Ah! E com’è andato il viaggio?”

“Bene... dice che la stanza dell’albergo fa schifo ma che per poco non è svenuto quando ha visto il primo grattacielo. Dice che al confronto i nostri sembrano giocattoli... Sembra contento... a quanto pare non ha neanche fatto in tempo a sistemarsi che ha già fatto le ore piccole...”

“Chissà che roba la notte... Che paura!”

“Lui dice di no, e che il centro è pieno di gente... E poi se non è capace lui di badare a se stesso...”

“Sì, certo...”

“Senti, ti andrebbe di andare a New York? Appena vado in pensione possiamo andare in un’agenzia di viaggi a chiedere...”

“Oh, no... un viaggio così lungo... e senza parlare la lingua...”

“Be’, se Tomás si trasferisce là potrà farci da cicerone. E poi dicono che un sacco di gente parla spagnolo.”

“...e così tante ore in aeroplano...”

Il commissario ritorna all’attacco:

“Be’, per ora vediamo come la mettiamo con questi due baci che mi devi”.

“Stai buono, José María, cosa sono tutte queste smancerie?”

3.

IN PARADISO

Il mercoledì T si sveglia alle otto con la radiosveglia sul comodino. Giorni fa ha trovato una stazione che trasmette una divertente tavola rotonda cui partecipano gli ascoltatori al telefono. Quello che ci vuole per mettere in marcia il suo *listening* prima di uscire per colazione e affrontare le domande che i camerieri gli rivolgono a bruciapelo. Questa mattina la discussione verte su quale sia la qualità di un uomo che le donne apprezzano di più. T va in bagno a fare pipì, ma contrariamente al solito poi si siede sul letto a fumare prima di lavarsi i denti e fare la doccia.

Dopo una breve presentazione dell'argomento da parte dei convenuti, il conduttore del programma apre il collegamento telefonico in diretta. T fatica a seguire i dialoghi, ma riesce a capire che le doti citate sono l'intelligenza, la dolcezza, la galanteria... Una spiritosa ascoltatrice parla di soldi e carte di credito, mentre un'altra tira in ballo misure e dimensioni, la qual cosa provoca una valanga di risatine e di battute incomprensibili. Comunque quasi tutte le donne pensano che il senso dell'umorismo sia la dote più importante di un uomo; questa è di gran lunga la virtù più citata. E una specialista di problemi di coppia, che è ospite del programma, conferma l'importanza di questa qualità: secondo lei ridere è sinonimo di felicità, e perciò un uomo capace di far ridere una donna ha parecchie frecce al suo arco. Questa è la conclusione approvata da tutti i partecipanti, che in fin dei conti sono dei comici e quindi far ridere è il loro mestiere. Poi parte *My baby just cares for me* e T s'infila nella doccia canticchiando il testo che conosce più o meno a memoria.

Sotto l'acqua, T si domanda quale possa essere la qualità più apprezzata da una ventenne che indossa abiti di sartoria e racconta barzellette con la faccia da Braccio di Ferro. È possibile far ridere una donna del genere? Comunque T ha un buon senso dell'umorismo, anche se normalmente non lo usa, la qual cosa, a ben vedere, è come avere soldi ma non spenderli. In un certo senso si potrebbe dire che lui è avaro col suo senso dell'umorismo... Proprio così: è avaro col suo senso dell'umorismo. Questo gli sembra un buon modo di esprimere il concetto. D'altro canto lui è un tipo interessante, anzi, molto interessante, ha le sue buone ragioni per esserne sicuro. Ripensa alla prima volta che ha preso la metropolitana a NY. Una bellissima ragazza di colore non gli staccava gli occhi di dosso. T non si era ancora confrontato con uno sguardo simile da quella parte del mondo, ma aveva afferrato subito il messaggio: non aveva il minimo dubbio che per andare con quella tizia doveva solo ricambiare il suo sguardo, scendere alla sua fermata e seguirla dove lei voleva portarlo. Eppure lo sguardo di lei non era malizioso, non manifestava l'intenzione di sedurlo, ma esprimeva una richiesta fredda e decisa, probabilmente come quella dei due skinhead della jeep. In questo caso però T aveva cercato di evitare i suoi occhi per tutta la durata del viaggio, limitandosi a notare, di tanto in tanto, che lei continuava sfacciatamente a guardarlo. Nei giorni successivi la stessa cosa era capitata altre volte, ma sempre con donne bianche, la ragazza di colore della metropolitana era stata un'eccezione. Anche un uomo, a West Village, aveva cercato di rimorchiarlo, un ragazzo magrissimo con un completo di lino color panna. In fondo, grazie al suo aspetto, nel giro di pochi giorni avrebbe potuto imboscarsi con una mezza dozzina di persone, gratis e senza nemmeno sbattersi per sedurle.

Senza dubbio devo essere un uomo attraente, pensa T. E per di più sa anche essere gentile, educato, galante. In sintesi: lui è bello e cortese. Nient'altro? All'improvviso si ricorda le esatte parole di una donna che appartiene al suo passato: "Sei disperatamente triste e solitario, è impossibile avvicinarti". T non aveva capito bene cosa volesse rimproverargli, ma aveva ascoltato in silenzio quell'ammonimento che lo faceva sentire vagamente colpevole. "Non esprimi mai i tuoi sentimenti, stare con te è come stare con un autistico." Pronunciava quelle parole con rabbia sempre crescente, mentre lui sprofondava sempre più nel suo silenzio: "Smettila di lacerarti, Dio santo, sputa fuori il tuo terribile segreto e dacci un taglio". Le ultime parole gli erano sembrate così insopportabilmente crudeli che non si ricorda nemmeno come aveva reagito. A volte la memoria cerca di risparmiargli i brutti ricordi. Ma questo succede a tutti, no? Impariamo tutti a dimenticare quel che ci fa soffrire...

T esce dalla doccia e si asciuga. Poi cerca il rasoio elettrico. Avrebbe dovuto radersi prima di fare la doccia, adesso i peli gli rimarranno tutti appiccicati sulla pelle umida. Mentre ascolta la radio si rade e poi si sbarba accuratamente con la lametta, fino a quando il suo viso resta nudo, liscio, leggermente azzurrino nelle zone dove prima c'era la barba. Poi si concentra sulla sua mise. Oltre ai vestiti e all'orologino con il quadrante nero, ieri pomeriggio ha comprato un paio di scarpe nere, italiane, per 199 dollari, una boccetta di Boucheron, per 105 dollari, e un cappello di cuoio in una cappelleria di Herald Square, 59 dollari. Dispone tutto sul letto e dopo qualche prova opta per l'abito grigio e un'elegante camicia di Hugo Boss. E infine si ficca in testa il cappello di cuoio, un po' sulle ventitré. Poi si osserva nello specchio intero della porta del bagno, cercando di sguazzare il meno possibile nell'acqua sparsa sul pavimento. In realtà non sembra molto ringiovanito, e non è neanche sicuro che il cappello gli conferisca il tocco irish che vorrebbe, questo senza contare che è sicuramente un'idiozia pensare che a una mezza irlandese piacciano gli uomini col cappello. Comunque si può dire che il suo look è abbastanza europeo, più essenziale e al tempo stesso più sofisticato di quello newyorkese. Perciò si dà l'ok ed esce.

È una mattina grigia e umida, per strada il vapore fuoriesce da ogni fessura e gli edifici più alti scompaiono tra le nubi come fantasmi decapitati. Mentre cammina per la Quinta, T presta attenzione ai passanti per capire se il cappello di cuoio si fa notare. Vede una bionda in minigonna che esce da una boutique insieme a un milionario da operetta, un cinquantenne panzone tutto elegante che regge tra le labbra un sigaro acceso nonostante dappertutto viga il ferreo divieto di fumare. Un po' più in là un tizio di colore in mutande e vestaglia da ospedale porta appesa al collo con una corda una cassetta per la frutta con i suoi effetti personali. Esposto in una vetrina con la cornice di marmo africano, uno smoking con dei sontuosi ganci per scarponi da sci al posto dei bottoni. Ed ecco che passa un'enorme decappottabile rossa con gli interni di cuoio bianco; sul sedile posteriore è stata sistemata una grossa cinepresa con cui l'operatore riprende lo spazio vuoto che lascia come una scia nel traffico. E, ovviamente, nessuno bada al cappello di T.

Si è già scordato del cappello quando arriva negli uffici sulla 42ma e si vede in uno specchio dell'atrio, lontano dallo sguardo del portiere. All'improvviso gli sembra che il cappello non gli stia bene come credeva, forse si nota troppo che è nuovo. Se lo toglie e si aggiusta i capelli con le mani, ma poi si avvicina di più allo specchio e si accorge che il cappello gli ha lasciato un segno rosso sulla fronte. Quando arriva al piano di sopra e suona il campanello dell'Istituto ha perso tutta la sua sicurezza.

"Buon giorno, dovrei vedere Suzanne, ieri non avevo il passaporto..."

"Certo, si accomodi" dice Diane Keaton.

***

Suzanne è impegnata al telefono, non si volta neppure per vedere chi è entrato. La pettinatura è simile a quella di ieri, con i capelli raccolti in una crocchia dietro la nuca, ma oggi indossa un girocollo alla Audrey Hepburn che consente al seno – non molto grosso e sicuramente sostenuto da un reggiseno dall'opinabile utilità – una certa libertà di movimento sotto la lana sottile. T si ferma davanti alla scrivania e lei solleva un attimo lo sguardo sempre con l'orecchio sul ricevitore. Non lo riconosce subito, ma a quanto pare le interessa ciò che vede, perché lo guarda una seconda volta. A T sembra che questa seconda occhiata si soffermi proprio sul cappello. Buono o cattivo segno? Alla terza occhiata lo riconosce, gli rivolge un meraviglioso sorriso e gli fa cenno di accomodarsi. Poi fa subito una smorfia da "Che palle 'sto tizio al telefono": occhi socchiusi e mandibola cascante come chi sta per addormentarsi. T deve togliersi il cappello? Sta in un ufficio, e davanti a una donna, ma togliersi il cappello non sarà un gesto antiquato? Magari addirittura pacchiano? A NY nessuno si toglie il cappello quando entra in qualche posto... Ovviamente la maggior parte dei cappelli che si vedono in giro sono berretti da baseball e si portano girati al contrario, la qual cosa non induce certo a comportarsi come un perfetto cavaliere ma piuttosto a rappare porcate. Ma cosa fare con un cappello da immigrante irlandese dell'Ottocento? Forse la cosa migliore è toglierselo, piegarlo e infilarlo in tasca, sempre che ci stia. T non vuole certo toglierselo e rimanere impalato col cappello in mano come un bracciante al cospetto della sua padrona: un atteggiamento simile farebbe a pugni sia con la camicia di Hugo Boss che con il Boucheron da cento dollari e lo skyline da capogiro che si vede dalla finestra. Di certo non avrebbe dovuto mettersi quel maledetto cappello ancora così rigido: tiene troppo caldo, puzza di cuoio, lascia un segno rosso sulla fronte e non si sa dove ficcarlo quando ci si trova davanti a una ragazza vestita alla Audrey Hepburn."

"Dio mio, ma cosa le prende oggi alla gente! Ieri c'era forse la luna piena?" gli domanda la ragazza vestita alla Audrey Hepburn quando finalmente riesce ad attaccare il telefono.

"Non so, dalla mia stanza vedo solo scarpe... Ti ho portato il passaporto, ti ricordi?"

"Sì, la sovvenzione per il trasferimento... Mi scusi, ma quando è entrato non l'ho riconosciuta subito... senza barba..."

T sente i nervi distendersi, come un attore quando finalmente si alza il sipario e deve solo recitare. E lui è un buon attore:

"Ehi, ma non mi dare del lei... ti sembro così vecchio?".

Lei compie il frivolo gesto di aggiustarsi un'immaginaria ciocca di capelli dietro l'orecchio.

"Be', ho visto di peggio..." sorride.

C'era una punta di malizia? Comunque il tono di lei autorizza T a fare un altro passo avanti:

"Devo prenderlo come un complimento?" sorride anche lui.

Lei accenna a pensarci un attimo:

"Uhm... no. Be', sì: ho un debole per i cappelli. Da piccola mi ha morso un cane...".

Ovviamente l'incongruenza, accompagnata da ampi battiti di ciglia da struzzo perplesso, vuole sfidare l'ingegno di T.

Lui tentenna un attimo, fa un gran respiro ed esclama:

"Beato cane!".

Ovviamente non è una risposta ingegnosa, ma è audace, categorica, e sortisce il suo effetto. Si vede da come la mandibola di lei scivola da un lato e gli occhi si alzano al cielo, forse a imitare un pugile sul punto di finire ko. Ma T sa che per il momento non è il caso di continuare su quel tono. Le ha lanciato solo un segnale, e così, come dopo un punto e di seguito, aggiunge:

"Be', sono venuto a portarti il passaporto e a chiederti qualche informazione...".

E qui T snocciola qualche domanda preparata per l'occasione: scadenza delle consegne, proroga della presentazione delle richieste per le sovvenzioni... È ora il momento di sfornare qualche argomento che a lei possa sembrare intelligente ma che allo stesso tempo risulti personale, dotato di un pizzico di sensibilità. A proposito della discussione sulla convenienza di rientrare o meno in Spagna mentre le sue pratiche vengono inoltrate, T dice che non ha alcuna voglia di tornare, ma che preferisce fermarsi per tutto il tempo necessario, e questo gli permette di parlare del fascino che esercita su di lui la città: le scale mobili di cent'anni fa, i registratori di cassa con la manovella, gli ascensori di ottone nei quali ci si aspetta sempre di veder entrare Spencer Tracy... Esprime anche con sentite parole come tutto gli sembri sorprendentemente vecchio, di quell'antico splendore che ricorda in bianco e nero da quando era bambino, sempre sullo schermo della televisione o del cinema, e che adesso gli appare davanti agli occhi tutti i giorni, nei suoi colori reali, nelle sue mastodontiche dimensioni, nel suo luccichio decadente, come la pelliccia lucente di un cane morto. T si guarda bene dal parlare del cane morto, ovviamente, e anche della metafora dei vermi che brulicano sopra la carcassa, ma cerca di coinvolgerla nella conversazione domandandole dove stava prima di trasferirsi a NY. Lei gli dice che negli ultimi anni ha fatto la spola tra Santander e Sligo: studiava in Spagna e trascorreva le vacanze in Irlanda. Ma qui si ferma, un po' confusa da questo tizio che ieri sembrava Indiana Jones e oggi sembra James Bond e che ha pure il coraggio di dirle che gli piacerebbe essere un cane per morderla. Bau.

"Bene, non voglio rubarti altro tempo, questa volta non mi sono dimenticato il passaporto..." dice T accorgendosi che lei ha bisogno di un attimo di respiro, visto che negli ultimi minuti ha persino smesso di fare le sue smorfie.

"Ok!" fa lei con il suo vero sorriso, quello naturale. Poi si alza e va da T: "Dammelo un attimo, vado a fare una fotocopia. Anzi, due: una della prima pagina e una della data d'ingresso. È per l'immigrazione...". Va alla fotocopiatrice e sistema il documento sul vetro: "Mi dai un numero di telefono?".

"Certo, ti do quello dell'hotel. Il numero è lo stesso della canzone di Glenn Miller: Pennsylvania seimila e qualcosa."

"Aspetta, meglio se ti do il mio biglietto da visita" va alla sua scrivania e ne prende uno da una pigna. "Chiamami tra un paio di settimane."

T pensa che sia giunto il momento di continuare sulla strada che aveva abbandonato:

"Non so se potrò aspettare così tanto" sorride.

"Be', prima non credo che ci saranno notizie" dice lei, illuminata dalla vampata di luce della fotocopiatrice.

"Fa niente, mi farà comunque piacere sentire la tua voce, anche solo per sentirmi dire che non sai ancora niente."

Sorpresa mal dissimulata della ragazza:

"Be'... io sono qui".

T esce dall'ufficio con il biglietto da visita in mano. Legge: "Istituto di Studi applicati. Suzanne Ortega. Amministrazione". Ci sono l'indirizzo e un numero di telefono.

***

La mattina dopo, bighellonando senza una meta precisa, T sbuca in Times Square. Un tizio in perizoma, stivali e cappello da cowboy, tutto bianco, perfettamente in tinta, si esibisce con la chitarra in una delle isole spartitraffico in mezzo alla strada. Diverse stagionate turiste si fanno fotografare con lui, mentre scuote la chioma bionda o si congela in una posa da rockstar. Accanto a loro un vigile urbano cerca di stabilire un po' d'ordine nell'intricato incrocio di strade, serissimo, concentrato come un direttore d'orchestra davanti ai suoi musicisti strombazzanti. Tutto intorno una schiera di turisti, fermi sui marciapiedi più lontani, funge da pubblico, mentre, sullo sfondo, gli altissimi edifici tempestati di neon e insegne pubblicitarie completano il variopinto teatro in cui si rappresenta la scena.

T approfitta di essere da quelle parti per entrare alla Virgin. Appena varcata la soglia riconosce la canzone diffusa dagli altoparlanti: *Me gusta la mañana y me gustas tú*... Si avvicina al bancone e cerca di scandire bene Burl Ives per farsi capire dalla commessa asiatica. Niente da fare, gli tocca scriverlo su un pezzo di carta. *Oh, yes Burl Ives*, fa lei. Ma di stock non abbiamo niente, e neanche di Joe Jackson, il bluesman, però abbiamo qualcosa di Joe Jackson il country singer. Quanto T esce, a mani vuote, il tizio con la chitarra si esibisce in pose da culturista e le signore riunite intorno a lui, che si sbellicano dalle risate, sono ormai così audaci da infilargli le banconote nel perizoma.

T scende per la Settima schivando turisti e bancarelle con *yellow cabs* fermacarte e sfere di cristallo al cui interno si produce l'estemporaneo fenomeno di una nevicata sul World Trade Center. Di ritorno all'hotel, entra in uno dei negozi della hall e compra una scheda telefonica da dieci dollari. Poi va ai telefoni. Esita, ma il suo io pragmatico gli dice che non c'è nulla da temere e quindi compone il numero e resta ad ascoltare i toni assurdamente veloci che ormai ha imparato a identificare come il segnale di attesa utilizzato da quella parte del mondo.

"*Hello*?" dice una voce femminile. A T sembra Suzanne, ma non è sicurissimo:

"*Can I speak to Suzanne Ortega, please*?".

"*Yes, speaking, who's calling*?"

"Ciao, sono venuto ieri per la sovvenzione... ti ricordi?"

"Ah, sì, ciao, non ti avevo riconosciuto in inglese..."

"Già... Sai, ti chiamo così presto perché pensavo che magari ti avrebbe fatto piacere pranzare insieme."

Silenzio dall'altro capo del filo. T cerca di colmarlo prima che diventi imbarazzante:

"Sorpresa?".

"Be'... in effetti, sì, un po'."

"Immagino. Puoi parlare ora?

"Be', in questo momento sono con una persona..."

"Ti chiamo più tardi?"

"Sì... be', mi cogli in un momento..."

A T serve una risposta più chiara:

"Non voglio disturbarti se sei occupata, dimmi solo se posso chiamarti in un altro momento".

La risposta è balbettante ma inequivocabile:

"Sì, sì".

"Tra un'ora?"

"Va bene..."

"Perfetto. A dopo."

T appende la cornetta. Guarda l'orologio: 11.47. Prende una boccata d'aria, espira lentamente e si avvia verso una meta qualunque. Lei ha detto "sì". Ha detto "sì" due volte: "Sì, sì". È ovvio che questo significa sì, giusto? Giusto. Anche se per il momento manca ancora una lunghissima ora, da impegnare bighellonando per la 34ma senza allontanarsi troppo. Vede un carrettino degli hot dog e ne ingurgita uno di malavoglia, solo perché continua a sembrargli inaudita la facilità con cui a NY si può mangiare di tutto da qualunque parte, come in un Paese della Cuccagna dove i più poveri sono i più grassi. Poi entra in un negozio di articoli sportivi e fa un giretto nel reparto degli attrezzi ginnici. Gli manca la palestra della Centrale, si sente un po' anchilosato. Poco dopo entra in un negozio di musica: nessuna notizia di Burl Ives o di Joe Jackson il bluesman, è come fossero spariti dalla faccia della Terra. Passa altri cinque minuti davanti a una vetrina dove sono esposte scarpe a stampa zebrata, pelo di giaguaro e pelle di rana delle Amazzoni; probabilmente rane velenose, a giudicare dal verde brillante a macchie rosse. Poi finisce in una profumeria grande come un campo da tennis e annusa striscioline di carta imbevute di profumo fino a confondersi l'olfatto.

Cinquanta minuti dopo T sta ancora fumando sotto la pensilina dell'hotel, mentre emana odore di inferno fiorito e aspetta che le lancette dell'orologio si spostino. Ma solo dopo un'ora esatta dalla prima chiamata ricompone il numero su uno dei telefoni della hall. La sua puntualità è quasi oscena, lascia trapelare troppo. T lo sa, ma afferra la cornetta e compone il numero alle 12.47 in punto.

"Suzanne?"

"Sì, ciao."

"Adesso puoi parlare?"

"Più o meno... Senti, mi spiace ma oggi non possiamo vederci, sono troppo occupata."

"E se beviamo qualcosa insieme nel pomeriggio?"

"Oggi no, davvero."

"Va bene... E un'altra volta?"

Si blocca prima di rispondere:

"Sì... magari un'altra volta".

"Sabato?"

"N-nnno, non posso, il sabato ho sempre un sacco di cose da fare..."

"Scusami, non voglio stressarti, non sono una specie di psicopatico né niente del genere... Ma sono solo in città e non parlo bene l'inglese... Mi farebbe piacere fare quattro chiacchiere con qualcuno senza sentirmi un idiota. Solo quattro chiacchiere e un caffè..."

"Certo, ma davvero, il sabato... Va bene domenica mattina?"

"Va benissimo. Se vuoi possiamo fare colazione insieme o magari prendere un aperitivo da qualche parte, dove vuoi tu. Cosa fai di solito la domenica mattina?"

"Uff... dormo fino a tardi... A volte faccio una passeggiata nel parco. Ma devo tornare per pranzo, sono già d'accordo con le mie coinquiline."

"Be', possiamo trovarci al parco sul presto, ti va?"

"Non troppo presto, ok?"

"No, non troppo presto... Alle undici a Strawberry Fields?"

"Ok, alle undici a Strawberry... Senti, scusa ma adesso devo lasciarti perché c'è una persona che mi aspetta."

Quando riaggancia, T è sicuro che la parte più difficile è stata strappare questo primo appuntamento. Il resto verrà da solo, ne è assolutamente certo. E all'improvviso gli viene in mente una frase che ha sentito al cinema: "Ho attraversato oceani di tempo per giungere da te" dice Dracula a Mina, il suo amore ritrovato.

***

Per due giorni T vaga per la città, più interessato a far passare velocemente il tempo che lo separa dal suo appuntamento di domenica piuttosto che a ciò che lo circonda. La sera, dopo aver cenato in qualche fast food, va in un bar della 33ma che gli sembra il posto migliore dove ubriacarsi in pace. È una bettola dalla facciata sbiadita davanti alla quale sta parcheggiata qualche scialba prostituta in attesa che un cliente si avvicini di sua iniziativa, come chi va a togliersi un dente che gli fa male. Beve un whisky con ghiaccio dopo l'altro fino a quando gli viene sonno e torna all'hotel.

Il sabato si modera un po', per evitare di essere in coma la mattina seguente. Si costringe anche a coricarsi prima di mezzanotte, ma il pensiero di come vestirsi per un appuntamento domenicale nel parco lo arrovella e gli impedisce di prendere sonno. Il massimo sono senz'altro un paio di jeans, felpa e scarpe da ginnastica. Lui non ha una felpa né niente del genere, ma la domenica molti negozi sono aperti... All'una passata rinuncia a dormire e accende la tele. Sulla CMK danno *Il principe cerca moglie*, e T si rallegra quando si accorge che capisce abbastanza bene le battute. Il suo inglese migliora di giorno in giorno. Eddie Murphy, principe ereditario del trono di Zamunda, va nel Queens per cercare la principessa dei suoi sogni. Giunto a NY nasconde la sua vera identità, trova lavoro come lustrapavimenti e s'innamora della figlia del re della pizza, la perla più ambita del quartiere. La città è la stessa. C'è anche una donna. Sono quasi le tre quando T spegne la tele, ma il suo cervello è troppo attivo per riuscire a dormire. Ha fame, e si ricorda subito di essere nel cuore della città che non dorme mai – la stessa città del film – e quindi s'infila un paio di calzoni e una camicia come giacca, ed esce.

Parecchi locali sono ancora aperti, e i mucchi di sacchi di spazzatura davanti alle entrate superano ormai di gran lunga l'altezza di un uomo, ma la folla di turisti, impiegati e lavoratori ha ceduto il passo al viavai più tranquillo dei soliti nottambuli. T ne incontra di ogni tipo mentre va al self-service coreano. Ha un desiderio preciso, l'acquolina in bocca cresce man mano che si avvicina al ristorante.

Entra nella luce accecante e va diretto a servirsi una porzione superabbondante di ali di pollo fritte. Solo questo: ali di pollo. Poi al distributore riempie un bicchierone gigante di Coca-Cola con ghiaccio. La schiuma fruscia sotto il getto e il freddo trapela subito dal bicchiere pieno di cubetti. A quest'ora alla bilancia non c'è più la coda per pagare, e non c'è neanche Fu Man Chu con la barba, ma un giovanotto un po' troppo massiccio per essere asiatico. Al piano di sopra ci sono solo tre o quattro tavoli occupati, e quindi T può accomodarsi in quello che sta proprio davanti al finestrone che dà sulla strada.

Comincia ad assaporare con calma le alette, calde, croccanti e molto speziate, e la Coca-Cola, così fredda e gassata che deve chiudere gli occhi ogni volta che ne beve un sorso. Davanti a lui, la Settima sembra un'utopia del brutto artistico proiettata sullo schermo di un cinema. La plastica nera dei sacchi di spazzatura riflette la luce multicolore dei neon, una gigantesca fotografia di Michael Jackson affissa all'edificio di fronte pubblicizza una marca d'abbigliamento, e da un coro di clacson e sirene s'intuisce che questo è il centro geometrico della Città per antonomasia. O almeno il centro della sua carcassa, che giace costantemente tormentata da insonni vermi che salgono e scendono da taxi gialli. Ma per un attimo T non si sente un verme sopra un cane morto, bensì un marinaio a bordo di un'arca malamente ancorata alla costa in attesa del Diluvio, dell'Ecatombe, della Grande Invasione Extraterrestre. A quel punto basterà mollare gli ormeggi e salvare l'Arca per salvare l'umanità intera: a bordo si trova l'essenza del mondo, dall'essere più abbietto al più nobile. E intanto T continua ininterrottamente a mangiare alette di pollo, come un pigro Nerone davanti alla sua Roma. In questo momento si sente immensamente felice: il passato è passato, la vita può ricominciare da zero. È sicuramente possibile, è quello che sente in questo istante.

Dopo essersi riempito lo stomaco decide di farsi un paio di whisky nel bar della 33ma per godersi appieno l'euforia di quest'attimo. In realtà finisce per berne quattro, e l'euforia puramente psicologica è ben impregnata d'alcol, quando, tornando all'hotel, sotto un buio ponteggio della 33ma, incrocia un tizio bianco e allampanato con una felpa grigia col cappuccio. Quello gli si piazza davanti con le mani ficcate nel marsupio della felpa e gli dice qualcosa d'incomprensibile. T si scusa per non aver capito e quello reagisce bruscamente:

"*The time! The time! What's the time?*".

T pensa che forse gli voglia rubare l'orologio, e quasi si rallegra che qualcuno ci provi. Perciò assume un'aria seria e gli mette il polso sotto il naso, soprattutto perché valuti se per un Casio da cento dollari, per quanto sembri massiccio, valga la pena di prendersela con uno sconosciuto grande e grosso come lui. Il tizio guarda attentamente il quadrante e i display digitali, farfuglia l'ora tra sé e accenna ad andarsene senza neanche dire grazie. Ma T ormai è completamente gasato dal cocktail di alcol e adrenalina:

"*Ehi, you, wait a moment*" esclama offrendogli il profilo e afferrandolo con la mano sinistra per la manica della felpa. Il tizio tira fuori la destra dal marsupio:

"*What d'you want?*".

"*I like your shirt...*"

"*Do you really?*"

Il tizio rimane tranquillo, ma dallo sguardo che corre da sinistra a destra in cerca di qualcuno si vede che ha fretta di andarsene. T sorride solo con le labbra, cercando apposta di assumere un'aria turpe:

"*Sure, it looks very nice... Where did you buy it?*"

"*I don't remember... Leave me alone.*"

T lo fissa per un attimo negli occhi. Capisce che ha paura. E allora gli afferra con due mani il gomito sinistro, piegato a novanta gradi perché la mano è infilata nel marsupio, fa un giro su se stesso come un lanciatore di martello e molla la presa al momento giusto, in modo che il malcapitato voli barcollando all'indietro nel buio quasi completo dei ponteggi. Il poveretto ha appena il tempo di gridare: *Help...*, ma riesce a malapena a emettere un suono stonato che si chiude con un tonfo pauroso contro una persiana. T non gli lascia il tempo di reagire, si avvicina saltellando come un pugile e col destro gli assesta un dritto alla mandibola. Il colpo, perfettamente teso, fa schiantare il canino inferiore sinistro contro quello superiore, con una violenza tale che il secondo, più debole, si spacca di netto, e poi lussa il lungo osso mascellare, la cui estremità, alloggiata sotto la tempia, pinza il nervo che solitamente provoca una perdita dei sensi quasi immediata.

Il disgraziato resta seduto contro la persiana, tramortito, annaspa con le braccia e con le gambe ma non riesce ad alzarsi, come un bambino dopo che ha girato come una trottola. E non può nemmeno emettere suoni articolati: la mandibola è lussata e l'organo fonatorio è in parte anestetizzato a causa del trauma. T si avvicina con l'intenzione di completare l'opera, magari con un calcio nelle costole, ma dalla bocca del malcapitato spunta una bava sanguinolenta che rischia di macchiare la felpa. "Non fare il porco..." gli dice T in spagnolo affrettandosi a sfilargliela. Quello ormai è una specie di burattino che sbatte ininterrottamente le palpebre mentre osserva T senza capire cosa voglia da lui. Alla fine T riesce a sfilargli la felpa dalla testa senza macchiarla e il poveretto, ora in canottiera, prova ancora ad alzarsi puntando a terra una delle sue sottili braccia bianche e cercando di muovere le gambe in modo coordinato.

Sta quasi per farcela, è riuscito a piantare un ginocchio a terra, quando T cambia idea sulla natura del colpo di grazia e sferra un calcio allo zigomo del semigenuflesso. Il colpo rompe di netto lo sfenoide, ma è il corpo stesso di quel poveraccio, che cade in una posizione inverosimile, a esercitare una leva che lussa la testa del femore. Si sente un "Oh" soffocato al momento del calcio, e poi solo un rantolo piagnucoloso che ricorda l'inquieto dormiveglia di un paziente appena operato.

T non si è ancora scaldato del tutto, ma respira a fondo mentre assapora la sensazione di smania soddisfatta. Si aggiusta un po' la camicia e guarda la felpa alla luce del lampione. Sembra della sua taglia. C'è la sigla NY stampata sul petto, in blu e questo particolare non gli piace particolarmente, ma a caval donato... La strada è ancora tranquilla ma da un momento all'altro qualcuno potrebbe sbucare da uno dei viali, e infatti c'è un passante che si avvicina sul marciapiede dell'Empire State, quindi meglio filarsela. Sente un impeto d'eccitazione sessuale, un impulso che non avverte da giorni, forse da settimane. Prende in considerazione l'idea di tornare al bar e portarsi in albergo una prostituta. Ma sono quasi le cinque, e guardando la felpa si ricorda che la mattina dopo ha un appuntamento galante.

4.
SULLA TERRA

Pujol è sicuro che il commesso del negozio di musica lo ha riconosciuto vedendolo entrare: si vede dalla falsa indifferenza con cui abbassa le palpebre. Questa volta il ragazzo indossa una specie di camicia marrone, talmente piena di piccole pieghe che il commissario capisce che è stata stropicciata apposta. La cintura bianca di vernice che abbellisce i pantaloni invece è sicuramente quella dell'altro giorno:

"Buongiorno, ragazzo".

"'giorno... Di cassette non ne abbiamo, posso darle qualcos'altro?"

"I cd sono ancora in vendita o è già stato inventato qualcosa di meglio?"

"Ancora no, almeno non nell'ultima settimana."

"Perfetto, allora me ne dia uno bello, per piacere."

"Sicuro... ma vede, di solito si dà qualche informazione in più al commesso."

"Bene... mi sembra che l'ultimo disco che ho comprato sia di Raphael, o di... Chumbelbel Jámperdin, o come si dice... Potremmo partire da quello... Mi dia qualcosa, insomma... non so... degli anni ottanta... qualcosa di figo."

"Uh... negli anni ottanta erano quasi tutti fighi, basta guardare un video di Boy George..."

"Ah sì? E pensare che allora si ascoltavano ancora le cassette."

"Non saprei, io ero appena nato, e francamente ne sono contento."

Il commissario non riesce a trattenersi:

"Anch'io, e non mi chieda il perché".

"Non mi interessa neanche saperlo, stamattina non sono in vena di essere scortese. Andiamo a vedere gli scaffali?"

Il commissario non riesce a frenarsi in tempo:

"Ma non sarà un'abitudine troppo antiquata accompagnare i clienti agli scaffali?".

"Non si preoccupi... abbiamo sempre un occhio di riguardo per gli anziani e i disabili."

Il commissario esce dal negozio sconfitto, ma con una collezione di vecchi successi di Madonna. Questa volta non si preoccupa di nascondere il sacchetto, supera la Centrale e prosegue fino al centro commerciale. Entra da FNAC. A una prima occhiata, vedendo l'arredamento, gli sembra di essere capitato nel reparto accessori per automobili di un grande magazzino. Fa una sosta davanti ai telefoni cellulari, osserva un videogioco che gioca da solo, e poco distante scorge il lungo scaffale con i libri più venduti. Un certo Carlos Ruiz Zafón, un certo Javier Cercas, una certa Ángela Vallvey, un certo Quique Aribau... Mai sentiti. Pensa agli scrittori che conosce: Camilo José Cela, Gonzalo Torrente Ballester, Álvaro de Laiglesia. Si rende subito conto che questi tre scrittori sono morti e che quindi non possono più proporre novità. "I tempi cambiano, signore!" Dallo scaffale prende un libro che lo attira perché ha la copertina gialla e il titolo più stupido che abbia mai sentito: *Concimando i gerani ho inciampato nella canna dell'acqua*. Legge un paragrafo a caso, ma lo abbandona subito, sbalordito dagli errori di ortografia e dal linguaggio molto scurrile. Ciò che cerca non è sicuramente su questo scaffale, e il commissario non ci mette molto a capire che per trovarlo gli servirà una mano.

A metà corridoio vede un banco con una ragazza davanti al computer. Tira fuori il biglietto scritto da Puértolas, lo psichiatra, che ovviamente ha una calligrafia da medico.

"Signorina, sto cercando un libro."

"Che libro?" domanda la ragazza alzando gli occhi.

Il commissario legge con qualche difficoltà:

"Be'... l'autore è R. Hare, o Mare, o Here... Il titolo è scritto in maiuscolo e quindi si capisce bene: *Senza coscienza*".

"Ah!" la ragazza digita sulla tastiera, "lo trova nel reparto Psicologia, dopo i tascabili."

"Scusi, non potrebbe darmelo lei, non conosco il negozio..."

La commessa annuisce, esce dal bancone e s'avvia per il corridoio principale. Il commissario la segue con le mani dietro la schiena, cercando di nascondere il cd comprato in un altro negozio. La ragazza gli porge il libro e il commissario si concentra sulla copertina per evitare di trafiggerla con lo sguardo: Robert D. Hare, *Sen-*

za coscienza. L'inquietante mondo degli psicopatici. Poi, ormai capace di sorridere in segno di ringraziamento, si azzarda a guardare la ragazza negli occhi e a domandarle: "Quanto le devo?". Lei lo prende delicatamente per un braccio e lo gira per indicargli la direzione: "No, guardi, per pagare deve andare alla cassa".

Mentre si dirige verso il punto che gli è stato indicato, un po' anche per nascondere il suo impaccio da novellino in un negozio moderno, il commissario legge una delle prime pagine del libro, dove è condensato il succo dell'opera.

È una citazione di William March:

> Di solito le persone per bene non sospettano degli altri perché non riescono a immaginare il prossimo intento a compiere azioni di cui loro non sarebbero capaci. Normalmente si accontentano della spiegazione meno stravagante, e punto. D'altro canto la gente normale è incline a immaginare lo psicopatico come un essere dall'aspetto mostruoso quanto la sua mente; la qual cosa non potrebbe maggiormente discostarsi dalla realtà. [...] Di solito questi mostri nella vita reale hanno un aspetto e un comportamento più normali dei loro simili normali; mostrano un'immagine di sé più virtuosa della stessa virtù, proprio come una rosa di cera o una pesca di plastica sembrano più perfette del modello originale.

Arrivato alla cassa e vedendo il metaldetector, il commissario pensa che sia meglio avvisare la ragazza seduta nella sua postazione: "Questo cd l'ho preso da un'altra parte... non sapevo che poi sarei venuto qui...". La ragazza sorride. "Non c'è problema" passa il libro sul lettore ottico e chiede al commissario se ha la tessera. "Che tessera?"

Il commissario paga ed esce calcolando mentalmente quanto sono 24,25 euro in pesetas, e il risultato gli sembra decisamente troppo alto per un libretto con la copertina molle, soprattutto perché sull'etichetta c'è scritto "Prezzo minimo garantito".

In Centrale il commissario si ferma un attimo da Varela e gli domanda a bruciapelo:

"Varela, mi dica il nome di uno scrittore spagnolo molto gettonato".

Varela accenna vagamente a mettersi sull'attenti:

"Eh? Non saprei... Antonio Gala?".

Il commissario scuote leggermente la testa ed entra nel suo ufficio.

***

Sabato mattina il commissario e sua moglie lasciano la città a bordo della loro Peugeot blu che profuma di lavanda; è una berlina del '92, grossa e ancora bella lucente. È una splendida giornata: cielo limpido, 19° sul termometro del cruscotto, neanche un filo di vento. Il paesaggio sembra diverso alla luce dimenticata della primavera. Mercedes, la moglie del commissario, lo contempla assorta. Lui si concentra per non superare il rigido limite di velocità, a volte difficile da rispettare. Ripensa all'ultimo viaggio con Varela, proprio su quel tratto di autostrada, e il ricordo lo riporta al caso Uni-Pork, in particolare al rapporto di Prades, il medico legale, che ha letto attentamente il pomeriggio prima. Non potendone parlare con sua moglie – in linea generale preferisce tenerla all'oscuro delle vicende truci – riflette in silenzio.

Prades ha rilevato nel cadavere tracce di avvelenamento da alcaloidi. Alcaloidi di cui il commissario non ricorda il nome ma la cui presenza, stando al rapporto, deriva dall'ingestione di stramonio, probabilmente sotto forma di infusione. Il commissario sa che lo stramonio è una pianta, una pianta medicinale, allucinogena o velenosa secondo la quantità ingerita, proprio come il giusquiamo, la belladonna e qualche varietà di salvia. Non essendo illecita la vendita dello stramonio, sicuramente perché cresce spontaneamente dappertutto e perché comunque non rientra nell'elenco delle sostanze illegali, il traffico di questa pianta non è di competenza della polizia. Per documentarsi un po' il commissario ha letto delle informazioni che Varela ha scaricato da Internet. A quanto pare di tanto in tanto negli ospedali arriva qualche soggetto con un quadro da avvelenamento accidentale da stramonio; sono quasi sempre bambini che ne hanno ingerito i fiori o i semi. Il paziente va sedato e mantenuto al riparo da stimoli sensoriali, e se possibile sorvegliato da una persona conosciuta che sappia mantenerlo calmo e tranquillizzarlo. Per quanto possibile bisogna evitare che si spaventi e che abbia brutte allucinazioni. Il commissario si domanda che allucinazioni possa avere una donna sequestrata e sotto l'effetto dello stramonio al momento di entrare in un macello per essere sacrificata. Per essere assassinata. Perché ha pensato a questa parola? Sacrificata? Stando alla confusa etimologia del commissario, se "edificare" significa costruire edifici, "sacrificare" deve voler dire "rendere sacro", cioè "far santo", "santificare", o qualcosa del genere."

In quel mentre il commissario sobbalza al passaggio di un'Audi A3 che lo sorpassa sulla corsia di sinistra e, allarmato, controlla la velocità sul cruscotto: 120. L'episodio dirotta i suoi pensieri.

Si schiarisce la voce e poi chiede alla moglie:
"Cosa ne pensi di cambiare la macchina?".
"Cosa?"
"Dicevo che potremmo cambiare la macchina. Mi piacciono le Audi piccole che fanno adesso, come quella che è appena schizzata via..."
"Gialla? Per un giovanotto va bene, ma per noi..."
"Dai, intendo dire il modello, il colore si può scegliere. È bella argento metallizzato."
"A me le macchine sembrano tutte uguali, lo sai..."
"Ma come, tutte uguali? Quella è molto più piccola della nostra, e la linea è diversa, non vedi?"
"Accidenti, non saprei, ormai è lontana..."
"Be', te ne farò vedere un'altra, in giro ce ne sono moltissime..."
Lei resta assorta per un attimo nei suoi pensieri prima di riprendere il discorso:
"Costano molto?".
"Cosa?
"Le Laudi."
Dal tono si capisce che il commissario la prende in giro:
"Dipende. Quelle gialle sono in offerta perché le comprano solo i giovanotti".
"Non essere sciocco... Stavo pensando che adesso dobbiamo anche fare qualche lavoro a Calabrava. Mettere il riscaldamento a gas, per esempio, se quando vai in pensione abbiamo intenzione di passarci più tempo durante l'inverno..."
"Be', allora mettiamo il riscaldamento, oggigiorno non è molto caro."
"Intendi dire al confronto con una Laudi?"
"Audi. Anche senza la L sono meno care" le prende delicatamente un ginocchio e ride.
"Ma come sei spiritoso oggi!" e gli dà uno schiaffo sulla mano.
Due secondi di silenzio.
"Non so, ho pensato che possiamo permettercela" dice il commissario.
"Pensa che adesso il tuo stipendio non sarà più quello di prima e non avrai più neanche gli extra..."
"Ma la pensione ci basta, e poi abbiamo messo qualcosa da parte, no? E quei Buoni di Nonsoché che hai comprato..."
"I Buoni di Nonsoché non si toccano, te l'ho già detto, tanto meno per comprare una macchina."
"...e non abbiamo neanche da pagare l'affitto o il mutuo..."

"Calma, calma... tu perché non te ne accorgi, ma lo sai quanto paghiamo adesso di spese di condominio con quella malefica quota per l'ascensore? E poi ci sono le assicurazioni mediche e il piano previdenziale, e la casa di Calabrava, che costa anche quella, cosa credi?"

Il commissario non dice niente, è ancora lei a parlare:

"Come mai ti viene in mente di cambiare la macchina proprio adesso? Questa non va bene?".

"Sì... Ma... non so, ha già nove anni, e quelle che fanno adesso sono più sicure... i tempi cambiano..."

Ancora silenzio. Lei:

"Be', prima informati su quanto costa la Taudi che ti piace e poi vediamo se ce la possiamo permettere. Ma niente giallo, è già abbastanza all'avanguardia la musica che ascolti a casa".

Il commissario si gira leggermente verso di lei accostando l'indice della mano destra alla fronte:

"Agli ordini Sua Eccellenza! Sua Eccellenza comanda altro?".

"Sì, che tu la smetta con le stupidaggini e guardi la strada."

"A una condizione: che tu mi dia un bacio appena ci fermiamo."

"Santo Cielo... Non so cosa ti è successo ultimamente, si direbbe che invece di andare in pensione tu stia partendo per il militare..."

Non c'è molto traffico sulla strada che dall'autostrada conduce alla costa, e così il commissario e la moglie arrivano a Calabrava prima di mezzogiorno. Come al solito si fermano un attimo al mercato comunale per comprare del pesce fresco. Il commissario aspetta la moglie in macchina, posteggiato in doppia fila proprio dietro a un'Audi color canna di fucile con i cerchioni molto elaborati e pieni di fango. Al posto di guida non c'è nessuno, e così, quando sua moglie sparisce nel mercato, il commissario smonta dalla Peugeot per curiosare dentro alla macchina dal finestrino leggermente abbassato. "Non riesce a uscire?" domanda una voce. Il commissario cerca di capire da dove provenga: è il proprietario di una delle bancarelle di frutta e verdura che ci sono sul piazzale del mercato. Il fruttivendolo, con una sigaretta tra le labbra, si piega per posare a terra una cassetta di carciofi e i suoi pantaloni si abbassano scoprendo l'elastico delle mutande. "No," risponde ad alta voce il commissario, "stavo solo dando un'occhiata." A questo punto si sente in obbligo di andare alla bancarella a fornire spiegazioni. "Bella macchina," dice, " sto pensando di cambiare la mia." Il fruttivendolo avrà più o meno l'età del commissario, ma è asciutto e muscoloso, abbronzatissimo, con la barba di qualche giorno.

"Bah, io mi sono fissato di comprarla lo scorso Natale, ma l'assetto è troppo basso, e nel bagagliaio non ci sta niente, la cedo a mio figlio minore, per me va meglio la nuova quattro per quattro..." Il commissario, tanto per conversare, gli dice che invece per lui e sua moglie una A3 va più che bene. "Salga pure se vuole vedere l'interno, la portiera è aperta." Il commissario dice che non vuole approfittarsi. "Su, su, salga: le direi di fare un giro, ma se la sposta poi mi portano via il posto."

E perciò quando la moglie del commissario esce dal mercato con il sacchetto col pesce, trova suo marito mezzo infilato in una macchina altrui.

"Cosa fai?"

"Ti piace questa?"

"No, è tutta sporca. Di chi è?"

"Del fruttivendolo."

"E sali sulle macchine degli altri? Ci manca solo che qualcuno ti veda e chiami la polizia..."

"Dai, ma secondo te ho la faccia di un ladro?"

"Chiunque sembra un ladro se traffica con una macchina altrui. Senti, per secondo ho preso un merluzzo pescato col palamito e delle bellissime vongole che oggi erano in offerta. Il pesce lo vuoi alla griglia o con la salsa verde? Te lo chiedo perché se lo vuoi con la salsa mi serve il prezzemolo e nella pescheria non ne avevano."

"Con la salsa. Sicura che non ti piace? Bella pulita fa un'altra scena."

"Bene, allora fammene vedere una pulita e te lo dico. Tieni il sacchetto, che io vado a comprare la frutta e la verdura. Dici che il tuo amico avrà il prezzemolo?"

***

Lunedì prima di pranzo squilla la linea interna nell'ufficio del commissario. È Varela:

"Commissario, una chiamata per lei da parte di un certo Quique Aribau. Dice che gli ha dato il suo recapito Enrique Murillo".

Il commissario chiude un attimo il libro di Hare sulle psicopatie infilandoci l'indice come segnalibro:

"Quique chi?".

"Aribau, come la via Aribau."

Tre secondi per fare mente locale: "Aribau... Aribau... Aribau...".

"Va bene, passamelo."

Si sente un sibilo e si accende un'altra lucetta sul telefono del commissario:

"Sì?".

"Buongiorno. Il commissario Pujol?" domanda una voce sconosciuta.

"In persona, dica."

"Sono Quique Aribau, abbiamo una conoscenza comune, Enrique Murillo, che è stato così gentile da darmi il suo numero... Non le ha detto che l'avrei chiamata?"

"Be', no, non ricordo... Di che si tratta?"

"Be', forse le sembrerà un po' strano... Comincerò dal principio. Sono uno scrittore, scrivo romanzi, anche se probabilmente non avrà mai sentito il mio nome..."

"Be', adesso che me lo dice, l'ho già sentito, ma a dire il vero non ricordo dove."

"Forse l'ha letto da qualche parte, il mio ultimo romanzo ha avuto un certo successo..."

"Ah! Può darsi che l'abbia vista alla FNAC?"

"Certo, sono sullo scaffale dei più venduti da parecchie settimane. Vede, la chiamo perché sto scrivendo un altro romanzo. Questa volta il protagonista è un poliziotto, così ho chiesto a Enrique se conosceva qualcuno che potesse darmi una mano a documentarmi..."

"Ahh!"

"...e ho pensato che forse lei potrebbe dedicarmi qualche minuto. Solo il tempo di raccontarle qualche particolare della storia che ho in mente e di vedere se lei mi può dare qualche indicazione, o almeno mandarmi dalle persone giuste. In effetti anche solo scambiare quattro chiacchiere con lei potrebbe essermi molto utile. Sarebbe approfittare troppo della sua cortesia?"

Il commissario valuta rapidamente la richiesta e alla fine si lascia trasportare dalla curiosità:

"Be'... non credo ci siano problemi...".

"La ringrazio. Mi dice un giorno e un'ora in cui ha un attimo libero? Cercherò di non rubarle troppo tempo."

"Be', non è facile prevedere quando sono impegnato, i delinquenti di solito non mi avvisano..." il commissario fa una pausa per lasciar intendere al suo interlocutore che era una battuta e la voce all'altro capo del filo reagisce con una risatina cortese. "Vuole fare un salto nel mio ufficio una mattina qualunque della prossima settimana? Se saremo fortunati potremo farci una chiacchierata in santa pace."

"Perfetto. Va bene mercoledì? Proprio mercoledì devo venire in città per un programma radiofonico. Altrimenti possiamo fare un altro giorno..."

"No, mercoledì va bene, di solito è una mattinata tranquilla."

Il commissario riaggancia e riflette un attimo, sempre con l'indice chiuso nel libro di Hare. Si domanda se questo sia proprio il Quique Aribau del libro che c'era sullo scaffale delle novità della FNAC e che gli è sembrato così scurrile e mal scritto. Non si ricorda esattamente il titolo, aveva a che fare coi gerani... Afferra nuovamente il ricevitore e preme il pulsante per chiamare Varela all'interfono.

"Varela, mi cerchi quello che trova su questo Quique Aribau che ha appena telefonato. A quanto pare è uno scrittore..."

"Cosa le interessa sapere?"

"Niente di speciale, quello che riesce a trovare in dieci minuti. Veda se c'è qualcosa in Internet, mi basta quello."

Il commissario apre di nuovo il libro di Hare, e per un bel pezzo cerca di concentrarsi a leggere. Non è un testo gradevole, alcuni passaggi sono addirittura odiosi, ma si è ripromesso di finirlo, un po' perché, a parte i manuali, si vanta di non aver mai lasciato una lettura a metà e un po' perché gli interessa ciò che legge. Scopre che il concetto di "psicopatia" è molto più vasto di quanto credeva: secondo i calcoli dell'autore almeno l'un per cento della popolazione ne presenta qualche sintomo, anche se solo una minima parte arriva a compiere atti di delinquenza e fortunatamente ancora meno sono coloro che sfogano la loro violenza su altri esseri umani. Ma è proprio con questi che il commissario è solito avere a che fare: stupratori, rapinatori senza scrupoli, fanatici che a volte sono capaci di far del male o uccidere per puro divertimento. Spesso si tratta di individui apparentemente molto affascinanti; quante volte i vicini di casa di qualcuno che ha arrestato per aggressione gli hanno raccontato che a loro sembrava una bravissima persona, o quante volte, nel corso di un interrogatorio, certi tizi si sono comportati in modo così affabile da ingannare anche il più scafato degli ispettori? Comunque il libro prende in considerazione anche molti soggetti che non avranno mai niente a che fare con la polizia: meno violenti, ma ugualmente distruttivi, devastanti, quel tipo di gente che si lascia alle spalle una lunga scia di umiliazioni e sentimenti infranti e che non si può denunciare perché, per quanto non conosca la più elementare nozione di solidarietà umana, non ha mai trasgredito la legge. Il commissario pensa che pur senza contare il livello cui certi soggetti sono capaci di esasperare la violenza, forse è proprio a causa di questo un per cento privo di coscienza che il restante novantanove per cento vive nel timore del prossimo, e ancor peggio, che qualunque utopia basata sull'ipotesi della sostanziale bontà umana risulta inattendibile.

Squilla il telefono. Si accende ancora la lucetta di Varela:

"Commissario, in Internet ho trovato parecchia roba su questo Aribau, e in pagine di diversi paesi, a quanto pare i suoi romanzi sono tradotti in varie lingue. Ho trovato interviste rilasciate ai giornali, qualche articolo per la stampa, recensioni, critiche, annunci di prossime traduzioni, il progetto di un film basato sul suo romanzo...".

"Come s'intitola?"

"*Concimando i gerani ho inciampato nella canna dell'acqua.* La casa editrice è Lengua de Trapo..."

"Sì, l'ho sentito, gli ho dato un'occhiata l'altro giorno... Grazie, Varela, mi basta questo." Ma prima di riagganciare aggiunge: "Aspetti, mi chiami Berganza, della Omicidi del commissariato di zona. Se non lo trova subito, continui a cercarlo e me lo passi appena riesce a rintracciarlo".

Il commissario infila un segnalibro tra le pagine e ripone il libro in un cassetto della scrivania. Per oggi basta psicopatici. Però non ha neanche voglia di rileggere il rapporto di Berganza. E meno che meno quello di Prades, il medico legale, che con la sua dovizia di dettagli risulta angosciante quanto o forse ancor più del libro di Hare. Si alza dalla poltrona e si affaccia all'enorme vetrata. Quadrati di sole in cima alle luride facciate, un'altra bella giornata di primavera... Lengua de Trapo, che coincidenza! Romanzi contemporanei dalle copertine giallo acceso, come le Audi dei rampolli delle classi alte. E come il cd di Manu Chao. *Pa'l cementerio se va, la vaca de mala leche... Échale Baygon al bai bai gon.* "I tempi cambiano, signore." La nebulosa di associazioni lo aiuta a cambiare umore: meno male che al mondo c'è quasi un un per cento di sciroccati inoffensivi.

***

Passate le undici, un attimo dopo che il commissario è risalito dal bar dove era andato a mangiare un panino, Varela chiama all'interfono:

"Commissario, c'è Berganza sulla quattro".

"Subito." Il commissario preme un tasto. "Berganza, come andiamo?"

“Commissario...”
“Ho letto il suo rapporto e quello di Prades.”
“Ah! Ha ricevuto anche quello di Prades? Interessante la sua tesi sullo stramonio, vero?”
“Sì, l’ho letto venerdì e non sono riuscito a togliermelo dalla testa.”
“Be’, di solito Prades non bada a sottigliezze come inviare copie dei rapporti per cortesia, lei deve essergli piaciuto...”
“Normalmente vado d’accordo con i medici legali... Ma era con lei che volevo complimentarmi, sono anni che non ricevo un rapporto steso come Dio comanda.”
“Be’, i tempi cambiano” si schermisce Berganza.
“Non mi dica, ormai neanche gli scrittori rispettano più l’ortografia... Insomma, vedo che alla fine del suo rapporto sollecita il trasferimento del caso alla Omicidi della Centrale...”
“Sì, la proposta è già stata accolta. D’altronde, come sa, noi ci siamo appoggiati alla Centrale fin dal primo momento. Proprio venerdì ho parlato con il capo della squadra.”
“Rodero?”
“Sì, Rodero, lo conosce?”
“Abbastanza. È un entusiasta.”
“Sì, mi sembra che gli sia piaciuta l’idea di occuparsi di questo caso... Io e il mio assistente siamo stati un paio di giorni a San Juan del Horlá per fare un po’ di domande in giro... Ma non siamo in grado di gestire completamente un’indagine, né abbiamo gli uomini e i mezzi necessari per risolvere un caso del genere.”
“Pensa che in paese ci sia qualcuno capace di compiere un delitto come quello del macello?”
“Chissà... Lassù sono tutti mezzo matti... C’è un vecchio... assomiglia a Einstein ma lo chiamano Beethoven... dice che Maupassant ha trascorso qualche tempo a Horlá prima di cominciare a perdere il senno e che il paese è un purgatorio dove la gente va a espiare le proprie colpe... Magari sarà pure un po’ suonato, però basta guardarsi intorno per capire cosa intende.”
“Già... Io comunque avrei giurato che almeno l’identificazione del cadavere sarebbe stata semplice.”
“Ah, è vero, lei non lo sa... Non ne abbiamo ancora conferma, ma ormai sappiamo chi è. Dopo aver messo insieme i dati abbiamo notato una chiara coincidenza. Tutto prova che si tratta di una donna della vallata, di un paesino a una cinquantina di chilometri da San Juan del Horlá, la cui scomparsa è stata denunciata due giorni prima che trovassimo il corpo. L’ispezione del cadavere confer-

ma l'identità, manca solo un esame del Dna. Stando al rapporto di Prades, e visti gli ematomi e tutto il resto, sembra ragionevole pensare che l'abbiano portata su dalla valle a bordo del camion, forse con dei maiali. Come sa, insieme alla vittima sono stati sacrificati anche degli altri animali. Voglio dire... degli animali."

"Si è fatta trenta chilometri di curve chiusa in una gabbia con dei maiali ed è arrivata viva?"

"Sì, è davvero spaventoso, ma almeno abbiamo una pista chiara da seguire."

"Insomma, a me non sembra tanto chiara..."

"Be', se l'identità sarà confermata sapremo almeno da dove partire. Ci interessa anche scoprire la provenienza dei maiali che c'erano con lei sul camion, anche se sarà difficile perché il giudice istruttore ha ordinato di incenerire tutti i resti non umani trovati nelle celle frigorifere. Dovremo setacciare tutti gli allevamenti e scoprire se sono stati denunciati furti di suini... insomma..."

"A chi è stata affidata l'istruzione?"

"A un tal giudice Óscar Domínguez, lo conosce?"

"Di nome. Non avrà neanche trent'anni."

"Rodero dice che è una fortuna, perché così avremo maggior libertà d'azione."

"Logico, non è ancora in grado di rifiutare qualcosa. Ma è vero che forse è un vantaggio..."

"Avrà notato che nel mio rapporto dico che lei era con noi. Così se vuole aggiungere qualcosa, qualche particolare che mi è sfuggito..."

"Certo... no! A dire il vero non mi viene in mente nient'altro. Comunque, anche se ufficialmente il caso non è mio, non ho potuto evitare di riflettere su questa faccenda. L'altro giorno ho consultato uno psichiatra della Scientifica riguardo alla frase... Non è una frase comune, e in effetti è la prima volta che mi capita un caso simile, sembra uscito da un film..."

"E cosa ha detto lo psichiatra?"

"Niente di concreto, lo sa anche lei come sono... Ha detto che in un dipinto di Bosch c'è un maiale travestito da suora e che il Porco con la maiuscola rappresenta il Diavolo, o il Padre con maiuscola e minuscola, o anche... Alla fine mi ha consigliato un libro sulla psicopatologia. Ma soprattutto mi ha indotto a stabilire un'associazione mentale."

"Già... Be', comunque ieri Rodero mi ha detto che conta di coinvolgerla nell'indagine, perciò la chiamerà di sicuro per metterla al corrente..."

“Lo immaginavo, visto che ormai sono in ballo... In realtà lo fa solo per cortesia, io ormai non ho più molta voce in capitolo... Si sa già a chi assegnerà il caso?

“No. Ma dice che questa storia gli puzza di narcotraffico.”

“Bella scoperta! Ormai sono trent’anni che tutto puzza di narcotraffico...”

“Be’, qui ultimamente abbiamo forse più problemi d’immigrazione...”

“Come qui da noi... Insomma, Berganza, volevo solo ringraziarla per il rapporto e pregarla di salutare Prades.”

“Non mancherò. Comunque credo che ci rivedremo, Rodero mi ha detto che più avanti pensa di riunirci tutti.”

“Ah... scusi, Berganza, un’altra cosa... Quasi dimenticavo... volevo chiederle un favore, se me lo può fare per via non ufficiale...”

“Tutto quello che vuole...”

“Ha detto che il proprietario del macello scrive poesie?”

“Sì, le pubblica sul giornale locale.”

“Tutti i giorni?”

“Non so... immagino di tanto in tanto.”

“Mi può mandare con la posta interna qualche copia del giornale dove appaia qualcosa di suo? Qualcosa di recente... Solo per curiosità.”

“Non penso ci sia alcun problema... Posso andare alla redazione e farmene dare qualche copia, sicuramente non avranno nulla da obiettare.”

“No, preferirei non mettere la pulce nell’orecchio a qualcuno...”

“Be’, allora meglio se consulta il sito.”

“Il cosa?”

“Una pagina Internet... Tutti i giornali hanno una versione digitale...”

“E posso vederlo qui dalla Centrale?”

“Certo... lo chieda al suo assistente.”

***

Mercoledì mattina presto il commissario va diretto al bancone del negozio di musica:

“Sa che mi è quasi piaciuto il cd che mi ha venduto l’altro giorno, ragazzo?”.

“Ovvio, posso dire di conoscere il mio mestiere, signore.”

“Non si dia troppe arie, tutti facciamo bene il nostro lavoro...”

"Mi lasci indovinare... lei è un notaio, vero? La vedrei bene in una poltrona Chesterton davanti a duecento registri."

Il commissario non apprezza molto l'immagine, ed è sicuramente per questo che rivela al ragazzo la sua vera professione, una cosa che non fa mai, a meno che non si renda necessario per motivi di servizio:

"Be', si sbaglia, ragazzo: sono un commissario di polizia".

"Uh! Che paura! E ha intenzione di arrestarmi, signore?"

"Mmh, non so... Di recente ha commesso qualche delitto?"

"Nelle ultime due ore credo di no... Aspetti: c'è una legge che proibisce di farsi la manicure in orario di lavoro?"

"Be', dipende dal contratto che ha firmato col suo capo."

"Uhm... non abbiamo niente di scritto. Non ci siamo nemmeno potuti sposare perché a quanto pare uno di noi due dovrebbe essere una donna."

"Che razza di idea..."

"Già, ma lo sa anche lei com'è superetero la burocrazia."

"Non me ne parli: è un covo di fallocrati."

"Lo vede? Per adesso noi continuiamo a vivere nel peccato, e comunque è una figata pazzesca."

"E mi dica, chi avrebbe portato il bouquet? Curiosità superetero..."

"Be', avremmo sfoggiato un magnifico giglio ciascuno."

"Ah, certo, e due abiti con lo strascico."

"Accidenti, non sapevo che le pubbliche autorità avessero un tale senso dell'umorismo. A proposito di abiti: non indossa mai la divisa signor brigadiere?"

"Commissario capo, se non le dispiace. Me la metto solo per le ricorrenze ufficiali: decapitazione di ribelli, roghi di streghe e compagnia bella."

"A me piacciono i bottoni argentati. E il cappello? Uhhh... il cappeeello! Ce l'ha il cappello? Dica di sì e le registro una cassetta di Mónica Naranjo."

"Troppo tardi: l'altro giorno mi sono comprato un magnifico lettore di cd."

"Davvero? E non sarà pericoloso alla sua età? Magari le manda in palla qualche schema."

"I miei schemi si mantengono perfettamente rigidi, ragazzo, molte grazie per il suo interessamento."

"Non so, non so... sta cominciando a prendere in simpatia un frocetto che vende musica."

"Quale frocetto? Per me ci sono solo cittadini e cittadine che godono della propria libertà sessuale. Mica sarà lei a essere diventato un po' antiquato da quando ha cominciato ad avere a che fare con i fallocrati?"

"Antiquato io? Dio me ne scampi, signore, prima mi strappo via il piercing!"

Il commissario si lascia sfuggire un sorriso e un leggero tremito che scuote la sua mole massiccia, e quindi anche questa volta deve considerarsi sconfitto. Ma esce dal negozio di buon umore, con un cd dei Kool and the Gang e uno di Tom Waits: "Per bilanciare le tendenze, caro il mio capo brigadiere". Mentre torna a piedi alla Centrale, godendosi la sua passeggiata per i vicoli assolati, quasi ride sotto i baffi, ma a un certo punto si ricorda che quel ragazzo gli ha dato del notaio: "Notaio? Sembro un notaio?". Neanche l'ombra di un tossico davanti al camper del comune, ma in compenso ci sono due magrebini che cercano di attaccar bottone con la ragazza che distribuisce i preservativi. Arrivato alla Centrale, il commissario si ferma al primo piano a prendere un caffè macchiato, giusto per berlo in un posto più animato della sua sala riunioni, ma non trova nessuno con cui scambiare quattro chiacchiere, o almeno nessuno che conosca da più di un anno. Perciò sale nel suo ufficio al secondo piano, e per la prima volta da quando l'edificio è stato inaugurato prende le scale. Varela, che come sempre sta seduto nell'anticamera, si stupisce di vederlo sbucare da un punto diverso dal solito. E il commissario capisce subito che Varela stava facendo qualcosa che non doveva al computer, perché quando si alza dalla sedia, come fa sempre quando lo vede comparire all'improvviso, porta la mano al cappello porgendogli il saluto ufficiale.

"Varela," chiede il commissario, "c'è qualcuno in Centrale che s'intenda di poesia?"

"Di poesia?"

"Sì, di poesia, devo fare qualche domanda a qualcuno che s'intenda di poesia."

Varela, come uno studente poco preparato che deve rispondere a una domanda difficile, cerca una scappatoia:

"Non so... vuole che le chiami uno psichiatra?".

Intanto, senza accorgersene, il commissario lo fissa guardandolo da sopra gli occhiali, come faceva durante gli interrogatori:

"Si può sapere cosa c'entrano gli psichiatri con la poesia?".

"Be'... non so... loro sanno un sacco di cose strane..."

Ripensando a tutte le divagazioni di Puértolas, il commissario trova la risposta di Varela persino convincente, e quindi lo libera dal suo sguardo e con la mano gli fa cenno di sedersi. Ma prima di entrare in ufficio si gira ancora verso di lui e gli domanda:

"Varela, secondo lei sembro un notaio?".

"Un notaio... di che..."

"Un notaio, Varela, un notaio: uno di quelli che redigono atti... e testamenti..."

Varela non capisce esattamente la domanda, né sa cosa gli convenga rispondere, ma osserva attentamente il commissario, come cercando di fare una valutazione onesta e oggettiva:

"Un notaio... sì, un po', ma non molto...".

Il commissario cerca di ammorbidire il tono della voce abbassandone il volume:

"Varela, lei crede che uno di questi giorni le salterò addosso e le azzannerò la gola o qualcosa del genere?".

Varela accenna istintivamente a portarsi la mano alla gola, ma riesce a frenarsi in tempo:

"No... non credo...".

"Allora perché quando mi risponde pare sempre che abbia paura di me? Sono un uomo calmo, paziente, e certe volte riesco anche a essere simpatico. Capisce di cosa le sto parlando?"

"Sì... sì."

"Bene, allora le sarei molto grato che se ne ricordasse. Sarà così gentile da ricordarsene?"

"Sì, certo."

"Bene, grazie."

Il commissario entra nel suo ufficio, si toglie la giacca, allenta la cravatta e arrotola un po' le maniche della camicia bianca candida che sua moglie gli ha stirato stamattina. Ma poi ci ripensa: si toglie la cravatta, arrotola le maniche fino al gomito e si siede alla scrivania. Ecco la breve poesia che stamattina presto Varela ha cercato in Internet e ha stampato a caratteri cubitali.

***

Il commissario legge e rilegge le due strofe, e continua a pensare che certi elementi coincidano, ma altri no:

Hábil, astuto cruel,
es el noble guerrero
oro calza la yegua
del Señor que en secreto
rige con voz de mando

en el Monte Perverso.
¡Luz se hará sobre el nombre
que se expone de lleno
a quien supla la falta
en el orden perfecto!

Consejero de diablos
Es el hombre de negro,
emplear bien sus zarpas
del león es derecho.
Rogad al mal romance
que se torne sereno:
descubrís que el virrey
que se esconde en el verso
*ofrendó sacrificio...**

È firmato da un certo Juan de Horlá, che non è uno pseudonimo, ma il vero nome del proprietario del macello. Varela ha segnato a matita il nome del giornale, "La Gazzetta di Horlá", e la data di pubblicazione, otto giorni prima del ritrovamento del cadavere. Al commissario pare che i versi non facciano perfettamente rima, almeno non come fanno rima "dottore" e "raffreddore". Gli sembra anche che in linea di massima i versi siano composti da sette sillabe, un particolare che gli pare importante, però non gli tornano bene i conti. Per esempio, in "abil, astuto, crudel" il commissario conta sette sillabe, mentre in "che si cela entro il verso", ne conta nove. E poi gli pare strano che una poesia finisca con dei puntini di sospensione, perché così sembra un'opera inconclusa, o magari persino un indovinello. Non riesce neppure a intuire il significato preciso di queste parole. Però appare il termine "sacrificio", e questo gli sembra interessante. Scrive nel suo taccuino: "Cercare l'etimologia di 'sacrificio'". Per il momento decide di concentrarsi sui primi sei versi. Scrive nel suo taccuino: "C'è un nobil guerriero astuto e crudele, e c'è anche un Signore (con la maiuscola) che regna sul Monte Perverso (con la maiuscola)". Non gli è chiaro se il Si-

* Abil, astuto, crudel, / è l'ardito guerriero, / oro calza l'animal, / del Signor che in segreto / regna con voce forte / sopra il Monte Perverso. / Luce sarà sul nome / il qual s'espone appieno / a chi colmi il difetto / di quell'ordine esatto!

Valente tra i demoni / l'uomo in abito nero, / estrarre i forti artigli / al leone è permesso. / Rifate il brutto carme / perché torni sereno: / rivelate il viceré / che si cela entro il verso / e offrì un sacrificio...

gnore con la maiuscola e il nobil guerriero siano la stessa persona, e non si spiega cosa significhi che l'animale "calza oro". Significa che il Signore è ricco? Il commissario rimpiange che non ci sia Puértolas, così preparato sul significato di maiuscole e minuscole. Vediamo, pensa il commissario, cercando di ragionare come uno psichiatra non sarà poi così difficile... Il Signore con la maiuscola potrebbe essere il Demonio, così si spiegherebbe il suo dominio sul Monte Perverso che, data la reticenza dei poeti a chiamare le cose col loro nome, potrebbe anche essere l'Inferno. Ma se l'animale calza oro, quel Signore non sarà piuttosto Dio che cavalca nei cieli in sella alla sua giumenta che galoppa sui raggi del sole?

E proprio l'immagine di un sole, di un cerchio d'oro luminoso, svela al commissario il preciso significato della metafora. Dio e il Demonio non c'entrano affatto: all'improvviso i primi sei versi assumono il loro pieno significato.

Tutto soddisfatto, il commissario guarda l'orologio: le undici meno cinque. Alle undici arriva Quique Aribau, lo scrittore. Qualcosa gli dice che sarà perfettamente puntuale, e perciò mette via la poesia e aspetta che dalla portineria lo avvisino dell'arrivo di Aribau mentre dalla finestra osserva i panni stesi degli immigrati clandestini. Quando squilla l'interfono sono le undici e un minuto precise.

"Sì?"

"Commissario," annuncia la voce del poliziotto di guardia al pianterreno, "c'è qui un tizio che dice di chiamarsi Quique Aribau e di avere un appuntamento con lei. Sulla sua carta d'identità risulta un altro nome, ma lui insiste: dice di essere uno scrittore e che lei lo conosce con il suo pseudonimo. Gli do un calcio nel culo o lo faccio salire?"

"Lo lasci passare... registri il suo documento e lo faccia accompagnare da me."

Due minuti dopo Varela apre la porta, e dietro di lui sbuca un tizio sulla trentina, più largo che alto, e senza alcun pelo sulla testa tonda e grassoccia a parte le sopracciglia nerissime. Il commissario, che s'immaginava gli scrittori tutti snelli ed eleganti, trova che neanche il suo abbigliamento sia consono, ma si alza comunque dalla poltrona e gli porge educatamente la mano.

"Il commissario Pujol?" domanda Aribau.

"Sì, piacere" e diretto a Varela: "Grazie, Varela, può andare", e poi, ancora al suo ospite: "Si accomodi, prego...".

"Grazie. Mi scusi per la confusione dello pseudonimo, mi sono scordato di avvertirla... Mi causa sempre problemi... Negli hotel, o anche alla posta... pensi che più di una volta non mi hanno voluto consegnare un pacco perché non c'era scritto il mio nome... A proposito," allunga la carta d'identità al commissario, "questo è il mio vero nome, ben poco commerciale, come vede: farebbe spaventare i lettori."

Il commissario legge il nome ad alta voce e decide di assecondarlo mentre cerca di capire che tipo di persona sia.

"Be', a me non sembra male..."

"Insomma... per un critico va bene, ma per un romanziere... È buffo perché c'è un giornalista informatissimo che si ostina a pubblicarlo per smascherarmi, ma lo scrive sempre sbagliato... senz'acca."

"Quindi non è un segreto?"

"Ma no... tutti quelli che mi conoscono sanno come mi chiamo... però mi piacciono gli pseudonimi, ed è facile fabbricarsene uno: basta scegliere un nome di battesimo qualsiasi e come cognome usare il nome di una via..."

Il commissario sorride sotto i baffi:

"Quique Aribau, adesso capisco...".

Quique si mette comodo nella poltrona che odora di cuoio nuovo:

"Be', mi lasci ambientare un attimo, non ero mai stato in una centrale di polizia, e meno che meno nell'ufficio del commissario capo. Non è niente male, eh? Mi immaginavo un posto meno... elegante... e grigio, con gli schedari scrostati e le seggiole di plastica. Nei film i commissariati sono sempre bruttissimi...".

Aribau parla piuttosto rapidamente, i suoi occhietti a mandorla luccicano, e di tanto in tanto si lascia sfuggire un sorrisetto furbo, quasi infantile, che gli conferisce un'aria simpatica quando un altro, al suo posto, parrebbe impertinente. Malgrado la stazza, il commissario pensa che Aribau sembri un po' un folletto, discolo, burlone, ma in fondo di buon cuore.

"Questo edificio è nuovo. Nel vecchio c'erano gli schedari di metallo come quelli dei film."

"Be', questo posto si presenta bene... I commissariati mi hanno sempre incuriosito, fin da piccolo... Ma immagino che sia normale per un bambino: quello del poliziotto è un mestiere molto speciale, che ci si immagina... non so... pieno di indagini e di segreti... Sembra interessante."

"A me succede lo stesso quando penso agli scrittori" il commissario continua a prodigare sorrisi. "E nemmeno io ne avevo conosciuto uno prima d'ora."

"Be', non si fidi troppo, non credo di essere uno scrittore canonico."

"Ah no?"

"No... o almeno quelli che conosco in un modo o nell'altro si sono sempre guadagnati da vivere leggendo e scrivendo... Io invece è come se fossi arrivato all'improvviso da un altro pianeta."

"È poco che scrive?"

"Da sempre, ma fare lo scrittore è come fare la prostituta: non sei uno scrittore fino a quando non ti pagano per scrivere."

"Già... dev'essere una cerchia..."

"Molto ristretta. Io giurerei che non esiste un solo scrittore professionista con un amico che fa il falegname o che vende le tende."

"È un po' così anche per i poliziotti, di solito stiamo tra noi... Come è riuscito a far pubblicare i suoi romanzi? Non dev'essere facile..."

"Be', è successo come nei film... Un giorno ho spedito un manoscritto a tre o quattro editori e mi è andata bene. Il bello è che fino all'anno scorso nessuno mi voleva neanche come segretario e invece adesso mi offrono soldi per scrivere. Sono ammattiti tutti..."

"Ma è positivo, no? Molti vorrebbero essere al suo posto, avere successo..."

"Non mi lamento... Ma ci sono aspetti della fama che non mi piacciono. Per esempio ho scoperto che non amo affatto le interviste."

"Perché?"

"Tutte le volte che mi fanno questa domanda rispondo in modo diverso. In questo caso, visto che lei è un poliziotto, le dirò che un interrogatorio è sempre umiliante. Sono certo che in questo modo lei capisce di cosa parlo..."

Il commissario sorride:

"Ma le piace scrivere, no? E questa è la cosa davvero importante...".

"Se vuole che sia sincero, il mio sogno è ritirarmi il più presto possibile e vivere di rendita. Vivere ragionevolmente bene, intendo, cioè avere un paio di case, un'Audi..."

Ormai il commissario sorride ininterrottamente sotto i baffi:

"Un'A3 gialla?".

"Veramente pensavo a una TT blu, ma adesso che me lo dice non sarebbe male qualcosa di giallo per la seconda casa."

"Per tutto questo dovrà scrivere molti libri..."

"Non creda... Basterebbe scrivere un romanzo che dimostra che Gesù Cristo era nero, gay ed extraterrestre, e soprattutto che la Chiesa ha cercato di nasconderci questa lampante verità firmando patti con Attila e coi nazisti. Ma mentre mi faccio venire un'idea per documentare tutto questo penso che sparirò dalla circolazione e scriverò qualcosa di più tradizionale. Ecco perché sono qui: ho in mente un giallo."

"Ah!"

"Be', non credo che alla fine sarà un giallo vero e proprio, perché io non sono bravo con gli intrecci polizieschi. Confondo i personaggi e dimentico i nomi..."

"Resti tra noi, ma a me succede lo stesso: tutte le volte che vedo un film poliziesco perdo il filo."

"Va be', allora questo sarà il nostro segreto... Comunque l'idea di scrivere questo libro mi è venuta quando ho letto la notizia di una donna assassinata in un macello a San Juan del Horlá."

Il commissario, malgrado la sorpresa, riesce a fingere di non saperne nulla.

"Ah!" esclama impassibile, lasciando continuare il suo interlocutore.

"Ma quello che più mi interessa è che anche i poliziotti devono essere delle persone..."

"Be', quasi tutti..." il commissario allarga ancor più il suo sorriso.

"Intendo dire che anche loro avranno una famiglia e si becceranno l'influenza e dovranno fare la spesa... A proposito: è un problema se uso i suoi baffi e i suoi occhiali caso mai alla fine mi servisse un commissario nel romanzo?"

"Be'... se si limita a questo..."

"Certamente, per tutto il resto attingerò altrove, ma i baffi e gli occhiali sono perfetti, lei sarebbe il commissario ideale in qualunque casting."

"Mi fa piacere che lei lo pensi, perché qualcun altro dice che sembro un notaio..."

"Un notaio? Ma va'! E anche quest'ufficio minimalista va benissimo, con il finestrone e i panni stesi..."

"A dire il vero a me il finestrone non piace per niente..." il commissario si gira un po' nella poltrona per guardare fuori.

"Proprio per questo è un dettaglio perfetto: perché al commissario non piace. Credo si senta a disagio nella sua costosissima poltrona di cuoio... me lo immagino mentre non vede l'ora di tornare a casa e di infilarsi le pantofole."

Il commissario sorride ancora:

"In questo ci ha proprio azzeccato: non si può immaginare che tormento sono certe volte le scarpe... E finisce bene la storia del suo commissario?".

"Non lo so... Non ho ancora in mente una trama, ma solo un punto di partenza e una specie di vaga idea di ciò che vorrei raccontare."

La conversazione dura ancora per un bel pezzo. Al commissario è decisamente simpatico Aribau, tanto che gli dà il permesso di andare e venire a suo piacimento al commissariato. Anzi, il commissario manda persino a chiamare Sanchís, il responsabile della sala stampa, e lo incarica di accompagnare Aribau a visitare gli altri edifici della Centrale: Amministrazione, Scientifica, Narcotici, Omicidi...

"A proposito... Quique... Lei s'intende di poesia?" domanda il commissario proprio mentre gli stringe la mano per salutarlo.

"Be', no... qualche reminiscenza del liceo. Quando mi serve qualcosa consulto il manuale di letteratura del primo anno, ce l'ho ancora."

"Capisco... E le dispiacerebbe portare qui il suo libro e dedicarmi una mezz'oretta la prossima volta che viene?"

Per un attimo Quique pensa che il commissario sia un aspirante poeta e che voglia mostrargli qualcosa di suo.

"Mercoledì prossimo, se per lei va bene... Devo tornare in città per quel programma radio."

***

A Calabrava le pennichelle del commissario sono sempre più lunghe di quelle sul divano del suo ufficio. Si sveste e si corica, a volte anche per un'ora o due, fino a quando sua moglie si stanca di guardare la tivù e lo sveglia. Poi prende un caffè seduto al tavolo della cucina, come fosse una seconda colazione, ed è proprio allora, quando è tutto insonnolito, senza troppa voglia di chiacchierare e certe volte pure in mutande, che la moglie ne approfitta per illustrargli i programmi per il pomeriggio o, più in generale, per la vita intera. Ovviamente è difficile che il commissario la contraddica, perché in realtà lui si limita a bere il suo caffè, a sbadigliare e a grattarsi la testa arruffata.

"Sai cosa pensavo che potremmo fare nel pomeriggio? Andare a vedere il tuo vestito per la cena di pensionamento."

Il commissario ci mette un po' a reagire:

"Qui? In paese?".

"Certo, qui si trovano le marche migliori, sciocco... Non vedi quanti turisti stranieri ci sono?"

Il commissario, sempre un po' lento, contrariato:
"Oggi non sono in vena di provare vestiti...".
"Be', prima o poi dovrai pur farlo."
"Non posso mettere il vestito blu alla cena? È praticamente nuovo, me lo sono fatto per il matrimonio di tua nipote, la maggiore."
"Quello blu? È proprio quello che ti metti di più. Non vorrai presentarti a una cena in tuo onore con lo stesso completo che tutti ti hanno visto in commissariato? Sembrerà che porti la divisa."
"Insomma, non voglio un altro completo... Porto sempre completi, sembro un notaio."
"Sembri cosa?" ride. "E cosa vorresti mettere per la cena? Un impermeabile?"
"E poi qui i negozi sono... come boutique."
"Proprio così: ti serve un bel completo nero con tre bottoni, di quelli che si usano adesso, che per giunta ti snellirà. Starebbe benissimo con una camicia bianca e una cravatta di seta gialla, ho visto Arturo Fernández con questo abbinamento ed era elegantissimo."
Il commissario praticamente bisbiglia:
"Oggi non sono in vena... non qui".
Lei porta le mani ai fianchi:
"Va be', allora mi dirai tu quando, visto che il sabato è l'unico giorno che abbiamo per fare shopping...".
"Un pomeriggio potremmo andare al Cortefiel vicino a casa, conosciamo già il commesso..."
"E allora? Non mi dirai che ti vergogni a provare un vestito da un'altra parte?"
Espressione scettica del commissario:
"Vergognarmi? E di cosa dovrei vergognarmi?".
"Oh, Signore! Come se non ti conoscessi! Andiamo almeno a vedere se troviamo una cravatta?"
Il commissario tarda un poco prima di rispondere:
"Vada per la cravatta".
"Su, allora! Vestiti! E non metterti i mocassini, mettiti le scarpe nere."
"E perché mai dovrei mettermi le scarpe nere per comprare una cravatta, eh?"
"Va be', caro mio, allora mettiti pure quello che ti pare!"
Poco dopo il commissario esce dallo spogliatoio perfettamente vestito e con le scarpe nere, ma deve aspettare che sua moglie finisca di prepararsi. Scendono e fanno il giro dell'isolato per imboccare la

calle Mayor, dove svariati negozi di abbigliamento e accessori, alcuni dei quali piuttosto costosi, alternati a ristoranti, negozi di souvenir e bar con i tavolini all'aperto, si affacciano sul viale pedonale. Due delle sartorie da uomo sono davanti alla chiesa. Il commissario e la moglie si fermano davanti a una vetrina con alcuni manichini e varie esposizioni di cravatte di Hermès e Yves Saint-Laurent.

"Non ti piace quella gialla? Guarda che bella."

Il commissario, con le mani in tasca, emette un suono gutturale che non implica nessuna risposta. Poi si contorce per cercare di vedere il prezzo di un'etichetta capovolta.

"150 euro? È possibile che una semplice cravatta costi 150 euro?"

Anche sua moglie si china per guardare:

"Cosa credi, è una cravatta firmata...".

"E tu ti lamenti della rata dell'ascensore?"

"Non è poi la fine del mondo..."

"Se questo è il prezzo di una cravatta, immaginiamoci quanto costa l'abito."

"Be', in certe occasioni non bisogna lesinare..."

Il commissario la fissa a lungo da sopra gli occhiali:

"Vedi tu, se mi costringi a comprare uno di questi vestiti lunedì vado da un concessionario dell'Audi e torno a casa con una macchina nuova con tutti gli optional".

"Su, smettila di dire sciocchezze ed entriamo. E tira fuori le mani dalle tasche, che sembri uno... scimmione! Lo vedi? Niente commesse, ci sono solo due commessi."

"Non m'importa che ci siano commesse o sergenti della cavalleria... non voglio entrare."

"Bene, allora entro solo io."

Detto e fatto. Ovviamente il commissario la segue, non vuole certo rimanere fuori, a sbirciare dal vetro come uno scemo. Però resta con le mani ficcate in tasca in chiaro segno di ribellione.

"Buona sera" dice lei. Uno dei commessi, quello più anziano, va loro incontro tutto cerimonioso mentre si appende il metro attorno al collo. "Volevamo vedere un completo per mio marito" indica con il pollice la massiccia mole del commissario, che non toglie le mani dalle tasche ma tira un poco in dentro la pancia.

"Vediamo" esclama il commesso squadrando l'interessato e aggiudicandosi così una lunga occhiata da interrogatorio di terzo grado. "Direi che siamo su una sessantasei di giacca... Qualcosa abbiamo sicuramente in casa. Ma comunque noi confezioniamo anche abiti su misura. Avete in mente un taglio particolare?"

"Be', è per la sua cena di pensionamento... Io pensavo a qualcosa di elegante, nero, a tre bottoni. Adesso vanno i tre bottoni, no?"

"Senza spendere un'esagerazione" interviene il commissario.

"José María, per favore, lascia fare a me."

"Quanto viene un abito a tre bottoni?" insiste il commissario.

"Be'," risponde il commesso, disposto ad armarsi di santa pazienza, "dipende dal modello e dalla marca... Abbiamo capi molto belli a partire da cinquecento euro. Poi, ovviamente, si arriva ai duemila o tremila per gli abiti più costosi. Ma stiamo parlando di confezioni di pregio."

"Già... immagino che quelli da tremila avranno l'airbag incluso, no?"

Il commesso ride per cortesia.

"Non gli faccia caso," interviene la moglie, "pago io." E rivolgendosi al commissario: "Non fare lo sciocco, vediamo cosa ci propone il signore e poi se vuoi ne parliamo".

Il calvario dura quasi un'ora. Il commissario è misurato, soppesato e sottoposto a successivi imprigionamenti in un minuscolo camerino dove può a malapena muoversi se vuole evitare di spostare la tendina e mostrarsi in mutande alla prima turista rubiconda che entri nel negozio. Alla fine la moglie decide che la cosa migliore è fargli confezionare un abito su misura in fine cachemire nero che viene sui mille e ottocento euro, da portare con una cintura da centodieci euro – a nulla serve che il commissario spieghi che a casa ha già una cintura nera, una marrone e anche un paio di bretelle – con una camicia bianca da centotrenta euro – a quanto pare nessuna delle camicie del commissario è adatta – e con la cravatta di Yves Saint-Laurent da centocinquanta euro.

Quando escono dal negozio il commissario ficca di nuovo le mani in tasca. Sua moglie cammina accanto a lui reggendo il sacchetto con gli accessori:

"Vedrai come sarai bello nelle foto!".

"Voglio un costume da bagno" reclama lui fermandosi davanti a un negozio con i costumi esposti su un appendiabiti.

"Cosa vuoi?"

"Un costume da bagno."

A lei scappa un po' da ridere:

"E cosa ci fai con un costume da bagno se non vieni mai in spiaggia? Non continui a ripetere che sei allergico al sole?".

"Caso mai mi servisse. Comunque sappi che lunedì vado dal concessionario."

***

> [...] Un delinquente che ha totalizzato un alto punteggio nella Psychopathy Checklist ha assassinato un vecchietto durante una rapina. Così descrive i fatti: "Stavo rovistando in casa quando il vecchio scende dalle scale e... accidenti... Comincia a sbraitare e a farsi prendere da una crisi del cazzo [...] perciò lo colpisco alla testa, ma quello niente. Allora gli taglio la gola e lui barcolla e stramazza a terra. Rantolava come un maiale [ride] e allora io, cazzo, comincio a innervosirmi e [...] gli mollo due calci in testa. Così finalmente la smette. [...] Poi siccome mi sentivo piuttosto stanco ho preso un paio di birre dal frigo, ho acceso la tivù e mi sono addormentato. Mi ha svegliato la polizia [ride]".

Dopo aver letto questo paragrafo, il commissario decide di posare un attimo il libro di Hare e di scendere al primo piano a prendere un caffè, e se possibile scambiare quattro chiacchiere con qualcuno.

Uscendo dal suo ufficio si ferma un attimo davanti al tavolo di Varela e gli dice, come in confidenza:

"Per questa volta non la farò frustare, ma guardi che ha una padella sulla camicia. Sembra salsa di pomodoro. Se qualcuno mi cerca sono giù al bar".

Quando arriva al bar, il commissario si rallegra di vedere Sanchís, il capo della sala stampa, seduto in fondo al bancone. È in divisa.

"Ehi, Sanchís, cosa ci fa in divisa?"

"Sapesse: ho un incontro stampa a mezzogiorno. Per quella merce sequestrata giù al porto. Cosa prende?"

"Un decaffeinato, questa mattina ho già preso tre caffè."

Sanchís chiama il cameriere e fa l'ordinazione.

"Allora, come va il nostro scrittore?" domanda il commissario.

"Quique? Bene... a volte sembra che gli manchi un po' di brio, ma è simpatico. L'ho portato alla Omicidi e gli ho presentato tutti. Si è fermato a chiacchierare con Rodero. Lo sa com'è Rodero, con le sue caramelle alla menta e il suo farfallino... immagino che Aribau lo abbia trovato molto pittoresco."

"A dire il vero anche lui è abbastanza pittoresco. Dice che le interviste sono come interrogatori" il commissario sorride. "Ma sembra che prenda sul serio il suo lavoro, e questo è meritevole visto che al giorno d'oggi tutti fanno solo il minimo indispensabile."

"In certi momenti mi fa diventare matto, vuole sapere tutto: se anche gli addetti alle pulizie sono degli agenti, a che età andiamo in pensione, dove prendiamo i nostri 'travestimenti'... E soprattutto mi dice di non preoccuparmi, che nel suo libro i poliziotti sono i buoni...” ridono entrambi. “Mercoledì lo porto alla Scientifica... A proposito: gli ho chiesto se vuole assistere a un'autopsia però mi ha detto che deve pensarci su.”

“Non me lo faccia spaventare, Sanchís, che questa settimana deve venire da me per una consulenza... A proposito: in Centrale c'è qualcuno che s'intenda di poesia?”

“Boh! Perché non prova a chiedere a uno psichiatra?

“Già.”

Sanchís sorride:

“Non mi dica che ha intenzione di darsi alla poesia adesso che va in pensione?”.

“No, è per il caso Uni-Pork... Insomma: ho un presentimento.”

“Sta lavorando a quel caso?”

“Non ufficialmente, ma sto facendo qualche indagine.”

In quel mentre Varela arriva di corsa, vede il commissario seduto al bancone e va da lui:

“Commissario: furto con scasso in un negozio di musica, in via Santa Cecilia, a due isolati da qui”.

“Ci sono feriti?”

“Uno dei commessi si è beccato una legnata sul naso, a quanto sembra non è niente di grave ma devono portarlo al pronto soccorso per mettergli un paio di punti. C'è una pattuglia sul posto, ma Batista chiede se vuole mandare un ispettore.”

Il commissario scuote la testa e sospira:

“Che aspettino prima di portare via il ragazzo, ci vado io, credo di conoscerlo”.

Il commissario esce in maniche di camicia per risparmiarsi il tempo di salire in ufficio a prendere la giacca. Cinque minuti dopo arriva al negozio. La macchina di pattuglia è posteggiata con le luci accese e due ruote sul marciapiede. Diversi vicini, negozianti dei paraggi, formano un piccolo capannello davanti all'entrata, dove uno degli agenti sta di guardia per non far entrare nessuno. L'agente saluta il commissario e lo fa passare. Dentro Pujol trova un altro poliziotto, che lo saluta, e la vittima seduta su una sedia, con una macchia scura sulla maglietta fucsia, proprio sopra il piercing. Ha gli occhi pieni di lacrime e cerca di coprirsi il naso con un fazzoletto di carta tutto impregnato di sangue. Il suo collega, in piedi accanto a lui, gli posa una mano sulla spalla, mentre con l'altra si copre anche lui la bocca. Un secchio con lo spazzolone imbrattato di rosso indica che il pavimento è già stato lavato.

“Ehi, ragazzo,” fa il commissario cercando di usare un tono amichevole, “non mi dica che adesso si è dato alla boxe?”

Il ragazzo scoppia a piangere. Il commissario va da lui e gli stringe la spalla:

"Su, su, è finita... Mi faccia vedere". Cerca di scostargli la mano col fazzolettino e gli solleva il mento. Sul naso, completamente congestionato, c'è un taglio orizzontale e sanguinante, ma il setto non sembra rotto, è dritto e non ha cambiato forma. "Dai, non è niente, un paio di punti e sei a posto. Deve averla ferita con un anello."

"No..." inizia a dire il ragazzo, che a stento riesce a parlare.

"Gli ha dato una testata col casco" interviene l'altro commesso.

"Era da solo?"

"No, erano in due, col casco in testa."

"E i guanti?"

"Sì."

"Non gli avete dato i soldi? Avete opposto resistenza?"

"No!" rispondono in coro.

"Avete fatto qualcosa che possa averli fatti... arrabbiare?"

"No" risponde l'illeso, anche se non molto convinto.

"Vediamo, cos'è successo esattamente?"

È l'illeso a raccontare. Due tizi sono entrati nel negozio col casco in testa, sono andati dritti al banco, uno dei due ha tirato fuori il coltello, ha afferrato l'illeso per il collo e ha ordinato all'altro commesso di vuotare la cassa. In quel momento la vittima stava dietro al bancone, ha detto ok, ha aperto la cassa e ha consegnato ai delinquenti tutti i soldi, circa 70 euro, quello che avevano per dare il resto. Poi, mentre metteva il contante sul banco, ha detto una frase che ha fatto arrabbiare il tizio col coltello, che lo ha raggiunto dietro il banco e gli ha dato una testata col casco con la visiera mezzo sollevata. Poi ha afferrato i soldi e se l'è svignata col suo socio.

"E cosa gli hai detto per farlo arrabbiare in quel modo?" chiede il commissario alla vittima dandogli del tu per la prima volta da quando lo conosce.

Visto che la vittima è riluttante, è ancora l'altro a rispondere, seppur con una certa aria colpevole:

"Niente... di usare quei 70 euro per comprarsi un paio di calzoni nuovi in qualche bancarella, perché quelli che aveva indosso erano sformati e vecchi come il cucco. Insomma... il concetto è questo, ma con altri termini".

Il commissario ride sotto i baffi e si porta le mani ai fianchi:

"Non lo sai che non a tutti si possono fare certe osservazioni? E meno che meno a chi ti entra nel negozio con un coltello in mano e un casco da motociclista in testa?". Indica il bancone. "Ti rendi conto che se invece di darti una testata gli fosse venuto in mente di ficcarti il coltello nella pancia adesso qui ci sarebbe il cadavere di un fighetto vestito all'ultima moda? Non ti è venuto in mente che in giro c'è gente capace di questo e altro?"

"Era un bruto e un bifolco," esclama il ragazzo con tutta la dignità consentita dal suo aspetto, "e se lo meritava."

"Perfetto, però adesso tu ti becchi i punti sul naso mentre il bifolco va in giro a raccontare che ha spaccato la faccia a un fighetto vestito all'ultima moda. Pensi che ne sia valsa la pena?"

"Se la polizia fa il suo dovere e lo arresta, sì, ne sarà valsa la pena."

"Sai che alle volte sei parecchio impertinente, figliolo? Hai pensato che è impossibile arrestare un tizio di cui sappiamo solo che portava un casco e un paio di pantaloni fuori moda? Vedi, di solito mi danno qualche informazione in più, ragazzo, perché acciuffare delinquenti è complicato quasi come trovare un disco su uno scaffale, lo sai?"

Il commissario ha indurito il tono, ma si accorge che il poveretto sta per scoppiare di nuovo a piangere e così si ammorbidisce:

"Su, vai a farti medicare il naso e speriamo che almeno ti serva da lezione per la prossima volta".

Quando arriva in ufficio, dieci minuti più tardi, il commissario torna al libro di Hare e lo apre in una pagina qualunque, senza pensarci troppo, forse con l'ingenua speranza di distrarsi:

> [...] Abbiamo domandato a un detenuto se ha mai perso il controllo e lui ha riposto: "No. Mantengo sempre il controllo. Per esempio sono io che decido quanto male fare a qualcuno".

5.

IN PARADISO

Malgrado sia andato a letto all'alba, T apre gli occhi cinque minuti prima che suoni la sveglia. È in coma per la sbronza, con un gusto di whisky irrancidito in bocca, non ricorda quando si è coricato e nemmeno come sia tornato in albergo. Deve aver alzato troppo il gomito nel bar della 33ma, questo lo ricorda, come ricorda di aver mangiato una montagna di alette di pollo nel ristorante coreano della Settima. E soprattutto ricorda di avere un appuntamento alle undici nel parco; per questo pensiero quasi ossessivo si è svegliato cinque minuti prima del dovuto.

Esce dalla doccia e apre l'armadio a muro davanti alla porta del bagno. Appesi alle grucce ci sono solo i vestiti, per la maggior parte mai usati, che ha comprato durante il suo soggiorno in città. Ciò che sta cercando, una maglietta bianca, è ancora nel borsone da viaggio, in fondo all'armadio, ma qualcosa, tra i capi appesi, attira la sua attenzione: un affare grigio, di cotone pesante, felpato. Non ricorda di aver mai comprato niente del genere: è una felpa con marsupio e cappuccio, come quelle che portano certi ragazzi di colore. Ricorda di aver pensato di prendere qualcosa di simile per il suo appuntamento al parco, una felpa con cappuccio, ma se l'avesse comprata se lo ricorderebbe, giusto? Giusto. Pensa che forse le cameriere l'hanno trovata da qualche parte, sotto il letto, in un cassetto, o davanti alla porta della sua stanza, e l'hanno appesa nel suo armadio credendo che fosse sua. Magari appartiene all'ospite che ha occupato la stanza prima di lui. Sembra nuova, e non ha nessun particolare profumo. Magari sa un po' di Boucheron, ma probabilmente perché di Boucheron profuma l'armadio. È della sua taglia: XXL. Gli viene in mente che potrebbe indossarla questa mattina e poi restituirla. Sul petto, stampate in blu, ci sono le iniziali NY. Questo particolare non gli piace molto, ma nel complesso non è poi così male e sta bene coi jeans che ha nel borsone.

Alle dieci, con indosso la felpa, fa colazione giù in strada: caffè e ciambella; con tutte le ali di pollo che ha mangiato all'alba non ha molto appetito. E alle dieci e mezzo entra nella metropolitana della 33ma, prende un *local* fino all'incrocio della 72ma con Broadway e da lì si avvia a piedi verso il parco. La zona gli pare sorprendentemente pulita persino alla luce del sole; tenendo lo sguardo abbassato per non vedere i grattacieli sembra quasi di essere in una città europea.

Cammina senza troppa fretta, e un isolato prima di Central Park West attraversa la strada per non calpestare il marciapiede dell'edificio Dakota. *Just in case.* Poi si siede sul muretto del parco e fuma una sigaretta per ammazzare il tempo. Fa caldo, lungo il marciapiede sono spuntati chioschi di gelati e bibite fredde; molte persone sono in mezze maniche. Si toglie anche lui la felpa e se la mette sulle spalle. Osserva i bicipiti che stirano le maniche della maglietta e i pettorali che tendono visibilmente il tessuto sul torace, e questo malgrado T abbia perso un po' di tono nelle ultime settimane, da quando ha smesso di andare in palestra. Non è che ora sembrerà uno di quei culturisti supponenti che girano con le maglie attillate? Si rimette la felpa, finisce la sigaretta ed entra nel parco con la speranza di trovare un posto all'ombra sulle panchine di Strawberry Fields."

Lo trova: a quanto pare tutti gli altri preferiscono sedersi al sole. Si accomoda sul sedile di legno consumato dalla pioggia e osserva la gente che si gode il bel tempo. I turisti, inconfondibili, si fermano davanti al mosaico pavimentale con la parola IMAGINE scritta nel centro. Oasi di pace domenicale. Oltre ai turisti ci sono anche donne, tutte bianche, che leggono o dormicchiano sulle panchine, e perfino qualche bambino e qualche anziano. Per strada i bambini e gli anziani non si vedono mai, soprattutto non si vedono i bambini. T cerca di ricordare dove ne ha visto qualcuno e gli viene in mente solo il cortile di una scuola dell'East Village, dove dei bimbetti di sei o sette anni giocavano dietro la rete di un pollaio.

"Uh!" esclama una voce artefatta alle sue spalle.

Non lo spaventa il flebile ululato, ma sobbalza quando si gira e vede un viso tanto conosciuto: conosciuto da sempre. È Suzanne, ma ora i suoi capelli sono raccolti in una coda morbida e durante un secondo in cui lei non fa smorfie strane, la somiglianza col ritratto è ancora più stupefacente. Indossa un paio di jeans e un maglione di cotone perlé celeste che le sta abbondante, e regge in mano un berretto da baseball. Somiglianza a parte, è la modella perfetta per la pubblicità di un'acqua minerale: freschezza, salute e bellezza senza artifici.

"*Hi*... sono felice di vederti... Dammi un bacio..." dice T quando si riprende. Capisce che lei non porta i soliti tacchi perché all'improvviso il suo viso si colloca al di sotto dell'altezza consueta, ma la pelle è sempre la stessa, anche senza l'aiuto del trucco, forse leggermente più arrossata sulle guance.

"È molto che aspetti?" dice assumendo un'aria colpevole che consiste nel sollevare le sopracciglia corrucciate e serrare le labbra.

"No, sono appena arrivato, ma qui sono tutti così tranquilli che sono rimasto imbambolato."

"Bella giornata, eh?"

"La più bella da quando sono arrivato."

"Uff! Vedrai in estate... Fa un caldo terribile" espressione da caldo terribile: labbra piegate, occhi da bassethound e dorso della mano che sfiora la fronte.

"Ho sentito..."

E a questo punto Suzanne fa una pausa, forse troppo lunga, perché non trova niente di spiritoso da dire o da fare. E durante questa pausa T comprende il significato della sua mimica costante, delle battute, delle smorfie... È timidezza: lei non vuole mostrargli la ragazza nascosta dietro la pantomima, e cioè proprio la ragazza che T vorrebbe vedere.

"Ti va di fare una passeggiata nel parco?" domanda lui per toglierla d'impiccio.

"Sì, certo" risponde lei infilandosi il berretto.

"Ma dovrai fare tu da guida, perché io non lo conosco."

"Uff! Nemmeno io... Di solito costeggio il lago dalla parte di West Driver, bisogna prendere il primo sentiero a sinistra... Non eri mai venuto prima?"

"Al parco? Sì, qualche volta, te lo trovi davanti ovunque vai... Ma non mi sono mai fermato per più di dieci minuti, il tempo di fumare una sigaretta e rimettermi in marcia."

"Non ti piace il verde? La natura?" gesto come di farfalle che volano.

"Preferisco il grigio delle strade," T sorride, "io non ho ascendenza irlandese..."

Lei ripete con le dita il movimento della ballerina di danze celtiche che aveva accennato all'Istituto e sorride. Ma il ghiaccio non si è ancora rotto, e per di più la ragazza sembra in attesa di qualche spiegazione da parte di T, che ha insistito per avere quell'appuntamento e che quindi è responsabile del suo significato o quanto meno è l'unico in grado di giustificarlo. Per il momento camminano a un ritmo troppo rapido per una passeggiata, e poco dopo sbucano in un ampio viale asfaltato dove si allenano ciclisti e jogger. Suzanne si avvicina a un tabellone con la mappa del labirinto di viottoli e sentieri. "Dobbiamo raggiungere Shakespeare Garden, e poi possiamo passare dal castello, nel punto più alto del parco..."

E quindi cercano di seguire le indicazioni, esitando davanti a continue biforcazioni che Suzanne non ricorda con precisione (espressione da Sherlock Holmes che fiuta l'aria) e infine scoprendo di essere sulla strada giusta quando raggiungono la riva del lago. Qui fanno una breve sosta. L'acqua si estende su un grande spazio vuoto, scura, verdastra, calma; c'è solo una barca sulla sponda opposta, così lontano che non si sente lo sciabordio dei remi. Poi continuano a costeggiare il lago, sulla cui riva cresce una vegetazione rigogliosa e selvaggia che induce Suzanne a fare l'imitazione di Jane che chiama Cita perché è l'ora di cena. In effetti niente fa pensare all'artificio di un parco, salvo ci si volti a guardare indietro, verso gli edifici più alti di Central Park West o i grattacieli di Midtown, che di tanto in tanto sbucano dalle fronde come torrioni di un regno di fiaba.

"Sembra Camelot" osserva T.

"Sì..." risponde lei emettendo un suono onomatopeico di spade in lotta.

"Guarda: uno scoiattolo, lo vedi?"

"Dove?"

"Su quell'albero" T glielo indica.

"Adesso lo vedo..."

"Ci credi che non avevo mai visto uno scoiattolo libero?"

"Davvero? Qui ce ne sono moltissimi, sono molto fiduciosi" espressione da scoiattolo fiducioso: mani sulla testa a mo' di orecchie che ricadono indolenti e asimmetriche, stile diva annoiata.

Per un bel pezzo non incontrano anima viva, ma a un certo punto pare abbiano raggiunto un polo d'attrazione per turisti. Suzanne spiega che è un giardino dove sono coltivate tutte le piante che appaiono nelle opere di Shakespeare. Posa da Amleto con il teschio. Snobbano la visita al giardino e si rimettono in marcia lasciandosi alle spalle una fattoria di legno che sembra davvero una fattoria di legno. Poi risalgono un declivio e arrivano alla riproduzione in miniatura di un castello medievale con un torrione che si erge sul lago. In cima ci sono dei ragazzi, ma pare che la presenza di adulti li metta in imbarazzo, perché scendono subito. T e Suzanne allora prendono il loro posto. Dall'alto del torrione si abbraccia una buona panoramica del lago: verso nord gli alberi che formano una cortina fino ad Harlem, davanti le terrazze dell'Upper East Side con le balaustre di lucente pietra calcarea, e a sud, in lontananza, ancora Camelot, che spunta con le sue torri di vetro colorato.

"I primi giorni venivo qui a rilassarmi" dice Suzanne accennando a tirare uno spinello muovendosi a ritmo di reggae.

"Quando sentivi nostalgia dello skyline di Sligo?"

Lei cambia dal reggae ai passi di una ballerina di danze celtiche, le cui movenze fino a ora si era limitata a riprodurre solo con le dita: mani dietro la schiena e piedi che battono il ritmo punta-tacco, punta-tacco. Suzanne ride della sua parodia e tira fuori un pacchetto di Marlboro Light. Ne offre una a T. Lui accetta. Non sapeva che lei fumasse ed è felice di scoprirlo.

"A Sligo non ci sono molti skyline... Ci sono," accenna a contarle con le dita, "casette di pietra e... aspetta, che altro... Ah sì! Un fiume che scorre nel mezzo" gesto che indica un fiume che scorre nel mezzo. "Sei mai stato in Irlanda?"

"No, ma è facile rimediare."

"È un paese con piccoli villaggi e casette disseminate sui prati... Ma quasi tutti i giorni si può vedere l'arcobaleno, e a volte l'aria luccica come se l'avesse toccata una bacchetta magica per effetto del pulviscolo di pioggia" compie un gesto per indicare una bacchetta magica che fa luccicare l'aria. "È una terra di cui si ha sempre nostalgia, non so... come di un vecchio maglione o di un'infanzia felice."

T intuisce che lei sta cominciando a rilassarsi.

"Sembra bello... E cosa ci fa una malinconica celta in questa città di matti?"

Suzanne si volta per guardarlo e appoggia la schiena e i gomiti ai merli del castello. Per qualche secondo abbandona le sue smorfie e assume un'aria pensosa: la sua vera aria pensosa. E T rivede il volto che stava cercando.

"Cosa ci faccio in questa città di matti? Be', non lo so... Volevo sperimentarla, si è presentata l'occasione ed eccomi qui. Conosci già il detto: ciò che non vedi qui non lo vedrai in nessun altro posto" vaga imitazione di un marziano che muove i suoi tentacoli.

"Viaggio sperimentale..."

Ci riflette ancora un attimo:

"Più o meno..." imitazione di un chimico che si affanna in mezzo alle sue provette. "E intanto lascio passare un po' di tempo prima di prendere decisioni importanti" con le dita mette tra virgolette "decisioni importanti". "A volte penso che sto aspettando che succeda qualcosa..." e così dicendo inarca improvvisamente le sopracciglia come Groucho Marx. "E tu? Cosa sei venuto a fare in questa città di matti?"

Anche T ci pensa prima di rispondere:

"Diciamo che sto cercando una seconda opportunità. Questa è sempre stata la terra delle opportunità, no? O almeno così dice la pubblicità".

"Be', immagino dipenda dal tipo di opportunità che cerchi..."

"Niente di preciso. Solo che... be', ormai ho superato la metà della mia vita, e se guardo indietro mi accorgo che la prima parte non mi è piaciuta affatto. Immagino sia una variante della crisi dei quarant'anni; una variante certamente complicata..."

"Ah! Ci sono altre crisi dopo quella dei diciotto?" espressione preoccupata."

"Tutte quelle che vuoi, ognuno fa il suo planning come meglio crede."

"Be', io non ho intenzione di averne altre, me la sono già passata abbastanza male coi brufoli."

"Avevi i brufoli?"

"Tutti: i miei e anche quelli che per giustizia sarebbero dovuti toccare alle mie amiche. Proprio l'opposto di quello che succedeva con... insomma... con altre cose. Ti dirò solo che lo spiritoso della classe mi chiamava 'faccia da pizza'."

"Be', sei cambiata parecchio da allora..."

"Uff! Un sacco!" getta maliziosamente la coda dietro la schiena.

Pausa.

"Senti, ti ringrazio molto per essere venuta" dice T. "Spero di non averti seccata con la mia insistenza l'altro giorno al telefono, avrai pensato che fossi un pazzo..."

"No... in questa città è difficile starci da soli, soprattutto se non si parla l'inglese."

"Se devo essere sincero non era solo per la città e per l'inglese... ma anche... be', mi sei sembrata una persona speciale. E non mi riferisco al fatto che tu sia così bella," lei sorride e aggrotta la fronte come a schermirsi, ma poi getta ancora la coda dietro la schiena con finta malizia, "mi riferisco a un'altra cosa... È qualcosa che si nota solo di tanto in tanto... quando ti rilassi."

"Non so se prenderlo come un complimento... In effetti è un po' strano per essere un complimento."

"Non è un complimento. Voglio dire che ero sicuro che saremmo diventati amici."

Lei dirotta leggermente la conversazione:

"Qui non è facile fare amicizie... Alla fine questa città finisce per contagiarti con la sua durezza... La gente cammina per strada chiusa nella sua corazza" imitazione di granchio recalcitrante.

T la segue nella sua divagazione:

"E com'è la gente in Irlanda?".

"Uff! Completamente diversa: chiassosa, affabile, fiduciosa..." imitazione di scalmanati bevitori di birra. "Soprattutto nella Repubblica. Dall'altra parte sono un po' più british, cattolici compresi, ma comunque anche laggiù è molto diverso da qui."

"E dov'è Sligo? Nella Repubblica?"

"Sì, sulla costa Atlantica..."

"Be', allora sono felice che tu non sia affatto british. E sai che altro mi piace di te? Che pronunci le zeta. Con te mi sembra di essere a casa."

"Non credere che io abbia tanti amici qui... Be', a parte Debie, la signora della reception..."

Cambia ancora argomento? Forse...

"Assomiglia a Diane Keaton..."

"Sì, è molto bella, e simpatica, è mezzo australiana, ma eccetto per qualche rapido spuntino non ci vediamo mai fuori dall'Istituto."

"E le tue compagne d'appartamento?"

"Sono entrambe americane, una del New Jersey e l'altra del Vermont, ma sono qui da quando hanno finito il liceo e quindi è come se fossero di NY. In realtà le vedo a malapena, perché di solito la notte dormono fuori con qualche tizio che hanno conosciuto durante la giornata. Per questo mangiamo insieme la domenica, c'è sempre qualche decisione da prendere riguardo all'appartamento: le pulizie, le spese..."

Entrambi hanno finito la sigaretta. T si scosta dai merli e si rimette dritto:

"Bene, ti va di celebrare la fondazione di una specie di Confraternita ispano-irlandese bevendo qualcosa insieme?".

"Mi andrebbe un caffè. L'altro giorno, al telefono, non mi hai invitata a prendere un caffè?"

"A patto che sia un espresso, perché per oggi di caffè americano ne ho già bevuto abbastanza."

***

Scendono dal castello, attraversano il parco ed escono sulla 79ma, dalla parte opposta rispetto a dove erano entrati. Poi si fermano un attimo a curiosare tra i banchetti dei pittori che espongono i loro quadri sul marciapiede del Metropolitan. T vede dei piccoli acquarelli che costano 30 dollari. Ne sceglie uno con un fiore stilizzato e colorato con diverse tonalità di rosso. Sembra vagamente una rosa.

"Per te" esclama, facendo il gesto di consegnarla a Suzanne. "Non devi neanche bagnarla."

Lei accetta con un po' di sorpresa, che riesce a malapena a nascondere:

"Oh, grazie! È molto bella".

L'afferra con due mani e finge di odorarla inebriata, a occhi chiusi. Quando T paga, il venditore, che è anche l'artista, li sottomette a un terzo grado: di dove sono, se amano la pittura, se è da molto che sono in città... Dalle ambigue risposte di T l'uomo deduce che lui e Suzanne sono una coppia di turisti in vacanza e chiede se hanno figli. '*Not yet*' risponde T, mentre sorride a Suzanne e pensa che allora, in fondo, se il pittore gli ha fatto quella domanda significa che la differenza d'età non si nota poi tanto. Comunque la chiacchierata sul torrione è servita per rompere definitivamente il ghiaccio, perché un attimo dopo è come se si conoscessero da sempre. T è contento che sia sempre meno necessario parlare per colmare i silenzi, ed è contento della naturalezza, del tacito accordo con cui loro due camminano l'uno accanto all'altra, ciascuno decidendo per proprio conto di fermarsi qui o là, ma in realtà seguendo una coordinazione quasi coreografica. In due o tre occasioni si sono sfiorati un braccio, o una spalla, o hanno accostato contemporaneamente il viso a un oggetto senza preoccuparsi di mantenere le distanze come invece si fa normalmente in altri casi: nel metro, in un negozio, o persino tra amici.

Dopo la sosta al banchetto del pittore, si avviano verso Park Avenue in cerca di un posto tranquillo dove prendere un caffè. Imponenti portieri col berretto e la divisa montano la guardia sotto le pensiline dei palazzi e dietro le vetrate; collocate su piccoli cavalletti, targhe rigorosamente dorate avvisano che l'ingresso è consentito solo agli ospiti.

Suzanne s'infila il berretto da baseball al contrario e imita l'andatura e la parlata dei rapper:

"*Hey, brother, think I'd better move on 'round here...*".

"Anche a me piacerebbe vivere qui..." dice T.

"Non credo che con la sovvenzione del ministero ti potrai permettere tanto."

"Non sarebbe mica male però, eh?"

"Be', a dire il vero non è un appartamento nell'Upper East Side ciò che più desidero al mondo. Penso che troverei un modo migliore per spendere venti milioni di dollari."

"Per esempio?"

"Bah! Non so... A volte sogno di andare a vivere in una casetta in campagna."

"Già, *La casa nella prateria...*"

"Quella di Frank Lloyd Wright?"

T ridacchia:

"No... *La casa nella prateria* è il titolo di una serie di telefilm. Scusa, mi sono dimenticato che ho vent'anni più di te...".

T vede una caffetteria sull'altro lato di Madison Avenue e la indica a Suzanne. Suzanne fa cenno di sì per accogliere la proposta. È graziosa, con dei tavolini di marmo circondati da alberelli di limone e decorati con bandierine italiane. La domenica mattina non c'è molto traffico, e quindi possono attraversare il viale dove vogliono. Si accomodano a un tavolino. Suzanne posa il suo fiore dipinto contro il portatovaglioli e finge di annaffiarlo. Arriva subito un cameriere col farfallino e l'aria da vero italiano. Davanti all'interminabile lista di caffè, Suzanne opta per un *espresso macchiato with a dollop of foamed milk*, e T per un sottilmente differente *doppio espresso streamed milk macchiato*, che sembra quanto di più simile a un semplice caffè macchiato offra quel locale.

"E come sai che sono venti?" domanda Suzanne dopo che il cameriere ha preso l'ordinazione.

"Che cosa?"

"Gli anni che hai più di me. Hai detto di esserti dimenticato che hai vent'anni più di me..."

"Be', io ne ho quarantatré. Però non ho intenzione di essere così scortese da chiederti quanti ne hai tu, anche se evidentemente non hai bisogno di nascondere la tua età."

"Ok, tranquillo, non sei scortese: io ne ho ventiquattro, quindi tu ne hai solo diciannove più di me."

"Ah, che sollievo! Solo diciannove... Quindi quando tu mangiavi già gli omogeneizzati io non avevo ancora finito il servizio militare... Ah, scusa: lo sai cos'è il servizio militare? È una cosa che un tempo, in Spagna, gli uomini erano costretti a fare indossando la divisa..."

Suzanne finge di arrabbiarsi:

"Tante grazie, lo so cos'è il servizio militare". Pausa. "Be', a me sinceramente non sembri così vecchio."

"Perché non mi hai ancora visto senza dentiera e parrucchino..."

"Be', questo è come vedere l'Irlanda: si rimedia facilmente."

T capisce che Suzanne sta cominciando apertamente a flirtare con lui. E ora, chiacchierando, è lui che comincia a gesticolare, a fare il mimo, a dire battute, mentre lei gli cede in parte questo ruolo per fungere da spettatrice, come se, in un certo senso, fosse onorata dall'ingegno di lui, che si dispiega progressivamente fino a formare una specie di coda di pavone. Forse è giunto il momento di non mostrarsi troppo avaro con il senso dell'umorismo.

Dopo la sosta nella caffetteria si rimettono in marcia verso ovest camminando per una delle Settanta, quasi senza parlare, continuando a godersi la bella giornata e le strade senza traffico. T entra in un Deli per comprare le sigarette e commette l'errore di comprare anche la voluminosa edizione domenicale del "Times", "Devo tappezzare la mia stanza d'albergo" dice a Suzanne. Tornati nel parco si fermano qualche minuto ad ascoltare un musicista che suona le canzoni dei Beatles, *If I fell in love / Oh, please, I must be sure...* e T posa una banconota da dieci dollari nella custodia della sua chitarra. Poi attraversano lo zoo e risalgono il parco fino a sbucare in piazza Grand Army, dove imboccano la Quinta in direzione sud. Sembra il momento giusto per parlare del pranzo, e quindi T chiede a Suzanne dove preferisce mangiare. Lei fa una moina e gli risponde che le dispiace, ma non può mancare all'appuntamento con le sue compagne d'appartamento. T è felice di accorgersi che lei preferirebbe stare con lui piuttosto che pranzare con le sue amiche, ma non insiste. Allora lei guarda l'orologio e si stupisce (entrambi si stupiscono) vedendo che sono le due e un quarto. Suzanne dice che sarà meglio che lei prenda un taxi per tornare a casa, e quando T si offre di accompagnarla rifiuta categoricamente, perché le sembra una sciocchezza che lui vada così a sud per poi dover tornare indietro per andare al suo albergo.

"Be', quando possiamo rivederci?" domanda lui.

"Non so... uno dei prossimi giorni. Abbiamo fondato una Confraternita ispano-irlandese, no?"

"'Uno dei prossimi giorni' mi sembra un po' tardi: appena salirai sul taxi comincerò a sentire la tua mancanza." Lei ride. "Possiamo andare al cinema, al circo, dal dentista... da qualunque parte tu vada di solito. Ceniamo insieme stasera?"

"Non posso... davvero."

"Ti chiamo domattina all'Istituto? A che ora vai a fare colazione? Sto facendo uno studio antropologico e mi interessa vedere come fai a imburrare il pane."

"Con le posate di plastica? Guarda, arriva un taxi!"

T solleva il braccio per fermarlo e poi apre la portiera per farla salire. Dentro si sente *Red Red Wine* degli UB40. Si scambiano ancora un bacio sulla guancia per salutarsi. T chiude la portiera e resta fermo sul marciapiede fino a quando il taxi parte e sparisce nel traffico.

Poi si avvia verso l'hotel cantando: *Red, red wine, you make me feel so fine...* Ma ecco che, arrivato all'altezza della 40ma, vede, accanto a dei sacchi della spazzatura, un topo grasso, anche se non particolarmente grosso (più o meno della stessa dimensione di uno scoiattolo del parco). Lo coglie di sorpresa, infilato per metà in un sacchetto di carta di McDonald's da cui sbucano fuori solo la coda e la pancia. T si avvicina di corsa e lo colpisce con la punta del piede, come un attaccante che tira un calcio di rigore. Il contatto gli procura un certo piacere fisico, persino attraverso la scarpa: il piacere di colpire un corpo morbido e pesante, come un punching ball o un palloncino pieno d'acqua.

Topo e sacchetto di carta volano sulla strada. La punta della scarpa destra di T è un po' macchiata. Sembra ketchup, magari con un po' di senape.

E tutto a un tratto T ha una potente erezione.

***

Lunedì, di buon mattino, T scende a prendere il suo solito primo caffè giù in strada e a fumare le sue due solite sigarette con il gruppo di fumatori del marciapiede. Quando rientra all'hotel sono le nove. Non ce la fa ad aspettare oltre e va subito ai telefoni.

Risponde Suzanne. T questa volta la riconosce subito, eppure chiede di lei in inglese per metterla alla prova, *May I speak to Ms Ortega, please*?

"Ciao, sono io" risponde lei con voce allegra.

"Non ci credo..."

"Come non ci credi?"

"Lasciami strofinare gli occhi... E così esisti davvero? Non sei solo un sogno?"

Lei ride all'altro capo del filo, e poi tossicchia rumorosamente:

"Sì? Istituto di Studi applicati, sono Ortega, in cosa posso esserle utile?".

"Ok, stai lavorando... Vado subito al sodo: ti va di far colazione insieme?"

"Uff! Oggi? Stamattina?"

"Be', l'offerta rimane valida per i prossimi cinquant'anni."

"Pensi di arrivare ai novantatré?"
"Se potessi far colazione con te tutte le mattine può darsi che ne valga la pena" breve pausa per darle il tempo di digerire il complimento. "E poi ti devo dire una cosa."
"Oggi non credo di farcela, ho un mucchio di scartoffie sulla scrivania..."
"Ma prima o poi andrai pure a fare colazione, no? Può anche darsi che questa città non dorma, ma nessuno salta il suo breakfast a meno che non gli debbano togliere le tonsille."
"Lascia che controlli l'agenda... No, oggi niente tonsille," e assumendo un tono più serio, "ma non so a che ora riuscirò a liberarmi, e non credo che comunque avrò più di quindici venti minuti..."
"Sono sufficienti. Dimmi in che bar vai e dammi un lasso di tempo. Ti aspetterò mangiando un *donut* dietro l'altro per non perdere il tavolo."
"No, davvero..."
"Sì, davvero: non ti va di sentire le mie 'zeta'? Sono uno dei pochi in questa città con cui puoi davvero mangiare la torta di zucca e lo zucchero caramellato."
Lei fa una pausa un po' più lunga, lui se la immagina mentre sorride all'altro capo del filo. Alla fine cede:
"Di solito faccio colazione da Berny's. È sulla Lexington, tra la 43ma e la 44ma, a due passi dall'Istituto. Posso cercare di arrivare verso le dieci, ma dovrai scusarmi se ti farò aspettare un po', non si sa mai che proprio a quell'ora entri qualcuno".
"Ok, ma non dimenticarti di portare i tuoi bellissimi occhi."
T appende e guarda l'orologio: le nove e cinque. A piedi ci vorranno venti minuti, perciò ha tempo di salire in camera e vestirsi in modo adatto.
In piedi, davanti all'armadio aperto, valuta diverse opzioni e infine decide che è giunto il momento di travestirsi da pettirosso: camicia rossa, tutto il resto grigio e nero. Quando scende la guardia di turno sembra domandarsi se l'uomo che sta uscendo dall'ascensore è lo stesso tizio in jeans e camicia da meccanico che è salito cinque minuti prima. T, che sprizza gioia da tutti i pori, lo saluta portando una mano alla fronte, e quello gli risponde con un sorriso, ruotando la testa da destra verso sinistra.
Quando arriva al bar sulla Lexington, T sbircia dentro attraverso la vetrata: tipico posto americano da prima colazione, con alcuni tavoli liberi malgrado l'orario. Manca ancora un bel pezzo prima delle dieci. T si gira. Il pennino dell'edificio Chrysler lo sovrasta con la stessa inaspettata naturalezza con cui si ergono i gratta-

cieli: silenziosamente, quasi essere tanto alto non gli costasse sforzo alcuno. Gli viene in mente di avvicinarsi all'edificio per ammazzare un po' il tempo curiosando nella hall, che secondo la sua guida è una meraviglia dell'art déco. In realtà si rivela un diversivo di breve durata, e due minuti dopo T è di nuovo per strada a cercare un posto dove sedersi. Non è semplice. Ti viene un malore nel bel mezzo di Central Park e stai certo che gli scoiattoli avranno tutto il tempo di divorare il tuo cadavere prima che qualcuno ti trovi, ma stai fresco se speri di trovare una misera piazzetta con due panchine a Midtown. T formula questo pensiero utilizzando esattamente questi termini, come per allenare il suo ritrovato senso dell'umorismo: "Divorare", "Piazzetta", "Malore"... questa combinazione di registri lo diverte. Fuma, e gira e rigira attorno all'isolato come a spingere le lancette dell'orologio: Lexington, 44ma strada, Terza Avenue, 43ma strada, e ancora la Lexington. Durante la sua circumnavigazione ammazza il tempo contando limousine, non importa se sono bianche o nere. Fa più ridere "lipotimia" o "malore"? Due limousine. Lui preferisce "malore", è sicuramente così che direbbe una damigella vittoriana che sviene sul divano: *malooooore*, la perfetta onomatopeia dell'inettitudine. Tre limousine. È decisamente dotato di senso dell'umorismo, gli serve solo un buon motivo per prodigarlo. Quattro limousine. All'undicesima limousine mancano cinque minuti alle dieci, e T si avvia verso il bar convinto che la sua abilità con i giochi di parole non abbia confini. Dodici limousine. Ma ancora non entra nel bar. Siccome ci sono dei tavoli liberi si appoggia alla facciata e aspetta accanto all'entrata, e qui comincia la seconda tappa dell'attesa, che questa volta colma contando manager con la ventiquattrore.

Suzanne, splendente nel suo abito bianco come una regina delle impiegate, appare tra il settimo e l'ottavo:

"È molto che aspetti?".

"Dodici limousine e otto manager con la ventiquattrore, ma ne valeva la pena."

Entrano nel bar e si accomodano a un tavolo accanto alla vetrata. Leggono il menu in silenzio. Ed ecco che arriva subito una cameriera nera e culona con grembiulino e cappellino a barchetta. Prende nota: un numero 2 per lei, un numero 3 per lui e due caffè.

"Allora," domanda Suzanne, "qualche novità da ieri?"

"Una sola. Ma per raccontartela dovrò stare serio per un attimo. Sei pronta?"

"Aspetta" fa la scena di aggiustarsi i capelli e il collo del vestito. "Pronta."

"Vedi, ho pensato alla nostra Confraternita ispano-irlandese. Credo che dovremmo stabilire alcune regole."

"A-ha! Per esempio?"

"Tanto per cominciare credo che ci converrà fissare almeno una riunione giornaliera."

"Uff!"

"Ok, lo so che tu sei una donna molto occupata, ma non credo che sia particolarmente difficile riuscirci, perché io non ho impegni: sono disponibile per colazione, per pranzo, per cena, per salire a piedi sull'Empire State Building a mezzanotte..."

"Ho sempre desiderato salire a piedi sull'Empire State Building a mezzanotte, ma non so se ho qualcosa di adatto da mettermi..."

"L'ideale è un Jean Paul Gaultier con casco e ginocchiere..." lei ride. "E allora? Posso contare su di te per una riunione quotidiana?"

"Insomma... ho già promesso alle mie compagne d'appartamento di fare il bugie jumping dal Ponte di Brooklyn... ma cercherò di farcela."

"Perfetto, allora la prima regola è stabilita: 'Le riunioni della Confraternita saranno giornaliere salvo bugie jumping di uno dei soci'. C'è solo un piccolo problema... Non vorrei che pensassi che adesso io mi tiri indietro, ma se decideremo di salire sull'Empire State Building sarà meglio che prendiamo l'ascensore perché ho una rotula messa abbastanza male."

"Ok, niente scale a mezzanotte..."

"Ok, qui termina la parte seria. E adesso per favore mangia qualcosa perché non puoi stare tutta la mattina a stomaco vuoto."

Lei guarda il piatto con aria svogliata:

"Uff!".

"Su, altrimenti viene la cameriera col culo grosso e ti rinchiude con le altre impiegate anoressiche." T si allunga per prendere le posate di Suzanne, taglia un pezzetto di salsiccia e glielo avvicina alle labbra. Lei accetta di mangiare il boccone, ma cerca di riprendere il controllo della forchetta protestando:

"Dai, che non ho fame...".

"Come non hai fame? Guarda, mangio anch'io." Taglia un pezzetto di salsiccia, questa volta sul suo piatto. "Mmmh che bontà! E adesso intingi il pane tostato nell'uovo, così. Guarda: un autentico uovo XXL, Made in Usa."

A Suzanne scappa da ridere:

"Non voglio l'uovo XXL, voglio il succo di frutta...".

"Niente da fare: niente succo se prima non dai due bei morsi al pane intinto nell'uovo. Voglio vederti."

"Preferisco il pane tostato col burro..."

"Prima l'uovo. E qualche patata. Vuoi rimanere per sempre una ventenne? Poi quando usciamo ti do una Lucky Strike senza filtro, ok? E mentre torniamo all'Istituto contiamo le limousine e vediamo chi ne vede di più."

"Non mi piacciono le Lucky Strike, voglio le Marlboro Light..."

"Va beeene, poi Tomás ti compra le Marlboro in un Deli, ma prima l'uovo."

***

Mercoledì, per la prima volta, si trovano per pranzo. Suzanne dice che lei ha solo un'ora, dalle due alle tre, e così T dedica buona parte della mattinata a cercare un ristorante adatto vicino all'Istituto. Non dev'essere troppo misero né troppo elegante, ma una via di mezzo, il posto giusto per un piacevole ma informale spuntino infrasettimanale. All'incrocio della Terza con la 40ma o giù di lì ne vede uno che da fuori gli sembra adatto: Goldberg & McQuency, Steak and Chops, annuncia l'insegna. Il ristorante occupa gli unici due piani di un edificio circondato da grattacieli che sembra un misto tra uno chalet di montagna, una pagoda giapponese e una palazzina art déco.

"Ti piace la carne?" domanda a Suzanne quando la vede uscire dalla porta girevole dell'Istituto.

"Che carne?"

"Quella che si mangia."

"Ssssì..."

"Allora andiamo a mangiare la carne."

"Dove? Devo rientrare tra un'ora..."

"A sette isolati uptown. E non sperare di trovare un taxi libero. Vuoi che ti porti in spalla o preferisci correre?"

"Uhm... meglio in spalla."

"Allora ti devi togliere la gonna perché altrimenti non puoi stare a cavalcioni. Non preoccuparti per quello che potrebbe pensare la gente, l'altro giorno sulla Quinta Avenue c'era un tizio di colore in mutande e nessuno gli faceva caso."

Camminano rapidamente, ancor più veloci degli altri pedoni, e durante il tragitto si scambiano a malapena qualche parola. Quando, accaldati, arrivano al ristorante, trovano due gruppetti di impiegati che aspettano il loro tavolo al bancone del bar dell'entrata, e altri che mangiano direttamente al banco, seduti su uno sgabello. T dice a Suzanne di chiedere al cameriere quanto c'è da aspettare per un tavolo per due, ma lei lo esorta a esercitarsi con l'inglese. Dopo averci riflettuto un attimo, T propone la sua formulazione della domanda: *Should we wait too long for a table?* Suzanne arriccia il naso e gli suggerisce *How long should we have to wait for...* T ripete la frase tra sé, e molto lentamente, per non incepparsi, la snocciola al primo cameriere che gli capita sotto tiro. È un tizio sospettosamente basso e scuro, e infatti gli risponde in spagnolo che ci vogliono dieci minuti. Nell'attesa ordinano due birre medie. Il cameriere arriva subito con le birre e due menu. T non sa cosa significa *Prime Rib* né *Sirloin*, e Suzanne gli spiega che sono una costata e un filetto. Ci sono altre parole che T non capisce, ma sono così tante che preferisce non indagare e limitarsi a ordinare una *Cajun Steak Rib*. Non ha ben capito cos'è, ma oltre all'aragosta è la pietanza più cara del menu, e lui vuole che Suzanne si senta libera di ordinare quello che preferisce senza badare ai prezzi che, per la cronaca, sono piuttosto alti. Lei gli domanda se ha mai visto un pezzo di carne da 28 once (sul menu, accanto al nome del piatto, c'è scritto 28 oz.). Lui dice di no, e così lei lo avverte che sono più di 750 grammi di carne rossa. "Perfetto, ho molto appetito" replica lui. "Io prendo la minestra del giorno e un *Roast Beef Hash*" annuncia lei. "Cosa significa *Hash*?" domanda T. "Carne macinata." T non conosce i vini, che sono tutti francesi o californiani, e Suzanne gli dice che anche lei non li conosce e che comunque preferisce non bere vino perché poi deve tornare al lavoro. T cerca di controllarsi, ma non riesce a resistere alla tentazione di chiederle cosa diavolo è il *Crackling Pork Shank with Firecracker Applesauce*, che secondo l'"Usa Today" è il piatto dell'anno. "Una specie di zampetto di maiale croccante con una composta di mele." "Ah..." T e Suzanne continuano a parlare di cibo fino a quando un secondo cameriere li accompagna nella sala al piano di sopra.

Malgrado sia enorme, la sala da pranzo è accogliente. Bei lampadari e lucernari dai quali si vedono le lontane cime degli edifici circostanti. La maggior parte dei tavoli è occupata da coppie di anglosassoni molto discrete: il mormorio delle loro voci è sommesso come il classico di Cole Porter che si ode in sottofondo. Il cameriere li fa accomodare a un bel tavolo, accanto a una finestra che si affaccia sulla Terza Avenue. Fanno le ordinazioni, e T è felice di poter contare sull'aiuto di Suzanne per rispondere a tutta la serie di domande sui contorni, sull'acqua e via dicendo. Arrivano subito le bevande, i panini e il burro, e finalmente lui e Suzanne restano soli.

“Visto? Una tovaglia...” esclama T accarezzando il tessuto. “È la prima volta che vedo una tovaglia di stoffa in questa città.”

“E le posate d’acciaio” aggiunge Suzanne impugnando coltello e forchetta come il coyote dei cartoni animati. “Ce li faranno pagare, hai visto che prezzi?”

“Su, sei mia ospite, devo festeggiare una settimana da quando ti ho conosciuta... Sai cosa mi piacerebbe? Un giorno dobbiamo andare all’Ambassador.”

“Ah! Per qualche ragione speciale?”

“Perché da bambino ero povero. Poverissimo. Se guardi bene, in fondo ai miei occhi vedi ancora la cicatrice.”

Suzanne lo guarda negli occhi cercando di trovare la cosa giusta da dire:

“Non vedo niente...”.

“Perché non guardi bene. La povertà patita durante l’infanzia lascia sempre il segno. Nel migliore dei casi genera un sentimento di condiscendente superiorità nei confronti di chi ha avuto un’infanzia agiata, e nel peggiore dei casi un’amarezza che reclama costantemente vendetta. Io la vivo abbastanza bene, però mi devo curare togliendomi qualche sfizio di tanto in tanto.”

Lei non riesce a prenderlo del tutto sul serio, forse per il modo spigliato con cui parla. Sembra che lui voglia apparire spiritoso a tutti i costi.

“Vediamo, quanto sei stato povero? Cosa facevano i tuoi?”

“Prima devi rifarmi la domanda: il mio concetto di ‘tuoi’ non è lo stesso che hai tu.”

Suzanne assume un tono più serio:

“Sei... orfano... o qualcosa del genere?”.

T ride in silenzio:

“Tecnicamente sono un esposto. È una brutta parola che ormai nessuno usa più, ma è esattamente quello che sono. Un esposto”.

“Non sono sicura di sapere cosa significhi...”

“In inglese si dice *foundling*, che immagino derivi da *found*, trovato, rinvenuto, come Mosè nella sua cesta. Ma l’etimologia latina ha una connotazione più squallida, perché ‘esposto’ deriva dal verbo *expono*, *exponere* eccetera, che alla lettera significa ‘abbandonare fuori’. In latino si chiamavano così i neonati espulsi da casa, quelli che venivano letteralmente abbandonati in mezzo alla strada. In Grecia un figlio non desiderato si uccideva, invece a Roma, per legge, il *pater familias* doveva limitarsi a metterlo per strada affinché morisse. O affinché qualcuno lo raccogliesse per usarlo come schiavo... Ti sto annoiando?”

"Niente affatto. E... non mi annoi affatto."

"Sicura? Nel mio sconvolto universo emotivo sento che tutti i trovatelli della storia sono miei antenati, e quindi parlo sempre di queste cose come fossero scaramucce familiari."

Suzanne tarda un attimo prima di rispondere:

"Mi interessa sapere della tua famiglia, qualunque sia quella che tu consideri la tua famiglia. Io... credevo che i trovatelli fossero gli orfani che stanno dalle suore...".

"Anche. Questo dopo. Nel Medioevo è cresciuto il senso di colpa e di vergogna associato alla procreazione, e così la gente ha cominciato ad abbandonare di nascosto i bambini davanti ai portali delle chiese, o nelle piazze cittadine. Ma spesso se li mangiavano i cani prima che qualcuno li trovasse, e così, nel XVII secolo, la Chiesa ha cominciato a fondare i cosiddetti 'Ospedali per trovatelli'. Erano edifici molto particolari, con un meccanismo chiamato 'ruota' all'entrata. Sai cos'è una ruota?" lei fa cenno di no con la testa. "Era una specie di pattumiera per neonati. Normalmente aveva l'aspetto di un loculo girevole incassato in una parete esterna dell'edificio, era molto simile a un loculo del cimitero e di solito recava un'iscrizione incisa nel frontone: *Mio padre e mia madre mi hanno abbandonato / la carità divina qui mi ha ricoverato.* La madre, o chi per essa, scaricava il suo rifiuto organico nel deposito e suonava una campanella. Chi stava all'interno girava la ruota e il piccolo passava dall'altra parte del muro senza che si sapesse chi lo aveva abbandonato. La maggioranza dei bambini moriva nel giro di qualche settimana per sifilide congenita o denutrizione, ma per una certa parte di loro era là dentro che iniziava il calvario della vita."

"Tu sei stato abbandonato in una ruota?" domanda Suzanne tutta seria.

T ride:

"No, io sono stato più fortunato... Le ruote non esistono più da parecchio, almeno in Spagna. E da parecchio è fuorilegge abbandonare un neonato senza rivelare la propria identità, anche se talvolta se ne trova qualcuno nei bidoni dell'immondizia. Ma le cose sono cambiate, e infatti adesso non si possono nemmeno usare i trovatelli per esperimenti medici. Conosci la storia della prima vaccinazione?".

"No."

"Be', te la racconto un'altra volta, non è un argomento di cui parlare a tavola."

T pronuncia queste ultime parole quando vede arrivare le entrée. *Bon apetit*, dice prima di assaggiare la minestra. Suzanne resta per un attimo pensosa, come se rimuginasse molte domande e non sapesse da quale cominciare:

"Non hai mai avuto dei genitori adottivi? Scusa se ti posso sembrare indiscreta ma... mi interessa".

"Sì, una volta, per qualche mese, quando avevo cinque o sei anni. Ma non me ne ricordo quasi. Mi hanno riportato all'orfanotrofio, a quanto pare non proprio in buono stato... Il giorno in cui sono tornato all'istituto me lo ricordo, anche se preferisco dimenticarlo. E poi ero troppo grande perché qualcun altro mi volesse."

Suzanne fa finta di mangiare, ma in realtà butta giù di malavoglia qualche cucchiaiata prima di chiedere ancora:

"E non sei mai stato curioso di sapere chi sono i tuoi veri genitori?".

"Come quasi tutti gli orfani, una volta maggiorenne ho commesso l'errore di indagare sul mio passato. In effetti credo che quella sia stata la mia prima indagine."

"In che senso 'l'errore'?"

"A volte è meglio non sapere."

Suzanne assume un'espressione perplessa. T fa una smorfia quasi spazientita:

"Bene, ti faccio un esempio: immagina di scoprire che sei figlia di uno stupratore di minorenni che ha messo incinta una delle sue vittime...".

Suzanne non osa fare commenti e T si sente in dovere di ravvivare un poco il tono della conversazione:

"Comunque una specie di famiglia ce l'ho... intendo dire una coppia con cui pranzare il giorno di Natale e a cui ho telefonato per avvisare che sono arrivato bene qui, per esempio".

"Ah sì?"

"Sì... lui per me è stato una specie di guida, a essere sincero è ciò che conosco che più si avvicini alla figura di un padre. E sua moglie è più o meno una specie di zia affettuosa. Non hanno figli, e quindi, insomma... ci vogliamo bene un po' come se fossimo una famiglia."

"Stanno in Spagna?"

"Sì. Lui è commissario di polizia... commissario capo, per la precisione, dirige la Questura centrale, anche se oggigiorno è praticamente un titolo onorifico, e per di più lui quest'anno va in pensione. È stato mio istruttore quando sono entrato all'accademia, ormai più o meno venticinque anni fa."

Il cameriere arriva con i secondi. Per T una costata grande come quella di un dinosauro, servita su un enorme graal decorato con dei mucchietti di purè colorato.

***

Giovedì pomeriggio, dopo pranzo, per ammazzare il tempo mentre aspetta che Suzanne esca dall'Istituto, T entra da Tiffany. Ovviamente non è ancora il momento di regalare gioielli, e comunque comprare un pezzo accessibile da Tiffany ha un nonsoché di volgare, è una specie di cliché da turisti, e perciò è quasi contento che tutto quello che vede esposto in vetrina gli sembri piuttosto antiquato.

Che altro può fare per tirare le cinque? Negli ultimi giorni il fascino della città è andato svanendo fino a scomparire del tutto. Prima T era come Adamo che esplorava uno strano paradiso iperpopolato, e da qualunque parte volgesse lo sguardo trovava qualcosa di interessante, di sostanziale, ma adesso tutto gli sembra circostanziale: ciò che prima era il tema ora è diventato un semplice scenario. Forse perché adesso Adamo ha la sua storia personale da vivere con Eva, pensa T, e quindi il mondo ridiventa piccolo come lo è per la maggior parte della gente; un universo centrato sui nostri desideri e necessità, sempre visti così da vicino, come se li avessimo sotto il naso, che al confronto un'intera città con tutta la sua folla e la sua frenesia si rimpicciolisce fino a diventare uno sfondo confuso. Proprio così: la carcassa del cane è diventata uno sfondo confuso.

E nello sfondo confuso questo pomeriggio fa caldo, e quindi T interrompe la sua passeggiata per bersi una birra in un bar che sembra la versione peggiorata di un vecchio pub inglese. Secondo i canoni vigenti nel luogo, la barista anglosassone è molto attraente: lineamenti spigolosi, corpo macilento, movenze elastiche e grosse tette di silicone, tutto ciò guidato dallo sguardo imperioso e dalla voce brusca delle donne della città. Quando T paga la birra lei gli dice *Thank you* e continua a guardarlo. È indubbiamente un altro approccio sessuale, l'ennesimo, e quindi T si concentra sul suo bicchiere facendo finta di niente. Lei, cosciente del rifiuto, torna tranquillamente a sedersi sul banco frigo e alla sua conversazione con una tizia bianca seduta su uno sgabello, bruttina e grassottella ma metropolitan e sicura di sé come la barista. Almeno qui le donne accettano sportivamente un rifiuto, pensa T, sono abituate a prendere l'iniziativa e quindi a essere respinte.

A questo punto pensa che sia strano che proprio in questa città lui abbia conosciuto Suzanne. Non riesce a immginarsela mentre abborda uno sconosciuto, e non tanto per timidezza o per convenzionalismo, quanto per orgoglio. L'antico orgoglio femminile secondo il quale la donna è una creatura superiore che l'uomo deve lottare per aggiudicarsi; vanità femminile perduta per sempre, soprattutto qui. Eppure, paradossalmente, forse solo qui è possibile trovare una donna come Suzanne, proprio come solo qui si possono trovare un punk di colore o un paio di scarpe di pelle di rospo velenoso. Ma Suzanne è unica, qui come in qualunque altro posto. È la *Madonna* del Bellini, e per trovarla T si è dovuto recare dall'altra parte del pianeta.

Tre birre dopo, T esce dal bar, e camminando con le mani in tasca si avvia lentamente verso l'Istituto. Senza sapere come, semplicemente guidato dal caso, all'improvviso si ritrova in una di quelle strade spaventose, stile film sulle gang. Niente macchine né passanti, solo tre ragazzi di colore seduti sulla scala davanti all'entrata di un edificio abbandonato, e di fronte a loro, proprio sul marciapiede dove cammina T, un altro ragazzo nero che ballonzola vicino a un cassonetto dei rifiuti. Non si capisce cosa stia facendo, si vede solo che è alto come un giocatore di pallacanestro e che fa schioccare come una frusta un asciugamano bagnato. Nell'insieme sembra che i quattro stiano aspettando che passi il tizio giusto per aggredirlo.

T prova un impulso irrefrenabile, radicale, che lo induce a frugarsi in tasca per cercare le chiavi del suo appartamento in Spagna. Le porta sempre con sé, possono tornare utili come arma improvvisata. Basta stringerle nel pugno in modo che la punta della chiave più lunga sbuchi tra le dita. Così il pugno diventa più pesante e più duro, ma soprattutto offre il vantaggio di un punzone tagliente, bisogna stare solo attenti a colpire parti molli.

Munito della sua piccola arma segreta, T fa un profondo respiro e si dirige con passetti elastici verso il ragazzo con l'asciugamano. L'obiettivo è chiaro: il ragazzo è troppo alto per colpirgli il viso con efficacia, bisogna chiamarlo e farlo mettere di fronte, e poi mirare al ventre, un bel diretto al ventre, dentro e fuori, quanto basta per disorientarlo. Poi si cerca qualcosa nel cassonetto dei rifiuti, un pezzo di tubo, un palo, un mattone, e si attaccano gli altri prima che abbiano il tempo di organizzare un'offensiva.

Quello che T non vede, proprio perché di mezzo c'è il cassonetto dei rifiuti, è che là dietro sta parcheggiata una Mercury color granata, e che con l'asciugamano arrotolato e umido il ragazzo sta semplicemente lucidando le cromature della macchina del suo capo, un fruttivendolo di origine bengalese che gli dà cinque dollari all'ora per fare un po' di tutto. Né lui, né i tre studenti che fumano sulla scala hanno la minima idea di cosa passi per la testa di questo tizio bianco e prestante che cammina deciso verso di loro.

Alle cinque in punto, dopo essere passato dall'albergo per lavarsi accuratamente le mani e cambiarsi, T sta davanti all'Istituto, tranquillo, composto e senza macchia. E Suzanne appare subito in mezzo a una folla di impiegati in giacca e cravatta.

"Cosa hai fatto tutto il pomeriggio?" domanda lei.

"Mi sono accorto che ormai non posso più smettere di pensare a te" risponde lui.

"Certo, certo... Questo lo dirai a tutte..."

"No, solo a quelle che mi fanno perdere la testa."

6.

SULLA TERRA

Quique Aribau, lo scrittore, non si è dimenticato il manuale di prima liceo, e ora lo tiene aperto davanti a sé sulla scrivania del commissario:

"Vediamo... i versi sono tutti di sette sillabe, no? Eptasillabi".

"Non tutti," osserva il commissario, "questo per esempio..." indica un verso su un foglio e lo gira verso il suo interlocutore. Quique conta tamburellando le dita sulla scrivania:

"Che-si-ce-len-tril-ver-so.... Anche questo è un eptasillabo... contiene due sinalefe."

"Due cosa?"

"Sinalefe: quando una parola finisce in vocale e la parola successiva comincia con una vocale, allora si calcola come una sillaba sola, vede? Come qui. Mentre quando il verso termina con una parola tronca si conta una sillaba in più, come qui, e quando è sdrucciolo una sillaba in meno."

"Ah! Questo non lo sapevo..."

Quique consulta il manuale mentre parla:

"Vediamo, 'Metri di arte minore...'". Sfoglia qualche pagina, si ferma un attimo e pensa. "A prima vista potrebbe sembrare una cobbola: arte minore con rima assonante nei versi pari. E qui la rima è assonante."

"E questo cosa significa?"

"La rima assonante si ha quando le vocali si ripetono solo a cominciare dalla penultima sillaba, come qui: 'guerriero' e 'segreto', vede?" indica il foglio con la poesia, "si ripetono solo la 'e' e la 'o'. La rima consonante invece si ottiene ripetendo anche le consonanti... come... non so... 'cotechino' e 'comodino', anche se francamente mi sembra difficile che queste due parole possano coesistere in un verso."

"*Ho un cotechino / nel comodino*" dice quasi subito il commissario.

"Perfetto!" Quique continua a sfogliare il libro.

"Invece *Ho uno spartito / nel comodino* è una rima assonante, giusto?"

Quique fa una pausa per contare le sillabe, ne conta cinque e cinque:

"Commissario, sapeva di avere talento per la poesia?".

"Da piccolo, al paese, giocavamo a mettere in rima le parole: *Il prete è caduto nella rete e il farmacista è andato fuori pista...*"

Ma ora Quique pare non ascoltarlo:

"Aspetti, ci sono!". Legge nel libro: "*Endecha*: Serie variabile di eptasillabi con rima assonante nei versi pari e libera nei versi dispari. Vediamo se funziona".

Quique gira verso di sé il foglio con la poesia e controlla:

"Perfetto! È proprio un'*endecha*. Non avevo mai sentito parlare di questo tipo di metrica prima d'ora, ma comunque è proprio questo: 7 libero, 7a, 7 libero, 7a... L'unico che non funziona è l'ultimo, che dovrebbe essere un 7a e invece è un 7 libero".

Il commissario sembra interessato:

"Come? Com'è l'ultimo?".

"Secondo il manuale dovrebbe rimare, vede?".

Quique gira il libro verso il commissario per fargli leggere una strofa di Gerardo Diego che funge da modello:

(7-) *Un'umile corona*
(7a) *dolce Enrique Menéndez*
(7-) *d'eterni sempreviri*
(7a) *vogl'intessere per te,*
(7-) *che sopra il tuo sepolcro*
(7a) *curvi possan muovere*
(7-) *i lor spigati steli*
(7a) *alle invernali brezze.*

"Tutte le poesie riportate come esempio finiscono con un verso rimato, vede? *Romancillo*, *romance heroico*, *endecha...* Naturalmente può darsi che sia una coincidenza, e comunque i poeti giocano a loro piacimento con la metrica, quindi..."

Il commissario riprende a esaminare la poesia, si concentra, riflette un attimo prima di domandare:

"Intende dire che se a questi diciannove versi ne aggiungessimo un ventesimo, l'ultimo, che facesse rima con gli altri versi pari, i conti tornerebbero?".

"Ss-sì... In effetti questa poesia dà l'impressione di essere inconclusa."

"Certo, come un indovinello..." dice il commissario, che però sta già pensando a un'altra cosa. "Senta, quindi per le rime ci si basa solo sulle ultime due sillabe?"

"Su ciò che segue l'ultima vocale tonica."

"Ho notato una cosa..."

"Cosa?"

"Guardi: in tutti i versi pari, quelli in rima hanno le stesse vocali: *es el noble guerrero*, *en el Monte Perverso*... sono tutte uguali: *del león es derecho*, *es el hombre de negro*... sempre E-E-O-E-E-E-O. Be', a parte dove si verifica quella cosa che mi ha spiegato delle vocali contigue... come si chiamava?"

"Sinalefe?" Quique osserva il foglio, ora girato dalla sua parte. "Ha ragione, non ci avevo fatto caso. E non solo si ripetono le vocali, ma anche gli accenti, o le sillabe toniche, guardi... Posso scrivere qui?" prende un lapis dal portamatite di cuoio. Pujol gli dice di scrivere pure sul foglio con la poesia:

E-E-Ó-E-E-É-O.

Il commissario osserva con attenzione, mentre sembra calcolare mentalmente qualcosa:

"Questo ha un nome tecnico?" domanda. "Voglio dire, la ripetizione di versi di questo tipo?"

"Di sicuro, ma credo che il manuale di prima liceo non lo dica. Però possiamo cercare in Internet."

"Comunque rispettare questo tipo di metrica rende più complicata la scrittura del verso, no? Insomma, deve avere lo stesso numero di sillabe, deve rimare, deve avere un senso, e inoltre vocali e accenti devono coincidere..."

"Be', ovviamente più parametri ci sono da rispettare e più difficile è creare il verso."

Il commissario si appoggia allo schienale della poltrona e incrocia le mani dietro la nuca:

"Caro Quique, lei non s'immagina quanto mi sia stato d'aiuto... Andiamo a mangiare un boccone giù al bar? Ce lo siamo meritato".

"Veramente Sanchís mi voleva portare a vedere un'autopsia, e non credo sia una buona idea andarci a stomaco pieno. Ma naturalmente se questo è un ordine del commissario capo posso sempre rimandare l'autopsia..."

"Bah: il mercoledì le autopsie non sono mai granché, meglio quelle del lunedì, dopo il fine settimana."

"Be', allora quasi quasi faccio un salto un lunedì..."

Il commissario si alza dalla poltrona e si accinge a infilarsi la giacca:

"Cambiando argomento," dice, "e così lei non pensa che io sembri un notaio, eh?".

***

Il commissario rincasa un po' più tardi del solito con un catalogo dell'Audi in mano.

"Ciao ciao..." dice. Poi annusa l'aria nell'ingresso per sentire se dalla cucina arriva qualche profumino, ma non sente niente, a parte l'odore del nuovo deodorante per ambienti alla pesca, o all'albicocca, qualcosa di fruttato.

"Sto stirando" grida sua moglie dalla stanzetta adiacente alla camera da letto. Il commissario va da lei e riceve un bacio sui baffi.

"Ha appena chiamato Tomás. Oggi hai fatto tardi, eh?"

"Sì, adesso ti racconto, ma prima vado a togliermi le scarpe" si avvia verso la cucina. "Cosa dice Tomás?"

"Dopo ti racconto anch'io... Non gridare, che ci sono le finestre aperte."

In cucina il commissario si ferma davanti ai fornelli e solleva il coperchio di una casseruola. Polpette alle mandorle. Da vicino si sente un buon profumino. Il commissario è tentato di ficcare un dito nella pentola per assaggiare la salsa, ma non si è ancora lavato le mani e quindi si trattiene. Poi si toglie le scarpe nella veranda. Comincia a parlare mentre si slaccia la cintura e percorre il corridoio per tornare nella zona notte:

"Allora, cosa racconta Tomás? Come va nella Grande Mela? Ciao Garfield!".

Sua moglie risponde dalla stanza accanto:

"Be', a quanto pare Tomás non è più a New York, chiamava dall'Irlanda".

Il commissario esce nell'anticamera con i pantaloni in mano e si ferma un attimo prima di piegarli seguendo la linea del ferro da stiro:

"Dall'Irlanda?".

"Sì, mi ha detto il nome inglese di un paese, ma non me lo ricordo, qualcosa come 'Laigo'. Ha detto che si trova sulla costa atlantica."

"E cosa diavolo ci fa in Irlanda?"

"Non so... non mi ha detto molto, non sembrava in vena di parlare. Ha detto solo che stava bene e che chiamava per avvertirci che non è più nell'hotel di New York. Non ha lasciato nessun numero, ma ha detto che tra qualche giorno torna sicuramente in Spagna."

"Non ha chiesto la sovvenzione per il trasferimento negli Stati Uniti?"

"Non lo so, non me l'ha detto..."

Il commissario torna in camera con i pantaloni piegati, li appoggia allo schienale della sedia, indossa la sua tenuta da casa ed entra nella stanza da stiro mentre finisce di abbottonarsi.

"Non gli sarà mica successo qualcosa?" domanda.

"Non credo... No, sicuramente no. Ma se devo essere sincera in effetti mi è sembrato un po' giù. Mi ha detto che ha attraversato tutta l'Irlanda in treno e che non smette mai di piovere, che l'ambiente è un po' triste. Magari è per questo. Mi ha detto di salutarti e che se si ferma di più chiamerà ancora. Tutto qui."

Il commissario, fermo con i pollici infilati nelle bretelle, osserva con attenzione la manica della camicia bianca che sua moglie sta stirando.

"Non so," dice, "mi sembra un po' strano..."

"Magari New York non gli è piaciuta. Una cosa è fare dei progetti qui e un'altra è andarci davvero..."

"Mi sembra strano. La prima volta che ha chiamato sembrava contentissimo. Quando è stato? Tre o quattro settimane fa?"

Sua moglie inarca le soppraciglia e rimane un attimo in silenzio:

"E tu? Cos'è che mi dovevi raccontare?" domanda, distogliendo il marito dall'apparente concentrazione con cui la guarda stirare.

"Niente... Che sono andato da un concessionario. Ho preso un catalogo da farti vedere."

"Per cena ci sono le polpette, va bene? E come primo preparo un'insalata mista con quei ravanelli che ti piacciono tanto. Volevo fare una minestra di riso, ma ho pensato che comincia a fare troppo caldo."

"Ho già visto le polpette nella casseruola..."

"Non ci avrai mica infilato il dito senza lavarti le mani?"

"Noooo," il commissario molla le bretelle e si guarda le mani, "me le lavo subito."

"Bene, però non toccare le polpette prima di cena."

"Va beeene! Ai suoi ordini eccellenza!"

Uscendo dal bagno il commissario prende il catalogo dell'Audi che ha lasciato nell'ingresso e lo porta in salotto per sfogliarlo con calma. Ma quando vede il lettore di cd gli viene voglia di sentire ancora il disco dei Supertramp. La musica è davvero strana, a volte pare che a suonare sia un'orchestra di fantasmi, ma via via che ascoltava le canzoni il commissario ha sottolineato alcuni brani con un pennarello rosso e alla fine questa roba ha cominciato a piacergli. Si siede in poltrona con la copertina del cd, il pennarello rosso e il catalogo. Quando sua moglie arriva con un cesto pieno di biancheria da piegare sta suonando *Even in the Quietest Moments* e il commissario è assorto nei suoi pensieri con il catalogo aperto sulle ginocchia.

"Ti è proprio venuta la mania della musica, eh?" si siede al tavolino che usa per cucire e comincia a rivoltare calzini infilandoci dentro la mano fino al gomito.

"Se ti dà fastidio metto le cuffie."

"Figurati... E smettila di preoccuparti per Tomás, di sicuro sta bene. Avrà avuto voglia di visitare l'Irlanda."

"No... stavo pensando al ragazzo che mi vende i cd. Non so perché l'altro giorno mi sono scordato di raccontartelo: gli hanno dato una testata e gli hanno ridotto il naso come un peperone."

"Mamma mia! Il ragazzino gay?"

"Sì... Sono entrati due tizi per ripulirgli la cassa e lui è saltato fuori con uno dei suoi commenti. Uno dei due si è incavolato e gli ha tirato una testata con il casco da motociclista."

"Santo Cielo! Sta bene?"

"Credo di sì. Non era niente di grave, solo un paio di punti. In settimana vado a trovarlo."

"Be', digli di stare zitto la prossima volta, che con certa gente bisogna stare attenti." Pausa, continua a rivoltare calzini. "Senti, e lo scrittore? L'hai più visto?"

"Sì, ieri abbiamo fatto colazione insieme" il commissario ride. "Sanchís dice che vuole vedere tutto e che lo fa diventar matto a forza di domande, ma gli fa impressione entrare in sala autopsie."

"Non vedo cosa ci sia da stupirsi..."

"Ehi, vuoi vedere la macchina che mi piace?"

"Su, vediamo."

Il commissario si alza faticosamente dalla poltrona e si siede di fronte alla moglie, davanti al tavolino che sembra un'esposizione di calzini, mutande, mutandine e reggiseni. Apre il catalogo in una pagina con la fotografia di un'A3 color canna di fucile metallizzato vista dal davanti:

"Allora? Ti piace?".

"Quanto costa?"

"Un bel diesel sui trentamila euro."

"Uh! Cinque milioni di pesetas? Che follia."
"Sì, ma è una bella macchina."
"E non ci potremmo accontentare di una meno cara?"
Il commissario storce la faccia e annuisce. Poi gira di nuovo il catalogo dalla sua parte e guarda ancora la foto.
"Ma a te piace questa, non è vero?" domanda lei.
"A me sì. Lo so che è un capriccio..."
"E quanto ci darebbero della nostra? È tenuta bene ed è stata sempre in garage..."
"Bah! Forse mezzo milione... magari anche qualcosina in più. È un modello vecchio."
Per qualche minuto il commissario continua a sfogliare il catalogo con una guancia appoggiata sulla mano. Sua moglie rivolta calzini, tutti neri, eccetto un paio marrone. Quando finisce coi calzini passa alle mutande, tutte bianche, che impila ben piegate alla sua destra. Infine si concentra sulle mutandine, rosa, azzurre e color carne, e su un paio di reggiseni, le cui coppe infila una dentro l'altra. Rompe il silenzio proprio mentre la musica fa una pausa tra una canzone e l'altra:
"Be', se ti piace questa compriamo questa e non se ne parla più".
Si alza dalla sedia per sistemare nel cesto la biancheria piegata. Ma ora è il commissario a ripensarci:
"No... costa molto... ne possiamo vedere un'altra".
Ma uscendo dal salotto, ormai di spalle, sua moglie dice:
"È tempo di toglierti qualche capriccio". Poi, dal corridoio, aggiunge alzando la voce: "Spegni la musica, su, che c'è il telegiornale e ormai è ora di cena".

***

Il commissario è un po' preoccupato da quello che ha letto nel libro di Hare sullo sguardo degli psicopatici. È freddo, duro, come quello di uno squalo, o di un morto. Si ricorda una fotografia di Boris Karloff nei panni di Frankenstein che ha visto da bambino. Aveva le palpebre leggermente abbassate su degli occhi da pesce, grandi, scuri e annebbiati. Il commissario ha sentito dire che quando leggi di una malattia poi tendi a riconoscerne molti sintomi in te stesso, ma sa anche di non poter minimamente attribuirsi alcuna caratteristica tipica di uno psicopatico: lui non ha una mente fredda e insensibile, né una personalità egocentrica e presuntuosa, e non è neppure incapace di pentirsi, né manca d'empatia, non è un manipolatore né un bugiardo. Eppure non può evitare di guardarsi gli occhi nello specchio del bagno quando va a far pipì prima di uscire dall'ufficio. Sguardo da morto, proprio così, come Boris Karloff nei panni di Frankenstein, se non fosse che Frankenstein non è capace di sorridere, proprio come Garfield. Prova a togliersi la cravatta e a rimboccarsi le maniche. Sembra sempre Boris Karloff: magari più grasso, o intento a fumare e a bere durante un pranzo di nozze, ma con gli stessi occhi. Allora prova a infilare la giacca senza cravatta. Ora l'immagine riflessa è quella di un notaio sciatto.... e con gli occhi di Boris Karloff... Comunque se uno decide di non usare più la cravatta, un bel giorno dovrà pur cominciare. E quindi lascia perdere lo specchio ed esce.

Come il commissario ha previsto, Puértolas monta la guardia nella sezione di Criminologia.

"Commissario... che sorpresa! A cosa dobbiamo... a cosa dobbiamo... questa... come dire?"

"Questa visita?"

"Questo piacere, certo... naturalmente... questo piacere... inatteso, vero?"

Il commissario cerca di andare subito al sodo. Tira fuori dei fogli piegati dalla tasca della giacca.

"Adesso le spiego, ma prima legga qui."

Gli allunga il foglio con la poesia dattiloscritta:

Abil, astuto, crudel,
è l'ardito guerriero,
oro calza l'animal,
del Signor che in segreto
regna con voce forte
sopra il Monte Perverso.
Luce sarà sul nome
il qual s'espone appieno
a chi colmi il difetto
di quell'ordine esatto!

Valente tra i demoni
l'uomo in abito nero,
estrarre i forti artigli
al leone è permesso.
Rifate il brutto carme
perché torni sereno:
rivelate il viceré

che si cela entro il verso
e offrì un sacrificio...

Puértolas impiega mezzo minuto a leggere, ma quando sta per aprir bocca il commissario lo zittisce ancora:

"Lasci che le spieghi dove l'ho trovato... Ricorda che quando sono venuto l'ultima volta parlavamo del caso Uni-Pork?"

"Sì, naturalmente... sì."

"Avevamo un cadavere squartato in un macello. E un messaggio che qualcuno ha lasciato sui resti del corpo: NEL NOME DEL PORCO. Bene, una settimana prima di trovare tutto ciò, il proprietario del macello in questione ha pubblicato sul giornale locale la poesia che ha appena letto."

"Interessante... sì, interessante... Molto... molto, come dire?, significativo, vero?"

"Aspetti... Questa composizione segue un metro tipico di un poema che si chiama *endecha*: versi di sette sillabe con rima assonante nei versi pari. E adesso osservi la frase che abbiamo trovato sul cadavere" il commissario tamburella con le dita sul tavolo. "Nel nome del Porco: anche qui ci sono sette sillabe,* e l'assonanza coincide con quella dei versi pari della poesia. Ma c'è dell'altro: queste sette sillabe contengono anche le stesse sequenze di vocali E-E-O-E-E-E-O dei versi pari, e non solo, ma rispettano anche lo stesso ritmo: accento sulla terza e sulla sesta vocale: pa,pa,pam,pa,pa,pam,pa."

Mentre il commissario sta parlando, Puértolas riguarda il testo:

"Uhm... non è molto bella, ma è... intrigante... intrigante, sì: intrigante... Da dove... come c'è riuscito, vero? Lei s'intende... s'intende di...".

"Di poesia? Non ne so un fico secco. L'altro giorno ne ho parlato con Quique Aribau..."

"Certo... Quique... un ragazzo simpatico, eh? Sì. Abbiamo parlato proprio del... del Giardino... del *Giardino delle delizie*, naturalmente, sì... simpatico..."

Il commissario rischia di perdere il servizio, ma poi lo recupera:

"Sì, è molto simpatico, ma adesso torniamo alla nostra poesia. All'inizio non capivo chi fosse il Signore del segreto, né l'ardito guerriero, niente di niente. Ho pensato che potesse essere il Demonio... che è crudele, eccetera... Ma guardi questo verso: *Oro calza l'animal, / del Signor che in segreto / regna con voce forte / sopra il Monte Perverso*. Ho pensato che poteva essere una metafora del-

* In spagnolo: En-el-nom-bre-del-cer-do. [*N.d.T.*]

la ricchezza di questo Signore, giusto?, e invece cosa ne penserebbe lei se le dicessi che il proprietario del macello, cioè l'autore della poesia, ha una Porsche con i cerchioni placcati oro?".

"Oro? Davvero? Quale... quale squisita stranezza... cerchioni placcati?"

"Proprio così: placcati d'oro opaco. E quindi ho pensato che l'autore stesse facendo il proprio autoritratto. E da questo punto di vista coincide tutto: 'viceré' e 'valente tra i demoni'... metà dei sindaci della zona sono suoi parenti e lui ha le mani in pasta dappertutto, è una lunga storia, però mi sono fatto mandare informazioni dal commissariato di zona, e a quanto pare il nostro amico laggiù è una specie di signore feudale, sono generazioni che la sua famiglia fa il bello e il cattivo tempo. *L'uomo in abito nero...* lui è sempre vestito di nero. E cos'è il Monte Perverso? Be', il Monte Horlá. Quel tizio è padrone di mezza montagna, lo dice persino il suo cognome: Juan de Horlá non è uno pseudonimo, ma il suo nome di battesimo..."

Puértolas, stranamente, non dice niente, ma si limita a guardare attentamente il verso con una mano davanti alla bocca, mentre scuote leggermente la testa come in cenno di assenso. Il commissario allora prosegue:

"Ma torniamo a noi... Guardi cosa dice qui: *Luce sarà sul nome / ... / a chi colmi il difetto / di quell'ordine esatto.* All'inizio non capivo nemmeno questo, ma guardi: di solito un'*endecha* termina con un verso pari che rima con gli altri versi pari, mentre questo termina con un verso dispari, senza rima. Allora quale sarebbe il difetto da colmare?" il commissario prende il foglio con la poesia dalle mani di Puértolas, e con una matita che estrae dalla tasca della camicia aggiunge alla poesia l'ultimo verso.

Abil, astuto, crudel,
è l'ardito guerriero,
oro calza l'animal,
del Signor che in segreto
regna con voce forte
sopra il Monte Perverso.
Luce sarà sul nome
il qual s'espone appieno
a chi colmi il difetto
di quell'ordine esatto!

Valente tra i demoni
l'uomo in abito nero,

estrarre i forti artigli
al leone è permesso.
Rifate il brutto carme
perché torni sereno:
rivelate il viceré
che si cela entro il verso
e offrì un sacrificio
NEL NOME DEL PORCO.*

Il commissario continua a parlare mentre Puértolas analizza l'ultimo verso:

"Ecco, ci siamo: fa' tornare il carme sereno, cioè completalo per restituirgli il giusto equilibrio, e scoprirai che il Signore che si nasconde nel verso e che ha offerto un sacrificio nel nome del Porco è lui".

Alla fine Puértolas si decide a intervenire:

"Geniale... eh? Geniale, vero? Geniale, senza dubbio, naturalmente. Ma credo... credo... credo che lei abbia considerato solo... i versi pari, naturalmente, i pari... che rimano. Ma forse c'è qualcos'altro che... le... sembrerà... interessante... sì, senza dubbio..."

"Cosa?"

Puértolas chiede al commissario di dargli la matita e disegna un circolo attorno alla lettera con cui cominciano tutti i versi dispari. Le iniziali della prima strofa formano, dall'alto verso il basso, la parola "H-O-R-L-A", e quelle della seconda strofa la parola "P-O-R-C-O"**. Il commissario resta per un attimo sbigottito e poi si batte la fronte con il palmo della mano:

"*Luce sarà sul nome / il qual s'espone appieno*: che s'espone appieno... appieno! Con tutte le sue lettere! Questo non l'avevo notato!".

"Commissario... le mie... congratulazioni: l'ha beccato."

Il commissario, guardando al di sopra degli occhiali, fissa Puértolas senza accorgersi che lo sta sottoponendo a uno sguardo inquisitorio:

"L'ho beccato, certo, so chi è, ma non ho neanche uno straccio di prova. È solo una mia congettura...".

"Quanto basta per... seguire questa... pista, vero? Quanto basta, sì."

"Mi domando solo perché l'assassino fornisca delle prove così chiare."

* In spagnolo: EN EL NOMBRE DEL CERDO. [*N.d.T.*]
** In spagnolo: C-E-R-D-O. [*N.d.T.*]

"Be'... in realtà non sono poi così chiare, vero? Naturalmente se lei... sei lei non... avesse, non avesse intuito l'importanza... Ma anche per... egocentrismo, vero? Il tipico egocentrismo degli psicopatici."

"Sì... l'ho letto nel libro che mi ha consigliato. L'ho quasi finito."

"In effetti, sì... a loro piace... a loro piace sembrare molto... furbi, vero? Naturalmente... intelligenti e... audaci .. sì, audaci."

***

Calabrava, domenica mattina. Mercedes, la moglie del commissario, è nello spogliatoio a preparare la borsa per la spiaggia. Il commissario si affaccia alla porta:

"Mercedes, vengo in spiaggia con te".

Lei si gira e lo guarda incredula:

"In spiaggia-spiaggia? In costume?".

"Sì."

Lei non gli fa altre domande. Va in bagno a farsi lo chignon e a sistemarsi un fazzoletto in testa. Nel frattempo lui si prepara nello spogliatoio e, prima che lei finisca di aggiustarsi davanti allo specchio, spunta dietro le sue spalle. Ha indossato il suo costume nuovo, color granata, lungo fino a metà coscia e legato in vita con un cordoncino. Ha infilato anche gli occhiali, un paio di calzini neri e le pantofole."

"Come sto?"

"Non ti fai la barba?"

"No... oggi no. Come... come sto?"

"Non verrai mica in spiaggia coi calzini?"

"Be', appena arriviamo me li tolgo."

"Esci così?"

"Ma va'! Adesso sopra mi metto qualcosa. Sembro molto grasso?"

"Mmm-no" riesce a dire lei. Il commissario si guarda allo specchio. È un'immagine conosciuta. Lui, a torso nudo, davanti allo specchio del bagno, e cioè: dai tempi di Buddha niente di nuovo sotto il sole. Il problema, però, è che sua moglie non pare dimostrare un grande entusiasmo.

"Ehi, non ti vergognerai a farti vedere con me in spiaggia?"

"Non dire sciocchezze. Su, togliti quei calzini e mettiti qualcosa sopra."

"Cosa mi metto?"

"Ma niente, una camicia con le maniche corte e i mocassini. Ma per piacere togliti quelle calze."

“Ho visto molti turisti che vanno in spiaggia con le calze...”

La protesta non merita risposta, solo un corrugamento generale del viso.

“Non metto neanche i pantaloni?”

“Perché devi metterti i pantaloni? Hai già il costume, no? Ma per la prossima volta sarà meglio che ti prenda un cappello. E un paio di ciabatte.”

Il commissario prova repulsione al solo sentire la parola “ciabatte”, è una ripugnanza persino fonetica, ma per ora si sente troppo insicuro per azzardarsi a contraddire l’esperta. Torna nello spogliatoio, si toglie i calzini, s’infila una camicia bianca abbottonata fino al penultimo bottone e torna al cospetto del giudice: “E adesso?”. Il giudice si avvicina, slaccia tre bottoni della camicia e si scosta un po’ per guardarlo, ma l’effetto è ancora quello di una tovaglia su una tavola per quattro, e quindi sbottona completamente la camicia, la apre un po’, e infila dentro il cordoncino del costume.

“Devo proprio mettere in mostra il mio petto villoso?”

“Be’, se preferisci ti depilo prima di uscire...”

Per un attimo il commissario assume un’espressione preoccupata e lei per poco non scoppia a ridere:

“Su, non essere sciocco, stai benissimo. Ma se ce n’è un sacco di signori come te che girano così per la strada, qui sono tutti vestiti in questo modo...”.

“Già, ma loro sono turisti...”

“E allora? Anche noi siamo turisti. Spagnoli, ma pur sempre turisti.”

Per il commissario il momento critico è quando deve uscire dall’ombra dell’androne. In strada c’è gente, ma lui non vede nessuno in costume da bagno, o perlomeno nessuno come lui, e così cerca di nascondersi dietro la minuta figura di sua moglie, che cammina davanti a lui sul marciapiede. Un altro grave problema è come occupare le mani. Il commissario decide di incrociarle dietro la schiena, anche se in questo modo la camicia si apre che è un piacere. Fortunatamente la spiaggia è a soli cento metri da casa, ma bisogna superare la zona pedonale, cioè il punto più affollato del paese, e così il commissario attraversa sulle strisce pedonali cercando di non guardarsi attorno, come un obeso *beatle* in costume da bagno. Se lui non vede nessuno è possibile che nessuno veda lui. La logica è questa.

Finalmente oltrepassano anche il viale pedonale con l’aiuola, il parcheggio e raggiungono il limite della sabbia, cioè il punto dove normalmente il commissario bacia sua moglie per poi tornare sulla terraferma e rifugiarsi all’ombra del bar della stazione degli autobus, in compagnia del suo giornale e di una bella porzione di acciughe impanate. Perciò sua moglie gli chiede se stamattina non va all'edicola a comprare qualcosa da leggere. Il commissario le fa cenno di no con la testa; non può parlare perché da un po' sta trattenendo il fiato per convertire in torace una porzione di ciò che normalmente è pancia.

Ma prima di calpestare la sabbia (un piccolo passo per l'uomo), il commissario si gira verso i due orrendi condomini affacciati sul lungomare come chi contempla la cattedrale di Amiens, e intanto ne approfitta per sgonfiare la pancia sbuffando senza farsi accorgere dalla moglie. Ed ecco che giunge il momento di fare come lei e togliersi le ciabatte (ancora quella parola), nel caso del commissario i mocassini, che senza calze diventano creature dal ventre umido e appiccicoso.

Nei paraggi non c'è nessuno – i bagnanti sono tutti ammucchiati dall'altra parte della spiaggia, vicino all'acqua –, perciò il commissario può camminare mantenendo l'equilibrio con le braccia. Trova piacevole il contatto dei piedi nudi con la sabbia calda e asciutta, è una carezza conosciuta ma a lungo dimenticata, e per la prima volta è felice di essersi lanciato alla ventura. Tuttavia c'è ancora qualche difficoltà da superare, e probabilmente sua moglie lo intuisce, perché lo prende per mano come per aiutarlo ad affrontare il momento in cui raggiungono l'esiguo lembo di sabbia coperto di asciugamani, sedie a sdraio e bagnanti che non hanno niente di meglio da fare se non sbirciare i nuovi arrivati da dietro gli occhiali da sole. Trovato un posto libero, mentre sua moglie fruga nella borsa per prendere la crema solare e altri ammennicoli vari, il commissario capisce che prima o poi dovrà togliersi la camicia e comincia a valutare i possibili spettatori. A destra una coppia di anziani, entrambi neri come il carbone, il cui componente maschile sfoggia una pancetta flaccida e cascante sopra un minuscolo costume da bagno assolutamente indecente. Niente da temere dunque da parte di quel mingherlino. A sinistra un uomo solo, coricato a pancia in su, apparentemente addormentato. Ottimo. Dietro, una ragazza a seno nudo; seni piccoli, tondi e nudi, non ci sono dubbi. Che fare in una situazione simile per non sembrare un vecchio bavoso? Per il momento decide di compiere una rotazione di 180° e di cominciare a scrutare l'orizzonte in cerca di pinne di pescecane, vascelli pirata, o qualunque altra cosa si possa avvistare in mezzo al mare. Ma ecco che la voce di sua moglie lo riporta alla realtà:

"Su, togliti la camicia che ti metto la crema, altrimenti comincerai a pelarti nel giro di cinque minuti".

Lei si è già tolta il pareo e il suo corpo, fasciato dal costume color indaco, malgrado sia straconosciuto, gli sembra particolarmente bello sotto questa nuova luce: tondo e morbido ma bello sodo, e molto più florido di quello della ragazza a... senza reggiseno.

"Bisogna mettersi la crema prima di fare il bagno?" domanda il commissario cercando di concentrarsi sulla conversazione.

"Fai il bagno?"

"Certo."

"Guarda che siamo in giugno, l'acqua sarà fredda."

"Be', io sono venuto per fare il bagno, altrimenti che gusto c'è a stare in spiaggia?"

Ed ecco che il commissario si toglie la camicia e dopo averla appallottolata la getta sull'asciugamano che sua moglie ha steso per lui sulla sabbia. Per un attimo osserva il suo corpo dall'alto e si stupisce di come la sua pelle sia bianca sotto la luce del sole. Anche al confronto con quella della ragazza a... con quella della ragazza.

"Non allontanarti troppo. Sarai ancora capace di nuotare?"

"Certo, mica è qualcosa che si dimentica."

Il commissario si avvicina alla riva, dove in effetti i bagnanti sono pochi e molto distanti l'uno dall'altro. Non molto lontano, legate alle boe, ci sono delle barche da pesca: meta possibile da raggiungere a nuoto. Una piccola onda arriva docile, gli bagna i piedi e si ritrae portando con sé della sabbia e facendolo così sprofondare un poco nel bagnasciuga. Solleticante, gradevole. Immergendosi ancora un po' comincia a sentire dei crampi ai polpacci, ma decide di non mollare, in fondo lui è un montanaro abituato al freddo inclemente, e quindi prosegue ancora per qualche metro, fino a bagnarsi i pantaloncini. Per ora abbastanza bene. Senso di potere e autocontrollo. Ma in quel mentre arriva un'onda più alta delle altre e il livello dell'acqua sale improvvisamente fino all'ombelico. Fastidio atroce. Tessuto bagnato e appiccicato alla pelle quando l'onda si ritira. Il commissario sa che a questo punto è meglio immergersi del tutto e nuotare energicamente per scaldarsi, ma il suo sconforto è enorme quando si accorge di non essersi tolto gli occhiali. Troppo tardi per tornare sulla spiaggia: li sfila, procede deciso e s'immerge tenendoli ben stretti con la mano sinistra, che così invece di fungere da remo diventa una specie di inutile moncherino. Ma il commissario non demorde, e annaspa con le braccia e con le gambe cercando di immergere la testa. Per qualche lungo secondo la sua è una lotta feroce, disperata, con il fiato sospeso e contro il freddo che lo attanaglia, ma a causa dell'effetto boa il suo posteriore si mantiene al pelo dell'acqua e così il commissario comincia a nuotare furiosamente a rana con la testa fuori dall'acqua.

Forse riesce a muoversi di qualche metro, ma le barche sembrano sempre alla stessa distanza di quando è partito e la stanchezza comincia a farsi sentire più del freddo. Si accorge che ormai non tocca il fondo e quindi si rassegna a fare il morto per riprendere fiato. "Umiliante", questa è ancora una volta la parola. Per qualche secondo rimane a pancia in su, e con le orecchie sotto il pelo dell'acqua riposa e ascolta amplificato il ritmo della sua respirazione. O adesso o mai più: in un improvviso impeto di furore afferra gli occhiali coi denti come fossero il pugnale di un pescatore d'ostriche, gira su se stesso come una grossa palla bianca e granata, e comincia a nuotare a più non posso verso il fondo. Questa volta, potendo spingere con tutte e due le braccia, riesce a scendere abbastanza da toccare la sabbia, che in realtà si trova a meno di due metri di profondità, e quando dà una bella bracciata per tornare in superficie le articolazioni delle spalle reagiscono inviandogli delle fitte lancinanti.

Tuttavia sente che la sua muscolatura si risveglia, come se il prestante giovanotto che per tanti anni è rimasto sepolto in una prigione di grasso tornasse alla ribalta, e per qualche istante si gode anche l'immensa gioia di sentirsi leggero in quell'universo denso e blu. Altra sensazione dimenticata e ritrovata. Ma dura poco, perché il commissario deve presto tornare in superficie, tutto soddisfatto, anche se è costretto a togliersi velocemente gli occhiali dalla bocca per prendere una boccata d'aria che finisce con una sorsata d'acqua salata.

Nell'insieme è stata un'esperienza gratificante, ma il commissario si sente esausto, e così, con il morale piuttosto alto, decide di tornare alla confortevole posizione di bipede. Ansimante, si avvia verso la riva con gli occhiali in mano, e malgrado le gambe, indebolite dallo sforzo, debbano sopportare l'enorme peso che trasportano sulla superficie instabile, prova una felicità fisica, sensuale, una specie di pienezza simile alla pienezza che segue altri tipi di intenso sforzo muscolare. E per di più, senza gli occhiali, il mondo aereo diventa una gelatina appannata come quello subacqueo. Il commissario non vede niente di niente, ma cerca comunque di evitare che il costume gli aderisca sconvenientemente al corpo mentre pensa a come localizzare la moglie in mezzo a tutti quegli esseri arenati sulla sabbia. Ma non deve sforzarsi di cercarla, perché lei lo sta aspettando a riva, immersa nell'acqua fino alle ginocchia, e quando lo vede gli va incontro:

"Cosa facevi? A un certo punto ho pensato che stessi per affogare e ho quasi chiamato aiuto...".

Il commissario schiocca la lingua tra un ansito e l'altro:

"Ma no che non affogo...".

"È fredda, eh?"

Altro schiocco della lingua in segno di negazione mentre i due si avviano verso gli asciugamani.

"Ma se stai tremando e hai il labbro inferiore violetto..."

Per un po', come se invece di stare su una spiaggia piena di turisti si trovasse con la sua compagna su un'isola deserta, il commissario si abbandona alla dolce stanchezza, si corica sull'asciugamano a pancia in su, ansimante, e si lascia spalmare la crema solare con una piacevole carezza che gli percorre il torace e l'addome. Allora sente un desiderio incontrollabile di chiudere gli occhi e dormire, con il sole che penetra attraverso le palpebre e rende l'oscurità uno spazio vivo, giallo e arancione. Ma per ordine di quest'angelo che lo accarezza così amorevolmente, deve girarsi a pancia in giù. Sente subito la piccola mano che viaggia sulla schiena e sulle reni, e poi comincia a percepire una sensazione al tempo stesso piacevole e fastidiosa, accentuata dal peso del suo corpo che preme sull'asciugamano. Per stroncarla prima che sia troppo tardi, si gira e abbraccia l'angelo, questa volta su un asciugamano e in piena luce del sole:

"Penso che dopo mangiato dovrai venire a fare il pisolino con me".

"Certo, come no?"

"Perché no?"

"Perché oggi è domenica e dobbiamo tornare a casa presto."

"Be', per tua informazione ieri sera non mi è bastato."

"Smettila di allungare le mani, dai, che c'è gente. E poi pungi, fammi il piacere di raderti appena arriviamo a casa."

***

Lunedì mattina il commissario sente un paio di colpetti alla porta del suo ufficio e poi il rumore della maniglia che si abbassa. Si asciuga le mani ed esce dal bagno per vedere chi è, anche se in effetti può essere solo Varela:

"Commissario, c'è l'ispettore capo Rodero. Chiede se può riceverlo".

"Certo, lo faccia entrare."

Malgrado Rodero sia un suo subordinato, il commissario va a

riceverlo in anticamera. In verità il suo subordinato ha avuto il riguardo di recarsi in Centrale per sentire cosa aveva da dirgli.

Rodero ha poco più di quarant'anni. È pallido, spalle strette, magrolino ma con una pancetta che sporge come un melone; giacca di maglia color muschio, farfallino, scorta di caramelle alla menta. Si stringono la mano.

"Ha da fare?"

"Assolutamente no... entri, la ringrazio di essere qui, sarei venuto io da lei..."

"Non importa, così ne approfitto per vedere l'interno della nuova Centrale, mi hanno detto che è bellissimo."

"Sì, non è male... Come va alla Omicidi? Il vostro edificio sta ancora in piedi?"

"Be', a stento, ma lo sa anche lei come funzionano le cose."

"Sì, certo che lo so... Lo prende un caffè? Mi hanno messo una macchinetta."

"Già, qui sta comodo... Non bevo caffè a quest'ora, ma se mi offrisse un bicchier d'acqua gliene sarei grato, fuori fa molto caldo."

Vanno in sala riunioni. Il commissario prende un bicchiere di plastica e indica un'antina di legno scuro che sembra quella di un armadio. "Non preferisce una bibita? Ho un frigo ben fornito, come quello degli hotel." No. Rodero vuole un bicchier d'acqua. "Fredda o a temperatura ambiente?" Rodero la vuole a temperatura ambiente. Il commissario preme l'apposita levetta del distributore d'acciaio inossidabile, riempie il bicchiere e lo porge a Rodero. Poi si concentra sulla macchina del caffè, che funziona con delle piccole cialde:

"Ben più confortevole che all'Omicidi, eh? Anche se adesso almeno avete l'aria condizionata, non s'immagina come diventava l'ufficio dove ora sta lei quando arrivava il mese di giugno".

"Lei stava nel mio ufficio? Non lo sapevo..."

"Ci sono stato per sei anni. Credo che la mia schiena porti ancora i segni di quella poltrona in similpelle. E prima, come ispettore, ho vagato per otto anni di ufficio in ufficio, quando Morillos era ispettore capo. Ha conosciuto Morillos? Baffetti da falangista... Occhiali scuri..." Rodero annuisce. "Al confronto questa è una reggia, ho persino un salottino per quando ricevo visite. Meglio tardi che mai, visto che ormai mi rimangono solo due mesi."

"Ho sentito che quest'anno va in pensione..."

"All'inizio di settembre... Non s'immagina come non ne veda l'ora: non voglio mai più sentir parlare di massaie squartate in vita mia."

Il commissario e Rodero si accomodano a un capo del lungo tavolo da riunioni, occupando due delle dieci sedie basculanti in acciaio e cuoio.

"Mi spiace che sia dovuto andare fin lassù una domenica mattina, ma all'Omicidi non c'era nessuno all'altezza e così mi sono permesso di chiederle questo favore. E poi nessuno era più adatto di lei: mi sembra di aver capito che è cresciuto in un paesino di montagna, no?"

"Be', sì, però era tutto un altro mondo. In realtà tutti i paesini di montagna sono diversi, in comune hanno solo l'isolamento. E al giorno d'oggi non sono più neanche isolati come un tempo. Ci sono la televisione, i telefoni cellulari, e tutti hanno la macchina."

"E quel posto come le è sembrato?" Rodero tira fuori una caramellina dalla tasca della giacca di maglia e la offre al commissario, che fa cenno di no.

"A dire il vero quando siamo usciti dal macello abbiamo avuto il tempo di fare solo un giro in macchina e di prendere un caffè in uno dei bar che ci sono sul viale principale, vicino alla chiesa e al municipio... Con le montagne tutto attorno e il Monte Horlá così incombente, l'ho trovato un posto abbastanza opprimente. In inverno dev'essere terribile."

"Come le è sembrato Berganza?"

"Un buon elemento. Ho parlato con lui al telefono un paio di settimane fa, ed è stato così gentile da fornirmi alcune informazioni che gli avevo chiesto in via non ufficiale. Mi ha detto che avevano trasferito il caso alla Centrale."

"Le ha detto anche che abbiamo identificato il cadavere?"

"Non era ancora confermato. È qualcuno della vallata, no?"

"Sì, lo conferma la prova del Dna. Ma la cosa più interessante è che il figlio della vittima vive in Francia, in Provenza, e sa dove lavora?"

"Da come lo dice immagino in un mattatoio per suini."

"Proprio così. Bisognerà indagare in quell'ambiente. Ma abbiamo anche altre piste. Per esempio nell'archivio informatico ho trovato un omicidio mai risolto che pare abbastanza interessante. Risale al 1997, la vittima è una ragazza di sedici anni, sgozzata in Italia, in un bosco piemontese a diciassette chilometri da Pinerolo. Il cadavere è stato rinvenuto nudo, senza tracce di violenza o di stupro, però mancano entrambe le mani, che non sono mai state ritrovate. Anche allora fu complicato identificare il corpo, ma alla fine si scoprì che si trattava della figlia di un autotrasportatore internazionale. E indovini cosa trasportava quel tizio col suo camion?

"Maiali?"

"Maiali. Non le puzza di regolamento di conti tra narcotrafficanti?"

Il commissario storce le labbra.

"Ha qualche altra idea?"

"Perché narcotrafficanti e non... che so... uno psicopatico impegnato in un gioco di ruolo... Di casi non risolti come questo ce n'è una media annua che varia dall'uno al cinque per cento in qualunque sezione Omicidi, e questo considerando i paesi dove la polizia fa il suo dovere. Basarsi solo sui casi che hanno vagamente a che fare coi suini è un po' tendenzioso, malgrado la frase trovata sul corpo."

"In realtà non sono partito dal biglietto. Ovviamente l'abbiamo fatto analizzare, ma il Luma-Lite non dice niente. La frase è stata scritta sul retro di una commessa con uno dei pennarelli che circolano nel macello, o comunque con uno dello stesso tipo, e per di più le lettere sono state disegnate con l'aiuto di un righello, e quindi non si può fare neanche una perizia calligrafica con tutti i crismi."

"E il messaggio? NEL NOME DEL PORCO. È una frase molto strana. È proprio di questo che volevo parlarle."

"Immaginavo."

"Le ho già accennato per telefono al proprietario del macello e alla poesia che ha pubblicato sul giornale..."

"Sì... molto interessante. Ho il fax che mi ha inviato alla Omicidi: le sette sillabe e tutto il resto."

"Be', non si tratta solo delle sette sillabe, ci sono molte altre coincidenze, posso farle vedere se ha dieci minuti..."

"Mah, a dire il vero adesso sto seguendo un'altra pista. Lo sapeva che molti suini macellati in Spagna provengono dall'Olanda? E che non sarebbe la prima volta che arrivano con un regalino cucito nelle budella? Tra l'altro in archivio ho trovato anche un comunicato molto interessante del ministero della Sanità che risale al 1999. Un camion attraversa la frontiera francese trasportando ottanta capi senza la regolare documentazione, e diversi arrivano morti... Sta di fatto che gli agenti della Scientifica hanno l'accortezza di aprire una delle cinque carcasse, e così scoprono che ha la pancia piena. E adesso colleghi questo con il fatto che il veterinario del macello di San Juan del Horlá è francese, che un tempo lavorava in un allevamento di Amsterdam e che si è trasferito direttamente dall'Olanda a San Juan. Non lo trova interessante?"

"Questo non lo sapevo..." il commissario scuote la testa. "Comunque ci sono ancora delle cose che non quadrano. Sarei d'accordo con lei se avessimo trovato un cadavere con un proiettile in testa, ma invece abbiamo trovato un preciso e accurato puzzle di carne umana, e sappiamo che la vittima è stata drogata con lo stramonio e che è stata sottoposta a un lungo e complicato procedimento prima di morire. Qualcuno si è divertito, non si tratta del solito regolamento di conti."

"Si possono sempre regolare dei conti per mano di qualcuno che si diverta a farlo."

"Non so" il commissario ci riflette un attimo. "Se il morto fosse un assessore comunale penserebbe che si tratta di un crimine politico?"

"Non credo di aver capito bene cosa intende."

"Intendo che qui abbiamo un tizio che vuole ammazzare una donna come un maiale e lo fa in piena coscienza. E questo va innanzitutto collegato all'assassino e alla sua relazione con le donne, o con i suini, o con entrambi, e non tanto al traffico internazionale di stupefacenti, o magari solo secondariamente."

Rodero assume un'espressione perplessa:

"Ha parlato con uno strizzacervelli?".

"Sì, ho consultato Puértolas, ma solo perché sin dall'inizio mi è sembrato necessario interpellare uno psichiatra. Ci sono indizi sufficienti per indagare su un certo Juan de Horlá, basta dare un'occhiata alla poesia per capire che era al corrente di quello che sarebbe successo. Tenga conto che la stampa non ha diffuso il messaggio che abbiamo trovato, eppure il proprietario del macello conosceva la metrica di quel messaggio."

"Scusi, commissario, ma innanzitutto il titolare del macello ha avuto molte occasioni di conoscere il contenuto del messaggio anche senza che il testo fosse pubblicato sui giornali. Noi possiamo relativamente controllare la stampa, ma non certo le chiacchiere dei testimoni, basta che uno degli operai che hanno trovato il cadavere gliel'abbia raccontato."

"Una settimana prima dell'assassinio? La poesia è stata pubblicata la settimana prima..."

Rodero capisce che il suo ragionamento fa acqua:

"Va bene, d'accordo... ma è anche possibile che l'assassino abbia letto la poesia sul giornale, che gli sia piaciuta, e che una settimana dopo abbia deciso di scrivere il messaggio usando la stessa metrica, o qualunque altro particolare di quella poesia lo abbia ispirato. Lo sa benissimo anche lei che nessun giudice ammetterebbe una prova del genere".

"Non come prova d'accusa... e poi è ovvio che a compiere materialmente l'assassinio non è stato l'autore della poesia, non *de fac-*

to, ma quella poesia è una prova sufficiente per avviare un'indagine a carico di quel tizio."

"Quel tizio, commissario, non è un tizio qualunque."

"Vuole dire, Rodero, che in questo paese ci sono persone che non possono subire indagini da parte della polizia?"

"Voglio dire, commissario, che normalmente si arriva al mandante tramite l'autore materiale dell'assassinio, e non il contrario. Se scopriamo chi ha impugnato il coltello poi avremo qualche possibilità di scoprire per conto di chi lo ha impugnato, ma fino a quel momento stiamo solo facendo delle congetture. La pista da seguire è il traffico di stupefacenti; abbiamo prove che esista da quelle parti, io stesso ho ricevuto delle segnalazioni da parte del commissariato di polizia di zona. La mossa successiva sarà collegare il traffico di droga con gli operai del macello, che probabilmente sono coloro che maneggiano la merce. E se il proprietario è coinvolto in questa faccenda poi arriveremo anche a lui."

"D'accordo, magari lei è sulla pista giusta di una rete di spacciatori di cocaina... ottimo, avanti. Ma se vuole che sia sincero, a due mesi dalla pensione poco m'importa di qualcuno che si arricchisce vendendo cocaina, mentre mi viene la pelle d'oca all'idea che un tizio con l'hobby di seviziare la gente vada in giro a piede libero, e che magari siano anche in due, o forse addirittura di più. È quella la pista che seguirei, in fin dei conti di lui sappiamo già qualcosa, o almeno qualcosa possiamo ipotizzare."

"Per esempio?"

"Per esempio sappiamo che ha velleità letterarie, che ama il rischio e che sta giocando con noi o con tutti. E che sicuramente è in combutta con uno o più individui con la tendenza a relazionarsi con uno psicopatico, cioè con un complementare, qualcuno che probabilmente dipende emotivamente da lui."

***

"Varela, faccio un salto a tagliarmi i capelli, prendo il cellulare."

Il commissario esce dalla Centrale assaporando l'aria tiepida, aria vera, non condizionata, e si rende conto che trascorrere otto ore chiuso nel suo ufficio gli pesa sempre di più.

Cammina lentamente, con le mani in tasca, fino a quando sbuca nella vecchia rambla fangosa che è diventata una passeggiata cosmopolita: statue umane, musicisti ambulanti, pittori da marciapiede, baracchini dei fiori, un commissario di polizia con la barba di una settimana che passeggia con le mani in tasca...

Dopo quattro incroci, lascia la rambla e si rituffa nel groviglio di viuzze del centro storico. Da anni si taglia i capelli nello stesso negozio, la Barbería Siberia, contraddistinta dalle tipiche strisce blu, bianche e rosse. "Come al solito, commissario?" "Come al solito." Ma questa volta Pujol sta pensando di cambiare taglio, e prima di raggiungere l'insegna della Barbería Siberia si ferma davanti alla vetrina di un parrucchiere, nuovo in quella via, o che magari lui non aveva mai notato: HAIR PLAY, PARRUCCHIERI. In vetrina sono esposte fotografie di modelli col taglio appena fatto; tutti uomini dai trenta ai quaranta, ben vestiti, uno dei quali con barba e capelli brizzolati. Cambiare parrucchiere è come cambiare amante: il modo giusto per provare nuove esperienze, e per un attimo il commissario pensa di dare buca alla Barbería Siberia e di entrare da HAIR PLAY, in quest'accogliente salone arredato con legno chiaro, dove, tra l'altro, in attesa c'è un solo cliente, che per di più è praticamente calvo."

Ma vince il senso della lealtà, e il commissario tira dritto fino alla Barbería Siberia, che si trova un poco più in là, sullo stesso marciapiede. Quando arriva, però, trova la saracinesca abbassata e un cartello scritto a mano che dice: "Chiuso per ristrutturazione. Prossima apertura, 1° di settembre". "I tempi cambiano" si dice il commissario, e dato che non può aspettare fino a settembre per tagliarsi i capelli, fa dietrofront, e senza pensarci troppo entra da HAIR PLAY domandandosi cosa diavolo significhi *Hair Play*.

Tre quarti d'ora più tardi la sua abituale acconciatura con la riga da un lato è diventata un taglio corto pettinato in avanti, e i baffi, drasticamente potati, si uniscono, agli angoli della bocca, con un pizzetto ricavato dalla sua barba incolta. Il pizzetto è un esperimento che il commissario dovrà sottoporre all'approvazione della moglie, ma per ora si gode il suo abbozzo e cammina rimirando la sua immagine riflessa nelle vetrine. È così soddisfatto che, un attimo prima di arrivare al commissariato, gli viene in mente di fare una capatina al negozio di musica.

Entra senza pensarci due volte, con nonchalance, come se non fosse cambiato niente:

"Salve, ragazzi!" esclama.

Risponde il commesso con il piercing all'ombelico, che ora sfoggia anche due sottili cerottini sul naso:

"Ehi! Che sorpresa! Viene a rapinarci, signore?".

"Ho l'aria di uno che viene a rapinarvi?"

"Be', visto il suo pizzetto così estroso mi sono detto: vuoi vedere che il brigadiere è passato al nemico? Se non puoi fermarli unisciti a loro."

"Be', no. Sono venuto per comprare uno dei tuoi nuovi cd, e già che ci sono a vedere come è finita la storia dell'altro giorno."

"Se si riferisce al mio piccolo combattimento, come può vedere ho vinto ai punti. Uh... e quest'abbronzatura? Che invidia! Il medico mi ha detto di non prendere il sole fino a quando la ferita non guarisce completamente, altrimenti mi rimane il segno. Ma a dire il vero sono indeciso: le cicatrici sono così sexy... A proposito, posso darle un consiglio riguardo al suo nuovo look?"

"Mmh... con prudenza, ragazzo, lo sa come va a finire quando esprime giudizi sul look di qualcuno."

"Be', visto che non ha il casco in testa correrò questo rischio... Dovrebbe cambiare gli occhiali. La montatura dorata non c'entra niente con quel taglio e quel pizzetto. Le consiglio di prendere un modello stile regista anni sessanta: rettangolari, con la montatura grossa e nera. Le lenti gialle sono le migliori..."

Questa volta il commissario esce dal negozio con un cd dei Simply Red e una discreta fiducia nel suo nuovo look. Il prossimo banco di prova sarà la Centrale.

Ovviamente tutti lo guardano, e osservano soprattutto il suo pizzetto. Il commissario se ne accorge perfettamente, anche se nessuno osa dire niente. Eccetto Quique Aribau, seduto al bar con Sanchís. "Sta bene col pizzetto," esclama, "ma adesso non sembra più un commissario, bensì... non so... un regista?"

Al commissario non sfugge la coincidenza, e nel pomeriggio, quando torna a casa in autobus, ci rimugina sopra. Regista va bene, molto meglio di notaio, ha una connotazione di comando che gli piace. Però lui non si considera un creativo, e non gli interessa affatto sembrarlo. È un uomo di principi, di legge e di lealtà, ecco. Mentre, come al solito, osserva il traffico dal finestrino, si domanda da cosa gli piacerebbe vestirsi se dovesse andare a un ballo in maschera. Sicuramente da gangster, come nei film: camicia nera, cravatta bianca, cappello di feltro e cappotto lungo di cammello. In fin dei conti un padrino non è poi così diverso da un commissario di polizia, pensa: entrambi devono suscitare rispetto ma anche infondere fiducia, devono mostrarsi inflessibili o generosi a seconda delle circostanze, devono incutere timore e offrire protezione in un delicato equilibrio di opposti.

Quando arriva a casa ormai si è completamente dimenticato dell'ultimo e decisivo esame cui deve sottoporre il suo nuovo look. Il pensiero lo assale proprio nel momento in cui gira la chiave nella serratura:

"Ciao ciao... dove sei?".

"In cucina, sei già qui?"
"Sì, devo mostrarti una cosa, non spaventarti."
Ovviamente, con la sua raccomandazione, il commissario preoccupa la moglie, che appare immediatamente sulla porta della cucina asciugandosi frettolosamente le mani con uno strofinaccio. Il commissario accende la luce dell'ingresso per farsi vedere bene:
"Come sto?".
In un primo momento la moglie inarca le sopracciglia e si porta la mano alla bocca:
"Mamma, che spavento mi hai fatto prendere! È per questo che non ti fai la barba da sabato?" domanda alla fine.
Il commissario annuisce e si accarezza la barbetta sul mento:
"Sapevo che se te lo avessi chiesto mi avresti detto di no. Volevo provare... ma se non ti piace mi rado subito".
Silenzio. Lunga occhiata:
"Il taglio non è male, ma la barbetta punge, vero?".
Si avvicina, gli sfiora il viso con il dorso della mano, e poi lo tira per il risvolto della giacca in modo da farlo abbassare e provare con la guancia.
"Uh! Punge eccome."
"Quando sarà un po' più lunga non pungerà più, diventerà come i baffi."
"In effetti stai davvero bene... con un altro paio di occhiali... Ma adesso dovrò cambiare taglio anch'io."
"E allora? Lo tengo?"
"Be', tienilo per qualche giorno così mi abituo, e poi, se non pungerà più..."
Il commissario capo che avrebbe voluto vestirsi da gangster va in camera tutto contento. "Ciao Garfield!", si toglie gli occhiali e osserva i suoi occhi da Boris Karloff nello specchio della toilette.

7.
IN PARADISO

Alle cinque in punto, dopo aver fatto una capatina in albergo per cambiarsi, T è davanti all'Istituto: tranquillo, composto e senza macchia. Suzanne appare subito in mezzo a una folla di impiegati in giacca e cravatta.

"Cosa hai fatto tutto il pomeriggio?" domanda lei.

"Mi sono accorto che ormai non posso più smettere di pensare a te" risponde lui.

"Certo, certo... Questo lo dirai a tutte..."

"No, solo a quelle che mi fanno perdere la testa."

Mentre si avviano a passo lento sulla Lexington, T cerca di pensare a qualcosa di concreto da fare, perché a quest'ora, con tutta la gente che va su e giù senza sosta, è impossibile passeggiare. Chiede a Suzanne se conosce qualche negozio di musica che abbia un buon assortimento di folk e di blues. Lei suggerisce Tower Records, si ricorda di aver visto un negozio all'incrocio di Broadway con la Sessanta e qualcosa. È senz'altro un progetto concreto, ma per arrivare al negozio bisogna attraversare il centro nell'ora di punta, il che è come attraversare il Mar Rosso.

T e Suzanne pensano che forse è meglio tentare il miracolo in metro, e quindi raggiungono a piedi Grand Central, salgono su uno shuttle che li lascia a Penn Station e qui prendono la IRT Broadway. Il vagone diretto al Bronx è meno affollato del previsto, tanto che nell'ultimo tratto T e Suzanne possono sedersi vicini e chiacchierare. Suzanne gli chiede se ormai se la cava nel labirinto della metropolitana e lui, calcando la mano per farla ridere, le racconta i problemi dei primi giorni: i *token*, i locali e gli espressi, le linee che si biforcano, i vagoni che si attaccano e si staccano, di quella volta che voleva andare a Wall Street ed è finito dalle parti di Brooklyn...

Escono all'incrocio della Columbus con la 66ma. Suzanne fa un giro su se stessa stile apache che scruta l'orizzonte e poi indica la strada. Un poco più su vedono il negozio, un edificio di diversi piani con grandi vetrate che si affacciano sulla strada. Quando entrano Suzanne esorta T a chiedere dov'è il reparto folk per esercitarsi con l'inglese. T va da una commessa di colore in divisa e le espone correttamente la richiesta, o almeno così sembra perché la ragazza indica le scale mobili e dice *upstairs*. Mentre salgono Suzanne gli domanda cosa sta cercando. Lui risponde che vorrebbe un cd qualsiasi di Joe Jackson (il bluesman, non il country singer) o di Burl Ives (questa volta pronuncia "Burl" come ha imparato dalla commessa asiatica della Virgin's, con la strana vocale e attorcigliando la lingua alla fine della parola). Sentendo quel nome Suzanne si stupisce, dice che conosce Ives, che ricorda una sua canzone che sentiva da bambina: *Big Rock Candy Mountains*. T comincia a intonare il ritornello e Suzanne si unisce a lui continuando la strofa e imitando l'espressione di una bimbetta con le treccine e i fiocchetti... In cima alla scala mobile T la trae a sé afferrandola per un braccio e la bacia su una guancia. È un fugace contatto, cui lei si sottomette un po' titubante, ma T la prende subito per mano, la trascina verso gli scaffali e comincia a leggere i cartelli in ordine alfabetico: Bluegrass, Blues, Cajun, Country & Western, Dixie, Folk... Trovano subito due cd di Joe Jackson e cinque di Burl Ives, e T li compra tutti, compreso un cd di canti natalizi con una foto di Burl col maglione di lana dove il cantante sembra Babbo Natale in persona.

Poi riprendono la metropolitana e scendono a West Village, a due isolati dall'appartamento di Suzanne. Entrano in un bar, si siedono a un tavolino e ordinano una birra. Al banco c'è un solo cliente. Si sente una canzone di Bruce Springsteen, *Sad Eyes*. Suzanne non sembra in vena di scherzare, pare che qualcosa le ronzi in testa.

"E perché proprio all'Omicidi?" gli chiede tutto a un tratto.

T non capisce la domanda. All'improvviso rivede il viso del ritratto.

"Perché cosa?"

"La tua scheda ha un sacco di sezioni riservate, ma da qualche parte dice che lavori alla sezione Omicidi del comando di polizia della Centrale."

"Sì. Non lo so... sicuramente perché ho paura della gente violenta, capace di uccidere."

Pausa, birra.

"E fai un mestiere che ti fa paura?"

"Ci sono diversi sistemi per esorcizzare la paura, il mio consiste nel lottare contro il mostro. Se fossi nato nel Medioevo sarei andato nei boschi a caccia di draghi."

Ancora una pausa di Suzanne. Cambio di tono e di argomento da parte di T:

"Questa è l'unica canzone di Springsteen che riesco a sentire, almeno non canta come se stesse in fondo a un pozzo infestato dai topi. Mi piacerebbe sapere cosa dice".

"Ascolta bene, che sicuramente capisci le parole."

"Non mi fido. Per tutta l'adolescenza ho creduto che *Smoke on the water* volesse dire 'fumare nei gabinetti'. Fumare canne, ovviamente... Sembrava coincidere tutto: *Smoke on the water and flying to the sky*."

"*And* FIRE IN *the sky*. 'Fumo sull'acqua e fuoco nel cielo', parla di un incendio."

"Vedi? È sempre così."

Suzanne ride.

"Sai che non sta bene prendere in giro gli anziani?" dice T.

"Non ti prendo in giro, sei tu che mi fai ridere."

"Ah be'! Allora mi fa piacere. L'altro giorno ho sentito alla radio che la qualità più ricercata dalle donne negli uomini è la capacità di farle ridere. Immagino sia solo una fandonia politicamente corretta, ma ho deciso di crederci."

Suzanne ci pensa un attimo:

"Il senso dell'umorismo è importante, ma altre cose lo sono ancora di più".

"Per esempio? Mi interessa l'argomento."

"Non so. Saper commuovere. E sapersi commuovere. La maggior parte dei ragazzi che ho conosciuto erano dei bambini che giocavano a fare i duri. Gli uomini più maturi invece hanno sempre cercato di sedurmi facendo leva su qualcosa: sulla loro posizione, sui soldi, sulla loro intelligenza... È raro incontrare qualcuno che... non so, qualcuno a cui piacciono le canzoni di Burl Ives. Persino gli eterogay per sedurti usano muscoli e creme idratanti."

"Non ti piacciono gli uomini muscolosi?"

"Mi piacciono gli uomini muscolosi per natura... mi spiego?" mossa da uomo robusto ma noncurante. "Per esempio mi piace un italiano che gestisce una rosticceria vicino a casa mia. Non è per niente bello, avrà una cinquantina d'anni e porta sempre lo stesso grembiule a strisce. Ma ha qualcosa... È come se da quel grembiule emanassero tranquillità e sicurezza, ti viene voglia di avvicinarti a lui e di assorbire il suo influsso. Come vedi non sono affatto alla moda, e non sono neanche abituata a bere la birra."

"Nemmeno io sono alla moda. A volte mi sembra che tutti si sforzino di fare esattamente il contrario di ciò che facevano i loro nonni, qualunque cosa abbiano fatto."

"Io invece dei miei nonni adoro un sacco di cose. Loro abitano a Llanes, ci sei mai stato? È in provincia di Oviedo, un posto bellissimo. A Natale andiamo sempre tutti là, e quando entro in casa mi assale la nostalgia di un mondo che in realtà non ho mai conosciuto: il camino, la tavola imbandita, una grande famiglia..." Suzanne giocherella con l'accendino e riprende a parlare dopo aver bevuto un sorso di birra. "Sai che è tutto il pomeriggio che penso a quello che mi hai raccontato a pranzo?"

"La storia degli esposti?"

"Sì..." Suzanne distoglie lo sguardo dagli occhi di T e prende a fissare la base del suo bicchiere. "In classe con me, a scuola, c'era un bambino adottato. Tutti lo prendevano in giro: aveva due o tre anni più di noi ed era molto... brutto, e goffo, con i capelli stopposi e i denti macchiati di color arancio, come se non se li fosse mai lavati in vita sua. Correva voce che fosse stato rifiutato da due famiglie perché era stranissimo, e che i suoi denti fossero di quel colore perché si nutriva di escrementi... Le tipiche storielle dei bambini... A me ha sempre fatto pena, ma se devo essere sincera non ho mai cercato di fare amicizia con lui. Credo che mi facesse paura. E così mi è rimasta la convinzione che un bambino orfano sia sempre strano e brutto. Intendiamoci: l'idea di non avere una famiglia mi sembrava così atroce da lasciare delle orribili stigmate."

"Be', anch'io ho alcuni orribili stigmate."

Suzanne atteggia il viso a un'espressione di dissenso:

"Tu non fai affatto paura. Sei gentile, dolce... attraente" si passa una mano sul viso e fissa lo sguardo lontano, seria, come un attore del cinema in una fotografia del suo book.

"Be', mi fa piacere che te ne sia accorta..." T sorride.

"No, davvero... Se mi chiedessero... che so... e poi sembri felice, sereno, un po' come il mio rosticciere italiano."

Il sorriso di T si spegne un poco:

"Sei tu che mi fai sembrare così" prende il bicchiere ma non beve. "Una settimana fa non mi sarebbe nemmeno passato per la testa di scherzare. Non avevo nessuno cui far ridere, non ti pare uno stigma questo?"

"Non hai degli amici in Spagna?" mossa di chi balla e si diverte a una festa.

"L'amicizia è un sentimento tiepido. Va bene durante l'adolescenza e la prima giovinezza, ma dopo i trent'anni perde davvero significato."

"È così che la pensi? Io non sono d'accordo."

"Ti mancano ancora sei anni prima di arrivare ai trenta. Poi mi dirai."

"Non credo sia una questione di età."

"Invece è proprio una questione di età, come la presbiopia. Io ne ho venti più di te di anni... stavo per dire di 'disinganni'..."

"Diciannove."

"Ok, diciannove."

Pausa.

"Comunque mi sembra incredibile che tu non abbia degli amici."

"Non è un buon curriculum, lo so, però mi basta il mio surrogato di famiglia... e poi ho dei compagni di lavoro, dei colleghi..."

"Cosa significa 'surrogato'?" espressione da topo miope e totalmente rimbambito.

"Che loro non sono la mia vera famiglia, ma ne svolgono le funzioni. Più o meno."

"Il commissario e sua moglie?"

"Sì."

"E perché prima hai detto che lui per te è come un padre mentre lei è come una zia affettuosa?"

"Prima quando?"

"A pranzo..."

"Già. Be', perché è più facile che si crei spontaneamente una relazione tipo padre e figlio che tipo madre e figlio" la voce di T assume un tono espositivo e lui continua in questa direzione. "Per un bambino, o un ragazzo, un padre è soprattutto un modello, un esempio da imitare, e questa funzione la può svolgere qualsiasi uomo il giovane frequenti assiduamente e con il quale stabilisca un rapporto d'affetto. A questo punto, infatti, è molto probabile che si instauri un mutuo processo di sostituzione. Se ci fai caso da quando il divorzio è diventato così frequente ci sono molti bambini con due padri: quello biologico e il nuovo compagno della madre. La relazione madre e figlio invece implica un rapporto di pelle, difficile da ricostruire al di fuori dell'ambito tradizionale. Di solito di mamma ce n'è una sola, ed è quasi sempre la donna che ti mette al mondo. O quella che ti allatta, che non è detto sia la madre naturale, soprattutto per gli orfani di madre."

"Per te è stato così?"

"No, per me no. Io sono figlio del Pelargon. Ai tempi in cui i trovatelli erano affidati a una balia, le donne che allattavano i piccoli erano sempre molto povere e lo facevano per guadagnare il denaro pagato dal brefotrofio. Però molte finivano per adottare i bambini che avevano allattato. Con l'allattamento si crea un legame fortissimo tra la donna e il neonato. Alcune donne rischiavano addirittura la vita, perché contraevano dal bambino la sifilide e preferivano morire piuttosto che smettere di nutrirlo. È quella che oggi si definisce una 'relazione a rischio': irrazionale, appassionata, come quella tra omosessuali che non fanno niente per evitare di prendere l'Aids dal loro compagno. Comunque all'inizio del secolo scorso le balie sono state abolite, e con loro tutto ciò che rappresentavano. Io ho trascorso i miei primi anni con le suore, e le suore di solito sono ben poco materne, almeno quelle che ho conosciuto io. Credo che reprimano a tal punto la loro femminilità da sembrare dei caporali piuttosto che delle madri. Ehi, ma sei sicura che questa conversazione sia adatta?"

"Adatta a cosa?"

"Ti spiace evitare le controdomande da psicologa, *monky face*?"

"Non posso fare controdomande da psicologa perché sono laureata in storia."

"Mi fa piacere. Non mi piacciono molto gli psicologi."

"Perché?"

"Perché fanno troppe domande."

Pausa.

"Scusa se..."

"No, non fa niente, te lo dico perché è difficile ottenere risposte soddisfacenti con delle domande dirette, persino se l'interlocutore dice la verità. Le risposte sono sempre influenzate dalle domande, e inoltre forniscono un quadro incoerente e slegato dal suo contesto, come le fotografie di un viaggio. Perciò preferirei che tu non traessi troppe conclusioni da quello che ti dico."

"Be', per il momento sono solo giunta alla conclusione che sei dolce e gentile."

"E attraente, non dimenticartelo."

"E attraente, non me lo dimentico" ancora espressione serissima da attrice di Hollywood.

"Ovviamente mi hai già detto che non ti piacciono i bei ragazzi muscolosi che si spalmano la crema..."

"Be', credo che potrei anche chiudere un occhio, in fin dei conti il fisico non è la cosa più importante. E infatti a Santander avevo un fidanzato bellissimo."

"E cosa è successo?"

"Niente, che voleva partecipare al concorso di Mister Cantabria e si è iscritto a una palestra."

***

Usciti dal bar, T e Suzanne si incamminano verso sud davanti alle modeste vetrine dei negozi in fondo alla Sesta, ma poi girano un angolo ed è tutta un'altra storia. Qui stretti marciapiedi con file di acacie fiancheggiano la carreggiata a senso unico e l'ultima luce del giorno luccica sull'asfalto che un gatto scuro attraversa in controluce, quasi scivolasse su una lastra di rame. Ed ecco che all'improvviso si alza un vento tiepido che fa volare il polline, come minuscoli coriandoli scintillanti che si appiccicano agli abiti e ai capelli.

L'appartamento di Suzanne è al secondo piano di un edificio di mattoni color giallo ambrato, con una scala antincendio che si arrampica serpeggiando sulla facciata e una gradinata che conduce al portone principale come un ponticello sospeso sopra l'ingresso delle cantine. Anche gli altri edifici sono simili: tre o quattro piani, perfettamente restaurati e con le facciate dipinte sulla gamma del ruggine, ocra, arancio, tutti stretti l'uno contro l'altro a formare un lungo murale variopinto dietro le fronde ben allineate degli alberelli. Da alcune finestre si vedono gli impeccabili interni: l'angolo di un dipinto di gran formato, parte di una libreria piena di libri, una lampada a stelo, una poltrona bergère con lo schienale rivolto verso la finestra. In quelle case T s'immagina famosi scrittori che lavorano in pantofole, con una tazza di caffè fumante sulla scrivania.

"Ti direi di salire a bere qualcosa," dice Suzanne, "ma ci sarà Caroline che gira nuda per casa mentre decide cosa mettersi. Questa è l'ora in cui si prepara per i suoi appuntamenti notturni."

"Non importa. Finiamo la sigaretta?"

Si siedono sulla scala d'entrata come due scolari durante la ricreazione, vicini abbastanza da toccarsi spalla contro spalla e ginocchio contro ginocchio. Il rumore del traffico giunge molto affievolito e le folate di vento fanno vibrare le tenere foglioline delle acacie.

"Bella questa strada, viene voglia di scattare una fotografia."

"Sì, sono stata fortunata a trovare casa qui, è una bella zona."

"Mi piace quasi più dell'Upper East Side, e sicuramente sarà meno cara."

"Insomma, è pur sempre carissimo. Non abbiamo mai scoperto quanto paga Caroline, ma io e Ashley paghiamo 1500 dollari a testa, perciò l'affitto dell'appartamento è più di 4000 dollari al mese, ed è un semplice *three bedrooms*. Questo per darti un'idea."

"Non capisco come una persona normale possa permettersi di pagare un affitto del genere."

“Qui non vive gente normale. Ci abitano quelli che scrivono sul ‘Times’ e quelli che suonano il violoncello alla Filarmonica. La gente normale sta a Long Island, o nel New Jersey. Non lasciarti ingannare dall’incantesimo di questa strada, siamo in piena selva capitalista.”

“Be’, una selva capitalista molto accogliente.” T accenna a mostrare gli artigli e a fare le fusa come un’improbabile belva capitalista. Suzanne sorride e gli posa una mano sul ginocchio per alzarsi.

“Bene, la sigaretta è finita, è ora di rientrare.”

“Possiamo cenare da qualche parte... Cosa fai a casa a quest’ora? Aiuti Caroline a prepararsi per il suo appuntamento?”

“Non voglio andare a letto tardi, domani alle otto devo essere in ufficio e questa sera mi devo lavare i capelli.”

“Non mangi?”

“Di solito mi porto su un paio di sandwich, oppure ordino qualcosa per telefono...” gesto di chi parla svogliatamente al telefono.

“E non è lo stesso se mangiamo un boccone insieme in un posto qui vicino? In meno di un’ora saremo di ritorno.”

“Da queste parti i ristoranti sono troppo cari per una cenetta rapida.” Arriccia il naso e strofina il polpastrello dell’indice su quello del pollice.

“Non importa, offro io. Mi sento ricco come se suonassi alla Filarmonica.”

“Aspetta, adesso che ci penso... c’è un ristorante spagnolo abbastanza vicino. Ci sono andata una volta con Ashley e abbiamo mangiato una paella buonissima con 20 dollari a testa. Hanno anche la sangría vera, con i pezzettoni di frutta” guance gonfie di bocconi di pesca.

“Non è un po’ strano mangiare la paella per cena?”

“Solo a pensarci mi è venuta l’acquolina in bocca. Però pago io, ok?”

“Se paghi tu la prossima volta che ci vedremo sarò io a mettermi un vestitino di lana attillato... è il minimo che possa fare per la causa femminista...”

“Affare fatto,” esclama lei, “la causa femminista sarà ben felice di vederti le gambe.”

Si alzano dagli scalini di pietra umidi con le chiappe gelate – Suzanne accenna l’imitazione di un bambino col pannolino pieno di robaccia fetida – si incamminano in direzione della Settima e poi scendono fino a dove la scacchiera di Chelsea si apre in traverse diagonali da cui giungono raffiche di vento dell’Ovest. “Non so qui, ma in Spagna questa sarebbe aria di temporale” dice T. Vedendo il cartello Christopher Street gli torna in mente una canzone di Lou Reed che non ricordava di ricordare. Ne canta qualche strofa ad alta voce: *There's a downtown fairy / Singing out Proud Mary / As she crosses Christopher Street...*"

"Cosa significa *downtown fairy*?" domanda a Suzanne.

"Una fata di *downtown*... a meno che nel gergo dei gay non significhi un'altra cosa; nel caso non te ne fossi accorto stiamo entrando nel nucleo originario della comunità omosessuale della città" mosse da comunità omosessuale che fa baldoria.

"L'ho intuito quando abbiamo incrociato quei due tizi baffuti in short e pattini; il vestitino di lana credo che avrei dovuto metterlo oggi."

"Così erano i Chelsea boys: gli short e i pattini sono facoltativi, ma si raccomandano vivamente i muscoli da lanciatore di giavellotto e i baffetti. A te mancano solo i baffi."

"Già. Un giorno un tizio ha cercato di abbordarmi, e ora che ci penso mi sembra che sia successo proprio da queste parti."

"Davvero? Uno solo?"

Imboccano una strada che sembra deviare dalla direzione dove conducono tutte le altre e i cui marciapiedi sono quasi completamente occupati da ristoranti con i tavoli all'aperto. Uno dei locali ha due finestre con le inferriate in stile andaluso, cui sono appesi dei vasi di gerani di plastica. La guitarra, Spanish Recipes, annuncia l'insegna. All'interno muri imbiancati a calce, piastrelle fino a metà altezza, ancora gerani di plastica, varie chitarre da flamenco appese alle pareti, tutto illuminato dalle luci fredde dei neon. Non ci sono clienti, non c'è neanche un barista dietro il bancone, ma dai numerosi tavoli apparecchiati e decorati con candelabri e vasi di garofani finti si capisce che il posto è pronto per ricevere parecchi commensali. Per il momento, a volume molto basso, suona Alejandro Sanz, *Corazón partido*, e solo dopo che T ha fatto un gran fracasso tossicchiando e spostando sgabelli, compare un ragazzotto sudamericano ben piantato, con i baffetti stentati e una fascia rossa tra il nero dei pantaloni e il bianco della camicia. Suzanne solleva due dita e in spagnolo gli chiede se è possibile avere una paella per due. Il ragazzo guarda l'orologio e risponde di sì, ma che ci sarà da aspettare mezz'ora. Ha un accento sudamericano, forse messicano, con una forte influenza inglese. T e Suzanne si guardano e si scambiano un reciproco cenno di assenso. "Ci può portare una sangría mentre aspettiamo?" T e Suzanne scelgono un tavolo nascosto dietro una rientranza della parete, e il cameriere accende le due candele del candelabro. Per fortuna si può fumare, o almeno sui tavoli ci sono i posacenere, e quindi Suzanne e T si affrettano ad accendere la sigaretta per godere quanto prima di quella libertà inaspettata. "Non far caso all'arredamento kitsch, la paella è buonissima" dice Suzanne appena il cameriere si allontana. Tutto a un tratto i neon si spengono e il locale rimane illuminato solo dalle candele e da qualche lampada a parete nascosta dietro i ventagli con disegni goyeschi.

Quando cambiano le luci i fiori di plastica prendono vita, ma il viso di Suzanne resta in ombra, tratteggiato ora dalla stessa luce del quadro. Ma l'effetto non dura a lungo, perché la voce di Alejandro Sanz si alza un poco, *Quién me va a entregar / sus emociones...* e Suzanne comincia a interpretare un karaoke immaginario con il microfono in mano. "Strano che non ci sia nessun particolare taurino," osserva T, "qualche banderilla, o almeno un torero imbalsamato." "I gay non vedono di buon occhio l'imbalsamazione dei toreri" spiega Suzanne. "Ah sì? Eppure un torero baffuto coi pattini sarebbe il compagno perfetto di un Chelsea boy..." Il ragazzo sudamericano arriva con una brocca da un litro di sangría e due bicchieri di coccio. Serve abilmente la sangría, bloccando i pezzi di frutta e i cubetti di ghiaccio con un grosso cucchiaio per non farli cadere nei bicchieri.

"Tra birra e sangría mi sa che poi dovrai riportarmi a casa in braccio" dice Suzanne quando il ragazzo si allontana, e subito assume l'espressione da ubriacona tutta spettinata.

"Be', ti farò uno sconto da compatriota."

"A proposito, non mi hai ancora detto da dove vieni esattamente. Sei catalano? La tua scheda dice che sei nato a Tarragona."

"E io lo prendo per buono, perché a Tarragona c'era il mio primo orfanotrofio, ma in realtà non so dove sono nato. E a dire la verità mi fa quasi piacere, almeno mi risparmio la fatica di fare il patriota."

"Né Dio né Patria?"

T beve un sorso di sangría prima di rispondere:

"Be', diciamo che per un ispettore della Omicidi è bene avere qualche credo. Però, a quanto pare, io non sono un normale ispettore della Omicidi, bensì la versione postmoderna di un inquisitore. E ci sono solo due tipi di inquisitori: gli psicopatici e il loro esatto opposto".

"Ah! E chi sarebbe l'esatto opposto di uno psicopatico?"

"Chi crede in una specie di giustizia trascendentale, o quanto meno che esista una sorta di Bene universale al quale è meglio contribuire."

"E gli psicopatici non ci possono credere?"

"No. Possono imparare a fingere molto bene di crederci, fino al punto da apparire potenzialmente identici a quelli che ci credono davvero. Per esempio, il primo psicopatico con cui ho avuto a che fare era un sacerdote cattolico, e ti assicuro che te la dava a bere. Io allora avevo sei anni. Ovviamente quel tizio non era un vero credente: uno psicopatico non può essere neanche un autentico satanista, anche se a volte si lascia sedurre da tutta l'ostentazione luciferina."

"Perché no?"

"Perché qualunque fede religiosa implica una morale e delle regole, mentre un vero psicopatico è sempre amorale; ha lo stesso concetto di etica di uno squalo tigre."

"Io non sono una specialista, ma all'università ho seguito un corso sulle motivazioni religiose che inducono a uccidere..."

"In questo caso però si tratta di psicotici, non di psicopatici. Perché nel caso si trattasse di uno psicopatico starebbe interpretando un ruolo, o cercando di farsi passare per psicotico. A volte lo fanno, soprattutto i più intelligenti."

"Ah sì? Perché?"

"Perché se riescono a farsi dichiarare psicotici possono godere delle attenuanti per infermità mentale. Gli psicopatici non sono considerati dei malati, e infatti non sono tormentati da conflitti nevrotici, in genere sono soggetti abbastanza sereni, sicuramente grazie alla loro fondamentale mancanza di inibizioni. Se arrivano a compiere un delitto è per ottenere qualche beneficio, o per puro piacere, per svagarsi un po', come chi pratica un'attività sportiva. I più gravi arrivano a torturare e a uccidere per diletto, e spesso sono così fieri delle loro imprese da vantarsene... o giocano a rimpiattino con la polizia, solo per sentirsi importanti."

"E un individuo che si comporta così non è malato?" Il viso di Suzanne esprime autentica preoccupazione, questa volta non si tratta di una posa.

"Tecnicamente no. Dall'esame psichiatrico risulta solo un'evidente difficoltà a empatizzare col prossimo, ma il soggetto non delira, non soffre di sdoppiamento della personalità, né dimostra di perdere il senno."

"Non sono sicura di sapere cosa significhi esattamente 'empatizzare'."

"È la capacità di farsi coinvolgere dalla felicità o dalla sofferenza del prossimo. Niente tocca minimamente gli psicopatici più gravi. E il fatto che non te ne freghi un accidente delle disgrazie altrui non si può certo considerare un'attenuante, ti pare? Anzi, molti pensano esattamente il contrario."

Pausa. Suzanne:

"Vediamo se ho capito: Norman Bates di *Psyco* è uno psicotico perché delira e assume la personalità della madre," imitazione di una vecchietta che brandisce un coltello da cucina, "mentre Hannibal Lecter è uno psicopatico che uccide per puro diletto". E così dicendo si passa velocemente la lingua sulle labbra. "Giusto?"

"Non esattamente, perché Hannibal Lecter sembra più Robin Hood che un vero psicopatico. Alcune caratteristiche generiche corrispondono, come lo charme, l'intelligenza, la freddezza, ma se ci fai caso mangia i cattivi e aiuta i buoni. È quasi un eroe giustiziere. Un vero psicopatico assomiglia di più a... non so, agli extraterrestri dell'*Invasione degli ultracorpi*, cioè a un essere che sembra umano ma in realtà non lo è."

"Cos'è l'*Invasione degli ultracorpi*?"

"Un altro film, che però non hai visto. Senti, ma com'è che aspettiamo sempre di essere a tavola per parlare di queste cose? Non potremmo parlare dei Chelsea boys mentre aspettiamo la paella?"

***

Quando T e Suzanne finiscono di raschiare gli ultimi chicchi di riso dalla padella, nel Village si scatena la tormenta. Nel frattempo la metà dei tavoli è stata occupata, per lo più da coppie di uomini, e anche diversi passanti di ogni sesso e colore sono entrati nel pieno del diluvio per bere qualcosa al bar: un cubano frocio come pochi con la sua amichetta del cuore, tre trentenni dal tipico look Wall Street, una bellissima ragazza di colore alta un metro e novanta che lotta col telefono cellulare... Sembra che la festa di Halloween sia cominciata con qualche mese di anticipo: *There's a Crawford, Davis / and a tacky Cary Grant / and some boys looking for troubles down by from the Bronx*. Quando T e Suzanne sorseggiano il loro *orujo* ghiacciato, il ristorante è ormai una vivace taverna piena di fumo e animata da un fitto vocio di gente che parla inglese e spagnolo, e i tuoni e il frastuono della pioggia non inducono certo ad abbandonare quel tiepido rifugio riscaldato dal *son* di Compay Segundo e dai successi di Juan Luís Guerra. T propone un altro giro di *orujo gallego* distillato a Baltimora, e il ragazzo dai baffetti stentati lascia loro la bottiglia sul tavolo.

Suzanne, con occhi lucidi e voce franca:

"Sai, quando alzo un po' il gomito adoro questa città".

T, con gli occhi meno lucidi ma molto rilassato:

"A me piace anche quando non bevo".

"Pensi che potresti restare qui per sempre?"

Gesto di completo assenso da parte di T.

"Davvero? Non avresti nostalgia dell'aria pulita? Del silenzio? Della calma?"

"Magari di tanto in tanto andrei nel Connecticut a cercare i funghi. Ma tornerei subito, perché in fondo sono un uomo di città. E magari riuscirei a trovare i funghi persino a Central Park."

"Io non lo so... A volte penso che questa città sia mostruosa. E mi sembrerà mostruosa soprattutto domattina..." Labbra piegate, occhi semichiusi.

"A me è parsa mostruosa quando sono arrivato. Mi sono spaventato quando ho visto i grattacieli; sono terrificanti sin da quando li vedi dall'aeroplano, così severi, come le statue dell'Isola di Pasqua. Ma ora mi sembra un posto molto accogliente: se non ti senti a tuo agio da nessuna parte, allora questa è la tua città. Guardati attorno: la maggior parte di questa gente che vedi mangiare e bere allegramente morirebbe di tristezza e solitudine in qualunque altra parte del mondo."

"Be', c'è gente felice anche in tutte le altre parti del mondo, no?"

"Sì, ma questa gente richiede un habitat molto complesso, proprio come i funghi: hanno bisogno di una foresta di grattacieli e di negozi, bar, mostre d'arte e aeroporti internazionali. Vedi quella stangona di colore vestita da sera? Sembra una mannequin, guardala:

"È fantastica, sì... bellissima... e altissima". Accenna un gesto leggiadro con una mano.

"Te la immagini in un paesino di campagna? Con merda di vacca da tutte le parti e un abbeveratoio in mezzo alla piazza? E guarda quel tizio che infila gli anelli di cipolla in bocca al suo amico... te lo vedi al circolo della cooperativa agricola che guarda la partita del Racing di Santander con... con quelle scarpe?"

Suzanne ride:

"Be', ma tu ci staresti bene a giocare a domino al circolo, soprattutto se ti rimetti il cappello dell'altro giorno".

T finge di arrabbiarsi:

"Magari non discendo dai watussi e non porto le scarpe gialle, ma per tua informazione sono più *sophisticated* di quanto pensi".

Suzanne sembra rimuginare qualcosa:

"Certo che a volte sembra che tu nasconda... non so... qualche segreto... un lato oscuro. Ma sembra proprio quel tipo di lato oscuro che rende affascinante un uomo. Comunque è qualcosa che hai in comune con tutti i tuoi colleghi dell'Omicidi che ho conosciuto" pausa per cambiare tono. "Posso chiederti una cosa? Non so se ti è consentito parlarne, ma ti prometto che non ne farò parola con nessuno."

"Ok, spara."

Altra pausa di Suzanne:

"Hai mai lavorato come infiltrato?".

"Negli ultimi dieci anni, costantemente."

Sguardo un po' obliquo:

"Ma non adesso, vero?".

T sorride.

"No, non adesso. Ho l'aria di essere un infiltrato? Se ce l'ho vuol dire che non sono molto bravo."

"Sulla tua scheda non c'è scritto, ma francamente era facile immaginarselo. Posso farti un'altra domanda?"

"Sicuro."

"Perché sai tutte queste cose sugli psicopatici?"

"Questa è facile: perché sono un ispettore dell'Omicidi e ho spesso a che fare con qualcuno di loro."

"E perché hai scelto proprio la sezione Omicidi? So che te l'ho già chiesto, ma la tua risposta mi è parsa... non so... evasiva."

"Non era evasiva. A me fa paura chi nuoce al prossimo per trarne piacere o beneficio, e per questo ho deciso di fare il poliziotto."

"Ok, magari non sarà una risposta evasiva, ma di certo è incompleta. Immagino che tu abbia paura anche dei terremoti e degli incendi, no? Però non fai il pompiere, ma il poliziotto."

"Da bambino non sono mai stato vittima di un incendio."

Pausa. Suzanne:

"Devo dedurre ciò che immagino di dover dedurre?".

"Certo, deduci pure, ma preferirei non parlare di questa storia."

Altra pausa.

"Immagino che tu lo abbia fatto qualche volta."

"Cosa?"

"Parlare di questa storia."

"No. Non mi conviene."

"Ah!"

T sospira, perché l'esclamazione di Suzanne, seppure non accompagnata da smorfie, è carica di un misto di discrezione e incredulità. E quindi cambia tono per spiegarle:

"Nonostante quello che dicono i trattati di psicologia, non sempre una confessione garantisce il desiderato effetto di catarsi. Una cosa è rendersi coscienti del proprio dolore e affrontarlo lucidamente per poterlo elaborare come un adulto, e una cosa ben diversa è spifferarlo ai quattro venti. A volte può essere controproducente".

"Sicuramente non è facile vivere con... insomma... con una specie di segreto."

"Spesso è l'unica soluzione."

"Ah!"

L'esclamazione suona di nuovo incredula, e a T non piace l'atteggiamento di Suzanne.

"Prova a pensarci. Ti faccio un esempio truce. Vediamo: immagina una ragazza che abbia subito uno stupro collettivo, selvaggio, una ragazza oltraggiata e maltrattata fino al limite dell'inverosimile, magari sotto gli occhi dei suoi vicini o della sua famiglia. Episodi orribili come questo accadono nei paesi in guerra, per esempio, basta leggere i giornali. Bene, adesso dimmi: secondo te quella ragazza può rifarsi una vita nel villaggio dove tutti sanno nei minimi dettagli ciò che le è capitato?"

Suzanne non batte ciglio.

"Ma quella ragazza non ha nessuna colpa di..."

"E allora? Non importa, non importa affatto. È lo stesso che tu sia la vittima o il carnefice, perché comunque agli occhi degli altri porti un marchio. A volte per la vittima l'unica possibilità di salvezza è andarsene, ricominciare da zero. È orrendamente crudele e ingiusto, ma è così. Il mondo è crudele e ingiusto. Per esempio pensa a Michael Jackson, il cantante."

Suzanne assume un'espressione confusa. Autentica. T continua col suo ragionamento:

"A quanto pare Michael Jackson è matto, no? Questo dice la *vox populi*: è un complessato con seri problemi ad accettare il colore della sua pelle eccetera eccetera...".

Suzanne accenna qualche robotica mossa di ballo e annuisce.

"Va bene, immaginiamo pure che sia vero. Cosa fa quindi la gente? Lo prende in giro, lo imita, fa battute su di lui, lo umilia. Se è vero che quel poveretto ha dei problemi ad accettarsi è lui l'unica vittima, no? È lui che soffre in prima persona, e nessuno più di lui vorrebbe che le cose fossero diverse. Non dovrebbe suscitare la pietà di tutti? Non sarebbe questa la cosa giusta e sensata? E invece non suscita pietà, ma scatena cattiveria."

Suzanne fissa un punto sul soffitto, come a riflettere sulle parole di T.

"È così e così sarà sempre," continua T più accalorato di prima, "noi adulti non siamo poi così diversi dai bambini; il più debole è sempre il bersaglio di tutte le cattiverie, anche se non ha colpa. E sai perché?"

"Dimmelo tu. Io non sono d'accordo."

"Perché i carnefici fanno paura. Il carnefice è percepito come una figura potente, crudele, capace di vendetta. La vittima no, specie la vittima più indifesa e umiliata, la vittima incassa i colpi e sprofonda nel dolore e nella solitudine. E per di più a questo punto si scatena anche un altro meccanismo perverso: per stare tranquilli dobbiamo convincerci che la vittima meriti la pena inflittale dal suo carnefice. 'Se lo è cercato, a me non succederà niente di male perché non me lo merito.' È così che dicono tutti, è così che si scongiura la paura del carnefice e si cancella la vergogna di essere dei vigliacchi."

"Uff!"

"Sì, uff!"

"Pensi davvero che siano tutti cattivi e vigliacchi?"

"Non tutti. Ma essendo un po' cattivi e vigliacchi è più facile sopravvivere, e perciò i cattivi e i vigliacchi dilagano come una piaga. E gli individui dotati di estrema cattiveria e vigliaccheria, soprattutto se particolarmente intelligenti, possono raggiungere la vetta."

"Io non sono d'accordo. E credo che nemmeno tu la pensi così. Se fosse davvero come dici saremmo... non so... governati da psicopatici."

T accosta il bicchiere di *orujo* alle labbra e fa un mezzo sorriso: "E infatti siamo governati da psicopatici".

***

Aria limpida dopo la tormenta. Goccioloni che cadono da tende e cornicioni. Gente che si affaccia alle porte dei bar. Insegne e lampioni che si moltiplicano nelle pozzanghere. Il traffico della Settima, in lontananza, sembra un concerto di trombette di Carnevale. T dice che non ha voglia di tornare all'hotel. "Ci facciamo il bicchierino della staffa? Lo so che devi alzarti presto, ma..." Lei è indecisa: "Uff! Così mi toccherà lavarmi i capelli domattina e asciugarli col phon, sembrerò una pazza"; espressione da matta con gli occhi strabuzzati. "Ma una matta piuttosto carina" postilla T.

Camminando verso nord in Belford Street, per allontanarsi dal chiasso delle strade principali, in una delle trasversali adocchiano subito un'insegna che promette bene: Sunrise, Jazz Club. Dalla porta aperta s'intravede una reception con delle fotografie di musicisti e un portiere pancione, quasi albino, con la faccia enorme e schiacciata come quella di Fiocco di Neve. Il grassone li accoglie con un sorriso, e molto gentilmente dice qualcosa che T non capisce. Suzanne traduce: lo spettacolo comincia tra mezz'ora, se vogliono fermarsi devono pagare l'entrata. T allunga una banconota e Fiocco di Neve snocciola un'altra sparata che T non capisce. Chiede spiegazioni a Suzanne mentre percorrono il corridoio diretti verso il bar. "Ha un accento scandinavo, e per di più usa un po' di slang" fa lei. "Ha detto che con l'entrata le prime due consumazioni costano 5 dollari." "Chi ti ricorda quel tizio?" domanda T. "Lo scimmione bianco di Barcellona?" esclama lei, e così dicendo si cimenta nell'imitazione di un gorilla panzone che si ficca un dito nel naso. T e Suzanne ridono insieme. Dentro, a volume abbastanza alto, suona *Step Right Up* di Tom Waits. Penombra. Grosso bancone a forma di L. Davanti al bar un palco con due soli gradini. Sotto il palco, a formare la platea, venti tavolini di cui uno solo occupato. Una cameriera sudamericana e una di colore spostano sgabelli in mezzo al locale. Sul palco un pianoforte verticale, una batteria, un contrabbasso.

"Uff! Arriviamo sempre troppo presto..." esclama Suzanne, "restiamo al banco?"

"Sì. Io sono un uomo da banco."

"Lo dico perché siamo stati seduti a un tavolo per un bel pezzo."

"Be', mi fa piacere che tu me lo abbia detto."

"Perché?"

"Perché mi piacciono le donne che dicono in modo semplice e chiaro quello che vogliono. E mi piace molto anche quando dici 'Uff'."

"Lo dico spesso, 'Uff'?"

"Uff!"

Il barista, nero con la camicia nera, la giacca nera, gli occhi gialli e i denti bianco atomico, ha già preparato due sottobicchieri e un posacenere. Suzanne chiede un Southern Comfort con ghiaccio. T allunga i biglietti e chiede un triplo Jack Daniels. Il barista dice che deve pagare un extra. T non capisce un'acca e Suzanne lo cava d'impiccio.

"Prendi sempre tripli drink?" gli domanda dopo.

"Be', in questa città è tutto grande eccetto le razioni di alcolici."

"Già. Di solito bevi molto? Scusa, ma ormai lo sai che sono una ficcanaso."

"Molto in confronto a chi?"

"Non so... a chi vuoi tu."

"In confronto a Boris Eltsin non bevo molto."

"Uff! Tutti i giorni?"

"Da quando ho chiesto l'aspettativa quasi tutte le sere. E quando lavoro bevo lo stesso. Certe volte devo bere persino quando sono in servizio, ma in quel caso cerco di non sbronzarmi."

Arrivano i bicchieri. Suzanne solleva il suo: 'Alla salute di Boris Eltsin!" esclama con accento russo e voce da ubriaca.

Pausa per bere.

"E ti fai altro a parte gli alcolici?" energico movimento della punta del naso.

"Quando sono in servizio tutto il necessario. Normalmente ogni surrogato di coca si trovi in circolazione."

"E quando non sei in servizio?"

"Niente coca. Mi rende nervoso, mi piace solo quando bevo molto, o la mattina, dopo una bella sbronza, ma in quel caso cerco di ripigliarmi con un succo di frutta e del caffè bollente. Per il mio consumo personale ho sempre preferito i depressivi, fondamentalmente sono un bevitore. Che altro? Non ho mai preso allucinogeni, neanche in servizio... mi fanno paura, come gli psicopatici. E con questo credo di averti fornito un profilo tossicologico esaustivo."

"Be', senza contare le sigarette..." gesto da fumatore accanito.

"Sì, fumo anche sigarette. Lucky Strike. Ma solo perché mi piace il disegno che c'è sul pacchetto."

Pausa.

"Lo sai che fai una vita un po' strana?"

"In confronto a quella di Boris Eltsin non così tanto."

"Già. Immagino che avrà i suoi lati positivi..."

"Sì, ho sempre qualcosa che mi tiene impegnato, anche se comincia a non bastarmi più. In realtà sono anni che non mi basta più. Te l'ho già raccontato al castello, credo sia la prima cosa che ti ho raccontato: sono un quarantenne cui non piace il suo passato. Ho avuto un'infanzia schifosa, non ho amici, non passo neppure venti notti all'anno nel mio appartamento in affitto, e mi guadagno da vivere fingendo di essere una persona che non sono, in mezzo a gente sgradevole e spesso pericolosa. E nel tempo libero non ho niente di meglio da fare che sbronzarmi. Preferibilmente in qualche bar tranquillo, dove nessuno mi rivolga la parola."

"Davvero? Non preferisci chiacchierare con qualcuno?"

"Di cosa? Di calcio?"

"Non necessariamente di calcio. Che ne so... dei fatti tuoi."

"Be', a volte parlo con qualche barista. Il bello dei baristi è che li vedi solo quando vuoi tu e che quando hai bisogno di loro sai dove trovarli, in questo senso superano di gran lunga gli amici. Comunque alla mia età ormai non ci si confida mai abbastanza con nessuno."

"Sei fissato con l'età..."

"Ha la sua importanza."

"Non così tanta."

"Ah no? Ma se quando ci siamo conosciuti mi davi del lei?"

"Perché io do del lei a qualunque persona entri in ufficio, anche se potrebbe essere il mio fratellino. E poi, per tua informazione, la prima volta che ti ho visto mi sono sentita un'oca."

"Ah sì? E come mai?"

"Be', non so. Mi mettevi un po' di soggezione: l'ispettore capo con la barba brizzolata e l'aria da Indiana Jones. E poi io avevo appena finito di raccontare una barzelletta facendo il pagliaccio come al solito."

"A proposito, mi piacerebbe che tu mi raccontassi quella barzelletta, non l'ho capita."

"Uno di questi giorni. Per ora non parli ancora abbastanza bene l'inglese."

"E così... Indiana Jones?"

"Be', quando avevi la barba, quando sei arrivato rasato invece sembravi James Bond. Sai cosa mi ha detto Debie quando sei uscito?"

"Cosa?"

"Che sei un bel pezzo di figo. E lo sai cosa ho detto io? Be', meglio di no, mi vergogno..."

"Bah, io non me ne sono accorto..."

"Le ragazze perbene non si fanno accorgere... Be', le ragazze americane perbene sono capaci di pizzicarti una chiappa se ti distrai un attimo, ma io non sono americana."

"Mi fa piacere, non mi piace che mi pizzichino le chiappe. E mi fa piacere anche essere venuto all'Istituto a chiedere la sovvenzione, seppure accettandola dovrò fare il poliziotto ancora per un anno."

"Non vuoi più fare il poliziotto?"

"No... credo di no. O perlomeno non voglio più essere il tipo di agente che sono stato fino a ora."

"Non dicevi che ti piace andare a caccia di draghi?"

T si stringe nelle spalle.

"Sono stanco, ormai sono troppo vecchio per questo lavoro."

"Ancora con questa storia dell'età..."

"Insomma, non è solo per l'età. Mi piacerebbe avere una vita vera, mia... sono stanco di essere sempre un altro e di portare un nome che non mi appartiene. Sai come mi chiamano all'Omicidi? Mi chiamano 'T', nemmeno i miei colleghi pronunciano il mio nome tutto intero. Sono semplicemente T, fino a nuovo ordine."

Per un attimo Suzanne torna seria, e T rivede fugacemente il ritratto del Bellini.

"Che tipo di indagini fai? Di quali casi ti occupi?"

"Di ogni tipo, ma non è mai roba piacevole. Per esempio, due giorni prima che partissi per NY c'è stato un omicidio a San Juan del Horlá, un paesino di montagna su al Nord. Hanno trovato una donna squartata in un macello nei pressi del villaggio. Questo genere di cose, capisci?"

"Basta così, dimmi solo cosa ti piacerebbe fare se non fossi un poliziotto."

"Adesso sono io a dire 'Uff'."

"Dai, prova a pensarci..."

T sta al gioco.

"Ho sempre sognato di fare il panettiere. O il taxista."

"E perché il panettiere o il taxista?"

"Non so, sono vecchi sogni. Credo che mi piacerebbe fare il panettiere perché il panettiere produce qualcosa di utile e concreto, ma anche carico di significati. Fare il pane non è come fabbricare le Sugus, il pane è un simbolo che si mangia, e quindi il panettiere è una specie di ierofante."

"Mi devi dare lezioni di spagnolo... cosa diavolo sarebbe un 'ierofante'?"

"È una specie di sacerdote, un officiante. E mi piace anche l'idea di stare in mezze maniche davanti al forno caldo, mentre fuori magari sta nevicando... ha qualcosa di molto eccitante."

"E perché il taxista?"

"Per la stessa ragione, immagino. Qualunque psichiatra della Scientifica ti direbbe che rimanda alla nostalgia dell'utero: fuori piove, io vado su e giù per la città nella mia bolla climatizzata, con la musica della radio e un morbido airbag alloggiato nel cruscotto."

"E questo è tutto ciò che ti serve per finirla coi tripli drink? Cambiare lavoro? Smettere di fare il poliziotto e guidare un taxi?"

"Be', magari anche un altro paio di cosette."

"Per esempio?"

"Ok, so già cosa vuoi sapere. La risposta è sì."

"Perfetto, però mi piacerebbe sapere anche la domanda."

"La domanda è se mi piacerebbe avere una famiglia e dei figli, no?"

"E cosa ti fa pensare che volessi chiederti questo?"

"Primo, sei una donna e quindi è probabile che l'argomento ti interessi, e secondo, hai ventiquattro anni e quindi è probabile che l'argomento ti interessi."

"E qual era la risposta, che non mi ricordo?"

"Tu cosa pensi? Sono arrivato già piuttosto stagionato nel XXI secolo, e inoltre quando i ragazzi della mia età ascoltavano i Kaka de Luxe io entravo all'accademia di polizia. Ai fini pratici sono tagliato secondo il modello finesecolare di una città di provincia, tipo Santander o Sligo, per esempio."

"Ma l'altro giorno non dicevi che ti piacerebbe avere un appartamento nell'East Side, e poco fa non hai detto di essere troppo *sophisticated* per Sligo?"

"Se non ho perso il filo della conversazione, adesso stiamo parlando di come mi piacerebbe essere, non di come sono. Questo senza contare che anche la contraddizione può essere una forma di sofisticatezza, non credi? Solo un gran sempliciotto è sempre coerente. Ma la domanda più interessante è questa: 'Potrò mai essere l'uomo che vorrei essere essendo stato l'uomo che sono stato?'. O meglio, più in generale: 'Fino a che punto siamo condizionati dal nostro passato?'."

"Fino al punto che vogliamo."

"Col cavolo."

"Ah no?"

"No. Io per esempio ormai avrò sempre nostalgia di questa città, e se non ci tornerò più sognerò sempre di tornarci. E avrei nostalgia anche di te se non ti vedessi più." T adotta un tono più leggero. "Te l'hanno mai detto che sei terribilmente indiscreta?"

Suzanne accenna il solito gesto civettuolo fingendo di aggiustarsi una ciocca immaginaria.

"Mai più un poliziotto con la crisi dei quaranta!"

"Dei quarantatré."

"Ok, dei quarantatré."

Nel frattempo i musicisti sono saliti sul palco e si preparano a cominciare. Il chitarrista pizzica un po' le corde sul sottofondo funky e il batterista pesta le percussioni sempre meno timidamente.

"Credo che se aspettiamo che comincino poi dovremo restare fino alla fine," esclama T mentre finisce il secondo whisky, "c'è così poca gente che sarebbe brutto andarcene a metà spettacolo."

"Be', così avrai il tempo di spiegarmi altre cose."

"Neanche per sogno. Mi sono già sbottonato abbastanza. Adesso sei tu che devi rivelarmi il tuo segreto."

"Quale segreto?"

"Non importa, ora che ci penso magari non ti piace sapere di avere un segreto. Non hai visto il film di Alejandro Amenábar dove i fantasmi non sanno di essere dei fantasmi?"

"Lo sai che se mi lasci in sospeso sarei anche capace di romperti la bottiglia in testa?"

"Ok, l'hai voluto tu. Ma prima mi faccio riempire il bicchiere, non posso parlare col becco asciutto."

Suzanne accenna un gesto d'impazienza, con la faccia da pazza che si rosicchia furiosamente le unghie impeccabili, perfettamente ovali, che questa sera sono solo lucide, senza più traccia dello smalto di ieri.

***

I musicisti attaccano con un bebop particolarmente scialbo, mentre il cameriere riempie il bicchiere di T, perché il Southern Comfort di Suzanne è ancora a metà. Quando il ragazzo si allontana lei tira fuori due sigarette dal suo pacchetto, ne ficca una in bocca a T e gli ordina:

"Avanti, adesso raccontami del mio segreto fantasmagorico".

T indugia ancora qualche secondo. Butta fuori una boccata di fumo.

"Sicura?"

Ancora faccia da pazza omicida.

"Ok, ok. Sai chi è Giovanni Bellini?"

Suzanne inarca le sopracciglia.

"In questo momento mi sfugge. Un produttore di pasta fresca?" finge di lottare con un piatto di spaghetti.

"Non proprio, è un pittore del Rinascimento, figlio e fratello di altri due Bellini pittori. Giovanni fu il primo maestro di Tiziano, e nei suoi ultimi anni divenne suo discepolo, un caso di esemplare umiltà. All'università non hai studiato la Storia dell'arte? Bellini è considerato l'*alma mater* della scuola veneziana."

"D'accordo, andrò a rivedere i miei appunti di Storia dell'arte, ma adesso spiegami cosa c'entro io con l'*alma mater* della scuola veneziana."

"C'entri perché nel 1510 Bellini ti ha dipinto un ritratto."

"Un ritratto per me? Un bel pensiero..."

"Un ritratto tuo, del tuo viso."

"Sicuro. Anche questo lo dici a tutte?

"*Madonna col Bambino*, Pinacoteca di Brera, 85x118, olio su tavola, cercalo in Internet. Ci sei tu, che porti in grembo un bambino di circa due anni. Hai il viso un poco più paffuto, come fossi un po' ingrassata. Ma non è questa la cosa più sorprendente..."

"Certo. C'è anche un Chelsea boy coi pattini?"

"Vuoi o no che ti racconti la storia?"

"Ok. Ma tanto per cominciare dimmi come fai a sapere tutte queste cose del quadro: dimensioni, datazione, e tutto il resto."

"È proprio questo il mistero. La cosa davvero inquietante è che quando ero piccolo, dall'età di sei anni fino ai sette, mi sono trovato davanti a questo quadro moltissime volte, talvolta anche per ore. Era una riproduzione incorniciata con il titolo e altre informazioni a margine. Non ti sembra una coincidenza pazzesca?"

"Mmh... diciamo una modesta coincidenza."

"Modesta? Cinquecento anni dopo che Bellini ha dipinto il tuo ritratto, e dopo quasi quarant'anni dall'aver passato ore ad ammirarne una riproduzione, arrivo in questa città che sta dall'altra parte dell'Atlantico, entro in un ufficio sulla 42ma e ti rivedo là."

Pausa. I musicisti con il loro bebop. Suzanne assume un'espressione seria.

"Sicuramente esageri a vederci tutta questa somiglianza."

"Cercalo in Internet e valuta da sola. Nel quadro hai il viso leggermente più paffuto, te l'ho già detto, e hai un'aria più seria del solito, sembri quasi un po' seccata, come se tu avessi di meglio da fare che posare per Bellini. E poi, non sono sicuro, ma nel ritratto sembri un po' più anziana, forse di un paio d'anni... giusto l'età del bambino."

"Uff! Adesso sì che mi stai davvero mettendo paura."

"Mi è quasi venuto un infarto quando ti ho vista all'Istituto."

Suzanne guarda T aggrottando la fronte.

"Immagino che non ti sia mai successa una cosa simile..."

"Cosa credi? Che io sia un pazzo furioso che va in giro a cercare la Donna del Quadro?"

"Dov'era la riproduzione che vedevi da bambino?"

"Dai, non ricominciare a fare la psicologa. Nell'anticamera di uno studio."

Pausa. Sempre musica di sottofondo.

"Dev'essere speciale se ti è rimasto così impresso."

"So cosa pensi: 'Paziente cui manca la figura materna manifesta fissazione per un'icona femminile fissata in un momento traumatico della sua infanzia, e anni dopo crede di rivederla incarnata in tutte le donne che incontra'" assume un tono più pacato. "Dico sul serio, dovresti vedere quel quadro. Chiunque troverebbe che per molte ragioni quel ritratto ha qualcosa di strano. Per esempio: né tu né la ragazza del dipinto avete niente in comune con il tipico ideale di bellezza femminile del Rinascimento. Ci sono Madonne di quell'epoca i cui tratti sono talmente inconsueti che al giorno d'oggi sono giudicati davvero brutti, ma anche le Madonne che sono ancora considerate belle, come quelle di Raffaello, di Andrea Mantegna o dello stesso Bellini, seguono i canoni dell'ideale estetico ereditato dai classici grecoromani: forme morbide, lineamenti minuti, labbra sottili e rosate. Ma un bel giorno, a settant'anni suonati, Bellini precorre i tempi e dipinge una giovane bellezza del XXI secolo. Non lo aveva mai fatto prima e non lo rifarà in seguito, né lui né i suoi contemporanei" mentre parla, T fissa Suzanne, e il tono della sua voce si fa sempre più cadenzato e grave sino a diventare solenne. "Quella donna sei tu, Suzanne, non ho il minimo dubbio, e io finalmente ti ho trovata."

Suzanne lo guarda con gli occhi fuori dalle orbite. T si avvicina un poco a lei, seduta sul suo sgabello, e le accarezza una guancia con il dorso della mano. Lei lo lascia fare, ma istintivamente si ritrae un poco.

"E sai chi è il Bambino Gesù che tiene in grembo? Sai a chi assomiglia quel bambino?" continua T, ormai quasi sussurrando.

Suzanne deglutisce.

"A chi?"

T fa una lunga pausa e accosta le labbra all'orecchio di Suzanne per mormorarle con voce fantasmagorica:

"Ad Alejaaandro Amenaaábar".

Suzanne sbatte le ciglia. Per un attimo sembra disorientata. T allarga il suo sorriso, ansima come Hannibal Lecter e infine scoppia a ridere. Suzanne si spaventa a morte e gli molla una sberla.

"Quanto sei scemo! Adesso non crederò più a niente di quello che mi dici."

T continua a sghignazzare, Suzanne beve un sorso di whisky e si rilassa, e a poco a poco sta allo scherzo, dice di essere un'idiota e confessa a T di essersi spaventata davvero. Ma l'alcol fa la sua parte, tanto che entrambi tornano subito allegri e rilassati. Nel frattempo altra gente si è accomodata ai tavolini in platea. Si ode il brusio delle conversazioni. Nessuno bada ai musicisti, che comunque continuano a suonare una canzone dopo l'altra senza disturbare troppo.

"Dovresti scrivere la storia del pazzo furioso che cerca la Madonna del Bellini..." pausa. "Come mai sei così ferrato in materia e sai tutte quelle cose di Andrea Mantegna e compagnia bella?"

"Di pittura ne so quanto di pesca della trota, ma ormai sono anni che fingo di sapere quello che non so. E viceversa."

"Be', io ci sono quasi cascata, e pensare che era una storia assurda."

"Vuoi che ti confessi una cosa?"

"Cosa?"

"Che la storia di Alejandro Amenábar è vera."

"Dai, smettila!"

"Domattina cerca il dipinto in Internet e guarda il viso del bambino."

8.

SULLA TERRA

Alle dieci il commissario scende a mangiare un panino al bar del primo piano. Ha quasi finito quando appare Rodero, che lo saluta da lontano con un cenno della mano. Il commissario ricambia il saluto convinto che non si diranno una parola, invece Rodero si avvicina al suo tavolo.

"Le sta bene il pizzetto."

"Buongiorno" dice il commissario, ma poi, accorgendosi di aver usato un tono troppo freddo, aggiunge: "Si mangia meglio qui che alla Squadra Omicidi, eh?".

"Non sono venuto a fare colazione, sono venuto per vederla... Il suo assistente mi ha detto che l'avrei trovata qui, posso sedermi?"

"Certo. Vuole qualcosa? Io stavo per ordinare un caffè macchiato."

"Vado io."

Rodero va al banco e poco dopo torna al tavolo con il caffè per il commissario e una bottiglietta d'acqua per lui.

"Sa, ho riflettuto sulla nostra conversazione della settimana scorsa. Interessante..."

Il commissario si concede una leggera ironia:

"Ah sì? Credevo pensasse che contare sillabe e tutto il resto fosse roba da strizzacervelli".

Rodero non afferra.

"A essere sincero ne ho interpellato uno anch'io... gli ho portato la copia della poesia che mi ha mandato per fax... Credo che lei abbia ragione a dire che non possiamo accontentarci di seguire la pista dei suini, e tra l'altro dalle nuove ricerche non è emerso niente di nuovo."

"Magari l'archivio informatico è troppo vecchio... ormai avrà già un paio d'anni, no?"

Rodero continua a non afferrare.

"No, non credo che serva un'indagine informatica... Sto valutando la possibilità di mandare un infiltrato a San Juan del Horlá."

Rodero tace. Il commissario tarda a rispondere giusto il tempo che impiega a zuccherare il suo caffè e a mescolarlo un poco col cucchiaino.

"Non capisco cosa ci guadagniamo" esclama alla fine.

"Direi parecchio se il nostro agente riesce a farsi assumere nel macello."

"Se andasse a dare un'occhiata capirebbe subito che chiunque capiti da quelle parti a chiedere un lavoro al macello sarebbe subito sospettato di essere un poliziotto."

"Sarà difficile, lo so. Come sarà difficile che qualcuno riesca a resistere lassù, non dico nel macello, ma anche solo in quel paese. Però ho avuto un'idea."

"Ah... Un'idea..."

Il commissario lo guarda da sopra gli occhiali mentre sorseggia il caffè.

"Ci serve qualcuno con due doppie personalità... con due maschere diverse che si sovrappongono. Qualcuno che sembri ciò che non è, e che una volta smascherato continui a non essere ciò che sembra in realtà. Mi segue? Una specie di doppio infiltrato."

Il commissario posa la tazzina sul tavolo prima di parlare.

"La seguo, però mi sembra così complicato che non capisco cosa intende fare in concreto."

Rodero rigira in bocca la caramella, che tintinna contro i denti. Arretra un poco sulla sedia e si appoggia ai braccioli.

"Conosce Quique Aribau, lo scrittore, vero? Mi ha raccontato che è entrato in contatto con noi tramite lei."

"Sì."

"Be', senza volerlo quel Quique mi ha dato un'idea. Vede, venerdì è venuto all'Omicidi e mi ha raccontato che ha cambiato casa e che ha deciso di non farsi più intervistare per evitare che i suoi nuovi vicini lo riconoscano. A me è sembrato un po' paranoico, così gli ho detto che tutti i giorni vedo sul giornale la fotografia di uno scrittore, di un musicista o di un altro personaggio del genere, ma che comunque non lo riconoscerei se lo incrociassi per strada. E a quel punto lui ha detto qualcosa che mi ha indotto a riflettere. Ha detto che non si riconosce qualcuno che si è visto in fotografia perché una fotografia di qualcuno che non conosciamo non ci dice nulla, e quindi la dimentichiamo subito, mentre riconosciamo immediatamente in fotografia qualcuno che conosciamo personalmente. Mi segue?"

Al commissario dà fastidio quest'abitudine di Rodero, che chiede continuamente al suo interlocutore se segue il suo ragionamento. Trova sia una formula scortese.

"La seguo perfettamente: conoscendo personalmente qualcuno ne memorizziamo i lineamenti in molteplici posizioni, e perciò lo riconosciamo subito in una fotografia, mentre un'immagine statica non lascia una gran traccia nella memoria, a meno che non si verifichino circostanze particolari, e quindi non è detto che una persona incontrata a posteriori venga riconosciuta. Mi sono spiegato?"

Il commissario ha pronunciato la sua formula per assicurarsi di essere stato chiaro.

"Esatto. È curioso, no? Non ci si pensa se non si analizza la cosa."

"Be', ammettiamo anche che sia curioso... io però continuo a non capire dove vuole arrivare."

"Questa riflessione di Quique mi ha fatto venire un'idea. Immagini che lui, invece di uno scrittore che vuole passare inosservato, in realtà sia un infiltrato della polizia inviato in un paesino di montagna per indagare su un assassinio."

Il commissario ci riflette un attimo.

"Non vedo quale vantaggio ne potremmo trarre rispetto a un agente che si faccia passare per... che so... un ex eroinomane in cerca di aria pulita."

"Errore. Ne trarremmo diversi vantaggi. Tanto per cominciare qualcosa di sottile: è sempre più facile fingere di non essere qualcuno piuttosto che fingere di esserlo, mi segue? Per esempio è più facile fingere di non essere uno scrittore piuttosto che fingere di esserlo. Se inviassimo un agente che si fa passare per eroinomane ci troveremmo nella difficoltà di dover tenere in piedi la commedia, mentre se inviassimo un agente che finge di nascondere la sua identità di scrittore quando in realtà è un poliziotto, le cose sarebbero molto più semplici. In primo luogo perché questa doppia identità falsa ci permetterebbe di mettere in atto una specie di piano B caso mai l'infiltrato venga smascherato nel suo ruolo di non-scrittore, mi segue? Se qualcuno scopre che il nostro agente non è un non-scrittore ecco che automaticamente si trasforma in scrittore, non in poliziotto, d'accordo? E in secondo luogo perché nessuno si prende la briga di smascherare chi è già stato smascherato una volta, è d'accordo anche con questo, no? E guardi che saremmo noi a decidere quando vogliamo che cada la prima copertura del nostro agente. Basta che in paese circoli un giornale con un'intervista dove il nostro uomo appaia nella sua veste di scrittore, o un libro con una sua fotografia nel risvolto, o un'altra cosa del genere. Nessuno si stupirà di non averlo riconosciuto, per la semplice ragione che prima nessuno lo conosceva."

Il commissario non dice nulla. Si gratta un po' il pizzetto e scuote leggermente la testa, ma a Rodero serve più di qualche gesto.

"Cosa ne pensa?"

"Complicatissimo. E non credo di aver ancora capito bene."

"Più è complicato meglio è, qui sta il nostro vantaggio. Ci ho riflettuto bene e questo piano mi sembra perfetto."

"Ma noi vogliamo cercare di infiltrare qualcuno nel macello, no? E non credo che sia più facile infiltrare uno scrittore piuttosto che un poliziotto. Nessuno vuole uno scrittore che ficca il naso in casa sua. Be', a parte noi, a quanto pare, ma solo perché noi non abbiamo niente di illecito da nascondere, e a conti fatti penso che siamo gli unici."

"Be', lo smascheramento dello scrittore è solo un piano B che non necessariamente verrà attuato, e casomai venga attuato sarà perché ci conviene, magari dopo mesi. Nel qual caso potremo contare su un ulteriore vantaggio: ha calcolato com'è vanitosa la gente?"

"Com'è vanitosa la gente?"

"Com'è vanitosa, certo. Per una persona che non vuole commettere indiscrezioni davanti a uno scrittore, ce ne sono tre che saranno ben contente di spifferargli tutto quello che sanno. Con un poliziotto non si sbottona nessuno, ma ha notato che quando appare un giornalista col microfono sono tutti pronti a sciogliere la lingua? Non ha visto la televisione ultimamente? Ormai lo scopo dei programmi è assicurare un quarto d'ora di gloria al primo poveretto disposto a dire qualcosa di sconveniente, o di volgare, o semplicemente d'indiscreto. E quanto più sconveniente, volgare o indiscreto riesce a essere, tanta più gloria si assicura."

Pausa.

"Non so... non mi piace" dice il commissario.

Rodero arretra ancora sulla sedia e tira fuori un'altra caramella.

Adesso sembra un po' seccato.

"Mi dica cosa esattamente non la convince."

"Tanto per cominciare: chi pensa di mandare? Né all'Omicidi né alla Narcotici abbiamo un uomo preparato per questa situazione. Sappiamo come trattare skinhead, terroristi, spacciatori e truffatori di ogni tipo, ma non credo che alla Centrale ci sia qualcuno in grado di lavorare in completo isolamento in un paesino di trecento abitanti. E questo per ventiquattro ore al giorno, sette giorni su sette, e probabilmente per mesi."

"Io invece credo che ci sia."

"Ah sì? E chi sarebbe?"

"T."

"T?" Il commissario schiocca la lingua e boccia completamente la proposta. "Neanche per idea, e poi adesso è impossibile, non sono neanche due mesi che ha chiesto l'aspettativa. Non sono nemmeno sicuro che torni nella Squadra Omicidi quando rientra; io certamente gli consiglierei di non farlo, gli direi piuttosto di chiedere la promozione a commissario e di rimanere in un ufficio, si è già sbattuto abbastanza a destra e a sinistra."

"Be', per ora ho sollecitato il suo rientro in qualità di ispettore capo della Squadra Omicidi della Centrale."

Il commissario fissa Rodero con aria incredula.

"Quando?"

"Mi ha chiamato ieri dall'Irlanda per chiedermi di essere reintegrato quanto prima. A proposito: ieri ho avuto due notizie dall'Irlanda... a quanto pare a Sligo è stato rinvenuto il cadavere non identificato di una donna. Pare si tratti di una prostituta e l'Interpol sospetta che il suo ultimo cliente possa essere stato spagnolo o americano. Ora con l'analisi del polline delle piante si fanno meraviglie: a quanto sembra sono state trovate tracce di polline di non so quale acacia tipica della costa orientale degli Stati Uniti, ma anche impronte di scarpe da ginnastica fabbricate in Spagna."

Il commissario non ha prestato alcuna attenzione a quello che Rodero gli ha raccontato sulle acacie e sulle scarpe da ginnastica.

"Pensa davvero di mandare T a San Juan del Horlá?"

***

Mercoledì, in cucina, un attimo prima di cena. Mercedes, la moglie del commissario, sta pulendo le antine dei mobili. Sale e scende da una scaletta con tre gradini per sciacquare lo straccio nell'acqua insaponata. Il commissario, seduto al tavolo dell'office, cerca di concentrarsi per confrontare diverse automobili: Audi *versus* Mercedes *versus* Bmw. Arrivato all'ultima pagina, chiude la rivista e ci appoggia sopra le mani incrociate, e per un attimo osserva in silenzio la moglie in piedi sulla scaletta, di spalle. Lei ansima un poco per lo sforzo mentre strofina.

"Mercedes?"

"Sì?"

"Posso farti una domanda?"

"Cosa?"

"Niente, ti ho chiesto se posso farti una domanda."

Lei si gira un attimo per guardarlo.

"Da quando mi chiedi il permesso per domandarmi qualcosa?"

"È che... non ne abbiamo mai parlato."

"Mamma mia! Vediamo adesso cosa mi tira in ballo. Cosa vuoi?"

"Be'... mi domandavo perché noi abbiamo sempre fatto l'amore solo il sabato."

Lei si gira ancora con lo straccio in mano e lo guarda.

"Ma guarda un po' che razza di cose tiri fuori alla tua età!"

"Be', era solo una domanda..."

"Non lo facciamo solo il sabato."

"Be', quasi."

"Come 'quasi'?"

"Quasi. Tutte le volte che ci ho provato quando non era in programma mi hai dato una gomitata e mi hai detto di dormire. Così a un certo punto ho smesso di provarci, a meno che non fosse sabato, o la vigilia di qualche festa, o roba del genere."

"Certo, perché se fosse stato per te lo avremmo fatto tutti i giorni. Voi uomini non capite niente di queste cose."

Pausa.

"Ah no?"

"No. Non va bene abusare, nella vita bisogna amministrare tutto." Lo straccio stride ancora sfregando sulla formica. "Ecco perché al giorno d'oggi i matrimoni non durano neanche tre anni. E poi all'epoca in cui ti davo le gomitate non ti bastava mai una volta..." Scende dalla scaletta per sciacquare lo straccio.

"Ovvio, avevo il tempo contato, dato che lo facevamo solo il sabato."

"Non solo il sabato."

"D'accordo, come vuoi tu. Comunque ormai non sono più così prestante... a meno che non prenda il Viagra."

"Sì, ci manca solo quello, il Viagra, Dio ce ne scampi."

"Be', sta di fatto che siamo sempre a una volta la settimana: il sabato."

"Non solo... Insomma, a cosa vuoi arrivare?"

"Niente, era solo una domanda."

"Be', allora ti ho già risposto" risale sulla scaletta.

"Certo che noi uomini non sappiamo niente di queste cose, vero?"

"Esattamente. Siete ingordi... come bambini. Se non vi si mette un freno fate indigestione di tutto quello che vi piace e poi ne avete la nausea."

"Ok, hai risposto."

Pausa.

"Non mi sembri molto convinto."

"No, per me va bene che queste cose le decida tu. Era solo una domanda."

"E perché una domanda del genere a questo punto?"

"Non so..." pausa. "A volte ho pensato che magari a te non piace e che lo fai solo per me."

Lei si gira sullo scalino.

"È questo che hai pensato?" porta un braccio al fianco. "Qualche volta ti ho dato l'impressione di non star bene con te?"

"No, non è questo... Mi è sembrato piuttosto che tu potessi fare a meno di... quello."

Pausa. Strofinio. Stridori, affanno.

"Noi donne siamo diverse." Pausa. "Ma sappi che se non avessi voluto non avrei sposato proprio te. Mi spiace dirlo, ma avevo anche altri pretendenti, e questo lo sapevi anche tu..."

"Be', ma dato che non lo abbiamo fatto fino a dopo che ci siamo sposati... ormai, una volta sposata... E lo sai che io in queste cose sono sempre stato molto ingenuo..."

Altra occhiata.

"Guarda che sposata o non sposata potrei prenderti a gomitate anche il sabato, soprattutto a questo punto. O stai per caso cercando di dirmi che vorresti fare... dei numeri?"

"No, a me ormai va bene così... Ma sentendo quello che dicono alla tivù riguardo a ciò che piace alle donne..."

"Be', lascia perdere quello che dicono alla tivù."

"Già."

Scende dalla scaletta e si piazza davanti al commissario con le mani sui fianchi e lo straccio in mano.

"Come sarebbe 'già'? Cosa credi, che quei tizi della tivù che danno consigli a destra e a manca sappiano cosa significhi essere felici con la propria compagna? L'intimità che si crea tra un uomo e una donna non è una questione di..." gesticola con lo straccio in mano, "non è uno sport... con attrezzi, tecniche e cose complicate."

"Sì, lo so..."

"E allora? Forse non ti copro di baci?"

"Sì" il commissario china il capo sulla rivista.

"L'unica differenza è che tu mi baci prima e io ti bacio dopo, cioè nell'unico momento in cui ti posso baciare senza che tu... senza che tu..." Pausa, torna all'armadio. "Be', vuoi che ti chiarisca qualche altro dubbio o mi lasci finire di pulire in pace?"

Silenzio. Squilla il telefono in salotto. Il commissario va a rispondere. Parla qualche minuto e poi lancia un urlo che si sente fino in cucina:

"Mercedes, è Tomás, è arrivato ieri sera. Gli dico di raggiungerci per pranzo domenica, a Calabrava? Noi saremo là, no?".

"Certo, digli di venire."

Due minuti dopo il commissario torna in cucina."

"Allora? Cosa racconta?" domanda la moglie del commissario, che ormai ha smesso di salire e scendere dalla scaletta.

"Niente, che è appena tornato da Dublino... adesso è a casa."

"Madonna Santa, che razza di giri per il mondo... E come sta?"

"Non so... bene... ci dirà domenica."

"Bene, preparo una paella di pesce, ti va?"

"Molto, però mi piace di più il programma del sabato..."

"Dai, smettila con queste sciocchezze, che oggi è mercoledì."

***

Dopo le coccole della domenica mattina, il commissario scende in spiaggia da solo. Il sole incerto e il venticello hanno dissuaso sua moglie. L'acqua è particolarmente fredda. Il commissario nuota solo tre volte fino alle barche ed esce dall'acqua tutto ritemprato. Invece resta coricato al sole il tempo che impiega a leggere il giornale della domenica, e cioè quasi un'ora.

Di ritorno a casa, sotto la doccia, nota il contrasto tra la schiuma candida del sapone e la sua pelle, che ormai, oltre il limite dei pantaloncini, è decisamente dorata. Pensa che forse dovrebbe comprare un altro costume, meno lungo sulle cosce e con la vita più bassa, per ridurre l'area di pelle bianca. "Hai visto? Sono più abbronzato di te!" dice alla moglie quando va da lei per farsi spalmare il doposole sulla schiena. Ma il suo aspetto non è cambiato solo grazie all'abbronzatura, ha contribuito anche la muscolatura, adesso più tonica, che gli consente un'andatura più eretta. La pancia è rimasta la stessa, e anche le pieghe dei pettorali che segnano una linea bianca irraggiungibile dal sole, ma lui si sente più agile, come se la sua vecchia muscolatura da istruttore dell'accademia si stesse risvegliando. Quando sua moglie esce dal bagno prova persino a gonfiare i bicipiti davanti allo specchio. Sono coperti da uno strato di pelle a buccia d'arancia, certo, ma sono belli forti, molto più forti di quelli di certi giovanotti che vanno in giro a fare i gradassi in canottiera. Tanto è vero che con la coda dell'occhio continua a rimirarli nello specchio, mentre si rade e accorcia il pizzetto che ormai è diventato meno ispido. Poi indossa i bermuda color panna con i quali si sente ormai a suo agio, infila i mocassini morbidi senza calzini, e in un impeto di audacia si prova la camicia estiva che sua moglie gli ha comprato al mercatino e che non ha ancora sfoggiato, poco convinto del colore rosa, punteggiato di minuscoli fiorellini.

Abbottona solo gli ultimi quattro bottoni, si mette i suoi occhiali nuovi, con le lenti da sole rimovibili, e si presenta in cucina tutto profumato di dopobarba.

"Come sto?" domanda alla moglie.

"Ti sei messo la camicia a fiori?" Gli aggiusta il colletto e gli tira la camicia afferrandola per le falde in modo da stirarla. "Ti sta bene, ma è meglio se la metti dentro."

Il commissario infila la camicia nei bermuda allargando l'elastico della cintura.

"Non è troppo appariscente?"

"Non essere sciocco, stai benissimo," si allunga per dargli un bacio, "e hai un buon profumo. Su, vai, a che ora arriva il pullman?"

"Tra dieci minuti."

La stazione degli autobus è a soli due isolati da casa, e quindi il commissario se la prende con calma. Cammina fino al piazzale degli autobus e si siede su una panchina all'ombra, con i suoi riscoperti bicipiti allungati sullo schienale. La sua figura si specchia nella vetrata della stazione, e per un attimo, con i tratti del viso cancellati dalla distanza, il commissario stenta a collegare la sua immagine riflessa nel vetro con l'immagine di se stesso che conserva nella memoria. Sicuramente ora non sembra più un notaio. Adesso sembra quasi un gangster, un gangster in vacanza, pensa...

Quando l'orologio della stazione segna le dodici e cinque, tra il commissario e la sua immagine riflessa nel vetro s'interpone la mole di un pullman. Stando al tabellone dev'essere proprio quello che sta aspettando. Il pullman si ferma e il commissario si alza e gli gira attorno per raggiungere l'uscita dei passeggeri. T è tra i primi a scendere; ha i capelli molto corti e non ha più la barba che portava quando il commissario l'ha visto l'ultima volta. Ha un piccolo zaino di cuoio in spalla. Si guarda attorno e passa davanti al commissario senza riconoscerlo. "Tomás!" T si gira nella direzione da cui proviene la voce. Adesso lo riconosce. Aggrotta le sopracciglia, ma sorride:

"Dio Santo! Cos'ha fatto?", si tocca il mento per indicare che si riferisce al pizzetto. "Vedi? Alla mia veneranda età sto diventando un playboy!" I due si avvicinano e si scambiano delle sonore pacche sulle spalle. "Sei dimagrito, eh? All'estero non si mangia abbastanza?" "No, non è quello, ma ho sentito la mancanza della palestra, ho perso un po' di tono." "Su, prima saliamo a salutare Mercedes e poi torniamo giù a berci una birra, così mi racconti."

Percorrono il breve tratto di strada fino a casa, salgono le scale e il commissario infila la chiave, ma sua moglie, che ha sentito le loro voci, si affretta ad aprire la porta: "Ehi! Eccolo qui il nostro viaggiatore... vieni, figliolo, che sto trafficando in cucina". Si baciano. "Sa che quando sono sceso dal pullman non ho riconosciuto suo marito?" dice T. "Non lo dire a me, caro, che mi sta facendo diventare matta. Adesso si è messo ad ascoltare la musica moderna." Il commissario è raggiante, sorride: "Be', i tempi cambiano...". "E sai che all'improvviso ha scoperto anche la spiaggia? Non si riesce più a tirarlo fuori dall'acqua." "Immagino... sembra un cacciatore di coccodrilli..."

Per qualche minuto scambiano ancora qualche battuta, poi Mercedes chiede se deve preparare un aperitivo o se preferiscono andarlo a prendere da qualche parte per parlare tranquillamente delle loro faccende. Il commissario dice subito che scendono al bar dove fanno le alici. "Bene, a che ora devo buttare l'acqua nel riso?"

Tornano nella piazza dei pullman. La Parrilla, recita l'insegna del bar all'angolo. Il commissario e T entrano e si avvicinano al banco. "Carmen, cosa ci dà da spiluccare con un paio di quelle Cruz Campo ghiacciate che suo marito tiene nascoste?" "La Montse sta giusto impanando delle alici, vanno bene?" Si accomodano sulle panche davanti a uno dei tavoli di legno: "Vedrai che mangerai le migliori alici impanate della tua vita!".

Non cominciano a parlare di cose serie fino a quando non arrivano le due bottiglie di birra con il vetro appannato e un bel piatto di pesce caldo.

"Su, spiegami questo mistero" esclama il commissario. "Ti piacciono col limone?"

"Sì, perfetto... quale mistero?"

"Stavi così male a New York da scappare via di corsa?" il commissario deve deglutire, tanta è l'acquolina che ha in bocca.

"Al contrario..."

"Ti piaceva?"

"Mi sono innamorato di quella città."

"Ah sì? Dicono che è un posto difficile."

"Dicono anche che quando finalmente ti senti bene laggiù nessun altro posto al mondo ti sembrerà degno di starci. Io questa sensazione l'ho provata nel giro di pochi giorni."

"Dev'essere... interessante." Il commissario cerca di mettere a suo agio T, e intanto si concentra sul piatto di alici. T ne prende una con le dita, ma non ha molto appetito.

"È molto più che interessante... Una mattina, all'alba, mentre mangiavo ali di pollo in un fast food coreano della Settima, ho pensato che se si potesse salvare una sola città al mondo bisognerebbe salvare Manhattan. Perché salvando Segovia si salvano gli abitanti di Segovia, mentre salvando New York si salva tutta l'umanità. È una specie di Arca di Noè ancorata nella foce dell'Hudson."

"Be', non so come la penserebbero gli abitanti di Segovia..." Il commissario sorride e si copre per nascondere l'alice che si è appena ficcato in bocca. "E quindi? Non dovevi richiedere una sovvenzione per il trasferimento?"

"L'ho richiesta... però me ne sono andato prima di sapere se l'avevo ottenuta."

"Perché?"

T non può evitare di rispondere con franchezza.

"Non so... all'improvviso mi sono accorto di non starci bene sull'Arca di Noè."

Il commissario assume un'espressione furbetta, si succhia le dita e beve un sorso di birra prima di parlare.

"Mi viene in mente solo un motivo per cui può capitare una cosa del genere proprio sull'Arca di Noè."

"Sicuramente è quello."

Il commissario abbandona per un attimo le alici.

"Dev'essere stata una cosa seria, in così poco tempo..."

"Così seria che le ho persino comprato un anello. Non avevo mai fatto una cosa simile prima d'allora."

"E cos'è successo? Se si può sapere..."

T risponde con calma, riflettendo su quello che dice.

"Non sono molto sicuro."

"Qualcosa è andato storto?"

"Non lo so. Ho persino pensato che all'improvviso lei abbia avuto paura di impegnarsi, a quanto pare è una cosa che adesso succede anche alle ragazze." Il commissario assume un'aria paterna. "Ma non importa, ormai credo che non m'interessi neanche più saperlo, sta di fatto che sono tornato a casa con l'anello nel nécessaire. Avrei dovuto gettarlo dall'Empire State Building la notte prima di partire, credo che adesso mi toccherà cercare un altro posto abbastanza alto."

"Già. E come mai all'improvviso sei andato in Irlanda?"

T inarca le sopracciglia e fa cenno di no con la testa.

"Immagino che il mio io irrazionale sia andato laggiù per cercare un'altra irlandese... 'Chiodo scaccia...'."

"Lei era irlandese?" T annuisce; il commissario fa una pausa prima di continuare. "Il tuo io irrazionale non starà pensando di accettare la proposta di Rodero, vero?"

"Ho parlato con lui ieri. Gli ho detto che poteva senz'altro contare su di me."

"Hai fatto male. Prima o poi la dovrai smettere di fare sciocchezze."

Le alici che sono sopravvissute non fumano più. T le guarda senza vederle, soffia, scuote la testa.

"Senti, Tomás," continua il commissario, "io sono stato fortunato perché l'unica donna di cui mi sono innamorato adesso è su in casa a prepararci la paella, ma posso immaginare cosa significherebbe perderla."

T lo interrompe:

"Non è solo quello, lo sa. Le viene in mente qualcosa che io non abbia già perso in vita mia?".

"Sì, mi vengono in mente molte cose. Per esempio il senno. E non è affatto assennato che tu continui a fuggire."

"Fuggi quando invece di restare dove dovresti stare vai da un'altra parte. E il mio problema è che ormai non so più dove dovrei stare. Dove? Me lo sa dire?"

"Forse dovresti solo stare tranquillo da qualche parte. La felicità non si ottiene correndole appresso, a volte bisogna pazientare fino a quando non sia lei a catturarci."

"Scusi ma questo mi sa tanto di proverbio zen..."

"Lascia stare i proverbi, io parlo sul serio. Senti, il piano di Rodero è pura ostentazione di superiorità... quello si crede molto intelligente e vuole mostrarlo a tutti. Ti ha spiegato cosa ha in mente? La storia di farti passare da scrittore e compagnia bella?"

"Sì, mi ha detto..."

"E non ti sembra una scemenza che lui spaccia come idea geniale?"

T ci pensa un attimo prima di rispondere:

"Se vuole che sia sincero, per me fa lo stesso. Quel che m'importa è che San Juan del Horlá sembra abbastanza lontano dal resto del mondo".

Il commissario scivola avanti sulla panca.

"E questo tu non lo chiami 'fuggire'?"

T fatica ancora a trovare una risposta:
"Io lo chiamo tenermi occupato quando ormai non m'importa più di niente".
"Non t'importa più neanche di essere un buon poliziotto?"
T sorride stancamente:
"'Sacrificio, Tecnica, Costanza'?".
"Buon senso. Senti... non so esattamente cosa ti sia successo, ma ti conosco abbastanza da sapere che c'è qualcosa che non va. Non è il momento di isolarti lassù. Dammi retta, sono più vecchio di te, sono un vecchio montanaro e so cosa significa passare un inverno isolato dal resto del mondo. Fosse anche solo per questo ne so più di te."
"Non mi sembra meglio rinchiudermi nell'ufficio di un commissariato."
"Benissimo, allora prendi un aereo e torna a New York domani stesso. Il tuo sogno è ancora là, inseguilo. Anche questo ti sembra un proverbio? Se accetti questo caso non avanzerai affatto. Sarai completamente solo lassù, e né tu né io sappiamo cosa o chi dovrai affrontare. L'unica cosa che posso dirti è che corri il rischio di sprofondare nella tua depressione."

***

Giovedì, nel tardo pomeriggio, incontro generale nella sala riunioni attigua all'ufficio del commissario. Oltre a Pujol ci sono Prades e Berganza, del commissariato di zona, Rodero, il capo della Omicidi, e T. Poco dopo le cinque, Rodero comincia a parlare: di suini, di traffico di cocaina e altri stupefacenti, e dei vantaggi di avere un infiltrato che si finga scrittore. Mentre parla scrive alcune parole sulla lavagna, come prontuario, e dopo un'ora sta ancora parlando:
"Bene, ora torniamo ai fatti. Abbiamo svolto delle indagini su tre individui, tutti legati all'attività del mattatoio. In concreto si tratta del veterinario, del macellatore e di un operaio del reparto imballaggio" segna le tre occupazioni sulla lavagna. "Tra poco torneremo a loro. Riteniamo sia praticamente impossibile per il nostro agente riuscire a farsi assumere regolarmente nel macello, non solo per la rigida lista d'attesa, ma perché di regola prendono solo chi vive nella zona e ha qualche conoscente che già lavora nell'azienda. Quindi l'obiettivo principale del nostro agente sarà entrare in confidenza con uno di questi tre tizi. In primo luogo perché sono in contatto diretto con la direzione e in secondo luogo per le

informazioni riservate cui si presume abbiano accesso. Come vedremo in seguito, anche altri personaggi possono essere interessanti, ma per ora chiederei a Berganza, che ha svolto le indagini *in situ*, di fornirci una rapida descrizione del luogo, per cominciare ci sarà utile qualunque osservazione."

Berganza tossicchia per schiarirsi la voce dopo il lungo silenzio. Si mette ben dritto sulla sedia, chiude il suo taccuino e comincia a parlare mentre giocherella con l'orecchino, fingendo d'improvvisare:

"Be'... San Juan del Horlá è un posto... curioso. Tanto per cominciare di solito la gente va lassù per suicidarsi gettandosi dalla rupe di Horlá, ma salvo un caso recente gli aspiranti suicidi sono sempre forestieri e quindi non abbiamo mai svolto indagini in paese. Gli unici punti di ritrovo sono i tre bar: il Consorcio Ganadero*, un bar ristorante frequentato da anziani, contadini e allevatori; il cosiddetto "bar dei portici", il più gettonato, dove si va a bere o a vedere la partita, e infine quello che chiamano il Pub, che funge da locale notturno, soprattutto durante il fine settimana. C'è anche una locanda, ma è una specie di cripta, ci stanno solo la padrona e due coppie di sordomuti che vivono là ormai da anni. Non abbiamo mai visto entrare né uscire nessun altro. Per quanto ci riguarda credo che la cosa più interessante sia l'elevatissimo turnover di personale del Pub: è un impiego che si prende e si lascia a piacere, basta che un cameriere si alzi dal letto con i postumi di una sbronza ed ecco che chiede a qualcun altro il favore di sostituirlo; sembra una specie di lavoro collettivo. Non credo che sia difficile farsi assumere là, casomai ci facesse comodo, e forse nemmeno al Consorcio Ganadero. Questo, ovviamente, una volta che il nostro agente si sia sistemato e abbia trascorso qualche tempo a San Juan del Horlá. Non è ipotizzabile che un forestiero appena arrivato in paese riesca subito a integrarsi. Che altro vi posso dire? Due curiosità: una, il consumo di droga è altissimo, gli orti tra le due strade principali sono vere e proprie piantagioni di marijuana e la coca si sniffa tranquillamente per strada, a malapena si sono dati la pena di nascondersi quando siamo arrivati noi. E due, magari vi sembrerà una sciocchezza, ma in due settimane non abbiamo visto neanche un bambino, nemmeno nelle case dove siamo entrati. È... inquietante... non saprei come spiegarlo... Per il resto, anche in primavera inoltrata quel posto sembra un limbo: si riceve una sola emittente radio, la televisione, quando si vede, si vede malissimo,

* Consorzio degli allevatori. [*N.d.T.*]

e per chiamare col cellulare bisogna uscire dal paese e scendere giù verso la valle, e quindi non voglio neanche pensare come sia la situazione quando le strade rimangono bloccate durante l'inverno. Ora che mi viene in mente... nel bar dei portici c'è sempre un vecchio detto Beethoven, anche se in realtà ha certi baffoni che assomiglia di più a Einstein. Be', comunque il vecchio afferma che Guy de Maupassant ha trascorso qualche tempo a Horlá prima di perdere il senno. Ovviamente questo aneddoto non è neanche minimamente verosimile – ho già consultato la biografia di Maupassant – ma *se non è vero, è ben trovato*, perché non può rendere meglio l'idea dell'effetto che fa quel posto".

"A proposito, tornando un attimo alla questione dell'infiltrato e prima che me ne scordi," riattacca Rodero rivolto a T, "dovremo farti qualche fotografia dove sembri uno scrittore e presentarti Quique Aribau perché ti aiuti a calarti nella parte. Ti ho già parlato di lui, credo che vi divertirete a studiarvi a vicenda. Voglio che lui ti racconti come vive. Uscite insieme qualche sera, o andate a farvi una gita, fate quello che vi pare, ma vedi di imparare a parlare come lui, d'accordo?" T annuisce tutto serio. "Un'altra cosa, la più importante: sembra una sciocchezza, ma dobbiamo trovarti un nome e abituarci a usarlo al più presto. Ti viene in mente qualcosa di adatto a uno scrittore?" T assume un'espressione vagamente negativa. "Altrimenti possiamo usare lo stesso sistema di Quique... lui sceglie un nome di battesimo qualsiasi e come cognome usa il nome di una via della città. Forza, cosa proponete?"

"Nicolás Granvía" interviene il commissario con una vena d'inequivocabile scetticismo, che il gruppo, pur ridendo, non coglie.

"Cosa ne dite di Alejandro Caspe?" propone serissimo Prades.

"Questo va bene. A me viene in mente Gregorio Aragón, ma forse sembra troppo serio. T, il tuo parere è molto importante, in fin dei conti questo sarà il tuo nome per un bel pezzo."

"Non so... mi piacerebbe qualcosa con Balmes" dice T. "Cosa ne pensate di Pedro Balmes?"

Dato che nessuno ha niente da obiettare, Rodero delibera:

"Perfetto, aggiudicato. Da ora in avanti non sei più T, ma P, siete tutti d'accordo? Un'altra cosa...". Rodero prende di nuovo il pennarello per scrivere qualcosa sulla lavagna...

9.
ALL'INFERNO

P è un maschio caucasico, fisico atletico, capelli e occhi scuri, quarantatré anni. Nell'ultimo tratto di strada, quindici chilometri di curve in salita, è l'unico passeggero del pullman. È appena calata la sera, dal cielo scende una pioggerella silenziosa e ininterrotta, dietro il vetro appannato del finestrino si vede il nero di un bosco fittissimo. Il motore rallenta in prossimità di un cartello tutto scarabocchiato che annuncia: San Juan del Horlá. I fanali illuminano le facciate di pietra bagnate. Il pullman imbocca una viuzza in salita, gira, si ferma. Si ode uno sbuffo del motore. Il conducente alza la voce per farsi sentire da P, ancora seduto al suo posto: "È sicuro di non voler tornare indietro con me?". Il Cocchiere di Transilvania. Mentre si alza P risponde: "Grazie, ho portato una treccia d'aglio". L'autista ride. Si ode lo schiocco del dispositivo idraulico di apertura della portiera e P scende con il suo borsone.

Luna velata. Pioggerella sottile. Profumo di legna. Fa freddo. Il pullman manovra nel piazzale prima di ripartire e P compie un giro su se stesso per orientarsi. Intorno, la sagoma scura delle montagne, un cerchio angusto che stringe tutto in un abbraccio. In primo piano la chiesa, con il campanile illuminato dalla luce bluastra di alcuni riflettori, così tozzo che pare essersi ritirato per la pioggia. Le strade sono deserte. Tre finestre illuminate. Il rombo del motore del pullman si allontana nella direzione da cui è arrivato, e cala il silenzio. La pioggia è talmente sottile che cade senza far rumore. A sinistra il manto d'asfalto si restringe e si perde in lontananza, a destra i tavolini di un bar sotto le arcate di un portico. Il cartello con la scritta "Si serve birra" è acceso. Quando si avvicina P avverte la presenza di un uomo seduto a un tavolino, mezzo nascosto nel buio. Un tizio sui quaranta, smilzo, con un berretto da baseball, calzoni corti e anfibi. Beve birra e guarda la pioggia che cade. Quando lo vede P gli dice buonasera. Il tizio con gli anfibi non risponde, ma lo segue con lo sguardo. Poi, all'ultimo momento, quando P sta ormai varcando la soglia del bar, sembra ridacchiare. "Benvenuto" gli dice, ma non sembra un vero saluto.

Bisogna aprire due porte per entrare nel locale. Sono di vetro, ma dei manifesti appiccicati col nastro adesivo impediscono di vedere dentro. Dopo la seconda porta si avverte una grossa differenza rispetto a fuori: luce, fumo di sigaretta, cantilena della telecronaca di una partita di calcio, voci che parlano con accento locale. Trenta paia di occhi si voltano verso P per poi tornare immediatamente al bagliore verde del teleschermo. P rivolge un "buonasera" a chi voglia leggerlo sulle sue labbra, ma l'unica a guardarlo è una donna di una certa età in piedi dietro al banco. P si fa largo tra due clienti e si piazza davanti a lei: sessant'anni suonati, capelli ben curati, taglio alla moda, occhi color brandy, palpebre cascanti, trucco discreto. La Dama della Taverna.

P ordina un caffè macchiato caldo. La donna non apre bocca, ma gli gira lentamente le spalle e si avvicina alla macchina del caffè. Mentre aspetta, P incrocia lo sguardo di qualche ragazzo, che subito torna al teleschermo. L'immagine alla televisione è pessima: effetto neve, interferenze; in campo la squadra depositaria dell'orgoglio patrio, punteggio 0 a 0, trentaquattresimo del primo tempo. Sedute ai tavoli in fondo, vicino al camino di pietra acceso, ci sono solo due ragazze. Non cercano di nascondere la noia, paiono adempiere un contratto coniugale stipulato con i giovanotti seduti accanto a loro. Il resto della banda è formato da uomini: i giovani dietro, gli anziani in prima fila davanti alla tivù. I vecchi con maglione e giacca di lana scura, i giovani in stile punk, con i capelli dai colori vivaci: rosso, arancione, azzurro. Unica eccezione un vecchietto coi baffi seduto molto più indietro rispetto alla posizione che gli spetterebbe di diritto vista la sua età. Ha la camicia bianca, come i baffi e i capelli pettinati all'indietro; sul tavolo un borsello che tiene legato al polso con la cinghia. Einstein col Borsello. Ma ecco che tutto a un tratto alla televisione succede qualcosa, la metà meno anchilosata del gruppo salta sulla sedia e dall'insieme di grida assordanti si staccano bestemmie, botti sui tavoli e brindisi con le bottiglie. Esaurito il climax, i più giovani chiedono altri drink con voce stridula. La Dama della Taverna, impassibile, serve per primo il caffè macchiato di P. "Scusi," le domanda lui, "dove posso trovare una stanza non troppo cara per questa notte?" La donna sembra non sentirlo, e con tutta calma recupera dal banco una bottiglia di birra vuota. I ragazzi continuano a gridare che vogliono i loro drink. La chiamano "Susi", e le danno del tu nonostante l'enorme differenza d'età. Lei, senza scomporsi, guarda P e gli indica qualcosa fuori: "Gira a destra per questa strada e vedrai la locanda, c'è solo quella", la voce della donna è molto flebile, quasi impercettibile.

P beve il caffè e poi esce dal bar. Sotto il porticato c'è ancora il tizio con gli anfibi che tracanna birra e guarda l'acqua che cade. P lo saluta e si avvia in direzione della fermata del pullman. Ora, davanti a lui, oltre la cortina di pioggia, c'è il tozzo campanile. L'orologio ha il cristallo rotto e segna un'ora inverosimile: le tre quasi in punto. Oltre il limite dei lampioni e il manto d'asfalto della strada appare l'insegna luminosa dell'albergo. Proprio davanti all'entrata, nella penombra, si scorge una macchina parcheggiata. Un'ombra agile che sembra uscire dalla locanda monta sull'auto, mette in moto, accende i fari, e parte a tutta birra facendo saltare il ghiaietto. Sfreccia accanto a P veloce come un razzo. È una Porsche nera, con la capote chiara e i cerchioni dorati.

Quando P raggiunge la porta, le campane della chiesa rintoccano tre volte; e quando la porta si apre, si sente un quarto rintocco più squillante. Dentro: un bancone sulla sinistra e un salottino con poltrone e televisione sulla destra. Due vecchietti in maniche di camicia guardano la partita. Non si girano quando suona la campanella. Il volume della tele è completamente abbassato. Uno dei due vecchi parla con la lingua dei sordomuti e l'altro si porta una mano alla fronte e fa il gesto di tirare in porta. In fondo c'è una sala da pranzo vuota, al buio. E da là sbuca una donna di mezza età, magrissima, capelli lunghi, lisci, molto scuri. Morticia Addams della Locanda. La donna squadra P da capo a piedi e gli dice buonasera. Ha un forte accento locale. P saluta e domanda quanto costa una singola. Trenta euro con letto a due piazze e bagno privato. P le chiede se ha qualcosa di meno caro. La donna abbozza un sorriso e fa cenno di no con la testa. Nella locanda regna un silenzio assoluto. P dice che va bene. La donna prende il registro e lo apre sul banco: plaf. Chiede a P il suo nome. "Pedro Balmes" risponde lui. La donna vuole anche la sua carta d'identità. P gliela consegna. Lei la guarda davanti e dietro, e con un'occhiata veloce controlla la fotografia. Si scusa che nessuno possa accompagnarlo e gli indica la strada. In quel mentre, all'improvviso, i due sordomuti si agitano rumorosamente nelle loro poltrone. Sul teleschermo, un giocatore della squadra di casa corre sul campo con la maglia arrotolata sulla testa, mentre sugli spalti i tifosi si sgolano nel silenzio del televisore senza volume.

P sale al secondo piano per una scala illuminata dalla luce d'emergenza. Scorge il numero 3 nel buio di un corridoio. Apre la porta con la chiave che gli ha dato Morticia. Cerca a tentoni l'interruttore della luce. Il letto occupa quasi tutta la stanza. Copriletto di nylon a fiori grigi e blu. C'è puzzo d'umido, e fa più freddo dentro che fuori. P gira la manopola del termosifone, solleva la persiana, apre la finestra. In controluce, illuminate dalla luce velata della luna, le case con l'orticello sul retro, e sullo sfondo il cerchio scuro delle montagne. L'odore dell'aria che proviene dall'esterno è più piacevole di quello dentro la stanza; sa di legna e di terra bagnata.

Premendo l'interruttore della luce del bagno si accende un neon sfarfallante sopra lo specchio. Spazio angusto, sanitari rosa, piastrelle nocciola, tendina della doccia con mandorli in fiore. P apre il rubinetto dell'acqua calda e si ode un rantolo di tubature. Il getto è dimezzato perché metà dell'acqua esce dalle guarnizioni. P allunga una mano e aspetta per vedere se l'acqua si scalda. Si scalda. Torna in camera da letto, tocca il termosifone, sembra che anche questo si stia scaldando. Toglie il copriletto, si siede sulla coperta, accanto al borsone da viaggio. Lo apre e tira fuori una stampa arrotolata con cura: Madonna col Bambino, Giovanni Bellini, Pinacoteca di Brera. Tira fuori anche il nécessaire, e mentre rovista per cercare l'occorrente per la toilette, sfiora inaspettatamente qualcosa, un cubetto duro. Gli basta un secondo per capire cos'è, lo estrae: un piccolo portagioielli. "*Jewell Zoo*" dice la scritta incisa sul coperchio di legno laccato.

P ficca l'astuccio in fondo al nécessaire, e mentre osserva le pareti intonacate di bianco si domanda quanto tempo dovrà restare in questo posto.

10.

SULLA TERRA

Nella sala riunioni accanto all'ufficio del commissario, Rodero si accinge a scrivere qualcosa sulla lavagna, ma poi ci ripensa e si gira verso i colleghi riuniti attorno al tavolo:

"Berganza, come si chiamava quella norvegese?"

Berganza non ha bisogno di consultare il suo taccuino.

"Martha qualcosa, ma tutti la chiamano Heidi."

Rodero scrive il nome sulla lavagna: Heidi.

"Ci può dire qualcosa di lei, Berganza?"

"Be'... è una tipa piuttosto sfacciata, e si è ostinata a parlarci in inglese anche se a quanto ci risulta sa benissimo lo spagnolo. Da giovane doveva essere piuttosto carina, e infatti è ancora arrogante e sicura di sé come tutte le donne che sanno di piacere agli uomini... Per di più è convinta di essere intelligentissima e di poter leggere nel pensiero. Fa la supplente d'inglese giù nella valle, ma quando non le bastano i soldi dà una mano nel bar dei portici, lava i piatti, pulisce le vetrine... A quanto pare è amica della Susi, la padrona del bar..."

"Bene," lo interrompe Rodero, "ma la cosa che ci interessa di più, perché capita a fagiolo, è che questa Heidi è l'unica abbonata a 'Qué leer', che per chi non lo sapesse è una delle principali riviste di novità letterarie" scrive il nome della rivista sulla lavagna. "E perciò al momento opportuno ci basterà pubblicare la notizia su una sola copia di quella rivista, l'unica che arriva a San Juan del Horlá, per far passare l'informazione che ci interessa sul nostro agente. Scritto?"

L'ultima domanda è diretta a T, che come risposta legge a voce alta i suoi appunti:

"Heidi, norvegese, sfacciata, legge il pensiero, fa la supplente d'inglese giù in valle e le pulizie nel bar dei portici, abbonata a 'Qué leer'...".

11.
ALL'INFERNO

Di mattina nella locanda regna il silenzio più assoluto. In sala da pranzo P incontra i due vecchietti sordi che fanno colazione in compagnia di due signore che sembrano le loro mogli, anche loro sordomute. I quattro sono impegnati in una conversazione fluente ma silenziosa, punteggiata da tintinnii di piatti e posate. Morticia Addams non si vede, ma c'è un piccolo buffet, e P si versa un caffè da bere mentre fuma la sigaretta.

Esce dalla locanda verso le otto, quando l'orologio del campanile segna l'una e venti. Mentre va al bar dei portici incrocia un trattore. Al volante c'è un tizio sulla trentina. Capelli rasati sui lati del cranio, cresta stopposa biondo platino, maglietta sbrindellata a righe bianche e celesti. Nexus 6, Unità da combattimento. Quando gli passa accanto, il biondo lo fissa insistentemente dall'alto della sua postazione. P inarca le sopracciglia e bisbiglia un saluto. Il Nexus non risponde, ma si allontana mostrandogli la schiena: 10, Maradona.

Il secondo essere umano appare poco dopo. È una donna, anche lei biondissima, che pulisce i vetri della doppia porta del bar dei portici. Quando vede P che si avvicina smette per un attimo di strofinare e ne approfitta per stirare e ripiegare lo straccio. Snella, jeans attillati, polo abbondante su tette scarse, mani ossute. Non si vedono gli occhi. P le dice buongiorno e lei emette un brontolio roco. P si sente il suo sguardo addosso quando entra nel bar.

Il locale è buio in confronto alla luce che c'è fuori. Questa volta il camino è spento. Sui tavoli una valanga di bottiglie e di bicchieri vuoti, come se la partita di ieri sera fosse appena terminata. Al banco c'è solo un tizio sulla cinquantina, che beve un cognac reggendo il bicchiere con una mano dalle unghie nere. Guarda P per un attimo, ma non emette alcun suono per rispondere al suo saluto. Vuota il bicchiere, posa una moneta sul banco con un colpo secco e se ne va. La Dama della Taverna lava i bicchieri. P trova che nonostante l'età il nome Susi le calzi a pennello. È vestita in modo diverso da ieri sera, ma è comunque impeccabile, elegante, in stile cittadino. Non apre bocca, ma quando guarda P una scintilla nei suoi occhi lascia intendere che lo ha riconosciuto. P ordina un caffè macchiato. Lei tarda cinque secondi prima di reagire, poi si asciuga le mani e si gira verso la macchina del caffè. "Ieri sera ho trovato subito la locanda, grazie." Trascorrono altri cinque secondi, poi la donna si gira con il caffè in mano e guarda P con i suoi occhi nascosti sotto le palpebre cascanti: "Non era difficile" replica a bassa voce. Poi esce lentamente da dietro il banco per sparecchiare un tavolino. Quando torna, carica di bicchieri, si piazza davanti a P e lo guarda fisso prima di domandargli:

"Ti fermerai molto?".

"Non so... Dipende se trovo un lavoro."

"Ah... cerchi lavoro."

"Sì, un lavoro qualsiasi."

"Qui non c'è lavoro. Devi andare nelle stazioni sciistiche e nei paesi giù in valle. Là ci sono ristoranti, e negozi."

"Ci sono già stato e mi hanno detto che non prendono più nessuno fino a questa estate. Io ho qualcosa da parte, ma non posso aspettare così tanto."

Pausa prolungata, silenzioso scambio di sguardi, lenti battiti di ciglia.

"Qui abbiamo solo una locanda e tre bar, non ci sono turisti. E non ci sono neanche dei negozi, solo la bottega di alimentari e la macelleria."

"Mi hanno detto che fuori dal paese c'è un mattatoio."

La donna scuote lentamente la testa e torna dietro al bancone:

"Al mattatoio non prendono forestieri. Hanno una lista d'attesa solo per residenti".

"E in qualche bar? Magari serve un cameriere, o qualcuno per le pulizie..."

Pausa lunghissima.

"Qui non ti conosce nessuno." La donna china il capo sull'acquaio e così P immagina che consideri conclusa la conversazione, ma invece solleva la testa lentamente, molto lentamente, e questa volta sembra che quasi sorrida.

"Comunque se resti qui qualche giorno vedrai che conoscerai subito tutti. Qui non si vedono molti forestieri."

P ricambia l'ipotetico sorriso.

"Lo vedo! Manco mi salutano..."

Lei riflette un attimo e poi alza ancora gli occhi.

"Non badarci. Non si fidano di chi è nuovo. Ci siamo passati tutti."

"Be', per ora questo è quanto di più simile a un benvenuto abbia ricevuto, gliene sono grato."

Quando P esce dal bar, il sole ormai illumina la parte mediana delle montagne, talmente strette attorno alle case di ardesia scura che basta il riverbero per incendiare la strada. Un'alta rupe si staglia davanti ai suoi occhi, una testa quadrata di pietra grigia che si protende su due spalle sottostanti. L'Horlá, P lo ha già visto in fotografia. Sta per prendere una bella boccata d'aria, ma si blocca di colpo quando incrocia lo sguardo della bionda delle vetrine, che adesso sta tornando dalla fontanella con un secchio pieno d'acqua. Questa volta gli mostra gli occhi, chiarissimi, celesti, e anche il viso solcato da rughe profonde. P la saluta e se ne va. Quando la donna lo chiama lui si è già allontanato di qualche passo.

"*Hey, you!*" voce rauca e forte "*What are you looking for 'round here?*

P si gira verso di lei:

"Mi spiace, non capisco...".

"*You understand perfectly, right? Don't fuck me. Where are you from?*"

"Sono spagnolo, non parlo l'inglese."

"Ah no? E allora come sai che è inglese?"

P sorride:

"Be', da piccolo sono andato a scuola".

"Certo..." gira un poco il viso. "Cosa cerchi qui?"

"Lavoro."

"Allora te ne puoi andare subito, *darling*... Non c'è lavoro per te, con quelle mani da damerino."

T si guarda le mani, con le unghie pulite e ben curate, e sorride ancora.

"Certo, ma ho anche buone braccia..."

"Oh, sicuro, ci devi andare parecchio in palestra per gonfiare i tuoi *muscles* da damerino. È meglio che te ne vai subito" fa un gesto di disprezzo con la mano e non bada più a lui.

"È stato un piacere parlare con te" esclama P dopo una pausa.

"Ma vaffanculo, stronzo" replica lei.

12.
SULLA TERRA

Rodero posa un attimo il pennarello mentre continua a parlare, ora consultando un dossier rilegato.

"Bene, veniamo ora ai tre tizi di cui vi parlavo e che sono di particolare interesse per il nostro agente. Primo, anche se non più importante, un certo Martín Gallardo Domínguez, il macellatore" scrive il nome sulla lavagna, dove ormai è rimasto ben poco spazio vuoto. "È l'unico con precedenti penali. Tipico prodotto di una famiglia sbandata, maggiore di tre fratelli, padre sconosciuto, non ha studiato... Risse, furti... La denuncia più grave è un delitto di lesione personale, a Cartuja de Caballeros, in provincia di Almería. A quell'epoca Gallardo lavorava in un macello nei dintorni. Ha avuto una discussione col buttafuori di una discoteca, uno scimmione che giocava a fare il karateca, pure lui con un precedente per lesioni. Stando agli atti lo scimmione gli ha dato del figlio di puttana e il nostro Gallardo gli ha affondato un coltello nella coscia, lo ha bloccato a terra e poi gli ha tagliato l'orecchio sinistro. Allo scimmione hanno ricucito l'orecchio in ospedale, invece Gallardo si è fatto sei mesi pur invocando la legittima difesa. Da allora nient'altro. A quanto pare con gli anni ha messo la testa a posto, o magari nessuno ha più offeso sua madre. Dal '93 abita a San Juan del Horlá. Ha cominciato a lavorare nel macello come impacchettatore grazie alla raccomandazione del suo vecchio capo. Lei cosa ci può dire, Berganza?"

Berganza si schiarisce la voce e consulta il suo taccuino, che questa volta posa aperto sulla copia del suo rapporto.

"Be'... lo chiamano San Martín. Lassù hanno tutti un soprannome. È stato il testimone che abbiamo interrogato in modo più approfondito perché era al macello quando è arrivata la volante.

Ci è stato utile perché conosce la struttura a menadito. Lei commissario Pujol l'ha visto, no?" il commissario, seduto a capotavola, emette un grugnito affermativo. "Indubbiamente sa molto più di quello che ci ha raccontato, ma è un osso duro e ha mantenuto la calma. A guardarlo fa paura, ma non è il tipico attaccabrighe, e durante le due settimane che abbiamo trascorso in paese a fare domande a destra e a manca abbiamo capito che lassù lo rispettano tutti. Credo che se riusciamo a farcelo amico ci sarà molto utile per le indagini."

"Vuole aggiungere qualcosa, commissario?" domanda Rodero.

Il commissario si riprende un attimo dal suo letargo e fa cenno di no ancor prima di rispondere:

"No... niente. L'ho solo incrociato".

"Stiamo scrivendo tutto?" domanda Rodero rivolto a T.

T annuisce.

"Bene. Passiamo al secondo: Henry Pascual Blanc," scrive anche questo nome sulla lavagna e poi legge il dossier tenendo il segno col dito, "cittadino francese, di padre spagnolo, veterinario, quarant'anni, senza precedenti. Si laurea a Tours, lavora come aiutante presso un punto vendita della catena di negozi di animali Bon Chien, a Tours, e poi a Rouen. Nel '95 parte improvvisamente per l'Olanda, non sappiamo con chi né perché. Lassù comincia a lavorare in un allevamento di suini, a venti chilometri da Amsterdam. Ma attenzione qui," alza gli occhi per guardare i colleghi, "come già sappiamo, molti suini macellati in Spagna provengono dall'Olanda, per la maggior parte sono porcellini che poi si ingrassano e crescono qui. E come pure sappiamo esistono buone ragioni per pensare che alcuni di questi maiali arrivino con una sorpresa..." e poi, rivolto a T: "A proposito: caso mai volessi approfondire l'argomento, ho messo nel tuo dossier un rapporto del ministero della Sanità" riprende a parlare al gruppo. "Bene, quindi il nostro veterinario Henry potrebbe essere un elemento chiave, soprattutto considerando che è stato assunto direttamente ad Amsterdam. Berganza, per favore, cosa ci può dire di lui?"

Berganza consulta ancora i suoi appunti.

"Lo chiamano 'il Francese', ovviamente. Educato, gentile, persino raffinato... a guardarlo si direbbe che non abbia mai fatto niente di male in vita sua. In un certo senso è tutto l'opposto del macellatore. È arrivato in paese nel '99 e da circa un anno vive con una ragazza del posto, Luisa Giró Robles, adesso aspettano un bambino. Nel macello si occupa di eutanasia, cioè che i maiali stiano relativamente comodi e che muoiano come vuole la direzione. Parla abbastanza bene lo spagnolo, insomma, si fa capire... Sarà sicuramente felice di conoscere qualcuno un po' più colto della media degli abitanti del paese, e questo naturalmente giocherà a favore del nostro agente."

Rodero chiede di nuovo l'opinione del commissario. Il commissario, ormai abbastanza sveglio, fa segno di no: "No, questo non l'ho visto". Rodero continua.

"Molto bene, passiamo dunque al terzo soggetto," consulta il dossier prima di scrivere sulla lavagna, "Camilo José Santiago Nogales, nato a Valdemorales, in provincia di Castellón. Su questo tizio sappiamo parecchio. Ha svolto attività di prostituzione omosessuale sin dall'età di tredici anni: nei cinema, sulla spiaggia..." gira una pagina del dossier. "È stato beccato parecchie volte con le mani nel sacco, ma essendo minorenne, e dato che non ha mai sporto denuncia contro chi presumibilmente abusava di lui, è finito sempre tutto in una bolla di sapone. Erano altri tempi... Bene, all'età di quindici anni si trasferisce a Tenerife, a quanto pare mantenuto da un noto pederasta che lo mette a lavorare nella sua discoteca con clienti di fiducia. Questo ci è noto grazie a un unico caso documentato: un tizio con precedenti per maltrattamenti su prostitute lo denuncia per aggressione con un pettine di metallo. Il giudice archivia il caso, perché non ci sono prove, né testimoni, niente, a parte la cartella del pronto soccorso e il fatto che quel tizio arriva in commissariato con la faccia che sembra un colabrodo. Che altro... A quanto pare a un certo punto il nostro giovincello si stanca di Tenerife, saluta il suo mentore, e due mesi dopo eccolo che fa ancora il cameriere, a Bilches, dall'83 e all'84, ovviamente in un bar per gay dall'emblematico nome di Lord Douglas. Nel marzo dell'84 succede qualcosa d'interessante: compra una Golf cabrio con un assegno al portatore. Il veicolo è intestato a suo nome, ma il numero di conto su cui è addebitato l'intero importo – tasse, spese d'immatricolazione e assicurazione comprese – appartiene a un certo Juan Aresti Montiel, che guarda caso è proprietario di una macelleria a San Juan del Horlá ed è nato e risiede nella suddetta località. Quella settimana stessa il ragazzo si licenzia, e tre mesi dopo si trasferisce a San Juan, la qual cosa sembra indicare che ancora una volta segue un protettore. Naturalmente sembra anche che questa volta duri più a lungo, e infatti per due anni consecutivi non abbiamo notizia di un suo impiego né di uno stipendio percepito, fino a quando, nell'88, comincia a lavorare all'Uni-Pork come impacchettatore, per passare poi alla sala taglio e cinque anni dopo diventare incaricato... Berganza, lei cosa ci racconta?"

"Be', indubbiamente si vede lontano un miglio che questo Camilo José, alias 'Rito', è una checca, ma all'inizio non avevamo capito che vive col macellaio, il quale invece sembra un campione di lotta libera e non sembra un gay nemmeno per sbaglio. È vero che il macellaio sta sempre appresso al prete, un ragazzino che ha cercato di rimorchiare il mio aiutante chiedendogli candidamente se voleva andare a fare un giro con lui... Comunque, per non dilungarmi, e tornando al nostro Rito, diciamo che è un tipo estroverso, simpatico, molto presuntuoso... non credo sia difficile fare amicizia con lui, soprattutto essendo il suo tipo, e io ci giurerei che T è il suo tipo. Lui ci potrebbe aprire diverse porte, ha molte conoscenze, e oltre a lavorare al macello fa qualche ora al bar del Consorcio Ganadero. Per farla corta, direi che per noi è una specie di jolly."

13.
ALL'INFERNO

Accanto a un portone aperto c'è un cavalletto col menù del giorno: maccheroni, stufato di patate, risotto coi ceci; zampetti di maiale, guanciale arrosto, pollo coi funghi. P oltrepassa il portone e vede una freccia che indica le scale dipinta sul muro di pietra. Giunto al pianerottolo del primo piano sente la cantilena di un televisore. Sulla porta a vetri dell'entrata uno scudo con le iniziali CG un tempo dorate. Consorcio Ganadero dice sotto. Un lungo bancone al centro e tavoli sulla destra e sulla sinistra, due dei quali occupati da anziani solitari e un terzo da due uomini di età molto diversa. Seguono tutti il telegiornale alla televisione appesa al soffitto e distolgono lo sguardo dallo schermo solo un momento per vedere chi è entrato.

P si avvicina al bancone vuoto e aspetta. Poco dopo dalla cucina esce una ragazza sui vent'anni con una fila di piatti in equilibrio sulle braccia. Maglione di lana rosso, gravidanza evidente, gote arrossate, occhi violetti, capelli neri alla maschietto. Cappuccetto Rosso di Sei Mesi. La ragazza guarda P senza riuscire a nascondere il suo stupore, gli dice: "Salve" e dopo aver servito i piatti si ferma davanti a lui reggendosi il pancione con le mani e aggiunge: "Desidera?". P le chiede se è possibile mangiare. La ragazza gli domanda se il menù va bene. P risponde di sì: stufato di patate e pollo. Lei gli indica i tavoli sulla destra e gli dice di accomodarsi pure dove preferisce. P passa accanto al tavolo dove i due uomini stanno seduti uno accanto all'altro davanti alla televisione. Il più anziano è un sessantenne corpulento e sanguigno che impugna il cucchiaio come fosse una pala, microscopica in confronto al suo braccio grosso e peloso. L'Orco che Mangia la Minestra. Il più giovane è un ragazzino di vent'anni con un faccino stile Leonardo Di Caprio; nervoso, fragile, minuto. Il Prode Piccolo Sarto. Forse il primo è il macellaio, ha l'aria di essere un lottatore, ma l'altro non corrisponde alla descrizione del Rito, non sembra un finocchio. Magari è il prete. P dice: "Buon appetito". L'Orco emette un grugnito strozzato con la bocca piena. Il ragazzo squadra P dalla testa ai piedi e lo segue con lo sguardo fino a quando lui si accomoda a un tavolo vicino. Poi posa una mano sull'avambraccio nudo dell'Orco e gli bisbiglia qualcosa all'orecchio. L'Orco ringhia infastidito, lo scaccia e si passa la sua manaccia rossa da macellaio sul mento lucido di minestra. Alla tele l'immagine disturbata di una fila di maiali che grufolano nelle loro mangiatoie e l'intervista a un allevatore rovinato dalla peste suina, che un sottotitolo definisce come "colpito dalla disgrazia". Poi ancora maiali, questa volta ammucchiati, con le zampe dritte verso l'alto e una ruspa che li spinge in una fossa piena di calce viva. Il Prode Piccolo Sarto sbircia P con la coda dell'occhio, e P si finge ancor più assorto nella contemplazione delle orribili immagini della televisione. Notizie sportive, conferenza stampa rubata all'emittente nazionale. "Il calcio è così, l'importante è che ci siamo portati a casa tre punti..."

P riceve i piatti che ha ordinato e altri clienti entrano nel ristorante. Per primo un ragazzo sui trent'anni con i capelli ossigenati, grassottello, occhi azzurri. Hänsel senza Gretel che si avvia verso il tavolo dell'Orco e del Piccolo Sarto. Il nuovo arrivato si siede davanti al ragazzo, voltando le spalle al televisore, e gli dice qualcosa con un accento che, da lontano, a P sembra francese. Mentre si siede Hänsel lancia anche un'occhiata a P e gli dice "*Bon apétit*". P lo ringrazia con un sorriso e con un cenno della mano. È sicuramente il veterinario.

Poco dopo un altro ragazzo sulla trentina si aggiunge al gruppo: capelli azzurri e spaventosa cicatrice che gli attraversa una palpebra. Il macellatore. P ha visto la sua fotografia nello schedario della polizia. L'Hänsel senza Gretel francese lo accoglie con grandi effusioni, e il tizio con la cicatrice si accomoda nel quarto posto del tavolo. E lì si becca una sfuriata da parte dell'Orco perché gli ha coperto la televisione. Il tizio con la cicatrice protesta: "Ehi, macellaio di merda, sta a vedere che adesso non mi posso più neanche sedere dove cazzo mi pare", gli molla una manata sulla schiena che risuona come se avesse colpito un sacco di sabbia con un acchiappamosche e si sposta nel tavolo adiacente, vicinissimo all'altro, per continuare a chiacchierare con Hänsel e il Piccolo Sarto. Non smettono di parlare se non per ascoltare il menù recitato da Cappuccetto Incinta: "Non so perché perdo ancora tempo per scrivere il menù sulla lavagna". In certi momenti i tre commensali arrivano quasi a gridare, specialmente quando il tizio con la cicatrice se la prende col Prode Piccolo Sarto: "Porca troia, Pretino del cazzo, credi che non lo sappiamo cosa succede là dentro?". Per un istante i tre guardano verso il tavolo di P, che fa finta di niente.

Poi non alzano più la voce fino al momento di salutare l'ultimo arrivato: un quarantenne con un paio di pantaloni in similpelle neri, un'andatura vistosamente sculettante che probabilmente accentua quando vede P seduto al tavolo, e un'onda di capelli sulla fronte. "Porca troia, Rito, cosa ci fai qui a quest'ora?" domanda il tizio con la cicatrice. Ma l'ultimo arrivato non gli presta attenzione, si avvicina al tavolo per dire qualcosa all'orecchio dell'Orco, e se ne va subito, non senza lanciare un'altra occhiata a P.

Quando P finisce il secondo, Cappuccetto gli porta una cagliata e un vasetto di miele, e P le dice che il pollo in umido era buonissimo. Le gote di Cappuccetto diventano ancora più rosse. "Sì, mi viene bene" si schermisce lei un po' impacciata. Sicuramente non è abituata a ricevere complimenti. T prende anche un caffè e fuma una sigaretta. E quando ormai si è infilato il giubbotto di jeans, il Prode Piccolo Sarto smette di chiacchierare coi suoi commensali e lo guarda ancora spudoratamente. Poi prende il Faria che l'Orco ha lasciato a metà nel posacenere e gli dà un tiro con labbra lascive, senza togliere gli occhi di dosso a P. L'Orco lo vede, e in malo modo si riprende il sigaro, che guarda e riguarda come a cercare un difetto causato da uno scorretto utilizzo prima di ricominciare a fumare.

14.

SULLA TERRA

Rodero sottolinea i tre nomi sulla lavagna prima di girarsi verso il tavolo della sala riunioni.

"Bene, ovviamente il nostro infiltrato non dovrà occuparsi solo di questi tre, ma dovrà cercare di integrarsi il più possibile nella comunità. Oltre a quello che ci ha già raccontato, può fornirci un breve *dramatis personae* di questa gente, Berganza? Sono certo che avrà preso parecchi appunti..."

Berganza interviene ancora, e questa volta senza leggere tanto nel suo taccuino.

"Be', io dividerei nettamente gli abitanti in due gruppi: uno più numeroso, che si compone di circa trecento individui nativi del posto, e un altro formato da una ventina di forestieri approdati lassù nel corso degli anni. Dei primi c'è poco da dire. Le donne non escono mai di casa e gli uomini, anche se si fanno vedere in giro, sono scontrosi, diffidenti, e talmente silenziosi da rasentare l'autismo, anche se i più giovani tendono a comunicare chiassosamente tra loro in dialetto locale. Unica eccezione il macellaio di cui sopra, che è un poco brusco ma a volte piuttosto loquace, e un giovanotto detto Malacaín, che se alza un po' il gomito è un gran casinaro, ma in caso contrario va su e giù col suo trattore con addosso una maglietta di Maradona ed è timido e sfuggente né più né meno degli altri."

"E i forestieri?" domanda Rodero, "pensa che sia possibile agganciarne qualcuno?"

"Sì, ovviamente, loro non hanno niente da spartire con gli altri... A una prima occhiata sembrano una collezione di bislacchi finiti lassù perché non stanno bene da nessun'altra parte. Forse il più normale è proprio il veterinario francese, ma comunque è facile attaccar bottone con la maggior parte di loro, a volte è persino l'unica cosa che si può fare."

"Può descrivercene qualcuno?"

"Be'... Per esempio c'è un tizio detto 'Robocop' che di solito passa la giornata a scolare birra seduto a un tavolino al bar dei portici. Secondo la polizia di zona è il distributore ufficiale di coca. C'è anche una tipa che chiamano 'la Fighetta del Pub', una ex pubblicitaria tossica che un giorno ha scoperto il paesello cercando una location per uno spot e ci è tornata quando in città è rimasta senza lavoro e senza un centesimo per comprarsi la sua dose quotidiana."

"Lei potrebbe fare al caso nostro, no?" domanda Rodero.

"Sicuro... Fa la cameriera al Pub, e ci giurerei che si fa fuori lo stipendio per pagare le forniture di Robocop. In effetti sembra felicissima di parlare con tutti quelli che vengono da fuori. E per di più ha un debole per i bei ragazzi, in effetti al mio assistente non sono mancate le proposte..."

"Ma non ci ha detto che proprio al Pub c'è un gran turnover di personale?"

Berganza annuisce. Ora Rodero si rivolge a T:

"Perfetto, questo è un buon aggancio... vediamo come funzionano le tue doti di latin lover...".

15.
ALL'INFERNO

Il Pub è in fondo a una delle due uniche strade parallele del paese, che in realtà è una discesa costeggiata da una fila di case col tetto d'ardesia, alcune delle quali decorate con vasi di gerani che splendono sotto l'ultimo sole pomeridiano. Comincia a rinfrescare. P intraprende la discesa con le mani in tasca, cercando di destreggiarsi per camminare sul pavé irregolare.

Dalla cima della salita si scorge una luce, e due lunghe panche di legno massiccio accanto all'entrata del locale. Attorno alle panche è riunito un gruppetto di ventenni, la maggior parte dei quali coi capelli colorati. Bevono birra a canna e parlano a voce alta con il loro accento inconfondibile, seduti sulle panche o appoggiati alle due macchine posteggiate davanti al locale, una delle quali con tutte le portiere spalancate. Non si accorgono di P, che sta percorrendo la discesa buia, fino a quando non arriva a pochi metri da loro, perché il rumore dei suoi passi è coperto dalla musica proveniente dall'auto, un indecifrabile rock duro con accento locale. I ragazzi si voltano un attimo per vedere chi arriva e poi tornano subito alle loro conversazioni, ma quando P è vicino smettono completamente di parlare. Silenzio e musica; odore di marijuana; nessuno guarda P negli occhi ma alcuni piedi si ritraggono per fargli strada sull'angusto marciapiede, tra la panchina e le macchine. P butta là un ringraziamento e spinge la porta per entrare in una specie di rustico night club.

Luce soffusa, pareti e soffitto fucsia, stufa a legna accesa, lampioncini di carta; appesa a una trave la testa di un cinghiale che guarda in giù con le fauci spalancate. Si sente un brusio di voci, e musica che suona a discreto volume, *Don't go 'round tonight/ 'Cause is bound to save your life/ There's a bad moon on the rise.* A sinistra caos di tavolini rotondi e nebulosa di seggiole occupate da un gruppetto di dodici, quindici ragazzi – tra cui solo tre femmine – che lanciano un'occhiata a P, giusto il tempo d'identificarlo come "il forestiero arrivato ieri", prima di tornare alle loro chiacchiere. A destra un bancone con il bordo nero imbottito e gli sgabelli da cui spuntano pezzi di gommapiuma verde. In piedi fra gli sgabelli quattro o cinque avventori più anziani.

P si avvicina allo sgabello più vicino all'entrata e saluta gli uomini accanto a lui, due montanari sulla cinquantina che bevono vino con seltz e non gli rispondono. La barista è una brunetta di più di trent'anni che sta seduta su uno sgabello dietro al banco a fare cruciverba, proprio all'estremo opposto rispetto a P. Non si alza prima di aver terminato di scrivere qualcosa con calma: "Cosa prendi, forestiero?". Minigonna di jeans su una calzamaglia nera, fianchi stretti, tette enormi e cascanti sotto un maglioncino nero con lo scollo rotondo; lineamenti non particolarmente armoniosi, asimmetrici, nasone, labbra sottili. Non ha l'accento del posto. P aspetta di ricevere la sua birra prima di attaccar bottone:

"Scusa, ma neanche tu sei di qui, vero?".

"No," sorrisetto storto, caustico, sufficiente, "sono una fighetta della capitale, si vede?"

"Mah, non saprei... Anch'io sono della capitale."

"Già... tu hai ancora odore di città."

È sicuramente la ex pubblicitaria. P sorride.

"Sei qui da molto?"

"Diciassette mesi. Quanto basta per assorbire il tanfo di legna di questo paese."

P ride per celebrare la battuta.

"E sei già riuscita a farti salutare?"

"Be', non sono tutti antipatici come sembra, due o tre si salvano. Ma devi dargli tempo, sei arrivato solo ieri sera..."

"Come fai a saperlo?"

Altro sorrisetto di sufficienza.

"Avevi lo stesso giubbotto di jeans che hai adesso, che profuma ancora di colonia costosa e con cui finirai per congelare, il Robocop ti ha visto che scendevi dal pullman. Sei entrato nel bar dei portici, hai chiesto un caffè macchiato alla Susi e hai dormito alla locanda. Questa mattina hai girellato in lungo e in largo per tutto il paese; all'una hai mangiato il pollo al Consorcio, e ti è piaciuto molto, almeno così dice la Nieves. Poi sei andato alla cabina del telefono, ma dato che non funzionava sei tornato alla locanda, e a quanto ne so io non hai più messo fuori il naso fino a poco fa, quando hai cercato di entrare in chiesa ma il portone era sprangato."

"Ci sono le telecamere o è solo perché non vedete mai un forestiero?"

"Qui ci vengono in pochi, e quando vengono di solito portano guai. La Heidi dice che cerchi lavoro... e che capisci l'inglese... e... be', dice anche altre cose... Se è vero che cerchi lavoro ti consiglio di non perdere tempo, è meglio che domattina riprendi il pullman e te ne vai alla svelta. Qui approdano solo ex tossici, ex delinquenti e gente strana di ogni razza, ma sempre senza il becco di un quattrino."

"Be', tu non mi sembri una tossica..."

"Grazie, ma è meglio che non fai domande, abbiamo tutti un passato... E poi io sono una donna, e le donne portano meno guai. Insomma... a parte la Heidi quando si sbronza, ma lei è stata la prima ad arrivare e se lo può permettere. Comunque quelli del posto preferiscono vedere una donna dietro il bancone, tanto meglio se è una fighetta della capitale in età fertile, e così ne importano sempre qualcuna e nelle notti di festa si divertono a umiliarla..." tace per un attimo e sorride, questa volta senza troppa malizia. "Bah, non stare a sentirmi, mi sa che sto cominciando a straparlare..."

"No... immagino che non sia facile adattarsi."

"Non hai idea... A volte sogno di passare un sabato in città a fare shopping, di truccarmi, di mettermi i tacchi e poi di andare con un'amica a prendere una cioccolata per farle vedere i miei acquisti. Ne ho i coglioni pieni di chiacchierare sempre con gli uomini, con voi non si può parlare di vestiti. Be', a parte il Rito, ma lui non si fa mai vedere molto durante la settimana."

"E dove vanno le donne del paese? Ce ne saranno pure, no?"

"Le tengono in casa. Non farti ingannare dai capelli colorati, questo è un paesino di montagna con trecento anime: le ragazze vanno al bar solo se hanno un fidanzato, e sempre in sua compagnia. Guardano il calcio, fanno presenza durante le partite di domino e ridacchiano timidamente ogni volta che i loro uomini fanno sfoggio di testosterone. Sono delle specie di *cheer leaders*, anche se qui le piume colorate le portano i maschi" fa un cenno per indicare le acconciature punk.

"È vero, ho visto più capelli colorati qui in un giorno che in tutta la mia vita."

Lei fa un sorriso, anche questa volta un po' beffardo.

"È il loro modo di sentirsi moderni, quando scopriranno che Sid Vicious è morto gli verrà un coccolone..." fa una pausa e squadra P dalla testa ai piedi. "Be', adesso dimmi qualcosa di te, come mai sei capitato da queste parti? Neppure tu sembri un tossico, e non hai l'aria di essere un normale delinquente... Falsificatore? Omosessuale dichiarato? Intermediario corruttore?"

"È una storia troppo lunga. Ma per ora cerco davvero lavoro... Al macello o da qualunque altra parte."

Espressione incredula di lei.

"Ti sembra così difficile?" domanda lui.

"Qui il lavoro non manca, ma nessuno ti prenderà se non ti conosce. E che non ti venga in mente di mostrargli un curriculum, perché penserebbero che gli stai consegnando una multa."

"Già. E ci vuole molto per farsi conoscere?"

"Dipende. Se gli stai simpatico ti basterà qualche giorno per farti tollerare. Altrimenti... be', mal che vada puoi sempre buttarti dalla cima dell'Horlá, non saresti certo il primo. Un consiglio: se davvero vuoi restare qui non devi mai sembrare più moderno di loro. Tanto per cominciare il tuo taglio è troppo normale, come quello degli anziani, questa moda qui non è ancora arrivata. Per intenderci, anche il Francese ha i capelli corti, ma almeno sono ossigenati. E comunque anche lui se lo può permettere, perché è arrivato direttamente al mattatoio come veterinario..."

"Posso mettermi un collare per cani e spille da balia..."

"Non è una cattiva idea... Ma stai attento a non sorridere troppo, si vede che fin da bambino ti lavi i denti tre volte al giorno."

"Be', invece me li lavo solo al mattino, non mi piace il sapore dei dentifrici."

"Nemmeno a me, dovrebbero farli al gusto di caffellatte."

P sorride.

"Ehi, io mi chiamo Pedro."

"Io Cristina, però mi chiamano "la Fighetta del Pub". Come vedi hanno una gran fantasia coi soprannomi. La cosa migliore che tu possa fare è andartene alla svelta, te l'ho già detto, ma intanto che decidi passa a trovarmi qualche volta. È bello parlare con qualcuno che non dica porca troia all'inizio e alla fine di ogni frase, anche se non si parla di vestiti."

In quel mentre entra il Nexus 6 da combattimento che questa mattina P ha visto con il trattore. Non ha più la maglietta di Maradona, ma una T-shirt nera con una copertina degli Iron Maiden stampata davanti. Adesso la cresta arapahoe è tutta ingommata, bella dritta e lucente. È ancor più alto di quanto sembrava sul trattore, ha spalle larghe e braccia lunghe e muscolose. Quando entra mostra il pugno sinistro e poi si piazza in mezzo al locale e lancia un possente ululato. Diversi chioma-variopinta tra i tavoli rispondono con lo stesso saluto: pugno alzato e grido di guerra. Poi il

Nexus si avvicina al banco, guarda un attimo P e la sua birra, e con accento locale ordina alla barista:

"Dai, bella figa, versami da bere, che ho sete".

Sorrisetto beffardo di lei:

"Quale inaspettato piacere! Il signore gradisce un bicchiere di Porto?".

"Dammi della roba da uomo, porca troia!"

P osserva il tatuaggio sull'avambraccio del Nexus. Sarà un fiore di stramonio?

16.

SULLA TERRA

Sempre su richiesta di Rodero, Berganza torna a sfogliare i suoi appunti.

"Uno che ha una bella parlantina è Blas Montero Salas, più conosciuto come Beethoven. Vi ho già parlato di lui, è quello di Guy de Maupassant. È inconfondibile, sembra Einstein con tanto di criniera e baffoni. Bancario in pensione, separato dalla moglie dal '90, un figlio che ormai non vede più da anni... È un tipo bislacco come tutti quelli che approdano lassù, ma è più colto. Gli piace il whisky e chiacchiera volentieri con chiunque sia disposto ad ascoltarlo. Alla fine dovevamo addirittura evitarlo, perché per qualunque sciocchezza era capace di intrattenerci per ore, ma avendo tempo può essere utile."

"Questo l'ho conosciuto," interviene il commissario, che da un po' sembra un poco più interessato alla riunione, "abbiamo preso un caffè in un bar e lui mi ha raccontato non so che storia sui buoni e sui cattivi..."

"Sì," spiega Berganza, "secondo lui l'umanità si divide in un novanta per cento e in altri due cinque per cento: quelli normali, quelli buoni e quelli cattivi."

17.

ALL'INFERNO

È quasi mezzanotte quando P torna alla locanda. Il bar dei portici è ancora aperto e così entra a bere il bicchierino della staffa. Dentro trova qualche giovane chioma-variopinta seduto ai tavoli e la Dama della Taverna che lava i bicchieri. In piedi, all'estremo opposto del banco, l'Einstein dai baffoni gialli col suo borsello legato al polso. P lo saluta e l'Einstein ricambia con voce sonora: "Buona sera, ragazzo!". Niente accento locale né sguardo sfuggente: "Susi, per favore, mi dai un altro cognac con seltz?". La Dama della Taverna si avvicina lentamente, e P ne approfitta per ordinare una birra. Lei sorride per salutarlo:

"E così abbiamo un forestiero..." dice Einstein. "Si fermerà per molto?"

"Non so... Sto cercando lavoro, se lo trovo mi fermo almeno per la stagione."

"Che razza di idea! E non ha trovato un posto migliore di questo per cercare lavoro? Lei non manifesta i sintomi di nessuna grave forma di oligofrenia..."

P si fruga in tasca per pagare.

"Diciamo che mi piace l'aria pulita. Le posso offrire un drink?"

"Molto gentile, ma facciamo il prossimo, se per lei va bene. Per il cognac con seltz la Susi mi fa credito fino alla fine del mese, ma a me piace il whisky e quello bisogna pagarlo subito. Vede in che penosa situazione economica mi ritrovo alla mia età?"

"Tutti passiamo dei momenti grigi."

"E così le piace l'aria pulita? Be', un eremita ha vissuto in cima all'Horlá per anni. Immagino sappia che l'Horlá è quella montagna là davanti, che dà il nome al paese, al fiume, all'intero comprensorio e persino a un famoso racconto" pausa carica di suspense.

"*Le Horla* di Maupassant?"

"Perfetto! Non può immaginare come sia difficile imbastire una conversazione dignitosa con questi zoticoni, sarà un piacere fare quattro chiacchiere con lei tutte le volte che vorrà offrirmi un bicchiere. Sa, secondo una delle mie teorie, che le posso subito esporre, Guy de Maupassant è stato qui proprio poco prima di perdere la ragione. Ovviamente la narrazione sull'Horlá è ambientata sulla sponda della Senna, ma il nome dell'entità invisibile è quello della nostra montagna, non ci sono dubbi. Conosce il realismo francese?"

"Vagamente."

"Non importa. Comunque le consiglio di prendere il pullman domattina, non tutti sopportano l'influsso di queste montagne."

"Davvero? Io invece credo che mi gioverà."

"Questo posto, ragazzo, non giova a nessuno, a meno che non sia nato e cresciuto qui. Insomma, a nessuno che abbia conosciuto altri luoghi. Questo è il purgatorio, chi arriva deve espiare una colpa, bisogna solo capire quanto duri la punizione. Io sono qui da dieci anni e purtroppo so che ormai non me ne andrò vivo."

"Be', magari io non ho così tante colpe da espiare..."

"Non si faccia illusioni. Non le chiederò la sua storia, ma le dirò che non sono solo i cattivi a espiare, ma anche i buoni, e che la bontà è forse il peggiore dei peccati, soprattutto perché se ne dice un gran bene."

"Sembra quasi un epigramma... Anche Oscar Wilde è stato da queste parti?"

"Accidenti! Lei ha anche un bel senso dell'umorismo... i miei complimenti. No, lui ha espiato le sue colpe a Riding, e non solo quelle più risapute. Ma un uomo colto come lei capirà perfettamente un'altra delle mie teorie" fa una pausa per bere un sorso di cognac con seltz. "Vede, secondo i miei calcoli l'umanità si divide in un novanta, in un cinque e in un altro cinque per cento. Il primo cinque per cento è composto da esseri umani crudeli ed egoisti, che perciò chiameremo 'i cattivi'. Un altro cinque è formato dai buoni e dagli altruisti, che chiameremo 'i buoni'. Il restante novanta per cento invece è composto da individui che non sono né buoni né cattivi, e che chiameremo quindi 'i normali'. Bene, tutti i guai della Terra sono causati dai buoni o dai cattivi, che poi coinvolgono tutti gli altri nei loro casini... Le chiedo scusa, io parlo sempre molto, le dà fastidio la gente che parla molto?"

"No, mi fa piacere ascoltarla."

"Bene, allora le dirò che se esistessero soltanto i normali e i cattivi, solo il novantacinque per cento della popolazione vivrebbe soggiogata da questi ultimi, tutto qui. Come lei sa l'uomo è bravissimo ad adattarsi alla schiavitù, proprio come è in grado di adattarsi alle condizioni climatiche più avverse, alle epidemie o alla povertà, e in fin dei conti non sarebbe neppure troppo oneroso garantire a un solo cinque per cento della popolazione di vivere da pascià, le pare? Basterebbe un minimo contributo *pro capite...*"

"È probabile. Ma se i normali possono mantenere i cattivi, ben più facilmente potrebbero mantenere i buoni, e senza essere costretti alla schiavitù. Non è forse questo un punto in favore dei buoni?"

"Niente affatto, ragazzo. Voi buoni siete talmente immedesimati nel vostro ruolo di salvatori di anime che se tutti i cattivi sparissero all'improvviso sareste capaci di selezionare il peggior cinque per cento dei normali per trasformarli nei vostri nuovi nemici. In qualsiasi gruppo si inserisca un buono, questi troverà sempre qualcuno per cui inalberare la bandiera della bontà. Al cattivo piace soggiogare il prossimo, ma altrettanto fortemente il buono tende a reprimerlo, la qual cosa risulta ugualmente esasperante" sorsata di cognac con seltz per celebrare il suo ragionamento. "Ne sa qualcosa del magnetismo?"

"Non molto... Ma, se non è chiedere troppo, lei è buono, cattivo o normale?"

"Io sono un vecchio ubriacone e lussurioso come Maupassant... Lo sa che quel libertino si vantava di avere dieci amplessi in una sola notte? Io non sono mai arrivato a tanto, è inutile prenderci in giro, ma ho avuto i miei momenti... Ma per rispondere alla sua domanda, io appartengo al gruppo dei normali: vivo e lascio vivere. Perciò qui sono discretamente felice, mi secca solo che alla mia età forse non potrò più fare la bestia a due schiene. Mia moglie mi ha lasciato anni or sono e ormai non posso sperare di piacere a un'altra donna, a meno che non sia completamente pazza, e quelle a pagamento semplicemente non me le posso permettere. Perciò non mi resta che bere e andare di mano."

Da un affollato tavolo in fondo al locale, dove diversi adolescenti sono impegnati in una discussione, si alza la voce di un ragazzo con i capelli azzurri:

"Ehi, Beethoven, è vero che una macchina pesa meno quando va molto veloce?".

Il vecchio si volta in direzione della voce:

"Ma sei scemo o cosa? Il peso è il prodotto della massa per l'accelerazione di gravità, me lo spieghi cosa c'entra la velocità?" ritorna al suo tono calmo e riprende a parlare con P. "Come vede non sono dei geni, anche se francamente preferisco avere a che fare con loro piuttosto che con i miei coetanei."

"Ma nel caso di un'automobile in movimento non andrebbe considerata la carica areodinamica, che potrebbe essere negativa?"

"Santo Dio, manca solo confondergli le idee con la carica aerodinamica negativa... questi sanno a malapena leggere e scrivere. Comunque vedo che lei è un ottimo interlocutore. Io sono Blas, bancario in pensione e autodidatta in tutto il resto, ma questi ragazzini mezzo analfabeti mi chiamano Beethoven. È un rozzo gioco di parole: Ludwig *Blas* Beethoven. Figuriamoci, Beethoven coi baffi... Come vedrà qui tutti hanno un soprannome, che di solito è più lungo del nome di battesimo."

"Io mi chiamo Pedro. Insomma, almeno per ora..."

"Sicuro, le va a pennello, Pedro il Grande: 'D'ogni valor portò cinta la torda', mi sembra che l'elogio sia di Dante. Senta, le piacciono i finocchi?"

"Be'... non particolarmente."

"Peccato, altrimenti avrebbe trovato subito un lavoro, in paese c'è una piccola lobby di omosessuali molto solidali tra loro. Ma vedrà che invece andrà d'accordo con la Susi, anche lei fa parte del cinque per cento dei buoni, seppure col passare degli anni ha imparato a non ficcarsi nei guai. Un giorno le racconterò. Comunque mi permetta di ribadirle il mio consiglio: a meno che non stia scappando dalla mafia calabrese sarebbe meglio che domattina lei prendesse il pullman. Ehi, lo chiede lei alla Susi quel whisky che mi ha offerto prima? Se glielo chiedo io non me lo dà."

***

Metà pomeriggio, P entra nel bar del Consorcio Ganadero per comprare le sigarette. Il locale, addormentato tra il pranzo e la cena, è in penombra. Solo due tavoli sono occupati da alcuni anziani che giocano a domino. Dietro il banco non c'è nessuno. La porta del magazzino in fondo al locale è aperta.

P si accinge ad aspettare coi gomiti appoggiati sul banco, mentre di sbieco guarda il televisore appeso al soffitto. Il volume è completamente abbassato, ma l'immagine sullo schermo cattura la sua attenzione, sembrano le torri gemelle del World Trade Center di Manhattan. Si sposta di qualche passo per mettersi davanti allo schermo: le torri fumano, una fumata continua, fissa, il doppio prisma delle torri fuma senza sosta, e sotto una scritta assurda, che si legge a malapena tanto è pessima la qualità dell'immagine: IN DI-

RETTA DA NEW YORK. P prende il giornale dal bancone e legge i titoli in prima pagina. Nemmeno una parola su New York. Eppure alla televisione le torri fumano. Staranno bruciando entrambe?

Cappuccetto Incinta esce dal magazzino e gli dice "Ciao".

"Ciao... Scusa, hai visto la tele? Cos'è successo a New York?"

"Due aeroplani si sono schiantati contro quelle torri. È un bel po' che va avanti. La gente si lancia dalle finestre per non bruciare viva."

"Due aeroplani? Due?" solleva due dita.

"Due. E un terzo è caduto sul Pentagono. E dicono che se ne schianteranno ancora quattro o cinque, dev'essere una specie di guerra. Cosa prendi?"

P esita, per un attimo non si ricorda perché era entrato. È il diluvio, l'ecatombe, il grande attacco alieno.

Si odono dei passi che salgono per la scala. P e Cappuccetto si voltano in direzione del ticchettio. La porta a vetri si apre e appare il Rito, con i suoi pantaloni attillati in similpelle e i capelli corvini che formano un'onda gigantesca sulla fronte. Cammina incrociando ostentatamente un piede davanti all'altro; si avvicina al bancone e guarda P: "Uh! Il forestiero" mormora tra sé. Poi sorride mostrando un dente rotto e dice: "Ciao, straniero". P lo saluta. Il Rito va dietro al bancone, bacia Cappuccetto sulle guance e le dice: "Hai visto quella povera gente? Non sono nemmeno riuscito a schiacciare il mio pisolino, giuro". Poi, immobile, con una mano posata sul petto, guarda ancora P, sbatte le ciglia e gli domanda: "Cosa prendi, forestiero?". P risponde che gli servono solo delle monete per le sigarette. "Certo, subito, ci mancherebbe." Prende la banconota da cinque euro, apre la cassa, *cling*, cerca le monete, sospira guardando Cappuccetto: "Come mi piacciono i bei ragazzi...". Cappuccetto sorride e guarda P, come per dirgli di non sentirsi a disagio, che è solo uno scherzo innocuo. Il Rito si porta ancora la mano al petto: "Uf, che scalmane!". "Basta, Rito, che oggi pomeriggio sei un po' troppo agitato" lo ammonisce Cappuccetto rimettendosi a sfaccendare. P accoglie lo scherzo con il sorriso migliore che riesce a sfoggiare: "Grazie... Rito" gli dice prendendo le monete. "È un piacere, forestiero" risponde il Rito scoprendo ancora l'incisivo rotto.

P esce dal Consorcio tutto scosso. Il Pub dev'essere già aperto, ma là non c'è la televisione, mentre la tivù della locanda sarà spenta e al bar dei portici la Susi starà guardando la sua telenovela. P non ha una radio, né un telefono, né una connessione a Internet. Passando davanti alla chiesa si ferma un attimo alla cabina del telefono. Se l'apparecchio funzionasse potrebbe cercare di ricordarsi il numero dell'Istituto di Manhattan. È l'ora giusta per chiamare, laggiù sono le undici del mattino. Questo ammesso e non concesso che le linee non siano collassate. E ammesso e non concesso che chiamare l'Istituto sia una cosa ragionevole da fare. Ovviamente se il telefono funzionasse...

Un lampo illumina il volto dell'Horlá; due secondi dopo un tuono fragoroso. Prima che cominci a piovere, P si affretta verso il Pub. Magari la Fighetta sa cosa succede nel resto del mondo.

***

Sera. Bar dei portici. Beethoven beve cognac con seltz. P entra nel locale.

"Ehi, qual buon vento? Il mio amico Pedro il Grande, stavo giusto per ordinare un whisky alla sua salute. Bisogna festeggiare che sia riuscito a resistere un'intera settimana a Horlá, non è certo da tutti. Ne parlavo proprio un attimo fa con la Heidi. Conosce già la Heidi? La biondona con gli occhi azzurri?"

"Mi sembra di averla vista l'altro giorno mentre puliva le vetrine, e se devo essere sincero non è stata molto gentile con me."

"Era sicuramente lei, anche se l'essere sgarbata non è esattamente il suo difetto peggiore. A dire il vero lei è norvegese, ma la Svizzera confina alfabeticamente con la Svezia, che a sua volta confina geograficamente con la Norvegia, e quindi nell'immaginario popolare il nome di un personaggio svizzero ben si adatta a una svedese, anche se in realtà è norvegese. Insomma, sta di fatto che un bel giorno la nostra Heidi è arrivata qui proprio come lei, però lei parlava solo inglese e norvegese. Ormai saranno passati venticinque anni, si dice che sia stata la prima straniera ad approdare in questo paese. Mentre l'ultima credo che sia la Fighetta del Pub, che se non ricordo male è arrivata lo scorso anno."

"L'altro giorno ho conosciuto anche lei. Non mi sembra che si trovi bene qui..."

"Bah, fa come Madame Bovary, che voleva morire ma anche trasferirsi a Parigi. La Fighetta cambia idea a seconda delle sue scorte di coca. Ma di lei parleremo un'altra volta. Oggi preferisco raccontarle che la nostra Heidi norvegese sostiene l'interessante teoria che lei sia un poliziotto e che stia indagando sul delitto del mattatoio. La qual cosa spiegherebbe il suo assurdo interesse per farsi assumere in quel posto, ovviamente, ma io ho elaborato un'altra teoria. E uno di questi giorni gliela eluciderò."

P beve un sorso di birra prima di parlare.

"E cosa succede al macello che giustifichi la presenza di un poliziotto in borghese?"

"Molte cose, ma principalmente una. Ne hanno parlato tutti i giornali, anche se ovviamente non dicevano tutto. In sintesi: circa sei mesi fa hanno trovato una donna squartata come un maiale. Provi a immaginare... È venuto persino un capoccia dalla capitale, un commissario capo con lo sguardo perforante, è stato proprio qui a prendere un caffè e quindi ho avuto occasione di scambiare quattro chiacchiere con lui. E per giorni sono stati qui anche due poliziotti in borghese a far domande a destra e a manca... un certo Berganza, del commissariato di zona, e il suo assistente... Ma qui nessuno racconta niente, a meno che non sia risaputo, nemmeno io. Se ci fa caso tutto quello che le dico potrebbe venirlo a sapere in mille altri modi... Persino la dipendenza dalla cocaina di Madame Bovary: vedrà che ben presto le chiederà di offrirle una sniffata. Comunque anche se per caso la Heidi ha ragione lei non me lo dirà di certo, benché io non abbia niente da nascondere alla polizia, sono un povero dipsomane in pensione e basta. A proposito, lo sa che a Horlá non abbiamo mai avuto polizia, né vigili, né un comando militare? Naturalmente di tanto in tanto viene su una pattuglia dalla valle, ma è solo per controllare che non ci siamo mangiati tra noi. Vengono su in macchina dalla calle Mayor, fanno manovra davanti alla chiesa e se ne vanno. Ma d'inverno, con la nebbia e le strade gelate, non si fanno vedere per mesi; non vengono su nemmeno quando qualcuno si butta dalla cima dell'Horlá, preferiscono andare a raccattarlo mille metri più sotto, nel faggeto" e giù una sorsata di cognac con seltz.

"C'è così tanta gente che si butta dalla cima dell'Horlá?"

"Da quando sono qui io se ne sono buttati sette, faccia lei... L'ultima era una mia vicina, lavorava nel Pub prima di Madame Bovary, una ragazza molto graziosa. Ma certi vengono da lontano per ammazzarsi proprio qui. A quanto pare la gente non si accontenta di attaccare una canna al tubo di scappamento della macchina e di inalare monossido di carbonio, preferisce qualcosa di più spettacolare, una specie di ultimo minuto di gloria. Personalmente se fossi costretto a suicidarmi preferirei la canna del gas. Oltre a essere un metodo indolore, può persino risultare conveniente se per l'occasione si noleggia una Bentley col mobile bar, perché poi non si paga ciò che si è consumato... Logico che se non si è capaci di godersi la vita probabilmente non si è capaci di godersi nemmeno la morte, immagino che un suicida *bon vivant* sarebbe una specie di controsenso, le pare? Comunque neanche i suicidi vengono in paese: seguono la strada, girano attorno all'Horlá e si buttano di sotto. Certe volte persino con la macchina, tanto che là sotto sembra un cimitero delle automobili. Viviamo in una piccola isola d'oblio, è proprio a questo che volevo arrivare: una lacuna del sistema... o meglio ancora, uno stagno. Qui guardare il telegiornale è come guardare un telefilm di fantascienza, se ne accorgerà da solo se riuscirà a resistere abbastanza. Be', per esempio ha visto come si sono preoccupati dell'episodio di New York? L'altro giorno quel bifolco del Boing diceva che anche giù in valle si è incendiato un hotel, però non lo hanno mica fatto vedere così tante volte alla televisione. E meno male che il Boing studia..." cognac.

"Be', New York è piuttosto lontana..."

"Be', sì, a ben vedere la Storia qui non arriva mai del tutto, e anche quello che arriva è sempre in ritardo. Eccetto per i forestieri, che misteriosamente si cristallizzano nel momento esatto in cui approdano a Horlá, eccetto la Susi, che non so come ci riesca ma è sempre all'ultima moda. Per esempio la Heidi è rimasta congelata in qualche punto degli anni settanta, perché quando si sbronza comincia a parlare di Marcuse, di riviste universitarie impregnate di Lsd, e di un viaggio in California col suo primo moroso, che a quanto racconta era un ragazzo norvegese bellissimo e ricco sfondato. Afferma anche di non aver mai usato un preservativo in vita sua, e che non ne userà mai, perché secondo lei l'Aids è un'invenzione della società capitalista reazionaria. A proposito, sul suo conto mi ha detto anche un'altra cosa, glielo riferisco caso mai le interessasse. Dice che le andrebbe di scopare con lei. In effetti lei è proprio un bell'uomo, se io fossi bello come lei non sarei certo in queste condizioni, anche se francamente non saprei se consigliarle di scoparsi la Heidi" cognac.

"Perché? Non che sia il mio tipo, ma non si può mai sapere."

"Be', una volta San Martín se l'è portata a letto e dice che gli fa ancora male l'uccello, testuali parole, e dev'essere vero, perché tutte le volte che ne parla si mette istintivamente la mano sul pisello con aria afflitta. San Martín fa il macellatore al mattatoio, perciò si può immaginare da dove venga il suo soprannome: 'Per tutti i maiali...'."*

"Lo conosco?"

* Alla lettera il detto spagnolo dice: *A cada cerdo le llega su San Martín* (e cioè: Per tutti i maiali arriva San Martino), riferendosi al fatto che un tempo i maiali si macellavano in novembre, prima dei traslochi di San Martino. [*N.d.T.*]

"Certo, di solito pranza al Consorcio, con il macellaio e il pretino. È quello con la cicatrice sull'occhio. Be', cicatrice a parte ha comunque gli occhi strani, uno dei due sembra spento, ma non è sempre lo stesso. Lui dice che con uno ci vede di giorno e con l'altro di notte, e non mi stupirebbe che fosse vero. Comunque non è una cattiva persona: ha la faccia che sembra la carta geografica della Scozia e l'aspetto di un ladro di cadaveri, ma di tanto in tanto, quando prende lo stipendio, mi offre un whisky. Ovviamente è un forestiero anche lui, è arrivato sei o sette anni fa, e sono sicuro che è stato in galera, si vede dai puntini tatuati sulla mano. Una volta gliel'ho chiesto, ma lui mi ha detto di non fargli questa domanda. Di sicuro però è stracotto di una ragazza del Kingdom, il nostro bordello di riferimento, a trenta o quaranta chilometri da qui, sulla strada che porta a Santa María de Argos. Ci va ogni due o tre mesi col Robocop, perché lui non ha la patente. Sa chi è il Robocop? Un tizio che sta sempre seduto sotto il portico con i pantaloni corti e gli anfibi."

"Certo. È la prima persona che ho visto quando sono sceso dal pullman. Erano tutti dentro a vedere la partita; pioveva, faceva freddo, ma lui era seduto là fuori a bere birra. Era il ritratto dell'emarginazione."

"'Emarginazione', è proprio la parola giusta per definirci tutti. Questo è un mondo a parte, se ne accorgerà. Ha visto l'orologio del campanile? Non esiste algoritmo capace di spiegarne il funzionamento. E lo sa che qui la messa la celebra un televisore collocato sull'altare?" cognac.

"Davvero?"

"Proprio così. Non che non abbiamo un prete, ce l'abbiamo, lo avrà sicuramente visto con il macellaio, solo che adesso lavora per lui come garzone."

"Il macellaio è quell'omone che sembra un orco?"

"Sì."

"E il prete quello che sembra il Prode Piccolo Sarto?"

"Lo sa che lei ha un vero talento per i soprannomi? Ma quei due li chiamiamo semplicemente il pretino e il macellaio, perché credo che nessuno si azzardi ad appioppargli un altro nome, almeno non al macellaio. Comunque loro dividono la macelleria, la casa e talvolta anche il letto, perciò si può dire che facciano coppia fissa. Be', in verità nella nostra modesta lobby omosessuale sono in tre a vivere insieme. Lo conosce il Rito? Un finocchio pazzesco... insomma, quando vuole. Anche lui è uno dei primi forestieri che sono approdati qui. Il soprannome gli è stato affibbiato per via di Rita Hayworth quando il macellaio lo ha preso a sberle davanti a tutti perché ballava sul bancone del Consorcio. Non che ci sia qualcosa di strano nel ballare sul bancone del Consorcio, perché là dentro il sabato sera se ne vedono di tutti i colori. Pensi che una volta è venuta su la pattuglia della polizia alle quattro del mattino e gli agenti hanno cercato di sgombrare il locale in nome di non so quale legge sull'orario di chiusura, e così i convenuti li hanno presi alla lettera e hanno cominciato a lanciare i tavoli dalle finestre, dritti sul loro furgone, ecco perché adesso i tavoli sono di ferro e marmo e non si possono sollevare. Ma il macellaio ha perso le staffe per l'atteggiamento sfrontato del Rito. E forse anche per qualcos'altro che però non sappiamo. Io non c'ero, ma conoscendo il Rito immagino si stesse sbattendo come una pollastrella del Kingdom, e quindi il macellaio lo ha tirato giù dal bancone e gli ha mollato un manrovescio con tutta la forza che aveva in corpo. Se ci fa caso noterà che il Rito ha un incisivo rotto e che il macellaio porta ancora la fede, certi dicono che ormai non riesce più a sfilarsela da quelle dita grosse come salsicce. Comunque quello è uno che va per le spicce, non ci sono dubbi... La sua ex, che legalmente è ancora sua moglie, diceva in giro che lui la picchiava, ma il macellaio l'ha sempre negato fermamente; e anche se tutti l'hanno visto mentre girava la faccia del Rito dall'altra parte, lui non è certo uno che tira la pietra e nasconde la mano, lo dimostra bene la sua storia" cognac.

"Ah, quindi la sua storia non finisce qui?"

"La sua storia è pubblica e risaputa, le interessa?"

"Be', i nostri bicchieri sono ancora pieni..."

"In realtà il macellaio è uno dei pochi personaggi pittoreschi che sono nati qui, la maggior parte degli abitanti è timida, pensa agli affari suoi, alla terra, ai maiali. Un tempo era così anche il macellaio: un paesano, gran lavoratore, che non si era mai allontanato da questo villaggio, nemmeno per fare il militare, perché sua madre era vedova. Si è sposato tardi, dopo i quaranta, ma in paese questo è abbastanza normale, perché ci sono poche donne. Lui e sua moglie non hanno avuto figli, certo, ma sembrava che tra loro andasse tutto a gonfie vele fino a che, un giorno, quando lui ormai aveva cinquant'anni, hanno avuto una discussione. Non si è mai saputo bene perché litigassero, ma comunque hanno fatto un tale putiferio che hanno svegliato i vicini e quella notte stessa il macellaio è uscito di casa con quello che aveva addosso, è salito sulla sua R4 dei tempi che furono ed è sparito" e giù un sorso di cognac. "A un certo punto abbiamo pensato che non sarebbe più tornato, ma invece, come vede, è tornato. Dopo un mese o poco più. Ma il bello è che è tornato col Rito, con quella Golf cabrio che hanno ancora e che ai tempi era nuova di pacca, la qual cosa ha suscitato un grande scalpore, si può immaginare, e non creda che qui ci si stupisca tanto facilmente" cognac.

"E il prete?"

"Lui è apparso sulla scena anni dopo, non poi da molto. Il Rito dice che un giorno li ha beccati a letto insieme, lui e il macellaio, ma questa è un'altra storia. Sta di fatto che ormai da parecchio tempo vivono insieme tutti e tre, un dettaglio che loro non nascondono, altrimenti non mi permetterei di raccontarglielo, lo dimostra il fatto che tengo per me altri particolari gustosi che il macellaio mi ha confidato in segreto, perché lui quando è depresso si sbronza e scioglie la lingua, e non è certo un taccagno, tanto è vero che a volte abbiamo bevuto whisky insieme proprio qui, o al Consorcio" e giù cognac con seltz. "Ma le stavo raccontando un'altra cosa... Ah sì, la televisione sull'altare. Insomma, non è che la tivù trasmetta una messa registrata, ma..."

In quel mentre il macellatore con la cicatrice e i capelli azzurri entra nel bar. Beethoven lo saluta da lontano.

"Ehi, San Martín, un attimo fa stavamo proprio parlando di te, vieni che ti presento il forestiero. Si chiama Pedro, Pedro il Grande, per abbreviare. È un tipo in gamba."

San Martín sembra non far caso a Beethoven e invece va da lui e lo afferra per il collo.

"Porca troia, Beethoven, gli stai già spiattellando tutto?"

Poi si gira verso P e allunga la mano per dargli un cinque.

"Non gli offrire troppi whisky, che poi ci prende l'abitudine" gli dice; i suoi occhi sono davvero strani, un po' strabici, più vivace e brillante quello dalla parte della cicatrice. "Susi, dammi una birretta, per piacere, e versa al nostro amico quello che vuole; al Beethoven invece neanche un goccio, che poi non frena più la lingua," si gira verso Beethoven, lo afferra ancora per il collo e lo trae a sé, "Beethoven, porca troia, tu e la tua linguaccia..."

"Ehi, beccaio di merda, o mi paghi un whisky o te ne vai affanculo."

"Porca troia, Susi, riempi il bicchiere del vecchio che vediamo se crepa." E rivolto a P: "Uno di questi giorni 'sto figlio di puttana stramazzerà a terra sulle scale di casa e noi lo troveremo bello e stecchito il mattino dopo". Si afferra gli attributi: "Vado a pisciare. Susi, cazzo, arriva o no questa birretta?". Va al gabinetto.

Beethoven solleva il bicchiere quasi vuoto:

"Ha inquadrato il soggetto?".

"Vagamente."

"Dopo che si è scolato sei o sette birre si calma e va a casa a dormire. Lavora sei giorni alla settimana e si alza presto, è un gran lavoratore, non pensi che sia facile diventare macellatore, bisogna superare un certo livello di produttività per cominciare a guadagnare bene. Il suo minimo giornaliero sono duecento maiali, zaaac," gesto come a sgozzare un maiale, "dovrebbe vedere come maneggia il coltello. Però, a parte quello, nella vita di tutti i giorni si accontenta di farsi rispettare, e a quanto pare gli basta la faccia, perché infatti non discute mai con nessuno. Un soggetto davvero pericoloso è invece il Malacaín, e guardi che qui da noi il soprannome non è mai casuale, di lui fin da bambino dicevano che era più cattivo di Caino. Quello sì che da un momento all'altro può combinare qualche casino, ma solo se ha bevuto, soprattutto se ha bevuto quelle erbacce, quando è sobrio è un agnellino introverso ma inoffensivo, tutto l'opposto di San Martín."

"Erbacce?"

"Sì, infusioni... capisce? Lui e i suoi soci bevono non so quali pozioni..."

"Lo conosco?"

"Certo, è uno grande e grosso, anche lui è del paese, come il macellaio. È fratello dell'Alien, quello che ha messo incinta la Nieves del Consorcio... Ha sempre una maglietta di Maradona. Dice che gliel'ha regalata lui, che una volta lo ha incontrato in un bar a Varadero e si sono scambiati la maglietta. Lui e suo fratello un paio d'anni fa a Cuba ci sono andati per davvero, perché immagino che fossero stanchi di andare al Kingdom ogni tre mesi, ma la storia della maglietta è una fandonia, basta guardare la taglia: a Maradona starebbe come il vestito di una ballerina di flamenco. Ma lui è così ingenuo da essere convinto che ce la siamo bevuta, e comunque nessuno oserebbe mai contraddire un marcantonio incazzoso di un metro e novanta. Come vede io sono solo un vecchio ubriacone e scorreggione, ma mi creda che una sera, proprio qui, ho rischiato di prenderle per averlo contraddetto. Mi ha salvato la Susi, perché si è messa di mezzo e quello non ha avuto le palle di pestare anche lei. Proprio così. Faccia attenzione con lui. Be', e faccia attenzione anche con la Heidi, perché dopo un paio di cuba è capace di tirarle in testa tutto quello che le capita sotto tiro se la fa arrabbiare."

Torna San Martín, strofinandosi il naso con un pollice e inghiottendo moccio giù per la gola.

“Stavo dicendo al mio amico Pedro il Grande che la Heidi se lo vorrebbe scopare.”

“Lascia perdere, a me fa ancora male l’uccello. È alla Fighetta del Pub piuttosto che dovresti dare una ripassata, porca troia, così vediamo se si toglie quel sorrisetto dalla faccia.”

***

“Ehi, li sposti quei cazzo di piedi o no, ricchione?”

P, seduto su una delle panchine all’entrata del Pub, resta immobile malgrado Malacaín gli abbia pestato un piede. Poi si schiarisce la voce e gli risponde in modo chiaro e conciso:

“Senti, con me è meglio se usi un altro tono, intesi?”.

Con gli occhi P arriva all’altezza dello stomaco di Malacaín, che sta in piedi, di profilo, alla sua sinistra. Ma vede tutto ciò che gli serve vedere: le braccia penzoloni, le gambe, e un paio di punti vulnerabili ai quali non sarà sicuramente necessario ricorrere. Dopo che è trascorso più di un secondo senza che quello reagisca, nemmeno verbalmente, è possibile dedurre che stia riconsiderando la situazione. Ma a questo punto deve almeno salvare la faccia davanti a quei tre o quattro chioma-variopinta che hanno assistito alla scena. E quindi, alla fine, i suoi piedi retrocedono e la sua voce tuona in un’altra direzione:

“Avete visto quanti froci ci sono in giro stasera? Porca troia, fammi bere un sorso che dobbiamo festeggiare”.

P decide di far finta di niente, ma decide anche di rendergli le cose difficili restando fermo dov’è: se quello vuole entrare nel pub dovrà chiedergli permesso. O gli chiede permesso o fa il giro attorno alle macchine parcheggiate e passa dall’altra parte, una manovra che sicuramente non sfuggirebbe a nessuno. Invece il Malacaín non fa una piega, e siccome non ha una birra sua, continua a bere quella dei suoi amici. P cerca di far durare il più possibile il suo drink, fumando più che bevendo, e nonostante il freddo non si schioda dalla sua posizione per un quarto d’ora. Poi, una volta che ha segnato il territorio, si alza dalla panchina e spinge la porta per entrare nel locale.

Dentro caldo da venerdì sera, tavoli pieni, bancone affollato, l’eterna cassetta dei Creedence nel registratore. L’Hänsel senza Gretel francese sta bevendo una birra coi gomiti appoggiati al bancone, e P decide di mettersi accanto a lui. Visto da vicino dimostra una quarantina d’anni, mascherati da una pelle vellutata, praticamente imberbe e dai capelli ossigenati, ma ben visibili negli occhi azzurri, leggermente nascosti dietro le palpebre gonfie. Indossa una sgargiante camicia con delle enormi rose rosse, e da vicino si sente che profuma di una buona colonia. P dice "Buonasera" – il Francese risponde sorridendo e sollevando la bottiglia – e fa un cenno a Madame Bovary per farsi riempire di birra il bicchiere che si era portato fuori.

"Come va? Ci siamo visti l'altro giorno al Consorcio" dice il Francese. Ha una erre arrotatissima, non conosce la zeta e pronuncia tutte le parole come se avessero l'accento.

"Sì, mi ricordo... Credo che sia stato il primo a salutarmi come si deve."

"Ah be'. All'inizio è un po' complicato... ma poi... vedrà."

"Sì, credo che sopravviverò."

"Mi chiamo Henrí, ma tutti mi chiamano il Francese. Sono il veterinario del macello."

"Pedro" fanno un brindisi, l'uno con il bicchiere l'altro con la bottiglia.

"Pedro," ripete il Francese, ma dice una specie di "Pedgrro", "ahi, ahi, ahi, è troppo difficile per me" sorride. "Vieni dalla città?"

"Sì... dalla città."

"Io sono nato a Tours, e poi sono stato per un po' ad Amsterdam, ma le città non mi piacciono molto. Con tutta quella merda di smog e di fracasso... E non mi piacciono gli animali di città, cagnolini e micetti..." enfatizza con delle smorfie da animaletto da compagnia. P annuisce:

"Già, non sembrano neanche animali...".

"Sì, ha ragione. A me piacciono gli animali veri: mucche, cavalli... Quindi preferisco lavorare in un macello."

"Ma in un macello gli animali li ammazzano."

"Ah *oui*, li ammazzano. Ma io faccio in modo che stiano bene, che non provino stress né dolore. Basta rispettare le regole e tutto va bene. C'è chi si prende cura della vita e chi della morte."

"Sei qui da molto? Parli molto bene lo spagnolo."

"Mah no, ho un accento terribile. Però mio padre era spagnolo. È mancato quando ero piccolo."

P beve un sorso di birra.

"Era di qui?"

"Ah no, di Madrid, di Carabanchel. Ma a Madrid non ci sono le mucche" ride. E ride anche P. "E poi qui ho conosciuto la mia fidanzata, lei è del paese e adesso aspettiamo un bambino."

"*Alors vous avez trover ici la femme...*"

"*J'espère que oui: c'est déjà le temps, à quarante années... Mais vous parlez français*?"

“*Pas vraiment*, imito solo dei suoni...”

Si ode un colpo forte, qualcuno ha spalancato la porta con uno spintone. Due corpi avvinghiati atterrano nel locale, un groviglio di braccia e di gambe che si contorcono per terra. Uno dei due è un chioma-variopinta, un bassetto del gruppo di Malacaín; l’altro è un tizio grande e grosso che P non conosce. In un primo momento sembra che i due facciano sul serio, ma il Malacaín e tutta la banda irrompono con loro nel locale e circondano i due combattenti con aria divertita. La Fighetta Madame Bovary interviene: “Prego, egregi signori, per gli incontri di lotta libera andate fuori, grazie”. Ora i due ragazzi sono a terra immobili, avvinghiati, ansimanti, stremati dallo sforzo; si alzano con il viso coperto di chiazze rosse e gli abiti tutti in disordine. “Porca troia, versami da bere, che devo insegnare a questo cornuto come si fa a botte” tuona il Malacaín. Il cornuto in questione è un ragazzone di due metri per duecento chili con la faccia da sbarbatello, e non avrà neanche vent’anni. Si tasta la tempia arrossata e già un po’ gonfia, dove, a quanto pare, ha beccato un pugno. L’altro, maggiore d’età, ma di taglia notevolmente più piccola, saltella per essersi aggiudicato la vittoria ai punti.

“È come tornare a scuola” esclama il Francese.

“Quello grosso non l’ho mai visto.”

“Lo chiamano Boing, ti puoi immaginare perché... Ma è tanto grosso quanto ingenuo. Durante la settimana studia giù in valle, perciò non lo hai ancora visto.”

“Ah, certo, Beethoven mi ha parlato di lui.”

“Il peggiore è il Malacaín, che non guarda in faccia a nessuno. E quando beve... ahi, ahi!”

“Sì, ho saputo.”

“È stato macellatore prima di San Martín, ma adesso lavora direttamente al servizio del Proprietario. Quando sono arrivato lui e i suoi amici della valle mi rendevano la vita impossibile. Volevano che pregassi in francese, o mi chiamavano femminuccia perché usavo l’*eau de cologne*. Be’, il Malacaín dà sempre del finocchio a tutti, è una specie di ossessione. L’unico con cui non si azzarda a farlo è il macellaio, e infatti quei due non si vedono mai nello stesso bar, perché quando arriva il macellaio il Malacaín fila via veloce come un razzo. Tra loro è successo qualcosa, ma con questa gente non si sa mai bene cosa...”

“Beethoven mi ha anche detto che gli piace fare esperimenti con le erbe.”

“Sì, così dicono. Stramonio. Sai cos’è?”

"L'ho già sentito, è una pianta allucinogena, no?"

"Sì, un'erba magica. Nel Medioevo si usava per preparare... unguenti magici con grassi animali e intrugli di erbe. A volte le donne si mettevano l'unguento nella vagina aiutandosi con il manico di una scopa. È da qui che viene l'immagine della strega che vola sulla scopa."

"Già."

"Ma funziona anche come infusione... e quindi attento a quello che bevi quando c'è Malacaín nei paraggi..."

***

Prima di lasciare la locanda, P infila la mano nel nécessaire, prende l'astuccio con l'anello e lo mette nella tasca del giubbino di jeans.

Fuori c'è nebbia, una bruma i cui filamenti fluttuano attorno al campanile. È una mattina fredda, ma il sole lascia sperare che presto l'aria si scalderà. P va al bar dei portici a prendere il caffè e a fumare la prima sigaretta della giornata. Scambia quattro chiacchiere con la Susi, che tutte le mattine gli chiede come vanno le cose, ma oggi non le racconta le novità di ieri, non le dice chi ha conosciuto e chi non ha ancora conosciuto, e non le parla nemmeno dei suoi programmi per la giornata.

Quando esce dal bar si avvia verso la calle del Puente, che in realtà è un sentiero che conduce fuori dal paese costeggiando il ruscello. Dopo le ultime casette di mattoni, dall'aspetto molto più umile di quelle della calle Mayor, appare un vecchio mulino diroccato, senza tetto, del quale, sulle due sponde del fiume, restano solo i muri portanti. Poi viene un ponte di pietra che attraversa il fiumiciattolo, e poco dopo il sentiero incrocia una strada sterrata che sale verso il bosco senza restringersi, larga quanto basta a permettere il passaggio di un grosso camion. Per terra ci sono dei solchi, sui quali, nei punti in ombra, luccica ancora la brina, e le fronde, sciupate dal passaggio dei camion frigorifero, formano un tetto sottile attraverso cui filtrano i raggi del sole. In lontananza P intravede un capannone industriale bianco e rosso, acquattato nella boscaglia come un'astronave a riposo. Tra gli alberi spicca una torretta quadrangolare con un logo: UNI-PORK, sempre in rosso vivo su sfondo bianco. Quando arriva in fondo alla strada, che ormai è quasi una mulattiera, P gira a sinistra e vede un cancello aperto. Lo sorveglia un custode nella sua guardiola, che si drizza sulla sedia vedendo P che si avvicina.

"Buongiorno" dice P. Il custode non risponde subito, prima fa scorrere la finestrella di vetro per sentire meglio.

"Salve," ripete P, "dovrei andare negli uffici..."

Il guardiano sembra il vecchio Lionel Barrymore di *La vita è meravigliosa*, con le stesse mani rattrappite per l'artrosi. Mr. Potter alla Barriera. Sembra seccato, non deve capitargli tutti i giorni che arrivi un tizio, a piedi, che vuole andare negli uffici e che non sembra un agente di commercio, né un grossista, né un ispettore della sanità.

"La stanno aspettando?"

"No, non credo mi stiano aspettando..."

"Cosa vuole?"

"Vorrei parlare col responsabile dell'ufficio del personale."

Il vecchio indugia, forse perché nell'azienda non esiste un ufficio del personale o forse perché c'è, ma si chiama con un altro nome. Tuttavia le maniere di P lo convincono; il suo modo di parlare, il sorriso, una nebulosa di impressioni positive che P è cosciente di irradiare.

"Deve lasciarmi la sua carta d'identità."

P gliela passa attraverso la finestrella. Il vecchio apre un cassetto, tira fuori un registro, guarda l'orologio, e con l'orribile scrittura della sua mano rattrappita segna l'ora, il nome, il numero del documento. Poi restituisce a P la carta d'identità e gli dà un pass con scritto VISITATORE e un fermaglio per fissarlo sul risvolto della giacca. Lionel Barrymore gli dice che deve averlo sempre ben in vista e P se lo pinza sul colletto.

Oltre la barriera un'enorme area di sosta, linee, frecce, corsie disegnate sull'asfalto nero come la pece; due camion dell'azienda, un furgone, alcune berline, una Porsche nera con la capote bianca e i cerchioni dorati. L'edificio è una moderna struttura industriale, quanto di più moderno P abbia visto da settimane: una costruzione a due piani, senza finestre, tutta rossa e bianca, con la torretta del logo che spicca su quello che sembra essere l'ingresso principale.

Le porte a vetri si aprono al passaggio di P, e lui entra in un ambiente lussuoso, stile anni novanta: abete sbiancato, acciaio satinato, lampade alogene e grosse poltrone rosso vivo, come grumi di sangue. I due computer sul banco, entrambi rossi, sono della Apple. P ha già visto questo modello, simile a un gigantesco uovo traslucido. Dietro il banco una signorina col microfono del telefono sospeso sulla testa, che fa quasi pendant col piercing sul soppraciglio. Madonna del Macello. P decide di sfoggiare tutto il suo fascino.

"Buongiorno" dice Madonna vedendo P che si avvicina al banco.

"Buongiorno, è possibile parlare col responsabile del personale?"

"Be'... in questo momento non è in sede. Di cosa si tratta?"

"Ho saputo che c'è una lista d'attesa per le assunzioni."

"Sì..." aria di averlo inquadrato al primo sguardo. "Lei risiede a San Juan?"

"Sì."

"Accettiamo domande solo da parte di abitanti della zona, con un occhio di riguardo per i famigliari dei nostri dipendenti."

"Be', io vivo in paese già da un po'."

Madonna sembra non mangiare la foglia, ma non lo contraddice, cerca solo di dissuaderlo.

"Non so se è al corrente che qui ci vogliono dei mesi prima che una domanda venga accolta..."

"Già. Molti mesi?"

"A volte un anno o due, se il suo profilo è davvero adatto a qualche posto."

"Be', vorrei comunque presentare la mia domanda."

Dato che lo sconosciuto non demorde, Madonna decide di tagliar corto e di dargli i moduli.

"Deve completare questi moduli e riconsegnarli con un curriculum dettagliato e una fotografia."

P prende i due fogli graffati, ringrazia, gira sui tacchi ed esce dalla reception. Là dentro non c'è altro che possa fare.

Nel parcheggio capisce di essere arrivato a un punto cieco, sia con Madonna che per Lionel Barrymore nella sua guardiola. Accende una sigaretta e s'incammina lungo il fabbricato, diretto verso il fondo della recinzione. Rumore di macchinari; odore di qualcosa, di carne cruda, di sangue. P ha già superato la metà del percorso, quando, in lontananza, un tizio con la stessa uniforme blu di Lionel Barrymore sbuca da dietro un angolo. Cammina a passi rapidi, con il berretto in mano. Sin da laggiù sembra stupirsi vedendo P, che perciò decide di proseguire a passo deciso per non destare sospetti. Ma la guardia rallenta, s'infila il berretto e continua a guardarlo. "Salve," dice a P, che ormai si trova a due metri da lui, "cerca qualcuno?" P si ferma e risponde di sì: "Il capo del personale, credo che sia laggiù" e indica vagamente il fondo del fabbricato. "No, senta," fa la guardia, "sia così gentile da chiedere in ufficio, là le sapranno dire." "Ah, perfetto, grazie" esclama P, e sempre con gran decisione gira sui tacchi e s'incammina dietro il guardiano, che procede più velocemente di lui ma di tanto in tanto si gira per controllarlo. E così P è costretto a rientrare nella reception mentre il custode raggiunge la guardiola di Lionel Barrymore, e una volta dentro deve tornare al banco e inventarsi una panzana da raccontare a Madonna, la quale, vedendo per la seconda volta lo stesso rompiscatole, non riesce a nascondere la sua aria seccata.

"Scusa, avresti un biglietto con l'indirizzo? Così posso spedire la mia domanda per posta."

Madonna gli porge il biglietto con un sorriso di circostanza, e P esce dall'azienda passando davanti a Lionel Barrymore e all'altro custode che chiacchierano sulla porta della guardiola. Fa un cenno di saluto con la mano, e i due ricambiano, senza perderlo d'occhio fino a quando lo vedono uscire dal cancello.

Oltre l'ingresso del macello la strada da cui P è arrivato prosegue, e si inerpica sulla gobba dell'Horlá sottoforma di impervio sentiero pieno di rovi che rendono difficoltoso il passaggio. Comunque per di là sono passate delle moto da enduro, e anche qualche macchina, a giudicare dai solchi coperti d'erbacce. Un po' più su, sul ciglio del sentiero, P vede una piccola costruzione di pietra e ardesia che sembra un rifugio di pastori, o magari una cappella o un tempietto, vista la nicchia dove, su un piedistallo con la scritta in vernice nera "Nostra Signora dell'Horlá", si erge una statua di pietra porosa, talmente corrosa dal gelo che ormai conserva solo qualche traccia dei lineamenti del viso. P si avvicina un poco e, incuriosito dalla superficie consumata, sta quasi per toccare la statuetta, quando scorge delle ragnatele in mezzo alle foglie e ai petali sbiaditi di un bordo di plastica che circonda il piedistallo. Indietreggia in preda a un brivido di paura; si stringe nelle spalle, si tasta la nuca, serra i pugni, tutta una sequenza di atti fobici con cui cerca di liberarsi dall'orrenda sensazione che un ragno gli sia saltato addosso e si stia infilando da qualche parte nei suoi vestiti.

Si rimette in marcia lungo il viottolo in salita, sempre più ripido, fino a quando, ansimante, raggiunge un dosso che potrebbe essere una spalla dell'Horlá. Si ritrova infatti su uno spiazzo piuttosto pianeggiante, roccioso, della dimensione di un campo da pallacanestro, che, eccetto il lato con la parete che lo unisce al collo del gigante, sembra completamente circondato dal cielo. Al centro dello spiazzo una croce di pietra senza iscrizioni, e ai piedi della croce alcuni mazzi di fiori legati alla base col fil di ferro; fiori secchi ormai da mesi, o forse da anni.

P percorre il perimetro della terrazza naturale. Verso sud il declivio è abbastanza dolce e molto boscoso; tra le fronde degli alberi si scorge a malapena qualche casa del villaggio, venti o trenta metri più sotto, mentre verso nord il fondo di roccia nuda termina all'improvviso e, con un taglio netto, precipita in un immenso dirupo cui non ci si affaccia se non con una certa apprensione. Da quassù si domina un panorama formato dai profili sovrapposti dei monti, e in fondo, molto in lontananza, splendono le nevi eterne della grande catena montuosa. Ovvio che sia un buon punto da cui lanciarsi: basta prendere una piccola rincorsa e spiccare un salto per finire giù, perdere conoscenza a metà della caduta e morire sognando di volare.

P non ci pensa due volte, tira fuori l'astuccio dalla tasca, lo apre ed estrae il gioiello. *Jewel Zoo*, legge per l'ultima volta sull'astuccio di legno laccato, poco prima di lanciarlo nel vuoto e guardarlo mentre quasi si libra nell'aria per poi sparire. Poi osserva l'anello, con l'acquamarina azzurra e il piccolo diamante che sembrano conficcati, più che montati, in un castone rettangolare d'oro bianco. Con un po' di fantasia si può vedere un asteroide azzurro illuminato da un sole brillante e lontano, *isn't it romantic?*

P chiude l'anello nel pugno, indietreggia di qualche metro per prendere la rincorsa, esegue tre passi da lanciatore di giavellotto in direzione dell'abisso e poi apre la mano e tira una frustata col braccio. Un minuscolo corpo scintillante s'innalza verso il cielo, si perde nel blu, e infine luccica ancora per un istante prima di tuffarsi nel nulla, ormai invisibile, smarrito, perduto per sempre.

P gli dice addio con un cenno della mano e s'incammina per il sentiero che scende in paese.

***

Metà pomeriggio, nel Pub. P entra nel locale vuoto.

"Ce la stai facendo, bello mio!" gli dice Madame Bovary.

"In che senso?"

"Be', hai già superato il primo mese, no?"

"A dire la verità non è stato poi così difficile."

"E per di più sei ben visto. Un po' grazie a Beethoven; sarà anche suonato ma bisogna ammettere che sa giudicare i forestieri. Ti chiama Pedro il Grande, anche se i suoi soprannomi non attaccano mai, io per lui sono Madame Bovary. Molto probabilmente ti rimarrà quello che ti ha affibbiato la Heidi: Bond, James Bond. Dice che sei un poliziotto o qualcosa del genere. Una domanda: cerchi ancora lavoro?"

"Certo."

"Conosci il Sicomoro? Quello che fa i turni serali con me il week end?"

"Sì."

"Be', dalla prossima settimana non viene più perché l'hanno preso al macello come impacchettatore."

"Interessante..."

"E quindi ha detto al Proprietario che il forestiero cercava lavoro... Ma d'altra parte lui lo sapeva già."

"Il Proprietario?"

"Il proprietario di tutto: del macello, della locanda, di questo bar, di mezza regione."

"Quello della Porsche nera?"

Madame Bovary annuisce.

"E cosa ti ha detto?"

"Di chiederti se hai mai lavorato in un bar. Basta che tu risponda di sì e che ti presenti venerdì pomeriggio alle cinque. Be', meglio se vieni giovedì così ti insegno come si manda avanti la baracca. Come vedi non ci sono molti candidati."

"Orari? Stipendio?"

"Venerdì, sabato e prefestivi dalle cinque fino alla chiusura, cioè verso le tre o le quattro del mattino, o fino a quando l'ultimo ubriacone si tolga dai coglioni. Otto euro all'ora, ovviamente in nero. Finirai per averne le palle piene di questa gentaglia, però puoi facilmente tirar su centocinquanta o centosessanta euro a settimana lavorando solo due giorni, e qualcosa di più se capitano anche dei giorni festivi. Ovviamente durante il turno di notte bisogna badare che non avvengano risse troppo accese, e quindi qualche volta ti toccherà fare da buttafuori. Per questo il proprietario preferisce avere un uomo nel fine settimana. È rimasto impressionato da come l'altro giorno hai tenuto testa al Malacaín. A proposito: a quello gli stai proprio sull'anima, continua a ripetere che sei un frocio e a dirtene dietro di tutti i colori."

"La smetterà. Centocinquanta a settimana non è male. È quello che spendo in una settimana alla locanda."

"Stai ancora alla locanda? Che razza di ladra la gerente. L'anno scorso al Francese prendeva settantacinque a settimana."

"Non ho un altro posto dove stare."

"Se lavori in paese qualcuno si fiderà ad affittarti qualcosa. C'è un sacco di case vuote che cadono a pezzi, non credo che ti chiederanno più di duecento al mese per un appartamento. Chiedi in giro, al Consorcio, o dalla Susi..."

"Solo duecento al mese? Davvero?"

"Io ne pago centocinquanta. Perché credi che questo sia il paradiso dei morti di fame? Con la paga di tre o quattro giorni ti puoi pagare l'affitto di un mese, e con quello che ti resta ci compri la coca o da bere, perché l'erba è praticamente un bene collettivo, basta fare un salto negli orti là dietro. Comunque non ti aspettare un posto decente per duecento euro, non avrai il riscaldamento né i mobili, e probabilmente quando piove ti toccherà dormire con l'ombrello aperto, ma è sempre meglio che stare con quei sordi della locanda per centocinquanta la settimana."

"Senti, a proposito, ma alla locanda ci sono solo i sordi? Sembra di stare in una cattedrale, non si sente niente a parte l'eco dei passi."

"Tu hai mai visto qualcun altro, a parte i sordi?"

"No... Solo due coppie di anziani. Tutti e quattro sordomuti."

"Visto? Sono arrivati anni fa e non escono mai, nessuno sa da dove vengano né cosa diavolo facciano barricati là dentro. La Heidi dice che sono stregoni. Io lo chiamo Il Mistero dei Sordi della Locanda, che è solo uno dei tanti, come Il Mistero dell'Orologio del Campanile, Il Mistero dei Suicidi Felici o Il Mistero della Massaia Squartata... Stephen King dovrebbe venire qui per un po'... Be', allora, lo vuoi o no questo lavoro?"

"Sì, certo. Ma prima bisogna festeggiare. Ti offro quello che vuoi, ti va di aprire una bottiglia di champagne?"

"Grazie, ma lo champagne mi mette tristezza, mi ricorda quando facevo la pubblicitaria e andavo a cena con i miei colleghi dopo la firma di un contratto... Mi farei più volentieri una sniffata, perché i cuba me li offre la casa."

"Mi spiace, però mi manca la materia prima..."

"Be', se puoi pagarne un grammo me lo faccio portare in un attimo, il tempo che ci mette il Robocop a fare un viaggetto e tornare con la moto. Il Robocop lo conosci di sicuro, è quello che passa la giornata a scolare birra davanti al bar della Susi. Stavo per dirti che è quello fuori come un balcone, ma qui non è un tratto distintivo."

"Già. È uno coi calzoni corti e gli anfibi."

"Proprio lui. Ormai da due anni non porta più i pantaloni lunghi né d'estate né d'inverno, da quando ha smesso di fare la guardia di sicurezza al macello e ha giurato che non avrebbe mai più indossato una divisa. Sai cosa fa quando si gela? Si spalma le gambe di grasso per non congelarsele su quella merda di motocicletta; ti giuro che l'ho visto. Be', allora, ci vai o no dalla Susi a fare l'ordine?"

"Ok..."

Entra la Heidi. Ha un aspetto inconsueto: gonna, trucco... con i tacchi supera il metro e ottanta d'altezza.

"Wow!" esclama Madame Bovary.

"Non guardarmi, sembro una povera scema."

"Dove vai?"

"Giù in valle per un'*interview*. In comune cercano un'insegnante d'inglese. Dammi un *chupito* di vodka, ne ho bisogno," poi guarda P e gli dice: "Ancora qui, Mr. Bond?".

"Ancora qui."

"Peggio per te, povero rimbambito..."

Madame Bovary versa la Moskowskaya in un bicchierino gelato che ha tirato fuori dalla ghiacciaia. La Heidi lo vuota tutto d'un fiato, stropiccia il viso, aaaaah, pesta il bicchiere sul banco e dice a P: "Vieni qui, Mr. Bond, dammi un bacio per augurarmi buona fortuna". Va da lui, lo afferra per la nuca e lo costringe ad avvicinare il viso. P oppone resistenza premendole la mano sul collo. Lei è costretta a cedere; gli lascia la nuca, si allontana un poco e poi gli molla uno schiaffo secco, risentito.

"Idiota, non si respinge una donna che vuole baciarti."

P ci pensa un po':

"Non sono ancora sicuro che tu sia davvero una donna, Mrs. Heidi".

"Ah no? E allora queste cosa sono, imbecille?" solleva il sottile maglioncino di lana rosa e scopre le tette nude, che agita sotto il naso di P sghignazzando così forte da far crollare le pareti.

***

Un martedì, nel tardo pomeriggio, al Consorcio. Il macellaio beve whisky da solo, mentre P beve birra con San Martín, che aspetta il Robocop per andare al Kingdom col furgone del Francese. E infatti poco dopo spunta il Robocop, con un vecchio cappotto grigio dal quale, proprio dove finiscono i bottoni, sbucano le gambe nude e gli anfibi. San Martín chiede a P se vuole andare con loro, "anche solo per farti un drink", gli dice. P accetta, e così gli tocca accomodarsi nel vano merci del furgone, senza sedili. Il Kingdom dista circa quaranta chilometri, e per arrivarci impiegano quasi un'ora. Per ammazzare il tempo durante il tragitto si scolano lattine di birra, si fumano sigarette alla coca e ci si diverte a premere l'acceleratore per far ruzzolare P sul pavimento; piroette che i nostri amici nella cabina di guida acclamano con grandi sghignazzate, anche se è praticamente soltanto San Martín a parlare, perché il Robocop apre bocca solo quando deve chiedere qualcosa.

Verso le dieci arrivano al Kingdom, che si trova proprio sulla strada principale, ben in vista, anche se difficile da raggiungere. La costruzione sembra una villetta a due piani, con il tetto piatto e la facciata percorsa da tubi di neon violetti e rossi che sulla destra si contorcono a formare la parola "Kingdom", sormontata da una corona gialla. Sul davanti c'è un piccolo spiazzo dove sono posteggiate tre macchine e un tir. Lasciano lì il furgone.

C'è un gran puzzo di letame. I tre scendono e s'incamminano verso la porta d'ingresso, di legno nero opaco, con due riquadri. A destra c'è un campanello. San Martín suona. Ad aprire arriva subito un tizio alto, sulla cinquantina, con le maniche rimboccate e un'orrenda cravatta marrone che porta allentata sul colletto sbottonato della camicia. Ha un'aria più che seria, minacciosa, ma dopo aver dato un'occhiata ai nuovi arrivati si fa da parte e dice: "Prego, signori" con atteggiamento forse un po' troppo disinvolto per essere rispettoso.

I tre entrano in un atrio poco illuminato da cui partono delle scale tondeggianti. A destra un ampio passaggio dà sul bar. È proprio lì che i nostri amici si dirigono, sempre capeggiati da San Martín. Suonano musica latino-americana; dentro è tutto buio come nell'atrio, eccetto nei punti dove dei potenti fari direzionali illuminano il banco, i tavolini e una piccola pista da ballo. Ci sono dieci o dodici ragazze, ma solo due uomini seduti al bancone, e quindi quasi tutte le donne stanno davanti alle slot-machine o coricate sui divani a sfogliare riviste sotto la luce dei faretti. L'arrivo di nuovi clienti richiama la loro attenzione; sorridono, ma prima aspettano che i tre si siedano al banco e ordinino da bere: whisky per San Martín e P, birra per il Robocop.

"Porca troia, la Katty non c'è!" brontola San Martín quasi tra sé.

"Scordati la Katty, è meglio non affezionarsi a queste donne" gli consiglia il Robocop riuscendo stranamente a pronunciare una frase così articolata.

P osserva più attentamente le ragazze. In realtà si assomigliano tutte; oltre a indossare minigonne molto simili e maglioncini tutti più piccoli di qualche taglia rispetto a ciò che una qualsiasi donna si metterebbe per andare in giro, hanno la pelle scura, anche se non nera, e sono tutte piuttosto basse e grassocce, con i capelli lunghi, ben stirati e tinti di qualche colore acceso, per lo più biondo. Le Veneri Chiattone. Certe hanno una bella cintura di ciccia e pancetta che straripa dal top e dalla minigonna, e una ragazza, in particolare, ha le cosce così grosse che cammina con le gambe storte, come una dea culona sui tacchi. Fa eccezione una fanciulla con i capelli castani, forse leggermente ramati, che infila monetine in una slot-machine. P riesce a malapena a intravederle il viso, ma gli sembra molto giovane, con i capelli morbidi e folti, si capisce dallo chignon stile eroina di Hitchcock.

Appena i nuovi arrivati bevono qualche sorso, le ragazze cominciano ad avvicinarsi: "Ehi, tesoro, come va?" domanda una tizia con due treccine piene di perline davanti al viso. E dato che sembra si sia rivolta soprattutto a San Martín, lui le risponde: "Ciao, bellezza" e le dà una bella palpata alle chiappe come saluto. Ma lei gli scosta delicatamente la mano e gli chiede di offrirle un drink, e a questo punto San Martín indugia e dice che lui è venuto per vedere la Katty. "È occupata, amore," gli dice lei, "ma se vuoi ti posso presentare un'altra amica." Poi guarda P: "A te, invece, che sei così bello e hai l'aria di sapere l'inglese, so già chi ti presento. Vedrai che russa deliziosa... prendi il bicchiere, tesoro" e senza aggiungere altro lo prende per mano e lo trascina verso la zona delle slot-machine, dove la ragazza con i capelli ramati è sempre intenta a infilare monete. In realtà la donna che funge da anfitriona non sa ancora il nome di P, e perciò glielo domanda prima di fare le presentazioni: "Pedro, lei è Tatiana" e poi si allontana lasciandoli soli davanti alla slot.

A quanto pare Tatiana sa dire "ciao", "hai delle monete?", "mi offri da bere?", e anche altre cose in spagnolo. Di inglese, invece, non sa praticamente una parola, ma comunque trova il modo di arrangiarsi per sedersi con P su un divano e imbastire con lui una conversazione fatta di gesti e parole pronunciate in tre lingue diverse, delle quali una, incomprensibile, non è russo, bensì ucraino, anche se, come Tatiana spiega a P ricorrendo a tutti i modi possibili e immaginabili, il russo e l'ucraino si assomigliano molto. Gli spiega anche che lei è arrivata in Spagna da un mese, che vive in quella casa, che un paio di volte, la domenica, è andata a fare una passeggiata nel paese vicino, e che le piace molto il mare, anche se non ci è ancora potuta andare. A P sembra una storia talmente triste che la esorta a trasferirsi nella capitale, dove almeno avrà qualcosa da fare. Le dice addirittura che lui la può aiutare, se qualcuno la costringesse a fermarsi: "Mi ricordi un dipinto," le dice, "è come se ti conoscessi da sempre".

Ma non è così, nessuno la costringe a fermarsi, gli dice Tatiana; lei ha una bambina a Kiev, che si pronuncia "Kif", e deve mandarle i soldi. A P sembra il colmo della depressione, ma dato che lei gli racconta tutto sorridendo, sprizzando gioia da tutti i pori, la conversazione scivola su argomenti futili, come il tempo o il sistema ucraino della lotteria. A un certo punto la ragazza chiede a P se ha settanta euro, e P, che si porta sempre appresso tutti i suoi soldi, le risponde di sì, e allora lei gli propone di andare al piano di sopra. "Tu piace molto," gli dice, "molto bello." In realtà P non è venuto con l'intenzione di usufruire di qualche servizio, e poi è già al terzo whisky, ma qualcosa, in quel posto, sicuramente quell'affollamento di cosce e di tette che gli passa sotto il naso, o forse il forte profumo che impregna ogni cosa, un misto di deodorante per ambienti e acqua di colonia dolciastra, lo inducono a uno stato di ammaliamento che rasenta la pura eccitazione, ulteriormente accresciuto dal contatto con Tatiana, che sta seduta vicinissima a lui e mentre parla gli accarezza una gamba e appoggia la fronte sulla sua spalla tutte le volte che ride.

Così P le dice di sì, che va bene, la qual cosa illumina il sorriso di Tatiana, che si alza, lo prende per mano e lo trascina fuori dal bar, verso l'atrio. Il tizio con la cravatta orrenda, che da lontano li ha visti arrivare, si piazza dietro un piccolo banco ai piedi delle scale. Tatiana indica a P che si paga là. P allunga due biglietti da cinquanta e in cambio riceve il resto di trenta euro e un sacchettino contenente una specie di lenzuolo bianco, perfettamente stirato e piegato che Tatiana prende subito in custodia.

Di sopra un corridoio in penombra e due file di porte, tutte aperte, come se non ci fosse nessun altro in tutto il piano. Tatiana ne sceglie una, e lei e P entrano in una stanzetta che s'illumina di rosso premendo l'interruttore. Proprio accanto alla porta c'è un bagnetto – dove in realtà ci sono solo un gabinetto e un lavandino – e in fondo alla camera, contro la parete, una brandina larga novanta centimetri. Comodino con posacenere e sveglia, una sedia, e una finestra a ghigliottina da cui entra uno spaventoso tanfo di letame.

Tatiana chiude la finestra e comincia a trafficare con la sveglia. "Venti minuti, eh? Altrimenti vengono su a bussare..."

Poi comincia a spogliarsi. Prima si sfila il top scoprendo due magnifici seni, e poi le scarpe e la minigonna, restando così con un paio di mutandine di un colore indefinibile sotto la luce rossa. Infine si toglie la pinza con cui raccoglie i capelli. P, che mentre saliva le scale ancora non sapeva se approfittare dei settanta euro, finisce per cedere all'istinto davanti allo splendido corpo della ragazza.

"Su, spogliati!" dice lei molto allegramente. E così dicendo, dal sacchettino tira fuori il lenzuolo, che stende sulla brandina, un preservativo e due piccoli asciugamani, uno dei quali è per P, che ormai è in mutande e si toglie il crocifisso dal collo per posarlo con cura sul comodino, accanto alla sveglia e al preservativo.

Tutto si svolge tranquillamente, tra giochi e carezze e risate, fino a quando Tatiana esce dal bagno mostrando il pube completamente rasato, una visione che raffredda P in modo evidente. "Cosa c'è?" domanda lei rendendosi conto della situazione, "non ti piace così?" "Non molto" risponde P, ridotto a una nudità ormai inerme sulla brandina. "Che peccato" dice lei con una sfumatura di autentica delusione nella voce. E perciò ricorre a una serie di trucchi del mestiere, che tuttavia non bastano a distogliere P dal tanfo di letame, dall'immagine di quella spiaggia mai visitata, dall'idea di quella bambina senza la sua mamma in qualche angolino di Kiev, che si pronuncia "Kif", e dal ruvido contatto con quella cosa che cerca di non guardare per non peggiorare la situazione.

Dopo neanche un quarto d'ora P decide di gettare la spugna e comincia a rivestirsi, iniziando dalle mutande. Tatiana, con la sua solita aria affabile, seppure un poco rammaricata, cerca di aiutarlo, e si siede sul letto per prendere la catenina con il crocifisso che P ha posato sul comodino. Prima di passargliela, però, la fa dondolare e la osserva con occhi curiosi, e senza sapere perché si lascia sfuggire una risatina.

E allora P gliela strappa brutalmente di mano e, sempre seduto sul letto, schiaffeggia con forza la ragazza, ciaf, con tale forza che la testa di lei sbatte contro la parete con un tonfo sordo che si fonde con un grido, forse più di sorpresa che di dolore. Ma ecco che P, ora in ginocchio sul letto, le afferra un polso e la scuote, per scostarle i capelli che le coprono il viso e colpirla di nuovo. Lei cerca di proteggersi e grida ancora. Allora P le molla un pugno nel ventre ammutolendola all'istante e costringendola a portare le mani in grembo, sul punto colpito. A questo punto il volto di lei, che ora esprime un sentimento a metà tra il dolore e il panico, è nuovamente scoperto, e P la colpisce con un diretto al naso. La testa dalla chioma ramata sbatte ancora sulla parete, sopra al cuscino, e questa volta con tale violenza che la stanzetta rimbomba e il corpo nudo della ragazza sobbalza inerte e cade rannicchiato accanto al muro, con il mento compresso sul seno e un'espressione attonita dipinta sul viso macchiato di sangue.

Ma la furia di P non si è ancora placata. Gira su un fianco la ragazza, che rotola sul letto e cade per terra battendo la testa sul comodino e ribaltando così la sveglia.

P è in ginocchio sul letto, ansimante, con gli occhi fissi sul corpo di lei, che giace immobile sul pavimento. Ha gli occhi sbarrati, un rivolo di sangue che dal naso scende sulla bocca, un braccio piegato sotto la schiena e le gambe aperte in una posizione grottesca, come una pollastrella pronta per entrare nel forno. È morta, e per un attimo P pensa ai guai che questa faccenda potrebbe causargli. Ma è solo un attimo, perché all'improvviso si accorge di avere una potente erezione, e un impeto di eccitazione gli fa battere il cuore all'impazzata.

La sveglia, capovolta sul comodino, non è ancora suonata. In effetti devono mancare ancora cinque minuti, e forse ne passeranno anche dieci prima che al tizio di sotto venga in mente di salire, e quindi P ha tutto il tempo di scendere dal letto, di afferrare la ragazza per le braccia e di coricarla di traverso sul materasso, con le braccia che pendono da un lato e i piedi dall'altro e gli occhi spalancati fissi sul soffitto. Allora P si abbassa di nuovo le mutande e cerca di penetrarla con tutta la forza della sua salda erezione. Ma l'aridità di quel sesso senza vita rende vano ogni tentativo e quindi, sempre più eccitato, P bagna la vagina della ragazza con la saliva, che si sputa sulle dita e poi cosparge come fosse un unguento.

Cinque minuti dopo il tizio con la cravatta marrone vede P che scende dalle scale, e questo per il momento basta a tranquillizzarlo; ci vorrà un po' prima che si stupisca di non vedere anche la ragazza.

Né San Martín né il Robocop sono al bar, ma la cameriera gli dice che stanno per tornare. P riflette un attimo e poi decide di aspettarli nel posteggio, per precauzione, e anche perché fuori il tanfo di letame che ancora si sente nel naso non si mescola con il puzzo di profumo che venti minuti fa lo faceva eccitare, ma che adesso, con qualche centilitro in meno di liquido nella prostata, gli provoca una nausea pazzesca, quasi come il *Devórame otra vez* che comincia a suonare per la gioia unanime delle Veneri Chiattone.

18.

IN PARADISO

T e Suzanne escono dal Sunrise dopo mezzanotte, quando ormai il locale è affollato e quindi non rischiano più di lasciare i musicisti da soli. All'entrata, Fiocco di Neve sorride molto affabilmente e dice ancora qualcosa che T non capisce. Fuori non fa freddo, ed è piacevole passeggiare per le strade ancora bagnate del Village. Camminano lentamente, in direzione nord, sperando di vedere il numero di una strada per capire a che altezza si trovano.

"Ho appena avuto un *déjà-vu*," dice Suzanne, "questo mi è già successo prima."

"Quando è cominciato?"

"Circa dieci secondi fa, e credo che duri ancora. Sì..."

"Aspetta, ti dico una parola strana... *Chiricatampayo*. Ancora?"

"Sì..."

Suzanne sorride, è un *déjà-vu* particolarmente lungo. T accelera il passo e si piazza davanti a lei, poi si porta un ginocchio al mento, caccia fuori la lingua, e fissa i pollici sulle tempie agitando le altre dita all'impazzata... "Ancora?"

Suzanne si ferma contorcendosi dalle risate. E allora T la smette di fare il pagliaccio:

"Non dirmi che ti è già successo anche questo?".

Lei tarda un poco a ricomporsi:

"No, il mio *déjà-vu* è finito all'improvviso".

Si rimettono in marcia. Suzanne, di tanto in tanto, scoppia ancora a ridere, ma T si è fatto serio:

"La cosa strana è che non ci capiti più spesso" esclama indicando un taxi di passaggio. "Guarda quel taxi, per esempio, sarà la prima volta che lo vedo? Tu cosa ne pensi?"

"Non saprei," risponde lei, "probabilmente no."

"Ovvio, probabilmente no. Come è probabile che questa non sia l'ultima volta che lo vedo. Magari l'ho visto all'aeroporto quando sono arrivato, e magari lo vedrò ancora tra due settimane. Non so. Ma la cosa fastidiosa è che non saprò neppure quando sarà l'ultima volta che lo vedrò. E ovviamente una volta dovrà pur essere l'ultima."

"Sì, certo..."

"Ogni giorno facciamo e vediamo per l'ultima volta un sacco di cose, ma non ce ne rendiamo conto, non abbiamo la possibilità di congedarcene." Pausa. "Per esempio credi che insieme rivedremo ancora quel taxi?"

"Uff..."

"Oggi è stata la nostra prima cena insieme. Succederà ancora?"

"Di sicuro. Abbiamo fondato una Confraternita ispano-irlandese, no?"

"Be', non so se questa Confraternita durerà a lungo. A dire il vero non so nemmeno se la nostra amicizia potrà durare a lungo."

"Ah no? E perché?"

"Be'... credo che mi sto innamorando di qualcuno. E immagino tu sappia come l'amore diventi coinvolgente e precluda quasi ogni altro tipo di rapporto..."

Suzanne indugia, ma alla fine decide di adottare lo stesso tono scherzoso di T:

"Be', se ti sei innamorato immagino di doverti fare le mie congratulazioni, no?".

"Grazie. In effetti lei sembra una ragazza seria. E poi non è neanche brutta, se entrassi con lei all'Ambassador farei morire d'invidia i delegati dell'Onu."

"È spagnola? Americana? Se posso chiedertelo, ormai lo sai come sono curiosa."

"Be', è mezzo irlandese. Di Sligo, nella Repubblica, sulla costa atlantica. Dev'essere un bel posto. Mi ha raccontato che ci sono le casette di pietra e che in mezzo scorre un fiume, e a quanto pare c'è anche un servizio di arcobaleno giornaliero."

"Ah! Sembra bello..."

"A dire il vero la conosco solo da una settimana. Domenica mattina abbiamo avuto il nostro primo appuntamento. Sono passati solo quattro giorni, però mi sembra un'eternità. Siamo andati a Central Park e poi abbiamo preso un caffè in Madison Avenue."

"Tutto qui?"

"Be', quasi. In realtà io la conoscevo già da prima, per via di un quadro di Bellini..."

T sorride, ma Suzanne lascia cadere il presunto scherzo:
"E dopo una passeggiata al parco e un caffè tu sei già innamorato?".

"Quasi. Sono una persona molto sensibile."

"Be', allora meno male che non vi siete dati appuntamento a mezzanotte per salire a piedi sull'Empire State" gesti d'entusiasmo da alpinista.

"Mia cara ragazza: temo che l'ironia non sia la dote maggiormente apprezzata nel continente in cui ci troviamo."

"Sono certa che vista la nostra origine europea ci sarà perdonata" imitazione di lord inglese che si attorciglia i baffi con le dita.

"In questo caso devi sapere che malgrado la mia quasi veneranda età so che ormai la gente non s'innamora più. Ma se ci si dimentica di controllarsi può ancora capitare, sfortunatamente siamo ancora programmati per farlo, fa parte della nostra vile natura. Comunque io ci sono cascato. Dite bene in inglese: *falling in love*, perché in realtà è come cadere, una sensazione che dà le vertigini."

Suzanne mantiene il tono scherzoso:

"Be', e cosa pensi di fare?".

"Boh... non sono sicuro. Ora come ora pagherei un dollaro per sapere cosa ne pensa lei."

"Non vorrai mica chiederglielo apertamente? Meglio essere discreti... dovresti affidarti al tuo intuito maschile. Vediamo, cosa ti dice il tuo istinto maschile?" mani sui fianchi e saltello da Pantera Rosa.

"Il mio istinto mi dice che il vento è propizio e che sarebbe meglio prepararsi a levare l'ancora. Ma non ci si può affidare completamente all'istinto: guarda i pappagalli, per esempio, che per natura sono ghiotti di prezzemolo anche se per loro il prezzemolo è mortale. Diciamo che per capirci qualcosa mi farebbe comodo sapere se anche lei vede il mondo tutto rosa shocking e sente un *chill out* di violini..."

"Be', ti consiglio di osservare e di tirare da solo le conclusioni. Quanto al resto, cerca di essere spontaneo, che è sempre la cosa migliore."

T ci riflette un attimo prima di parlare:

"Se dovessi essere spontaneo le chiederei subito di restare a dormire da me. Questa notte stessa".

Suzanne tarda a rispondere:

"*Ok, good luck!* Ma ricordati che lei non è americana, ma mezzo irlandese, e magari non considera il sesso come un mezzo per relazionarsi". Altri saltelli da Pantera Rosa. "Magari lei è un po' all'antica e prima vuole conoscerti meglio."

"Proprio per questo dovremmo passare al più presto una notte insieme. Be', ora come ora sto tremando come un budino, ma appena avrò fumato due o tre sigarette sarò pronto, se lo vuole anche lei."

"Oh... è molto gentile da parte tua... E quindi resta solo da chiarire la questione del sesso, no?" la Pantera Rosa fa una mossetta sexy.

"No, non è come credi tu. Tanto per cominciare non ho mai pronunciato né la parola 'sesso' né un suo sinonimo. E per continuare credo che tra due persone come lei e come me il sesso non sarebbe mai solo sesso. Intendevo dire che solo dopo aver raggiunto il grado di intimità che si raggiunge passando una notte nello stesso letto potremmo fare quello che ci sentiamo di fare e cominciare a conoscerci davvero. Fino ad allora ci dedicheremo solo alle conversazioni argute e alle danze nuziali." Ora è T che si avvicina a Suzanne con un saltello da Pantera Rosa.

"Per la femmina le danze nuziali sono importanti" Suzanne sbatte le ciglia come una femmina di struzzo smorfiosa. "Per esempio le servono per capire le qualità del maschio che la sta corteggiando, e anche per capire fino a che punto è interessato a lei. Non hai mai visto i documentari sugli uccelli?"

"Devo fare la ruota, gorgheggiare e offrirle dei lombrichi? *Ok, I'm ready*. Ma quanto a 'sapere' e 'conoscere', credo che lei sappia già di me tutto quello che c'è da sapere e da conoscere." Ora i due sono perfettamente sincronizzati: due passi e un saltello da Pantera Rosa, due passi e un saltello da Pantera Rosa. "In realtà le ho raccontato molto più di quel che ho mai raccontato a nessun altro, uomo o donna, deve solo prendere i pezzi e comporre il puzzle per avere un ritratto completo. Senti, ma non potremmo camminare come persone normali?"

"Mmh... definiscimi il tuo concetto di 'normali'."

Mentre aspetta una risposta, Suzanne aggiunge al passo una mezza giravolta che inserisce in un dato punto della complessa coreografia. T si ferma e ride:

"Sei matta? Dove vai?".

Lei si ferma di colpo:

"Hai riso! Sì, hai riso... È la prima volta che ti vedo ridere davvero".

"La prima volta? Non è vero..."

"Sì, è vero. È la prima volta che ridi davvero: perché qualcosa ti ha fatto ridere e non per cortesia."

T inarca le sopracciglia:

"Lo credi davvero?".

"Prima d'ora non avevi mai riso per una delle mie pagliacciate... Neanche una volta, e io non ho mai smesso di fare l'oca..."

"È questo che ti serve? Una risata?"

"Proprio così. Sono stufa che tutti mi trovino bella e meravigliosa, a me piace che la gente rida con me, o meglio ancora, che rida di me."

"Be', stando alla radio dovrebbe essere il contrario..."

Senza sapere come, T e Suzanne sbucano nell'Ottava, e sempre senza pensarci imboccano la 13ma in direzione est. Ora camminano normalmente, a passo tranquillo, da passeggiata. T tiene lo sguardo fisso per terra. Suzanne finge di guardare anche lei per terra, ma in realtà sbircia T con la coda dell'occhio per vedere la sua espressione. Però sembra che ci sia qualcosa di non detto, perché Suzanne e T rallentano ancor più il passo fin quasi a fermarsi nel bel mezzo di un marciapiede deserto, davanti a un negozio di articoli per il bricolage nella cui vetrina sono esposti motoseghe e contenitori per il compost. "Chi sarà il pazzo che usa una motosega in questa città?" si domanda T ad alta voce sedendosi sul gradino davanti alla vetrina. Suzanne si ferma davanti a lui e osserva anche lei la collezione di macchinari elettrici, cesoie, manichette e guanti da giardinaggio.

"Magari Freddy Krueger abita da queste parti" esclama lei.

"Ho rovinato tutto?" domanda T senza badare alla battuta di Suzanne.

"Cosa?"

"Non so... Forse avrei potuto continuare a flirtare con te, a giocare, a scherzare, ma sempre continuando a lasciarti fingere di non sapere quello che non vuoi sapere. E a parte questo non so che altro fare se non metterti in imbarazzo con una dichiarazione d'amore in piena regola."

Suzanne lo osserva per qualche secondo e poi comincia a cantare:

"*And then I go and spoiled all / By saying something stupid like I love you...* Sai che forse mi piaci di più del mio rosticciere italiano? Credo che ti bacerò".

T solleva gli occhi e la guarda. Sta in piedi con le braccia conserte e un piede con la punta leggermente aperta, come in atteggiamento deliberativo. Si avvicina a lui, si china, e così facendo i capelli ramati le cadono sul volto e lei li scosta con entrambe le mani e poi ruota un poco il viso. Anche T ruota il viso, in senso contrario, colmando gli ultimi centimetri che li separano. Le due paia di labbra si toccano, si allontanano appena e poi tornano a toccarsi premendo un poco, si rilassano e si contraggono cercando di afferrare le labbra dell'altro. Il contatto è breve, ma abbastanza prolungato perché entrambi debbano espirare aria dal naso, sentendo così il calore emesso dall'altro e ascoltando infine il lieve, quasi impercettibile schiocco con cui le labbra si separano. Suzanne si raddrizza, si gira, cammina fino al cordolo del marciapiede e, ancora a braccia conserte, osserva il traffico che scorre veloce. T tarda un poco prima di alzarsi e raggiungerla, e quando arriva accanto a lei, Suzanne ha già fermato un taxi. E prima che l'auto si fermi completamente, si gira verso di lui e gli dice:

"*Time to go to bed*: si è fatto tardi".

T le apre la portiera, ma quando Suzanne monta sul taxi non sa bene cosa fare, e dato che lei non accenna a salutarlo sale anche lui e una volta dentro si rende conto che lei non ha ancora dato l'indirizzo al conducente, anzi, che tutto sembra indicare che non abbia intenzione di farlo. E così, in un attimo di lucidità, capisce che tutto dipende da lui, che lei ha deciso che lui debba decidere al posto suo.

E quindi alla fine è lui, col suo inglese misero e zoppicante, che dice: *Pennsylvania Hotel, please*. Poi cerca la mano di Suzanne sul sedile in similpelle. E la trova.

***

T riesce a dormire profondamente solo per qualche minuto, o almeno così gli sembra.

Si sveglia perché all'improvviso perde il contatto con il corpo di lei, il materasso rimbalza elasticamente liberandosi dal suo peso e dietro di lui il lenzuolo tiepido si svuota. "Dove vai" domanda allarmato, con voce roca. "Dormi" risponde Suzanne. Ma T si alza sul letto come una molla e si strofina gli occhi cercando di scorgere qualcosa nel buio. Brillano i numeri rossi della radiosveglia: le sei e dieci. Sente un fruscio di vestiti, passi sulla moquette, il clic di un interruttore; per un attimo resta accecato dalla luce del bagno, poi la porta si chiude e rimane un rettangolo luminoso attorno alla cornice.

Silenzio sporco: lieve ronzio del traffico, il condizionatore, il respiro della città che riposa... T non vuole riaddormentarsi; ora sente il rumore dei rubinetti, l'acqua che scorre nelle vene dell'edificio. Vorrebbe vederci meglio, ma dalla finestra entra solo un fulgore notturno affievolito dalla veneziana. Posa i piedi sulla moquette e accende la lampada sul comodino. L'altro letto che c'è nella stanza, quello dove dorme di solito, è diventato un guardaroba sul quale è stesa una serie di abiti disposti con cura per evitare che si spiegazzino; per terra, sulla moquette, un paio di scarpe con un tacco di media altezza; e lì accanto le sue scarpe e la sua biancheria. La luce lo infastidisce e così spegne la lampada. Ha voglia di fumare. Decide di aspettare, meglio capire se quando lei uscirà dal bagno continuerà a dormire o dovrà svegliarsi completamente. Tutto a un tratto, nudo, si sente a disagio. Accende di nuovo la luce, prende le mutande dal pavimento e se le infila, poi spegne e resta seduto sul letto, in uno stato di dormiveglia.

Quando i numeri rossi della radiosveglia segnano le sei e diciassette, la porta del bagno si apre e la sagoma di Suzanne si staglia per un attimo nella luce. T si gira verso il comodino cercando ancora l'interruttore. "Non accendere," gli sussurra la sagoma, "dormi, è prestissimo." "Dove vai?" La sagoma si sta vestendo: l'abito, le scarpe... "Devo passare da casa." "Ti accompagno." "No, vado di fretta." T si alza: "Dammi solo tre minuti, vengo con te". "No, sul serio, se non esco subito farò tardi al lavoro." T non ha intenzione di ascoltarla, e torna a sedersi sul letto per cercare a tastoni le calze sulla moquette. Suzanne però finisce di vestirsi prima che lui trovi la seconda. Lo saluta e si dirige verso la porta. Quando sta per aprirla lui la trattiene. "Aspetta... " le dice, stringendola in un mezzo abbraccio e baciandola accanto all'orecchio, due, tre volte, frettolosamente. "Ciao," le dice, "Ciao" ripete anche lei. La pesante porta, che pare blindata, si apre sulla luce fievole del corridoio. T la trattiene, si affaccia sull'uscio, vede Suzanne di spalle che si allontana, che gira l'angolo e sparisce con la sua andatura da ingranaggio complicato nel vestitino attillato di lana. T resta per un attimo sulla porta, come ipnotizzato, non vuole chiuderla e ritrovarsi da solo nel buio della stanza.

Ma addosso ha solo le mutande e un calzino, e quindi rientra e si siede sul letto. Si domanda se vestendosi in tutta fretta e uscendo di corsa ce la possa fare a raggiungere Suzanne prima che riesca a fermare un taxi. Probabilmente adesso starà aspettando l'ascensore. T trova il secondo calzino, se lo infila. Ormai lei starà scendendo... 14° piano... 12° piano... 11° piano. T si rende conto di non poter uscire senza prima andare un attimo in bagno, quanto meno per far pipì, sciacquarsi il viso e darsi una pettinata... 7° piano, 6° piano, 5° piano. T si stende sul letto: meglio farsi una doccia, cambiarsi e chiamarla più tardi, all'ora del breakfast. I numeri rossi della radiosveglia dicono 06:28... Sente fresco, ha il torso nudo, ma non ha voglia di alzarsi per spegnere il condizionatore. Meglio infilarsi sotto il lenzuolo, giusto un attimo. Suzanne ormai sarà uscita dall'hotel, e ora farà qualche passo sul marciapiede, forse chiederà a Golia di chiamarle un taxi... no: sicuramente Golia non ha ancora iniziato il suo turno, e perciò lei dovrà proprio fare qualche passo sul marciapiede: clinc, clonc, clinc, clonc...

Mentre riflette sulla questione si addormenta.

***

T non ha puntato la sveglia e anche il suo orologio biologico lascia passare le otto senza avvisarlo. Apre gli occhi quando il rumore del traffico è ormai al culmine e la luce preme con forza sulla veneziana.

Alzandola vede le impronte di un sole giovane e vigoroso sugli ultimi piani dell'edificio, e quando apre quel palmo di finestra che gli è consentito sollevare nella stanza entra un aroma che T riconosce come il profumo della primavera in città, tiepido e denso di odori artificiali: una nuova primavera che reca con sé tutte le primavere passate. Accende la radio e trova proprio L.O.V.E. di Nat King Cole: *"L" is for the way you look at me/ "O" is for the only one I see/ "V" is very, very extraordinary/ "E" is even more than anyone that you adore*. Sull'altro letto adesso ci sono solo i suoi vestiti, e sul pavimento solo le sue scarpe; eppure resta un ricordo invisibile, un profumo, un fantasma. Lavarsi i denti, spuntarsi la barba, farsi la doccia, inaugurare la camicia color melanzana e spruzzarsi un soffio di Boucheron, è una serie di delizie da godersi ballando al suono della radio. T si mette persino il cappello di cuoio.

Scendendo in uno degli ascensori la gente pigiata gli sembra stranamente gentile; nella reception appare in tutta la sua eleganza la guardia di sicurezza che fa il turno al mattino; la strada gli sembra la più pittoresca del mondo, affollata di lavoratori in forma smagliante, venditori di Rolex da cinque dollari e ubriaconi con l'impermeabile. Ovviamente la congregazione di fumatori sulla porta della caffetteria gli pare più commovente del solito, il caffè lungo è nettare e la prima Lucky Strike senza filtro è ambrosia sublimata in fumo. Ma T non ha il tempo di assaporare tutti i frutti dell'Eden: per prima cosa deve mandare dei fiori a Suzanne, subito, e anche se di fiori ne sa quanto di pittura o di pesca della trota, pensa che l'ideale sia un mazzo di fresie e anemoni. Semplici, colorati, profumati: una macchia di primavera sulla scrivania di Suzanne. Ma in America ci saranno le fresie e gli anemoni? Come si dirà "fiorista" in inglese? *Flower shop*? *Little shop of horrors*? Tutti questi deliziosi enigmi si moltiplicano nella sua testa come conigli, e T si sente avvolgere da una frenesia euforica corroborata dalla colonna sonora di Nat King Cole che gli è rimasta impressa nella memoria: *Take my heart and please don't break it / 'Cause* LOVE *was made for you and me.*

Mentre torna all'hotel, si domanda se mandare fiori, anche se anemoni, a questo punto della Storia Universale sia considerato un gesto antiquato, o addirittura kitsch, un po' come togliersi il cappello entrando da qualche parte o dire "Salute!" quando qualcuno starnutisce. Risolve la questione applicando il consiglio che Suzanne gli ha dato ieri sera: "Cerca di essere spontaneo, che è sempre la cosa migliore". Perfetto: questo è proprio quello che ha intenzione di fare, sarà spontaneo. E quindi entra nella reception dell'hotel e si dirige verso il banco dove una ragazza WASP con la divisa da hostess propone tour in autobus nei quartieri etnici. *Excuse me*, esordisce T toccando assurdamente la tesa del cappello, *I wanna send some flowers to my girlfriend, and I'm wondering where can I buy it*. Malgrado l'inutile e maccheronica spiegazione, la ragazza capisce la richiesta di T, ed esprime persino una specie di solidarietà nei confronti della futura *girlfriend* che sta per essere onorata con tale romantico omaggio. Esce dalla sua trincea tappezzata di foto di Harlem e Chinatown e indica a T un corridoio dell'hotel che funge da piccolo centro commerciale. T è tentato di mettere un braccio attorno alle spalle di questa incantevole fanciulla e di lasciarle un marchio indelebile sulle labbra, ma l'unica cosa che si azzarda a pronunciare è un ammaliante *Thank you* tra le cui righe si può leggere che lei gli sembra un tesoro di ragazza ma che il suo cuore appartiene a un'altra.

Ordinare la spedizione dei fiori non è complicato. Ovviamente dal fioraio non c'è neanche l'ombra di una fresia o di un anemone, ma in fondo T preferisce dei tulipani arancioni che la *Big Mamma* nera del negozio gli promette di confezionare proprio come vuole lui: non *old fashioned*, ma *smart & cool*, aggettivi che il nostro donnone identifica come *European Style, isn't it?* La *Big Mamma* gli domanda se vuole aggiungere un biglietto e T risponde di no, ma lei coglie la sua aria innamorata, quell'aura regale, e così aggiunge due parole per assicurargli la sua assoluta certezza che i fiori piaceranno molto alla sua ragazza. *I hope so*, dice T sorridendo, *I'm for asking her to marry me.* Una frase che in inglese probabilmente si capisce, perché la signora, emozionata, si preme il palmo pallido delle mani sul seno enorme ed esclama: *God bless you, son, I'm sure she will say yes.*

E quindi, incoraggiato dal romantico entusiasmo che brilla negli occhi gialli di una fiorista di centocinquanta chili, T decide che oltre ai fiori gli serve anche un anello. *An engagement ring*, per essere più precisi, sissignore. Conosce la parola *engagement*, "impegno, fidanzamento", e gli pare abbia una connotazione fisica, a metà strada tra "unione"* e "agganciamento"**. E che di fatto significa anche "combattimento" (anche se T questo non lo sa e nessuno con un minimo di tatto glielo farebbe notare proprio questa mattina). Tra l'altro sono ormai le dieci e mezzo, troppo tardi per il breakfast con Suzanne: meglio vederla per pranzo e presentarsi con un bell'*engagement ring*. Ovviamente se i fiori sono kitsch un anello di fidanzamento sarà per forza ancora peggio, un vero attentato al transpostmodernismo, ma ormai T si è abituato all'idea di fare ciò che si sente e così decide di dedicare il resto della mattinata ad andare su e giù per la città in cerca di un anello, come un Sauron innamorato.

E intanto la città, che a dire il vero negli ultimi giorni per T è stata solo un vago fondale, diventa ora un vago fondale *plenty of colours*. Chissà perché New York non è considerata una città romantica come Parigi o Venezia. Agli occhi di T tutto appare perfetto: la gente sembra uscire da una pubblicità di Benetton, le limousine da una pubblicità di Max Factor e i grattacieli da un film dell'Uomo Ragno, non potrebbe esserci scenario più bello per uno *springtime romance*. A questo punto T riesce a trattenersi dal comporre prose poetiche sulla città in primavera, sul sole che fa splendere i taxi, sulle bancarelle di cianfrusaglie e sui carrettini degli hotdog, ma camminando non può evitare di riunire in un coro i suoni dei clacson, fino a udire contrappunti di voci, effetti dodecafonici e persino ritmi ballabili. Per un attimo, questo sì, si rende conto che alla tenera età di quarantatré anni sta sbarellando per una ventiquattrenne mezzo irlandese che a malapena conosce, e per riflettere sulla faccenda si ferma persino davanti a una pelletteria fingendo di guardare la vetrina. La domanda che si pone fissando due lucertoloni trasformati in un paio di stivali da cowboy è la seguente: "Dovrei abbandonarmi senza riserve a questa felicità che forse è priva di fondamento o sarebbe più sensato comportarmi da adulto scettico quale in realtà sono e prepararmi per l'anticlimax che

* In spagnolo: *enlace*. [*N.d.T.*]
** In spagnolo: *enganche*. [*N.d.T.*]

prima o poi dovrò affrontare?". Ma questa mattina nessuna riflessione può placare il genuino desiderio di godersi le sue emozioni, *"V" is very, very, extraordinary*, e quindi continua a camminare col suo bel cappello da irlandese da operetta in testa, a sorridere senza motivo, a sfidare il mondo come chi crede di essere immune ai proiettili.

La Settima Strada è nel suo apogeo mattutino e la 34ma sembra affollata di bancarelle come non mai. T si ferma davanti a una gioielleria che vede passando e osserva la vetrina: ciondoli, bracciali, catenine, anelli... tutte linee abbastanza dozzinali. Ovviamente a lui serve un anello *smart & cool*, qualcosa di non troppo dorato e luccicante, insomma, qualcosa che smorzi l'aspetto kitsch della faccenda. Ma d'altra parte, per quanto sia *cool*, un anello di fidanzamento deve essere molto costoso, costoso al punto di dover fare un sacrificio per comprarlo, è senz'altro questo il dettaglio che distingue un *ring* qualsiasi da un *engagement ring* con tutte le carte in regola, giusto? Giusto. Bene: quanto può spendere lui facendo un sacrificio? Capisce subito che in quel continente senza rovine romane il tetto massimo delle sue finanze è il credito mensile della sua VISA, non ci sono storie. E così, dopo aver fatto quattro conti, stabilisce di poter spendere circa duemila dollari senza rischiare di rimanere senza soldi prima della fine del mese. È troppo, è poco, è sufficiente per un *engagement ring* omologabile? Comunque per ora questo è tutto il suo capitale e quindi è sicuramente la cifra giusta.

Bene. Anche se qualche giorno fa ha scartato Tiffany, T cammina fino all'incrocio della Quinta con la 57ma pensando a Bulgari, ma appena arriva sulla porta il negozio gli sembra un tale bunker che non ha nemmeno il coraggio di entrare. Entra invece in una boutique lì appresso, un negozio di orologi e gioielli con le pietre dal taglio quadrangolare, cari come il fuoco e abbastanza *cool*, ma purtroppo non molto *smart*. Poi prosegue fino alle gioiellerie ebraiche della 47ma, ma le linee dei gioielli gli sembrano ortodosse come i tizi che circolano da quelle parti con cappello, riccioli e marsina. Mentre T percorre i marciapiedi guardando le vetrine, il tempo vola, e si avvicina l'ora di pranzo, ma lui non vuole rivedere Suzanne senza prima aver comprato l'anello. Tipica testardaggine di chi vuole che tutto sia perfetto e corre il rischio di sciuparlo, come un adolescente che lecca la busta della sua lettera d'amore. Per T l'anello è diventato una garanzia, un amuleto, ed è come se incaponirsi a cercarlo possa evitare che qualcosa vada storto. Giusto? No, sbagliato, ma così stanno le cose.

Si ferma a un telefono pubblico del Rockfeller Center e chiama l'Istituto. Risponde Debie-Diane Keaton. Gli dice che Suzanne è uscita a mangiare e T si sente quasi sollevato di non doversi inventare una scusa per non vederla a pranzo. Quando riaggancia decide di lasciar perdere la Quinta Strada e di continuare la sua ricerca a Soho, che ha fama di essere un posto esclusivo ma in stile alternativo, moderno, audace. Mezz'ora più tardi sbuca dal metro a sud di Broadway. Perde l'orientamento, e così si avvia verso Little Italy, ma niente paura, perché con l'aiuto di Venere finisce per ritrovarsi proprio nella zona dove ci sono tutti i negozi di ultima tendenza, oltre Lafayette Street. E per coronare una di quelle coincidenze che capitano solo nella vita di tutti giorni e nei libri di Paul Auster, poco dopo vede il negozio che a sua insaputa stava cercando: sull'insegna c'è scritto Jewel Zoo, è una piccola gioielleria, la piccola gioielleria più *cool* e più *smart* che T abbia mai visto in vita sua. La vetrina è un enorme acquario incassato nella facciata di cemento grezzo, pulitissimo, con il fondale di sabbia bianca e grossa, rocce d'ardesia, qualche pesce nero che nuota molto indolentemente e, leggermente isolate nella luce ultravioletta, composizioni di gioielli immersi nell'acqua e sollevati sulla sabbia da sottili supporti di acciaio. Sono pezzi semplici, massicci, dai profili morbidi, che ricordano Henry Moore e Miró. T nota subito un anello con un'acquamarina rettangolare e un minuscolo diamante in cui, con un po' di fantasia, si può vedere un asteroide azzurro illuminato da un sole brillante e lontano. *Isn't it romantic?*

Entra nella gioielleria come un ragazzino che va in un negozio di animali a comprare un cucciolo di San Bernardo per la sua fidanzatina, e venti minuti più tardi, quando esce, ha millesettecento dollari in meno sul conto corrente e un anello asteroide-azzurro incartato e ben protetto nel suo astuccio di prezioso legno laccato.

Missione compiuta.

Sono quasi le cinque quando arriva all'hotel, ansioso di contemplare in solitudine il suo acquisto. Scarta il pacchetto e tira fuori l'anello sotto la luce abbagliante del bagno. Ha preso la misura più piccola; al negozio gli hanno detto che se non va bene possono cambiare il cerchio. Se lo piazza davanti agli occhi, alla luce dei faretti dello specchio, e guarda la pietra come si deve, osservandone l'interno, il cuore di cristallo. Cerca di caricarla di buoni propositi, di quella sorta di energia magica che in questo momento si sente capace di trasmettere con lo sguardo (amore senza fili, *good vibrations*), e poi, con un brivido che gli percorre la schiena, preme forte le labbra sulla pietra e la bacia. È un momento molto speciale, di quelli che a distanza di molti anni si possono ricordare davanti a un plotone d'esecuzione. Poi strofina la pietra con la camicia per restituirle il suo perfetto splendore, ripone l'anello nell'astuccio e butta via la carta: meglio darle solo l'astuccio di legno.

A questo punto si sente troppo serio e troppo tenero, e quindi si ripropone di recuperare il suo umore esultante, la voglia di scherzare e di ridere per niente, il tono giusto per scendere a telefonare a Suzanne prima che lei esca dall'ufficio.

E in effetti la trova:

"Suzanne...".

"Sì."

"Scusa se ti chiamo così tardi, è tutto il giorno che corro. Debie ti ha detto che ti ho cercata?"

"Sì."

"Stai uscendo?"

"No."

"A che ora esci?"

"Be'... non so... ho ancora un sacco di lavoro."

Pausa.

"È successo qualcosa?"

"No, niente."

"Sei molto seria..."

"Stavo lavorando."

"Scusami, non ti rubo altro tempo, a che ora ci vediamo?"

"Oggi non posso, mi spiace."

Pausa.

"Non puoi?"

"Scusa... non è una buona giornata..."

"Ah..." pausa. "Sai quando ci possiamo vedere?"

"Non so... questa settimana sarà difficile."

"Ah. Certo... Be'... Da come lo dici non so se chiamarti la prossima settimana o il mese prossimo..."

"Scusa, ma... in questi giorni sono impegnata. Mi spiace."

"Non preoccuparti. Se vuoi puoi chiamarmi all'hotel, sai il numero della stanza, no?"

"Sì, sì..."

"Allora aspetto una tua chiamata?"

"Sì. Ok."

"Ok. Stammi bene, eh?"

"Anche tu."

"Sicuro."
Clong, cornetta riagganciata. In effetti non resta molto da dire.

***

Fase uno: Orgoglio Ferito.
T riappende e guarda l'astuccio con l'anello domandandosi cosa farne. Decide di depositarlo all'hotel. Alla reception gli assegnano una cassetta di metallo con la chiave e lui ci butta dentro l'anello come si sbatte un traditore in fondo a una segreta. Poi ha voglia di bere. Si avvia verso il bar della 33ma, saluta il cameriere con genuino buon umore, *what's up*, e si scola una pinta di birra nel giro di due minuti. Si sente molto in gamba, sicuro di sé, il suo ego adesso è gonfio, è una tumefazione pulsante ma indolore. Dopo la seconda pinta si rilassa ed è sopraffatto da uno sfogo di rabbia contro se stesso. Si sente vittima di una misera truffa. Ridicolo, stupido. Vuole sbronzarsi e dimenticarsi di tutto al più presto.
Fase due: Scoramento.
Due ore dopo T si è bevuto cinque pinte di Budwaiser e sta finendo il suo quarto bicchiere di triplo Jack Daniels. In un pezzo di specchio dietro le bottiglie vede uomini e donne che chiacchierano e ridono. Sono tutti americani sopra i quaranta, coppie, o vecchi amici che si incontrano dopo il lavoro. T ordina un altro triplo whisky e brinda mentalmente a Boris Eltsin. È ubriaco, e per una volta in tanti anni vorrebbe raccontare a qualcuno quello che gli è appena capitato. Mentalmente usa proprio queste testuali parole: "quello che mi è appena capitato". Per non pensarci cerca di concentrarsi sul testo della canzone che sta suonando a discreto volume: *I would walk five hundred miles/ And I would walk five hundred more/ Just to be the man who walked one thousand miles to fold down at your door...* Niente da fare: tutte le canzoni parlano della stessa cosa. Al sesto bicchiere di triplo whisky sulla base di birra, T comincia pericolosamente ad autocompatirsi. Riesce a calmarsi un po' cercando di intavolare un soliloquio coerente tra i fumi dell'alcol, e così può continuare a bere fino a quando si rende conto che l'ultimo briciolo di lucidità gli serve per pagare e uscire decorosamente dal locale. Sulla strada del ritorno ci vede doppio, le luci notturne e i passanti si moltiplicano, è come camminare sulla piattaforma di una giostra.
Fase tre: Abisso.
Dorme moltissimo, apre gli occhi dopo mezzogiorno, affama-

to e praticamente senza postumi della sbronza. Si sente bene, attivo, pronto per uscire. Fa la doccia, si rade e mangia un piatto di penne e un calzone nel ristorante italiano sull'angolo tra la 33ma e la Settima. Fuori, a tre metri dalla vetrina, l'ennesimo passante ha perso le staffe e colpisce i veicoli di passaggio con la sua ventiquattrore. Poi arrivano due poliziotti che cercano di calmarlo senza avvicinarsi troppo. La città torna in primo piano. Quando rientra in albergo, T consulta la guida alla sezione musei: non ha ancora visitato neanche un museo, da non credersi. Decide di cominciare da quello di Storia naturale, che chiude alle sei meno un quarto. Si avvia verso questa destinazione seguendo il percorso descritto dalla guida come una lunga e piacevole passeggiata che costeggia il muretto del parco, e lungo il tragitto ha tutto il tempo per godersi la vista delle carrozze coi cavalli che passano sotto gli slanciati grattacieli di specchi colorati. C'è solo un problema: di tanto in tanto un pensiero cerca di emergere, e ogni volta gli provoca una fitta di dolore quasi fisico, tangibile, che sicuramente proviene dal torace. È difficile ignorare a oltranza una sensazione del genere, è difficile come ignorare una tachicardia. E così, arrivato all'altezza della Sessanta, approfitta di un'entrata del parco per sedersi su una panchina a fumare una sigaretta e chiarirsi le idee. Cosa succede là dentro? Cos'è che una parte di lui cerca di dire all'altra?

Fase quattro: Pensiero Positivo.

L'abisso sembra troppo profondo e scuro oltre il primo dirupo, bisogna aggrapparsi a qualcosa per non scivolare in fondo. Però non è per un ragionamento razionale che T vede tutto sotto una nuova luce, ma per un istinto di sopravvivenza che si risveglia in lui. E sotto questa nuova luce il nocciolo della faccenda si riduce come sempre a una questione di orgoglio ferito. Una faccenda sicuramente facile da risolvere: basta mettere da parte l'orgoglio e richiamare Suzanne. Magari lei è davvero oberata di lavoro. È sicuramente così. L'ha visto anche lui che Suzanne non si ferma mai un attimo: risponde al telefono, riceve i clienti, gestisce una valanga di visti e documenti. E così T trascorre il fine settimana cercando faticosamente di consolarsi con questo pensiero, accarezzando l'idea di richiamarla ma al tempo stesso temendo di farlo. E intanto dorme molto, segue dibattiti televisivi che si sforza di capire e guarda vecchi film che vanno in onda all'alba; non si rade e non fa la doccia, e a qualunque ora, a seconda del suo appetito, esce dalla stanza e va in qualche posto dei dintorni a mangiare e a bere. Tutto sommato si sente come se avesse l'influenza.

Fase cinque: Il Labirinto.

Lunedì mattina, lavato, sbarbato, profumato e ben vestito, chiama l'ufficio di Suzanne. Risponde Debie; gli dice di attendere un attimo e poi torna al telefono per comunicargli che Suzanne non può rispondere. Dal tono di Debie ("Mi spiace davvero" aggiunge alla fine), T capisce che Suzanne non vuole parlare con lui, perché in caso contrario gli avrebbe detto di chiamarla più tardi o qualcosa del genere. Il colpo è doloroso, perché è il secondo, e gli viene inferto su una ferita ancora aperta: Suzanne non vuole parlare con lui. Con la madornale sfacciataggine di chi si rifiuta di parlare. Per un attimo vorrebbe ammazzarla – picchiarla tanto da ammazzarla –, aspettarla da qualche parte, nella sua via, e fargliela pagare cara, arriva persino a immaginare il suo viso sfigurato tra le foglie d'acacia. Prova un tale impulso di eccitazione da spaventarsi di se stesso; com'è possibile desiderare una cosa simile? Da dove viene tutta questa violenza? Cerca di capire cosa sia successo, come sia potuta finire così, ripensa ai loro incontri, alle conversazioni, ricostruisce minuziosamente tutto ciò che è accaduto dalla prima volta che ha parlato con lei all'Istituto, malgrado si renda conto che la spiegazione sta nelle ultime ore che hanno trascorso insieme, e allora, nel bar della 33ma, si sforza di ricostruire la notte trascorsa con Suzanne nel letto striminzito dell'hotel.

E stranamente non ci riesce.

Questo pensiero lo ossessiona per tutta la giornata e per gran parte della nottata che trascorre nel bar. E lo sfibra.

Fase sei: Ultimatum e Addio.

Il sesto giorno dopo quella prima notte, dopo aver sistemato telefonicamente le pratiche con la sua agenzia di viaggi, T scrive quanto segue su un biglietto con la pubblicità di un whisky che gli ha dato un cameriere: "Parto per Londra domattina. Ti aspetto a mezzanotte sulla terrazza dell'Empire State. Non è necessario che tu salga a piedi". Non ci ha riflettuto molto, ha scritto di getto, ma trova di aver raggiunto il giusto equilibrio tra informazione pratica e drammaticità cinematografica alla *Love Affair*, con un tocco di umorismo conciliatore. Chiede una busta al banco della reception e ci infila il biglietto, poi raggiunge a piedi la 42ma, entra nell'edificio di Suzanne e consegna al portinaio la lettera e una banconota da dieci dollari di mancia. Sulla strada del ritorno si ferma nella 34ma e compra una valigia che sembra un baule su quattro ruote, poi si ficca dentro tutti i vestiti che ha comprato e infine passeggia fino a tardi per congedarsi dalle strade.

Questa sera non vuole bere, e quando ormai è buio gli viene in mente di andare dal coreano della 37ma a mangiare le alette di pollo, ma teme di rovinare un bel ricordo, e così compra un hamburger con le patate fritte e lo mangia in un postaccio qualunque di Chelsea, seduto su un marciapiede lercio ma tranquillo. Poi s'incammina verso l'Empire State e si ferma a fumare proprio a due isolati dal grattacielo, dove la prospettiva è abbastanza ampia da consentirgli di contemplare la nebbiolina che offusca le luci colorate degli ultimi piani. All'improvviso, passando accanto a un'impalcatura, gli sovviene l'immagine di un tizio con la felpa che gli domanda bruscamente che ore sono. Quando è successo? Lo ha sognato? Sarà un *déjà-vu*?

Alle undici e mezzo si unisce alla piccola coda di turisti che anima l'ingresso dell'edificio; qualcuno domanda se la visibilità è buona e un guardiano ciccione che fa roteare il manganello gli risponde che è del settanta per cento. T compra il biglietto e si rimette in coda per prendere un ascensore dove salgono anche un lift e qualche altro turista. I numeri sul display scorrono di dieci in dieci, 30, 40, 50, e prima di arrivare all'ottantesimo piano la cabina comincia a rallentare; poi bisogna mettersi di nuovo in coda per salire i sei piani che mancano per raggiungere la terrazza principale.

Fuori, sulla terrazza nel cui centro si erge l'antenna del grattacielo, lo spettacolo della città fa quasi venire le lacrime agli occhi. E nel preciso istante in cui si affaccia sul vuoto brillante di luci, T capisce che Suzanne non arriverà: improvvisamente si rende conto che se lei arrivasse sarebbe tutto troppo perfetto. Ma aspetta comunque fino a mezzanotte, cambiando posto di tanto in tanto: lato nord sulla festa di grattacieli e Central Park; lato est sull'Hudson tremolante e nebbioso; lato sud su Downtown, che termina con le torri del World Trade Center. Ha tutto il tempo per accorgersi di quanto sia innamorato di questa città, e senza badare ai turisti che lo circondano le manda un bacio. È lo stesso bacio che in tempo di guerra il soldato spedisce dal treno alla sua innamorata, sconvolto dalla paura di non rivederla mai più e dalla gioia di aver vissuto quell'amore.

All'una T scende dal grattacielo e alle undici del mattino parte dall'aeroporto di Newark.

19.

ALL'INFERNO

Undici di sera, mercoledì, bar dei portici. Beethoven al bancone. La Susi, in fondo al locale, prende le ordinazioni a un tavolo di chioma-variopinta accanto al camino acceso. Entra P.

"Ehi, Pedro il Grande: com'è andata l'altro giorno con la russa del Kingdom?"

P tarda un attimo prima di rispondere; ricorda di essere stato al Kingdom, con il Robocop e San Martín, ma non capisce a cosa si riferisca Beethoven. Forse aveva bevuto troppo o aveva fumato troppe sigarette alla coca.

"Vedo che le notizie volano..." dice alla fine.

"Volano, ragazzo: volano. Non sa come la invidio: se solo avessi settanta euro... E il suo fine settimana al Pub? Ho saputo che venerdì pomeriggio ha cominciato a lavorare come barista."

"Bene... sono solo due giorni la settimana e il tempo passa in un soffio."

La Susi si avvicina al banco e P le dice da lontano:

"Susi, un whisky, per favore, e uno per Beethoven, se lo vuole".

"Ragazzo, il giorno che non mi andrà di bermi un whisky sarà meglio che qualcuno chiami l'ambulanza per portarmi giù in valle."

"Vediamo se invece ci toccherà portarti a casa in braccio," interviene la Susi, "oggi ti sei già scolato sette cognac con seltz."

"Non c'è pericolo, cara la mia Susi, la tua idea di porzione standard di cognac è la stessa di un attivista dell'Esercito della Salvezza."

"Ah sì? E allora perché prima camminavi storto quando sei andato al gabinetto? E per di più hai anche pisciato fuori dalla tazza. Più del solito, intendo."

"Che menata con questa storia del pisciare fuori... Con la mia

Ex Santa Moglie era lo stesso. Fate così perché voi pisciate per forza di gravità... mi piacerebbe proprio vedervi in piedi con una canna ad alta pressione in mano."

"Ormai non sarà più così alta..."

"Insomma, guarda il palmo della mia mano," protende il braccio con la mano aperta, "anche se devo ammettere che la pressione è calata. Credo di essere debole di prostata, però mi viene la pelle d'oca al solo pensiero di sottopormi a un'esplorazione rettale... Comunque tu non hai la minima idea di cosa significhi centrare la tazza con le ultime gocce."

"E allora perché non vi sedete sul water invece di spruzzare dappertutto?"

"Sederci sul water per pisciare? Sareste davvero capaci di sottoporci a una simile umiliazione? È come se io avessi chiesto alla mia Ex Santa di radersi i baffetti con pennello e rasoio. E ti assicuro che sarebbero venuti meglio che con quella crema fetida."

"Sì, lamentati pure della tua 'Ex Santa'. Io non la conosco, ma dici bene, doveva proprio essere una santa."

"Bah, non so se fosse una santa, ma di sicuro era abbastanza beata. Una volta le ho chiesto di farmi un semplice pompino* e per poco non torna a casa di sua madre con il bambino. Alla fine le ho dovuto dire che volevo solo farlo come al solito, ma con un disco di Charles Aznavour."

"Ah! È terribile," esclama la Susi guardando P, "quest'uomo ha sempre una risposta pronta." Finisce di preparare i drink e, scrollando la testa, si avvia verso i tavoli dove i chioma-variopinta hanno ricominciato a strillare per chiamarla.

"La nostra Susi dev'essere un vulcano" sussurra allora Beethoven a P. "È rimasta vedova dieci anni fa, poco dopo che sono arrivato. Peccato che a quanto pare io non sia il suo tipo, eppure avreste dovuto vedere il marito, sembrava un troll, erano proprio la Bella e la Bestia. Lui era del paese, invece la Susi è nata in valle e ha studiato dalle suore, si può immaginare... Sta di fatto che il loro è stato uno dei pochi matrimoni misti, perché in questo paese l'endogamia è quasi totale: se ci fa caso qui sono tutti parenti, si sposano tra di loro e tra di loro si fanno le corna, resta tutto in famiglia. A parte la Susi conosco solo altri due casi simili, entrambi molto recenti: il Francese e la sua fidanzata, che è del paese, e la Nieves del Consorcio, che è riuscita a farsi mettere incinta dall'Alien, il fratello maggiore del Malacaín... Almeno in paese ci saranno un

* In spagnolo: "francese". [*N.d.T.*]

paio di bambini... È strano, magari sarà una conseguenza dell'endogamia, ma ormai da decenni gli abitanti di Horlá stanno diminuendo. Ha visto quante case abbandonate?"

"Sì. A proposito, sto cercando un appartamento e Madame Bovary mi ha detto di chiedere a lei."

"Davvero si trasferisce qui? Mi fa piacere... e mi creda che non lo dico solo per il whisky. Se vuole posso parlarne con la mia proprietaria; la casa è quella lì di fronte, lo sa già... È rimasto libero proprio l'appartamento più bello. Almeno avrà un posto dove portare la Heidi, se alla fine decide di scoparsela, o Madame Bovary, o tutte e due insieme... Sappia che se mai avrà bisogno d'aiuto le basterà attraversare il pianerottolo e bussare alla mia porta, mi occuperò con piacere di tutto quello che non riesce a gestire da solo. E comunque le farà bene non vedere più i sordi della locanda. La Heidi dice che sono stregoni. Io non ho velleità esoteriche, s'immagini, ma se devo essere sincero anche a me sono sempre sembrati un po' sinistri. Sa che nessuno li ha mai visti fuori dalla locanda? Be', a parte i giorni in cui tutta la popolazione si riunisce per la strada, e cioè il giorno di San Juan, quando fanno il falò, e a Capodanno, quando si mangia l'uva davanti alla chiesa. In effetti non è difficile immaginarseli a un sabba insieme alla gerente e al Proprietario."

P ne approfitta:

"Il Proprietario non si vede molto in giro...".

"Be', di tanto in tanto passa alla locanda. Immagino che ci vada per organizzare qualche cerimoniale orgiastico, mi sembra di vederli: tutti nudi, intenti a mescolare code di rospo e foglie di stramonio in un pentolone..."

Interviene la Susi, che dopo aver sfaccendato per un po' in cucina torna dietro al banco:

"Ma guarda un po' che novità: il lupo perde il pelo ma non il vizio".

"Dai Susi, non fare tante storie e versaci un altro giro, che offre Pedro il Grande."

"Scusami, ma non mi sembra che qualcuno ti abbia offerto qualcosa, non ti è rimasto nemmeno un pizzico d'amor proprio?"

"E a cosa serve l'amor proprio? Se ne hai, tanto meglio non darlo a vedere. Sono un viveur, cara la mia Susi, e un autentico viveur trasgredisce sempre la Morale e mai l'Estetica. Voilà."

"Acc... non fai altro che dire scemenze e buffonate, non sembra neanche che tu abbia la tua età... Senti per esempio tutte le cavolate che dici sulle donne. Non mi stupisce che tua moglie ti abbia mollato."

"Nemmeno a me, ma non credo che l'abbia fatto per quello che dicevo o non dicevo."

"No, lo ha fatto perché invece di lavorare come tutti i cristiani e di badare a tuo figlio sperperavi tutto in whisky e puttane... È inutile che ti dai tante arie e fai il gradasso, guarda che ti conosciamo e lo sappiamo che la maggior parte delle donne con cui sei stato le hai pagate..."

"Be', tutte le donne hanno un prezzo, specie quelle oneste. E quanto a mio figlio, non ho niente di cui rimproverarmi: gli ho insegnato al meglio come godersi la vita."

"Sicuro..." esclama scandalizzata la Susi, e poi, diretta a P. "È inutile parlare con lui, vuole sempre avere ragione, e ad ascoltarlo mi va il sangue alla testa... Tu credi che quest'uomo che tratta tutte le donne come puttane possa insegnare qualcosa a suo figlio?" Ormai non si capisce più se parla con P o con Beethoven, ma è furiosa, gesticola, batte una mano sulla coscia.

"Susi, mia cara, è risaputo che l'obiettivo principale di una donna è cercare di spillar quattrini a un uomo. Persino le coppie più tradizionali all'inizio si formano perché lei cerca di soddisfare il proprio bisogno di sicurezza e procreazione e lui non riesce a resistere al richiamo del sesso. Noi pensiamo con quello, persino le femministe sono d'accordo, ed è proprio questa la vostra forza. Ci criticate perché siamo come siamo, ma poi, da brave ipocrite, continuate a prenderci per la coda, come le lucertole..."

"Non essere... Guarda che tu non hai la minima idea di quello che vuole una donna... Non ne hai la minima idea, sappilo. Se un uomo interessa a una donna è perché ha la testa sulle spalle, e sa stare al mondo, sa parlare, e lavorare, e sa assumersi le sue responsabilità... e quando un uomo è un vero uomo, una donna ha piacere di stare con lui... ma tu? Come si fa ad avere piacere di stare con te se non hai la minima idea... Macché, tu dritto al sodo col tuo tanfo d'alcol, vero? Non hai un minimo di rispetto, né di decenza, né..."

"Basta, cara la mia Susi... che sta affiorando la tua educazione repressiva..."

"Repressiva? Be', sai cosa ti dico? Che adesso il whisky non te lo do nemmeno se te lo pagano, così vedrai cosa significa repressivo." Sparisce in cucina e poco dopo riappare con un portavivande e dei giornali sgualciti per P. "Ti ho messo da parte un paio di cordon-bleu e un pomodoro condito, così te li porti alla locanda. Se rientrando ti viene fame li puoi mangiare anche freddi."

Beethoven protesta:

"Senti, senti, guarda che sono geloso, a me non la prepari mica la merenda..."
"Tu mangiati la salsiccia, non hai detto che ce l'hai lunghissima?"
"Be', questa è troppo dura per mangiarla."
"Ah, però a tua moglie gliela davi..."
Beethoven apre bocca ma non riesce subito a ribattere: "*Touché*" esclama alla fine.

***

Sabato mattina Madame Bovary deve scendere in valle e così chiede a P di sostituirla al Pub. E perciò venerdì P chiude il Pub alle tre del mattino per riaprire alle sette del giorno dopo.

L'ansia di dormire gli toglie il sonno, tanto che alla fine riesce a malapena a chiudere occhio. Per fortuna, di prima mattina, al Pub arriva solo qualche contadino a bere il caffè, e verso le nove si forma un vuoto, colmato dal macellaio che a volte lascia il Rito o il pretino in negozio e comincia a scolare whisky di buon mattino.

Verso le dieci si ode il rombo di due motori, stridore di pneumatici, il frastuono della musica che proviene da una vecchia Ford gialla che frena sgommando proprio davanti alla porta del bar. Non sono macchine conosciute, e non sono conosciuti nemmeno i cinque tizi che entrano nel Pub facendo un gran casino, né la ragazza che arriva a braccetto di uno di loro. Un altro tizio, bassino e con la faccia da farabutto, impugna una frusta che si diverte a far schioccare qui e là; è lui il primo ad andare al banco a ordinare una vodka e Red Bull. Prima che P possa rendersi conto della situazione, gli altri si siedono qua e là a due tavoli. È ovvio che arrivano *after hours*: ridono e ordinano da bere ad alta voce, sembrano ubriachi e parecchio eccitati da tutta la coca che hanno sniffato. La ragazza è stanca morta, ha le palpebre quasi abbassate, ma il tizio seduto accanto a lei non la smette di slinguarsela e di infilarle la mano sotto il pesante maglione di lana per palparle le tette. A guardarli sembra che abbiano scambiato il bar con qualche posticino tranquillo dove spassarsela come apache impazziti. Il macellaio, che continua a bere il suo whisky in fondo al banco, si gira sullo sgabello per guardarli, e poi guarda P, come a suggerirgli con un cenno della mano di portare pazienza e di aspettare che finiscano alla svelta i loro drink e se ne vadano. Perfetto. Il tizio che limona con la ragazza si alza un attimo, chiede allo scorfano spilungone la bustina di coca e senza farsi troppi problemi si mette a sniffare a un altro tavolo. Il suo posto di prima è subito occupato dal tappo con la frusta, che palpa anche lui le tette alla ragazza e poi le dà una bella slinguata sulla faccia. Lei, d'istinto, cerca goffamente di pulirsi. Lo stereo della macchina continua a martellare, tanto che sicuramente lo sentirà mezzo paese, e P è sempre più teso. Gli viene in mente che dietro al banco, tra i due frigo, c'è una mazza da baseball. Lo preoccupa solo la ragazza, anche se a quanto pare lei è qui di sua spontanea volontà e non sembra lamentarsi di quei due che si danno il turno per palparle le tette, giacché probabilmente le hanno fatto ben di più nel corso della serata. Frattanto il tappo si concentra sulla ragazza e perde d'occhio la frusta, e così lo scorfano spilungone gliela ruba e scappa di corsa. A questo punto escono tutti dal bar e cominciano a rincorrersi. Dentro resta solo la ragazza. Gli altri sgambettano e si passano la frusta facendo disperare il tappo, che scaracchia e sacramenta e impreca contro tutti. Il macellaio, malgrado lo stereo della macchina continui a martellare, approfitta della momentanea calma per far cenno a P di avvicinarsi.

"Lascia perdere" gli dice. "Se te la prendi con uno di loro te li ritrovi tutti addosso. Sono sleali."

"Da dove vengono? Li conosci?"

"Sono la feccia della valle, amici del Malacaín. Una volta lui li ha portati qui e così adesso ogni tanto tornano; non sono particolarmente pericolosi, ma siccome sanno che nessuno fa niente... Sicuramente hanno rubato le macchine e sono venuti su correndo come dei matti. Ma non preoccuparti, qualcuno avrà già chiamato la polizia."

"Ma sono i ragazzi del paese che dovrebbero difendere il loro territorio. Cosa succede oggi? Di solito a quest'ora ce ne sono qui dieci o dodici."

Il macellaio sorride fiaccamente:

"Se ci sono questi non si farà vedere nessuno, manco se restano qui tutto il giorno, vedrai. Mi secca dirlo, ma sono nato in un paese di codardi. E poi corre voce che quelli siano cocchi del Proprietario, quindi meglio che lasci perdere".

P beve un bicchierino di Jack Daniels per rilassarsi, e poi ne butta giù subito un altro, anche questo tutto d'un fiato. Fuori il tappo ha recuperato il suo giocattolo e lo fa schioccare. Si sente rumore di vetri infranti, risate che echeggiano più forti della musica che suona a tutto volume, e ancora rumore di vetri che rotolano sul pavé. Il tappo entra nel bar e dice a P che gli è caduto il bicchiere; gli chiede una scopa per pulire e un'altra vodka e Red Bull. Immaginando quello che il tappo potrebbe combinare con una scopa, P gli dice che a pulire ci pensa lui e così facendo ne approfitta per evitare di servirgli un altro drink. Ma i quattro bicchieri che i ragazzi hanno ordinato prima sono ancora sui tavoli, praticamente intatti, e quindi il tappo ne prende uno a caso e ricomincia a bere e a ballare facendo schioccare la frusta. Ma ecco che tutto a un tratto sembra interessato all'enorme mole del macellaio; va da lui e gli gira attorno prima a destra e poi a sinistra canticchiando "finocchio, finocchio, finocchio". Il macellaio lo segue con lo sguardo, prima a destra, poi a sinistra, e alla fine lo snobba, come un rinoceronte infastidito da un noioso fox terrier. E allora il fox terrier, forse per mostrare la sua superiorità in merito a mascolinità, va dalla ragazza seduta al tavolo e ricomincia a sbaciucchiarla e ad allungare le mani, che questa volta infila nei pantaloni. Lo spettacolo sembra inaspettatamente interessare il macellaio, tanto che si gira sullo sgabello per guardarli come stesse assistendo a un *peep show*. Nel frattempo P butta giù un terzo bicchierino, esce dal bar con scopa e paletta e vede i quattro bellimbusti che si preparano una pista di coca sul cofano della Fiesta. I vetri appuntiti si sono infilati tra una mattonella e l'altra, e P s'inginocchia per raccoglierli facendo attenzione a non tagliarsi. Sta per esaurire la pazienza e per di più ha sonno, la qual cosa accresce il suo tormento, e la musica che martella lo sta facendo impazzire. È pervaso da una scarica di adrenalina e da un impulso irrefrenabile di prendere la mazza da baseball e di pestarla prima sulla Fiesta, per farla smettere di suonare, e poi sui denti del primo di quei teppistelli che gli capiti sotto tiro. Per calmarsi rientra nel bar e va al gabinetto. Respira profondamente, si stiracchia, si sciacqua il viso con abbondante acqua fredda, e poi indugia qualche minuto davanti allo specchio prima di asciugarsi. Qualcuno avrà sicuramente chiamato la polizia della valle, ci vuole solo un po' di pazienza, è una giornata cominciata male e non vale la pena di rovinarla del tutto. Quando P esce dal gabinetto pare che il triangolo erotico-giocoso tra il Macellaio, il Nano e la Bella Addormentata si sia concluso, ma nel frattempo gli altri quattro invasori sono rientrati e il macellaio, a quanto pare, comincia a vederci rosso per tutte le loro provocazioni: "Finocchio, finocchio, finocchio"... Tanto per iniziare si alza dallo sgabello, si erge in tutta la sua maestosa imponenza, si aggiusta i pantaloni e dice: "Mi dite cosa volete, ragazzini?". P ormai non riesce più a controllarsi, è eccitato, il Jack Daniels e l'adrenalina hanno sortito il loro effetto, e così va un attimo in cucina, prende un coltello da salumiere, che ormai è sottile come uno stiletto tanto è stato affilato nel corso degli anni, e se lo ficca nella tasca posteriore dei blue jeans, *just in case*. Poi raggiunge il rinoceronte e il fox terrier che stanno per incornarsi e si rende conto che il macellaio, per quanto sia grosso, se la vedrebbe brutta se uno dei teppisti riuscisse a schivare il suo primo sganassone. Allora si affretta, sorpassa il rinoceronte e cerca di far ragionare il fox terrier, che è il primo che si trova davanti:

"Su, ragazzi, vediamo di non litigare e di stare tranquilli, eh?".

Il fox terrier, col tipico nervosismo dei piccoletti, pronuncia queste testuali parole:

"Succhiami il cazzo, testa di minchia" e così dicendo muove due passetti rapidi e piazza la fronte a cinque centimetri dal naso di P, pronto a mollargli una testata.

Ciò basta e avanza perché P perda letteralmente la pazienza. Prima caccia un urlo, che induce il fox terrier a balzare indietro su ordine diretto della sua amigdala, e poi, dopo averlo messo a debita distanza, gli afferra il pomo d'adamo con la mano, non troppo forte ma quanto basta perché il fox terrier, con la schiena appoggiata al bancone, si senta asfissiare e cominci a sibilare. A questo punto P ha tutto il tempo di afferrarlo per la fronte e di bloccarlo contro il bancone inarcandogli dolorosamente la schiena, di estrarre il coltello, di puntarglielo risolutamente in mezzo ai testicoli premendo fino a perforare il tessuto dei jeans, e infine di pronunciare esattamente queste altre testuali parole:

"Forse te lo succhio davvero il cazzo, o magari te lo faccio a fette e ci preparo delle acciughe sott'aceto. Vi piacciono le acciughe, banda di imbecilli?".

Malgrado la domanda sembri rivolta ai quattro non direttamente interessati, nemmeno dopo il primo attimo di sorpresa i bellimbusti accennano a ribattere o a correre in soccorso del loro capoccia tappetto, anche se, vista la conformazione del bar e lo spazio esiguo tra il bancone e i tavoli, non potrebbero comunque attaccare P tutti insieme. Per il momento nessuno si muove, il tappo tossisce ma riprende a respirare, e solo il macellaio, che sembra scorgere una scintilla assolutamente spaventosa negli occhi di P, lo raggiunge, gli afferra il braccio della mano che impugna lo stiletto e cerca di calmarlo: "Su, su, che non è successo niente, stai calmo...". Anche la ragazza, riprendendosi dal suo sopore, esclama: "Calmi, ragazzi, calmi, eh?" e si alza dalla sedia, ma riesce a malapena a fare un paio di passi prima di crollare proprio davanti al portone: patapam, lunga e distesa. I quattro si ammazzano dalle risate quando la vedono cadere per terra come un sacco di patate, probabilmente per un improvviso calo di pressione che le provoca una momentanea perdita di coscienza, e il loro centro d'interesse cambia completamente. Alla fine P mette via il coltello e molla la fronte del tappetto, che finisce anche lui a terra e si tasta l'inguine osservandosi le dita un poco macchiate di sangue. Subito dopo si rialza barcollando ed esce dal bar scavalcando il corpo della ragazza, che sembra dormire tranquilla sul pavimento. "Questa è morta!" esclama sghignazzando lo scorfano spilungone. "Se è morta è meglio che la sotterriate," interviene il macellaio, "e vi conviene farlo subito, perché sta arrivando la polizia." Ma quando l'afferrano per le braccia per farla alzare, la ragazza finalmente reagisce, si porta una mano alla testa e dopo qualche secondo si rimette in piedi, un'operazione che riesce a portare a termine solo grazie all'aiuto di due ragazzi e all'intervento del macellaio, che le molla due schiaffi e chiede a P una bottiglietta d'acqua per darle da bere. La ragazza, con la saliva impastata agli angoli della bocca, sembra felice della proposta. A questo punto pare proprio che la festa sia finita e che gli invitati siano in procinto di andarsene. E se ne vanno senza pagare, ma P sorvola sul dettaglio perché vuole solo toglierseli di torno una volta per tutte. Nel giro di qualche minuto il suo desiderio si avvera – tanto che non gli sembra possibile sentire silenzio quando le macchine si allontanano con la loro musica giù per la discesa – anche se prima di partire il tappetto si affaccia al finestrino, gli dice: "Non finisce qui", e postilla la minaccia con un rabbioso, "puoi credermi!".

Nel locale restano molti vetri rotti, chiazze e schizzi appiccicosi di Red Bull. E quando il macellaio si riaccomoda sullo sgabello, davanti al suo bicchiere: "Non preoccuparti, dopo questa volta non credo che torneranno ancora" e P riempie il secchio e comincia a ripulire le pareti con uno straccio, Madame Bovary compare sulla porta:

"Cazzo! Cos'è successo?".

Dato che nessuno le risponde, aggiunge:

"Mentre tornavo ho visto la polizia con due macchine ferme all'incrocio. Stavano perquisendo quei ragazzi della valle amici del Malacaín. Li hanno portati via in manette".

"Alla buon'ora!" esclama P.

E a quel punto spuntano i primi chioma-variopinta con le loro motociclette da enduro; vengono a prendere l'aperitivo.

***

La mattina del 31 ottobre è fresca e soleggiata. A mezzogiorno P ha appuntamento a casa di Beethoven. Il vecchio vive proprio davanti al bar dei portici, in un antico edificio intonacato di bianco e composto da più volumi che conferiscono al tetto un multiforme gioco di inclinazioni.

Per entrare si attraversa un giardinetto ben curato, circondato da una cancellata; da lì parte una pianta rampicante che si estende sulla facciata e una scala che conduce al portone principale al primo piano, ben visibile dalla strada. Di sopra, oltrepassato il portone con il campanello, che resta sempre aperto, si accede in un atrio luminoso, con vasi di piante e una porta con uno zerbino con scritto "Benvenuto" e un portaombrelli di ottone. Ieri sera Beethoven gli ha detto che deve salire un'altra rampa di scale per arrivare alla sua porta, la numero 2, molto meno sontuosa della principale, che si affaccia su un corridoio lungo e buio sul quale, su un lato e sull'altro, si aprono anche altre porte. P suona il campanello e Beethoven gli apre subito. Indossa una vestaglia color granata, che sembra seta, e un pigiama di cotone grezzo.

"Ah! La puntualità è la cortesia dei re. Le chiedo scusa per la mia tenuta, ma mi sono alzato alle undici passate: come certo saprà l'unico modo per combattere i postumi di una sbronza è dormire finché non guariscano. Prendo le chiavi e scendiamo."

P aspetta sulla porta, e intanto osserva i due quadretti giapponesi a china e la tenda decorata con disegni di bambù. Beethoven torna subito con le chiavi e il borsello, chiude la porta e guida P giù per la scala, fino alla porta con lo zerbino e il portaombrelli. Prima di suonare il campanello si aggiusta un po' la vestaglia.

Poco dopo si sente scorrere un chiavistello. Sulla porta appare una donna anziana, bassa e grassa, con i capelli azzurrini e un bastone dall'impugnatura d'avorio. Arsenico e vecchi merletti. Sorride:

"Salve" non ha un particolare accento del posto. Il primo a parlare è Beethoven, che la saluta e le presenta P: "Pedro, l'amico di cui le parlavo". P non sa bene se porgere la mano alla vecchia, e vedendolo titubante lei gli allunga la sinistra per non dover mollare il bastone. Poi la donna osserva P con discrezione, ma molto attentamente: studia il suo abbigliamento e forse controlla persino se si è fatto bene la barba. Infine prende un mazzo di chiavi, esce nel pianerottolo chiudendosi la porta alle spalle e si avvia su per le scale in testa alla lenta comitiva. Al secondo piano il gruppetto si ferma davanti alla porta numero 1, che si trova quasi di fronte alla numero 2, quella di Beethoven. La padrona di casa apre e i nostri tre entrano insieme nell'appartamento.

Dentro è buio pesto e la vecchia, con l'aiuto di P e di Beethoven, passa da una stanza all'altra per aprire tutti gli scuri. L'appartamento è molto grande e luminoso e si affaccia su tre lati: sul davanti proprio sul bar dei portici, sui tavolini dove il Robocop ha già cominciato a scolare birra; a nord su un frondoso giardinetto con abeti blu e la cima dell'Horlá sullo sfondo, e a est sulla chiesa, il cui tozzo campanile sembra un carillon che faccia parte integrante dell'arredamento. Da questo lato, con un'ampia terrazza la cui ringhiera è coperta d'edera, guardano il soggiorno e la cucina. L'ampia vista abbraccia il panorama dei tetti illuminati dal sole mattutino; è come una loggia privata nel cuore del paese. Dentro, esattamente al centro della stanza, c'è una piccola stufa di ghisa. La vecchia spiega che non funziona a legna, ma con gusci di nocciole, e che l'ha fatta installare l'ultima inquilina dell'appartamento, quella "povera ragazza", aggiunge. Ci sono anche una vecchia lavatrice, un frigorifero, e attaccati alla stessa bombola una cucina e uno scaldabagno. C'è lo stretto necessario, anche se tutto è vecchio e malandato. La cosa più brutta sono le pareti rosa shocking, che fanno a pugni con il verde brillante delle porte, e la doccia: uno spruzzatore di plastica appeso vicino al gabinetto e puntato sullo scarico del pavimento di cemento. Accanto al lavandino, però, c'è un grosso bidet decorato. Quanto all'arredamento c'è solo qualche mobile abbandonato: un tavolo non verniciato, due brande, qualche sedia, due poltrone componibili coperte di peli di gatto...

"La luce mi piace, e anche la terrazza. Quanto vuole?" domanda P, anche se Beethoven gli ha già detto il prezzo in via ufficiosa.

"Duecento al mese più le spese."

La porta del balcone è rimasta aperta e da quella direzione proviene un miagolio. I tre si voltano e vedono un gatto nero che entra in salotto strofinando la schiena contro lo stipite della porta.

"È la gatta della ragazza che viveva qui, povera micia, gironzola ancora sui tetti. Se le dà fastidio la cacci via."

La signora alza il bastone e soffia, e la gatta salta giù dal balcone veloce come un razzo. Poi, dando per concluso l'affare, spiega a P che dovrà passare a casa dell'amministratore per firmare il contratto, che la luce c'è ma è tutto buio perché mancano le lampadine, che gli lascerà le bollette dell'affitto nella cassetta della posta, e che infine si fida di lui perché lo ha presentato Beethoven (Don Blas) e perciò può tenere subito le chiavi. E così dicendo gli consegna il mazzo di chiavi, e poi si congeda porgendogli la mano sinistra e si avvia giù per le scale.

"Bene," esclama Beethoven quando lui e P rimangono soli nell'ingresso, "adesso ha un lavoro e una casa a San Juan del Horlá, non è mica male visto che è qui solamente da poco più di un mese. I miei auguri."

"Grazie, le devo qualche whisky."

"Bah, non ho fatto granché. Alla padrona conviene che quassù ci stia qualcuno, altrimenti durante l'inverno si gelano le tubature. Lei vive in valle, viene quassù solo una volta la settimana per innaffiare le piante. Suo figlio l'accompagna in macchina e poi viene a riprenderla all'ora di pranzo."

"In effetti è un bell'appartamento, e direi che questa casa è nella posizione più bella di tutto il paese."

Beethoven ride:

"Ovvio: questo ai tempi era il bordello più famoso della zona".

"Davvero?"

"Le parlo di prima della guerra. Poi laggiù hanno scavato le gallerie per far passare la strada e qui hanno pensato bene di costruire un mattatoio. Prima invece questo paese era un punto di passaggio obbligato per chi attraversava le valli, e questa era La Casetta Bianca; è già la terza volta che sento di un albergo a ore o di un bordello con questo nome. Se ci fa caso in tutte le stanze c'è un campanello che suona giù di sotto, casomai ci fossero stati problemi con qualche cliente. Al pianterreno viveva la madame, un'illustre antenata della nostra padrona di casa; al primo piano, dove ora c'è l'atrio, c'era un bar, mentre negli appartamenti quassù abitavano le ragazze, che ricevevano qui le loro visite. Ci giurerei che le più care stavano proprio nel suo appartamento: è quello più grande e con la vista migliore."

"Adesso che me lo dice sembra davvero... Anche se l'entrata con la scala non è molto discreta per un bordello."

"Be', non ha mai visto i saloon del Far West nei film?"

"Un'altra cosa: perché la signora ha detto 'povera ragazza' quando parlava dell'inquilina che abitava qui? Lo ha ripetuto ben due volte."

"Certo, povera ragazza... Credo di averle già raccontato di lei. Lavorava nel Pub prima di Madame Bovary, era una ragazza molto graziosa, e non acida come la barista che c'è adesso. L'hanno trovata ai piedi dell'Horlá, infilzata su un pioppo. Spero che lei non sia un tipo troppo impressionabile."

E proprio all'una in punto della vigilia di Ognissanti, P entra nel bar dei portici per festeggiare con Beethoven il suo nuovo appartamento. La Susi ha già preparato delle ceste di castagne per la Notte dei Morti.

***

P deve fare subito alcuni acquisti: lenzuola, asciugamani, stoviglie, tutto ciò che manca nell'appartamento. E deve anche comprare qualcosa di più pesante da mettersi, perché di notte, ai primi di novembre, il freddo comincia a farsi sentire. Il Francese si offre di accompagnarlo giù in valle col suo furgone, e così i due si danno appuntamento un sabato freddo e limpido che annuncia la quiete invernale.

Lasciano il paese durante la tranquilla pausa del dopopranzo, e per la prima volta P vede alla luce del giorno la strada che scende giù in valle. Nel prato pascolano cavalli e mucche dal pelo molto folto; chiazze color miele tra il verde smeraldo dell'erba e l'azzurro del cielo dove la luna s'affaccia come un fantasma grigiastro, misterioso. L'aria fresca profuma di aromi che P non sa definire, così diversi dall'odore di legna che ormai da settimane gli impregna i vestiti.

"Mi piace molto questo paesaggio" esclama il Francese mentre traffica con lo stereo della macchina. *Qué horas son mi corazón*...

"Sì, non è male. Ma di notte, o d'inverno..."

"Ahi, ahi, ahi... d'inverno fa un freddo cane, e la nebbia... non mi ci faccia pensare. Ma qui il mondo è più tranquillo. Più umano..."

"Cosa c'è di più umano di un imbottigliamento nel centro della città?"

"Bah, nelle città ormai stanno andando tutti fuori di testa, non ha visto in che modo orribile moriva quella gente a Manhattan... Non voglio che la mia bambina cresca in mezzo a quella roba: droga, violenza..."

P riflette un attimo e poi risponde con voce calma:

"Vediamo, qui il sessanta per cento degli abitanti sotto i quarant'anni ha una dipendenza da marijuana, alcol, cocaina o da tutte e tre insieme, ma nonostante tutti questi farmaci c'è persino qualcuno che si butta dalla cima dell'Horlá. E in quanto a violenza abbiamo il Malacaín, quando fa lo stronzo, una banda di teppisti che qualche volta sale dalla valle a far danni con una frusta perché tanto qui non c'è nemmeno un vigile, e come se non bastasse nel mattatoio di tanto in tanto si trova anche qualche donna squartata... Pensa che Manhattan sia molto peggio?".

Il Francese non vuole rinunciare alla sua visione bucolica:

"Dai, è diverso!".

"Sì... qui non ti rubano il portafoglio in metropolitana... ma se ci fai caso i crimini più efferati di solito avvengono nei paesi o nei piccoli centri."

Il Francese sembra rifletterci un attimo:

"Sì, è una merda... nel mondo non esiste un posto sicuro". Pausa. Inspira l'aria profumata d'erba. "Ma almeno qui la merda ha un odore migliore, no?"

"Ti riferisci al puzzo di letame?"

Raggiunta la zona industriale all'entrata del capoluogo, il Francese guida sicuro nel reticolo di strade fino a un magazzino di abbigliamento e calzature. P compra un paio di scarponcini da montagna, un pail, un paio di pantaloni di fustagno, calzettoni, magliette pesanti, una giacca a vento, un paio di guanti impermeabili che il Francese gli consiglia per quando nevica: tutto senza badare troppo a quello che sceglie. Il resto degli acquisti lo fanno da Carrefour, e verso le sei P ha comprato tutto ciò che aveva segnato sulla sua lista, che strada facendo si è allungata parecchio con molte spese impreviste. Gli serve solo qualche sacco di gusci di nocciole per la stufa, ma lo prenderà sulla strada del ritorno, perché stando al Francese nell'ultimo paesino della vallata c'è una rivendita di legna ben rifornita.

I due decidono di fermarsi in centro a bere una birra prima di rientrare. Il capoluogo della provincia è una cittadina pulita e ordinata, con case dai tetti di ardesia e vecchie mura che delimitano la zona dei negozi. Sono quasi tutti negozi di articoli per gli sport di montagna: sci, alpinismo, canottaggio. "Sono due mesi che non vedo delle strisce pedonali," esclama P entrando nel centro abitato, "credo di non aver passato mai tanto tempo lontano da una città." Non trovando un posto per la macchina lungo la strada, lui e il Francese scendono in un parcheggio sotterraneo, e poco dopo riemergono in una grande piazza con portici, negozi di souvenir e bar per turisti. Scelgono un bar tutto di legno, frequentato da signore che prendono tè e pasticcini, e ordinano due birre alla spina.

"Ehi, strano che tu non abbia indumenti pesanti, da dove viene? Dai Caraibi?" domanda il Francese a P dopo che le due birre sono arrivate.

P sorride:

"È una lunga storia. Diciamo che non ho voglia di andare a recuperare la mia roba dove l'ho lasciata".

"È strano anche che tu decida di trasferirti in montagna se ti piace la città. Sai cosa dice la Heidi?"

"Che sono un poliziotto, l'ho saputo."

"E non lo dice solo la Heidi. Dicono che per questo vuoi lavorare al macello."

"Lo pensi anche tu?"

"Non so... mi sembra un po' troppo... fantasioso... Ma penso che tu stia scappando da qualcosa. Scusa se ti sembro un po'... come si dice... *indiscret*, ma è difficile non farsi domande e chiacchierare. Non si capisce cosa tu faccia tutto il giorno. Sei molto... misterioso."

P riflette qualche secondo prima di decidere quale strada prendere:

"No, non sei indiscreto: la prima cosa che normalmente si chiede a una persona, a parte il suo nome, è cosa fa nella vita. Te lo posso anche dire, se mi prometti di tenerlo per te".

"Be'... so come mantenere un segreto."

P guarda il Francese negli occhi e arretra sulla panca:

"Faccio un mestiere fantasioso almeno quanto quello di un poliziotto".

"Ah! Un mestiere fantasioso quanto quello di un poliziotto? Sei un astronauta?"

"No, uno scrittore."

"Davvero?" pausa. "E che genere di scrittore?"

"Scrivo romanzi."

"Ah! E sei venuto a Horlá per scrivere?"

"Più o meno. Ma preferirei non si sapesse in giro. Se fai il farmacista mai nessuno ti chiede di provare le tue medicine, a meno che glielo abbia prescritto il medico, ma se fai lo scrittore tutti vogliono leggere quello che scrivi, anche quelli cui non piace leggere e che non hanno mai finito un libro in vita loro. Nessuno lo ammette, ma lo fanno per pura curiosità: cercano di scoprire i particolari della tua vita leggendo quello che scrivi."

"Be', un farmacista non è proprio come uno scrittore..."

"Può darsi, ma io non ho mai capito quale sia la differenza. Comunque in un certo senso hai ragione quando dici che sto cercando di fuggire da qualcosa. Fuggo dalla mia vita di scrittore."

P mantiene un'espressione molto seria, sempre ben calato nel suo ruolo, mentre cerca di ricordare quello che Quique Aribau gli ha raccontato quella notte d'agosto che hanno passato a bere e chiacchierare fino all'alba.

"Ma gli scrittori hanno bisogno di farsi conoscere per vendere i loro libri..." osserva il Francese.

"Affari loro... Per quanto mi riguarda, meno si vede in giro la mia faccia meglio è. Credi che uno di quegli scrittori che si vedono alla tele potrebbe farsi assumere in un mattatoio per fare delle ricerche?"

Pausa. Bevono un po' di birra. Il Francese riflette un po':

"Stai scrivendo qualcosa sul macello?".

"Sto scrivendo un romanzo, e il mio protagonista lavora in un macello. Per questo vorrei lavorare là per un po'. Vorrei entrare per vedere come funziona. A proposito: è davvero così difficile farsi assumere? Tu conosci il Proprietario, vero?"

Il Francese scuote la testa negando risolutamente:

"Molto difficile. Sia per un poliziotto che per uno scrittore. In un macello si celano molti segreti".

"Immagino, e soprattutto in questo."

"Può darsi."

Il Francese non aggiunge altro e la conversazione comincia a languire, perciò, dopo aver fatto un bis di birra, P va in bagno e ne approfitta per fare una chiamata da un telefono nascosto dietro un angolo.

Rodero non è in ufficio, e quindi parla col suo assistente. Ha solo qualche secondo per lasciargli un messaggio, ma si assicura che il ragazzo prenda nota per iscritto delle richieste che gli detta in tutta fretta: "Primo: ho dovuto aprire il gioco, è ora di passare al piano B, faccia preparare la rivista. Secondo: voglio saperne di più su un certo Malacaín, un tizio che traffica con lo stramonio e che prima faceva il macellatore al mattatoio. Malacaín è un soprannome, chieda a Berganza del commissariato di zona e cercate di scoprire se ha qualche precedente. E terzo: il 14 del mese scorso la polizia ha fermato cinque uomini e una donna all'incrocio di Horlá, avevano due macchine, probabilmente rubate; vediamo se salta fuori qualcosa, mi interessa soprattutto un tizio bassetto, non so come si chiama. Vuole ripetermi tutto, per favore?".

Venti minuti più tardi, quando P e il Francese escono dal bar, ormai è buio pesto. Hanno appena il tempo di fare un salto alla rivendita di legna prima che chiuda. È l'ultima tappa. Li accoglie un donnone con le mani più rozze che P abbia mai visto. Lui e il Francese caricano quattro sacchi di gusci di nocciole sul furgone e infilano la salita per Horlá, questa volta con i fari accesi e i finestrini ben chiusi per proteggersi dall'aria gelida della notte. Lungo la strada incrociano due lepri, un altro animale che sembra una volpe e un piccolo gufo che vola bassissimo, tanto che il Francese non riesce a evitarlo e lo becca in pieno col muso del furgone. Smontano. Il gufetto ha una brutta ferita all'occhio. *Oh, merde*... esclama il Francese esaminandolo rapidamente con sguardo clinico da esperto. Poi si guarda attorno in cerca di una pietra abbastanza grossa per ammazzarlo. Al primo colpo il gufetto sbatte rumorosamente le ali. Al secondo freme appena, adagiato su una piccola pozza di sangue. Il Francese sentenzia che ormai è morto, ma per sicurezza lo colpisce una terza volta e poi getta il corpicino lontano, verso la boscaglia. L'accaduto è talmente sgradevole che i due restano in silenzio fino a destinazione. Si sente solo la musica dalla radio. Quando arrivano a Horlá e si fermano davanti alla Casetta Bianca sta suonando *How Deep is your Love* dei Bee Gees. La gatta salta fuori miagolando e, passando dai tetti, si arrampica sul balcone.

"Hai un gatto?" domanda il Francese.

"Era della ragazza che viveva qui prima di me, ma quando mi vede arrivare sale in casa. È come se fosse rimasta orfana. Quando arriva le do un po' di latte."

P apre la portafinestra e la gatta entra in salotto e gli si strofina contro le gambe, ma poi si blocca subito e osserva circospetta il Francese.

"Sembra bella e sana. Si lascia toccare?"

"No, è una fifona. I primi giorni mangiava solo se lasciavo il piattino con il latte sul balcone e me ne andavo. Poi ha cominciato a venire a chiedere il suo latte direttamente in cucina, e l'altro giorno – io ero seduto proprio là – all'improvviso mi è saltata sulle ginocchia. Però se cerco di toccarla fila via veloce come un razzo."

Il Francese si avvicina alla micia e allunga una mano facendo i soliti versetti che si fanno ai gatti. Lei lo guarda con occhi spaventati e corre sul balcone; spicca un salto e si acquatta sul grosso davanzale di mattoni. Ma poi rientra subito e guarda P miagolando.

"Cosa c'è? Vuoi il latte, eh? Sarà meglio scaldarlo un po', eh? E stanotte dove pensi di dormire con questo freddo?"

La gatta lo fissa e miagola come per rispondergli, come se fosse abituata ad avere civili conversazioni con gli esseri umani.

***

Venerdì P lavora al Pub. Nell'ultimo paesino prima della salita è giorno di festa, e così, verso mezzanotte, i chioma-variopinta cominciano a montare in macchina per andare giù in valle a concludere la serata. Nel Pub restano solo quattro ragazzi seduti a un tavolo e il Rito, che beve birra e infila monete nella slot-machine. Come sempre, nel fine settimana, il Rito è tutto in tiro. In testa ha un paio di assurdi occhiali da sole che usa come cerchietto per tenere a posto il ciuffo. "Non ho assolutamente voglia di scendere in valle," dice a P, "e pensa che questo pomeriggio ero lanciatissimo, ho comprato persino un grammo di neve dal Robocop. Vuoi farmi compagnia?" Ma prima che P abbia il tempo di rispondere arriva il pretino. Non saluta nessuno, entra e si siede su uno sgabello. "Uh! Il Fronte di Liberazione Omosessuale" sussurra il Rito facendosi sentire anche da P, che intanto va dal ragazzo per prendere l'ordinazione. Il pretino prende un J&B e aranciata, e questa volta non guarda P come al solito, ma sfugge il suo sguardo, sembra stranamente nervoso.

"E allora? Hai messo a letto il vecchio?" gli domanda il Rito a voce alta, da quattro metri di distanza.

"Vai a pigliartelo in culo" risponde il pretino senza nemmeno guardarlo, come parlando tra sé.

"Apposta sono uscito, ma con questo freddo... Gli hai spalmato il Trombocid sulle gambe?"

"Sì. E non fare casino quando torni, gli ho aperto il divano letto in sala da pranzo."

"Ah sì? E perché?"

"Perché voleva vedere la tele e perché quella è casa sua e quindi fa quel cazzo che gli pare, ok?" questa volta lo guarda e alza la voce fino a raggiungere un volume normale.

Il Rito non ribatte, beve un sorso dalla bottiglia e ricomincia a infilare monete nella slot-machine. P serve al pretino il suo whisky e aranciata. Frattanto i chioma-variopinta si alzano dal tavolo, lasciando le sedie tutte in disordine, e si mettono in coda davanti al banco per pagare: a turno dicono a P quello che hanno preso e lanciano le banconote o le monete sul banco senza degnarlo nemmeno di uno sguardo. Non dicono neanche "per favore", "grazie", e "arrivederci", non aprono bocca, eccetto per comunicare tra loro nella loro lingua incomprensibile. Poi escono e salgono tutti su una macchina parcheggiata davanti al locale.

Dentro il bar si sente solo il ronzio della cassetta dei Rolling Stones, che P ha messo per cambiare un po' quella dei Creedence, ma la musica è inaspettatamente vivace, come provenisse da un mondo lontano. P ha cominciato a capovolgere le sedie sui tavoli e a spazzare per terra quando la porta si spalanca e appare il Robocop. Arriva con la sua solita camminata leggermente dondolante, e gli occhi fissi sul casco e sugli occhiali da motociclista che tiene in mano come un Amleto che regge il suo teschio. Gli occhiali hanno una lente rotta, e lui ha un ginocchio sbucciato e il cappotto con un gomito tutto sdrucito. "Cosa ti è successo?" gli domanda il Rito. "Sei caduto?" Il Robocop annuisce senza smettere di guardare gli occhiali, ormai inutilizzabili. In un primo momento anche il pretino sembra interessato, ma tutto a un tratto gli chiede se ha la roba. A quanto pare anche lui gli ha ordinato qualcosa. "Ehi! I vostri affari andate a sistemarli fuori, eh?" interviene P. Il Robocop esce, seguito dagli altri due. P continua a ramazzare. Il Rito rientra nel Pub prima ancora di essersi sparato la prima pista sul davanzale della casa di fronte, luogo dove, tempo permettendo, di solito vanno tutti a sniffare. "'Scolta," dice a P, "adesso vado al cesso e te ne preparo una sul water." "Grazie" fa P. Poco dopo arriva anche il pretino, che invece, a giudicare dalle smorfie che fa con la bocca, ha già gustato la sua leccornia. Si siede sullo sgabello a bere il suo whisky mentre osserva P che spazza il pavimento.

"Senti" esordisce con un filo di voce; P solleva la testa e posa entrambe le mani sul manico della scopa. "Tu mi piaci... Ci verresti con me?"

È come trovarsi davanti a un cucciolo che mendica una carezza. P risponde con tono quasi paterno:

"Mi spiace, ma non sono interessato...".

"Già. Be', sai, quando mi piace qualcuno preferisco dirglielo. È un buon sistema per evitare di perdere tempo o di illudermi. Non so se faccio bene."

"Nemmeno io. Comunque a me non dà nessun fastidio."

"Be' allora sono contento di avertelo detto, erano giorni che volevo farlo."

Il Rito esce dal gabinetto, e questo sembra una specie di segnale per il pretino, che posa due euro e cinquanta sul bancone e se ne va lasciando il suo drink a metà. "Buonanotte... e grazie" dice prima di uscire. Il Rito allora si porta una mano al fianco, mentre con l'altra afferra sempre il collo della bottiglia:

"Ci scommetto che ti ha detto che gli piaci e che vuole farsela con te?".

P si finge sorpreso:

"Perché?".

"Quella frocia... mi sembra di vederlo, appena vede un paio di pantaloni nuovi va fuori di testa" beve un sorso di birra. "In bagno c'è la tua pista, se vuoi qui spengo io."

"Sai come si fa?"

"Tutti abbiamo lavorato qui, forestiero..."

P va al gabinetto. Sulla cisterna del water ci sono una banconota arrotolata da dieci euro e una bella pista di coca. Mentre piscia, P riflette sul da farsi. Si lava le mani. Poi prende un pezzetto di carta igienica, lo inumidisce sotto il rubinetto e pulisce con cura la ceramica togliendo tutta la polverina. Infine butta la carta igienica nel cesso e tira l'acqua. Poi esce e allunga al Rito la banconota ben piegata.

"Senti, ti va di prendere la macchina e andare a bere qualcosa giù in valle?" domanda il Rito. "È troppo presto per dormire di venerdì sera, soprattutto dopo aver sniffato un grammo di neve."

A P sembra l'occasione giusta per far sbottonare il Rito. È sicuro di essergli simpatico, e di piacergli, ma non ha ancora avuto l'opportunità di fare due chiacchiere con lui da solo.

"Sì, volentieri, sono stanco di vedere queste quattro pareti. Possiamo andare da qualche parte dove non ci siano le solite facce e non si sentano i Creedence e i Rolling Stones? Offro io."

"A dire il vero giù in valle ci sarà un sacco di zoticoni. Sei mai stato al club della Stazione sciistica? Ci vogliono tre quarti d'ora, ma ne vale la pena, è un altro mondo."

"Ci sono gente e musica?"

"Sì, sembra un bar di città. Ma ti avverto: se ti vedono con me può darsi che pensino che stiamo insieme. A volte vado da quelle parti a fare la frocia."

Ora l'atteggiamento del Rito è stranamente virile, sembra aver abbandonato quasi completamente l'aria da finocchio che sfoggia di solito.

"Non m'importa," dice P, "ma ti ringrazio per avermelo detto."

Escono insieme dal Pub e P chiude a chiave la porta. Salgono sulla macchina del Rito, che è posteggiata un po' più sotto, la sua vecchia Golf cabrio color avorio con la capote di tela blu. Fa freddissimo, il termometro sul cruscotto segna meno 3°. I due s'infagottano nel cappotto mentre aspettano che l'aria cominci a scaldarsi. Per un tratto seguono la discesa che porta in valle, ma all'incrocio imboccano la strada che va in direzione nord. Il Rito tiene sempre gli abbaglianti accesi, usa le marce corte e invade perennemente la corsia opposta: sembra impossibile che dall'altra parte possa arrivare una macchina. L'abitacolo comincia a scaldarsi e finalmente i due si rilassano un poco. Allora il Rito allunga la mano per accendere lo stereo e comincia a suonare *Chiquitita* degli Abba.

"È musica dei miei tempi" esclama.

"E anche dei miei."

Il Rito canta con voce stonata:

"*Las estrellas brillan por ti / allá en lo alto*... Ah! Che tempi... Sai che in teoria oggi sarebbe il mio anniversario?"

"Ah sì?"

"Già. Questa stessa notte, quindici anni fa, ho conosciuto Juan: 17 novembre del 1986. Io avevo venticinque anni e lui cinquantuno. Lui era come è adesso, un po' meno grasso, ma preciso. Io invece sono cambiato parecchio: a venticinque anni ero una bellezza."

"Juan? Lo conosco?"

Il Rito ride:

"Il macellaio... sembra impossibile, ma anche lui ha un nome". Pausa. Il Rito attende un incipit per proseguire.

"Dove vi siete conosciuti?"

"A Bilches. Conosci Bilches? È una specie di paradiso. Ero conteso da tutti gli uomini, e devo ammettere che ho saputo approfittarne."

"Del paradiso o del tuo successo con gli uomini?"

"Di entrambe le cose. A venticinque anni avevo già una bella esperienza. Ho cominciato quando ne avevo dodici, con un cognato di mio padre che mi ha insegnato tutto quello che dovevo sapere. Non era proprio uno zio, a dire il vero. Adesso quelli come lui si beccano denunce, ma a quei tempi... E poi io ci sono stato perché mi andava, avevo già i peli sulle palle, io... Questo quando stavo ancora al paesello."

"Castellón..."

Il Rito annuisce:

"Comunque a quindici anni me n'ero già andato di casa e facevo un sacco di grana nei cinema, o in spiaggia. Sempre con gente di classe, naturalmente. A quei tempi stavo a Tenerife: là ho avuto il mio primo appartamento, che però era intestato al proprietario della discoteca dove lavoravo perché io ero minorenne. Poi un cliente olandese mi ha parlato di Bilches e così sono partito con lui. Non abbiamo avuto una storia vera e propria, perché lui era già sulla settantina... ma per me era un buon sistema per viaggiare gratis. Prima ero fatto così. Poi è arrivato quel grassone di un montanaro e ho perso la testa per lui". Pausa. "Tu sei mai stato innamorato?"

"Qualche volta. E dall'ultima volta non è passato molto tempo."

"Io mi sono innamorato una sola volta, come nel bolero. Quella specie di zio è stato solo un insegnante, nemmeno un maestro. E tutte le altre storie sono state dei piacevoli passatempi. Però me la sono davvero spassata: feste, bella vita, sesso libero, soldi facili... Ma con lui è stato diverso. Già. Appena l'ho conosciuto mi sono commosso, una sensazione che prima non avevo mai provato, a parte forse guardando qualche film." Pausa. "Scusa se ti sto facendo la testa come un pallone, ma oggi sono un budino. E tu sai ascoltare, furfante." Si gira verso P e sorride.

"Ascoltare mi piace più di parlare." Pausa. "Come vi siete conosciuti?"

Il Rito gonfia il petto e poi soffia all'improvviso:

"Io e Juan?".

I finestrini sono gelati e solo attraverso il parabrezza, riscaldato dall'aria che esce dagli ugelli, si vede la carreggiata. La strada è molto stretta e serpeggiante, l'asfalto è bianco per la brina e gli alberi, illuminati dalla luce dei fari, luccicano come alberi di natale. Sembra tutto sul punto di congelare con uno schiocco secco, ma all'interno dell'abitacolo il riscaldamento funziona a pieno regime. Viene voglia di fumare. P tira fuori il pacchetto di Lucky e il Rito gli chiede una sigaretta e gli passa la bustina di coca affinché lui possa cospargerla sulla cartina. P lecca due sigarette e le fa girare nella polverina; poi le accende e ne passa una al Rito. Suona *Fernando* quando il Rito comincia a raccontare la sua storia:

"Io lavoravo al Lord Douglas, un bar per gay, stile americano. D'estate ci andavano cani e porci, ma d'inverno era frequentato solo dai ricconi di Bilches. Era un lunedì, e il mio collega aveva il giorno libero; il mio giorno di riposo era la domenica. Be', verso mezzanotte, clong, come nella favola di Cenerentola, sbuca fuori un tipaccio allucinante. Ti giuro che ho pensato: 'Questo deve averlo mandato il titolare a riparare la canna del cesso'. Macché: quello si siede al banco e ordina un whisky con ghiaccio. Lo servo e attacco bottone con disinvoltura. Socializzare coi clienti faceva parte dei miei doveri di barista, e poi, se qualche cliente mi piaceva, alla chiusura potevo anche arrotondare un po' la paga. Sta di fatto che quello mi guarda e mi dice: 'Sono Juan' e mi porge la mano. È stato lì che ha cominciato a piacermi sul serio, quell'omaccione che mi stringeva la mano come un babbeo e mi guardava con certi occhi... Tristi, tristissimi, come quelli di un San Bernardo. Certe volte mi guarda ancora così, e ti giuro che sento un tuffo al cuore" tace e fuma la sua sigaretta alla coca.

"E cosa ci faceva a Bilches?"

"Era capitato là per caso, mentre scendeva in macchina lungo la costa. Non aveva mai visto il mare. Ci credi? Non sapeva niente di niente. Era la prima volta che metteva piede in un bar per gay, ed era entrato senza sapere che posto fosse. Mi ha raccontato che aveva lasciato il suo paese dopo un litigio con la moglie e che da due giorni guidava senza meta. Abbiamo parlato per due o tre ore. Non ti posso dire tutto, perché certi dettagli me li tengo per me, capisci?, però mi ha raccontato quello che gli aveva fatto quella brutta zoccola di sua moglie. Lo sai anche tu come possono essere crudeli le donne. Quelle buone sono buonissime, come mia madre, che era una santa, ma quelle cattive sono più perfide di qualunque uomo, finocchi compresi, e guarda che ho conosciuto certe froce che con gli uomini facevano proprio le stronze. Ma non io, sai? Io agli uomini gli facevo una sega, gli spillavo qualche quattrino e li lasciavo col sorriso stampato in faccia e punto. Ma tornando a noi: quell'omaccione capace di stendere una mucca con uno sganassone era ridotto come una polpetta, giuro. A un certo punto si è messo pure a piangere... figurati," si porta la mano al petto, "e io avevo un nodo alla gola che non potevo..." Anche adesso, ripensandoci, il Rito parla con voce quasi spezzata; fa una pausa, deglutisce, tossicchia...

"Lo ami ancora?" domanda P per colmare il silenzio.

"Non lo vedi? E pensa che un giorno quel porco l'ho beccato a letto col pretino, che è una cagna in calore, credimi. Questo non glielo perdono proprio, anche perché lo ha portato a casa e adesso quello se lo scopa quando vuole. Ma ti giuro che non ho mai amato nessuno come ho amato lui: né mio padre, che era un brutto ubriacone ma gli ho voluto bene lo stesso, né mia madre, che come ti dicevo era una santa, né le mie sorelle, né tutti gli uomini che ho conosciuto in vita mia messi insieme. E guarda che una volta il macellaio mi ha persino spaccato un dente con uno sganassone davanti a tutti. Non credere che non me ne abbia fatte passare..."

"Il Beethoven mi ha raccontato qualcosa..."

"Bah, il Beethoven sa la metà delle cose. Credono tutti che il macellaio mi abbia menato perché ballavo sul bancone del bar. Se vuoi sapere la verità, ma questo però non devi raccontarlo a nessuno, e meno che meno al Beethoven, io ero appena andato al gabinetto con un tizio, al Consorcio. Non ti dico chi è, perché sono un gentiluomo, ma sappi che in giro ci sono molti più finocchi di quanti tu creda, qui e nel resto del mondo. E spesso i più finocchi sono proprio quelli che si accaniscono contro i froci. Non ti dico altro. Comunque Juan mi ha sgamato subito, perché scemo non è. È uscito dal cesso un attimo dopo di noi ed è venuto dritto verso il bancone. Io ci ero salito in piedi sopra e mi dimenavo come una pazza. Be', mi ha afferrato per una gamba dei pantaloni e quando sono finito per terra mi ha mollato uno sganassone che quasi mi ammazza. E per fortuna che c'erano almeno venti uomini nel bar, perché se non lo avessero tenuto tutti insieme penso che mi avrebbe ucciso, giuro." Pausa.

"Accidenti. E quell'altro?"

"A lui non gli ha spaccato la testa perché è nato in paese. Tra loro vige uno stranissimo codice d'onore, e sono tutti mezzo parenti. Ma sai una cosa? Ha fatto bene a mollarmi quello sganassone. Credo che solo in quel momento mi sono reso conto di quanto lui mi amasse. Intendiamoci, non è che io sia masochista o roba del genere, perché guarda che con me se qualcuno alza le mani sono capace di cavargli gli occhi, non importa che sia il papa. Pensa che una volta, a uno che voleva fare il furbo gli ho sfregiato la faccia con un pettine d'acciaio. Ma quella sera, con Juan, mi sono comportato da puttana di merda quale ero sempre stata, credimi, inutile raccontarci bugie. L'ho ferito. Lui mi ha portato con sé nel suo paese, dimostrando di avere le palle, abbiamo messo su casa insieme, lui ha riaperto la macelleria e si faceva vedere con me da sua moglie, dai suoi amici, da tutti, a testa alta, senza nascondersi. E guarda che stiamo parlando di quindici anni fa, e allora non era come adesso che i finocchi si vedono anche sulle figurine." Lunga pausa.

"Bella storia. Un po' triste."

"Già. Le storie d'amore più belle sono sempre tristi. A volte penso che se quella sera al Consorcio mi fossi comportato meglio, adesso... chissà. La tresca col pretino è cominciata per vendetta, lo so, io Juan lo conosco... Ma così è la vita: la lezione s'impara sempre quando ormai è troppo tardi."

"E non hai pensato di andartene e ricominciare da zero in un altro posto? Non so, quanto meno per avere una casa tua e non dover sopportare..."

"Bah..." sembra rifletterci molto attentamente. "I soldi non mi mancano, sai, tra lo stipendio del macello, le ore che lavoro al Consorcio e il gruzzoletto che ho in banca... potrei anche costruirmi una casa in paese se volessi. Ma non mi fido di quella frocia, uno di questi giorni mollerà il povero Juan e allora lui avrà bisogno di me." Breve pausa. "Guarda: questa è la Stazione sciistica, il bar è quello sotto, vedi le luci? Non è un bar per gay né niente del genere, ma di tanto in tanto ci vengo con la speranza di incontrare un uomo come si deve, per lo meno qui c'è gente per bene. Il mese scorso ho conosciuto un olandese che mi voleva portare con lui in vacanza a St. Moritz. Come vedi viaggiare con gli olandesi dev'essere il mio destino..."

E sghignazza mostrando l'incisivo rotto.

***

Suona il campanello. P apre la porta. Nel buio del corridoio scorge la Heidi con le mani infilate nelle tasche della giacca a vento:

"Hai le chiavi del distributore di sigarette?" gli domanda lei all'improvviso. P esita, non capisce bene cosa voglia, si ripete mentalmente la domanda. Lei cerca di essere più chiara:

"La Fighetta del Pub dice che le chiavi del distributore di sigarette non ci sono. Dice che forse le hai prese tu".

Finalmente P capisce. Ci pensa un attimo. È possibile, forse sono nella tasca della sua giacca a vento. Apre del tutto la porta:

"Vado a dare un'occhiata, vuoi entrare?".

P si dirige nella stanza che usa come guardaroba. Fruga in una tasca e tira fuori una chiavetta. Torna nell'ingresso: la porta è ancora aperta, ma la Heidi non è più lì, ha attraversato il corridoio e ora è nel salotto, che si toglie la giacca a vento. P chiude la porta e la raggiunge:

"Eccola: ieri ho caricato il distributore prima di andarmene e senza pensarci devo essermi infilato la chiave in tasca".

"Mi offri un caffè?" domanda la Heidi. P indugia un attimo e poi annuisce. Intanto lei curiosa in giro. Con due materassi di lana piegati a forma di G, e delle coperte, P ha improvvisato un divano. Fungono da tavolino due casse di birra vuote con una tavola di legno appoggiata sopra. Ci sono anche il tavolo con due sedie, lampadari di carta, i giornali sgualciti che la Susi gli mette da parte alla sera e che ormai formano due pigne che gli arrivano all'altezza della cintura, la riproduzione della Madonna col Bambino di Giovanni Bellini... Il massimo che si può dire è che la casa è calda, perché la stufa a nocciole romba come il motore di un jet, e forse che la luce dei lampadari di carta contribuisce a creare un'atmosfera accogliente.

"È il tipico appartamento da uomo" sentenzia la Heidi, che esplorando ha raggiunto il cucinotto dove P sta preparando la caffettiera.

"Sì, immagino che quello di un coccodrillo sia completamente diverso."

"Cosa?"

"Niente: una battuta mal riuscita."

La Heidi scompare ancora, e quando esce dal cucinotto P la vede in piedi accanto alla stufa che sbircia nella camera da letto. Ha persino acceso la luce per osservare meglio il letto disfatto e tre giornali sul pavimento.

"Ti mostrerei il resto della casa, ma stanno imbiancando la sala da biliardo."

"Cosa?"

"Niente, un'altra battuta mal riuscita."

Lei torna nella zona pranzo, si siede al tavolo, tira fuori dalla tasca un pacchetto di tabacco con un pezzo di marijuana e comincia a sminuzzarlo sulla tovaglia di plastica, facendo attenzione a separare bene i semi.

"Cosa fa un poliziotto da solo tutto il giorno? Passa il tempo a farsi fa le seghe e a leggere quei cazzo di giornali?"

"Perché sei così sicura che io sia un poliziotto?"

"Be', vediamo... perché sono Cassandra, l'indovina, non lo sapevi? Nessuno mi crede, ma io so sempre la verità."

"Ok, Cassandra, e allora perché me lo chiedi?"

"Perché non so tutto. So solo delle cose che mi vengono alla mente. Perché leggi tutti quei giornali?" la sua voce assume con sorprendente scioltezza un tono ora impertinente ora dolce.

"Non so... per vedere cosa succede nel mondo senza di me."

"*New York, September the 11th, isn't it?* È questo che ti interessa tanto..."

"Ti è venuto in mente o è una semplice supposizione?"

"Cosa succede? Hai qualcuno laggiù?"

"Se non ti dispiace dovremmo interrompere l'interrogatorio perché sta uscendo il caffè. Lo vuoi normale o col latte?"

"È indifferente, il caffè non mi piace. Ti va di scopare con me?"

P non lascia trapelare la sua sorpresa:

"Be', sarebbe un piacere, ma devo badare che il caffè non esca dalla caffettiera".

"Acc... smettila con queste battute del cazzo e siediti. Hai della birra?"

P posa le mani sullo schienale della sedia e, sorridendo, guarda la Heidi negli occhi:

"Sì, credo di avere ancora della birra, però sto finendo la pazienza".

"Ok, ok, non arrabbiarti, sono capace di comportarmi come una signorina per bene, voglio solo stare qui un attimo, ok?"

P ride sotto i baffi. Va in cucina, spegne il fuoco, prende due bicchieri e due lattine di birra nel frigo. Poi torna in salotto ed esclama:

"Tutto questo ha un prezzo".

"Cosa?"

"Che tutto il paese pensi che stiamo scopando."

"Non fare troppo il figo, posso benissimo scoparmi chi voglio e quando voglio."

"Non ho dubbi, però hai scelto me. Per farlo o per far credere che lo stiamo facendo, che è la cosa più curiosa. E così dovrai pagare quello che ti chiedo... Cassandra..."

"Non sapevo che saresti caduto così in basso. Credevo che fossi un gentleman del cazzo."

“Hai un’idea un po’ sorpassata dei gentlemen, dovresti leggere più giornali. Comunque la mia richiesta è ragionevole: devi solo spiegarmi perché vuoi far credere a tutti che stiamo scopando, è il minimo che mi devi se vuoi che ti regga il gioco.”

“Voglio che pensino che posso ancora scoparmi un bell’uomo” passa la canna a P.

“Non ci credo” s’infila lo spinello tra le labbra, fa un tiro, strizza un occhio per evitare il fumo, e intanto apre le lattine. “Devi dirmi la verità, altrimenti la birra me la vado a bere al bar e tu resti qui da sola.”

“Acc... sei uno stronzo” dice la Heidi col suo tono particolarmente sprezzante, torcendo la bocca e girando il viso per evitare di guardarlo.

“Oh, scusi, signorina Cassandra: a quanto vedo è solo lei che può fare supposizioni e sputare sentenze, vero?”

“Vai al diavolo, figlio di puttana. Cosa ti succede? Non ti si rizza l’uccello?” si alza bruscamente dalla sedia, “be’, allora leccami la passera e falla finita.”

“Se vuoi che la faccia finita, sai dov’è la porta. Quanto all’altra richiesta è fuori dalla tua portata, bellezza.”

Lei non lo sente nemmeno più, vomita insulti, forse in norvegese, prende la giacca a vento ed esce dal salotto. P sente i suoi passi che risuonano nell’ingresso e la porta che si apre, però passa troppo tempo prima che si richiuda, e quando finalmente si chiude ode ancora il rumore dei passi che tornano in sala. La Heidi rimane un attimo appoggiata allo stipite della porta:

“Ok, tu non ti sei mai innamorato?” il suo tono è serio, ma calmo.

P respira profondamente e china la testa posando la fronte sulle mani:

“Ma cosa avete? Siete tutti d’accordo? Questa settimana è la seconda volta che mi fanno la stessa domanda e la seconda volta che mi chiedono senza troppi preamboli se voglio scopare”.

“Lo so, quel coglione del pretino cerca di farsi dare una ripassata.”

“Ah, magnifico: dimenticavo che qui si sa tutto di tutti. Senti, una volta tanto potremmo tenere una conversazione normale, con modi educati e sottintesi e un po’ di tatto?”

“Ah, vuoi anche tu belle parole come quel cazzo di Francese? Ipocrisia di merda?”

“Be’ sì, guarda, un po’ d’ipocrisia di merda non guasterebbe. Solo per riposarmi un attimo dalle domande dirette e dalle confessioni intempestive. Comincio ad averne abbastanza, sai?”

Non l'avesse mai detto:

"Non l'hai capito che sono innamorata di te, idiota?" adesso torna ad alzare un po' la voce.

"Perfetto, non vuoi la minestra? E allora beccatene due piatti" mormora P tra sé.

"Che cazzo dici? Dici sempre cose strane. Sei uno stronzo bastardo, porca puttana."

"Senti, fammi il piacere di calmarti, ok?"

"Dammi la canna, voglio fumare" P le passa lo spinello; lei si siede con la giacca a vento sulle ginocchia e prende anche la lattina di birra. Tarda un attimo prima di ricominciare a parlare:

"Una volta stavo con un ragazzo che ti assomigliava".

"Intendi dire che era uno stronzo bastardo come me?"

"Acc! Taci un attimo e ascolta, se vuoi sapere. È stato il mio primo ragazzo, a Oslo, si chiamava Sören. Suo padre aveva una fabbrica di rubinetti, un mucchio di grana, una famiglia agiata. Io ero molto bella, lui era molto bello, eravamo due bei *vikings* alti e biondi. Io non ero di Oslo, abitavo in una cittadina di provincia, Algard, nella contea di Rogaland, ed ero innamorata, avevo fatto l'amore solo con lui. Volevo sposarlo e avere dei bambini, una cosa normale, come in una bella fiaba, ok?" beve un sorso di birra, parla rapidamente. "L'estate prima di sposarci siamo andati tutti in America, in California. Erano i *sixties*, ok? Volevamo goderci il sole e la sabbia calda, e andavano di moda i Beach Boys... *'round, 'round, get around, I get around...* Abbiamo preso delle camere in un hotel molto carino, a Long Beach, tutti i ragazzi da una parte e le ragazze dall'altra, da bravi studentelli, e quindi per fare l'amore dovevamo andare in spiaggia. A quei tempi si diceva *make love*, e non *fuck*... era romantico, non come adesso."

"Già. Però?..."

"Taci." Riempie il bicchiere di birra, tira fuori un altro po' di marijuana e comincia a sbriciolarla. Ora parla più lentamente. "Una notte, al *sunset*, io e il mio ragazzo siamo andati in spiaggia a fare l'amore. Lo facevamo sempre dietro un camioncino dei gelati: in fondo, un po' nascosto. Ma a un certo punto abbiamo sentito qualcosa. Dei ragazzi messicani. Erano in sei (dopo li ho potuti contare bene). Ci hanno ordinato di continuare, hanno detto che volevano guardarci: *Ok, don't stop, go ahead.* Allora il mio ragazzo si è alzato in piedi e gli ha detto di andarsene. Uno di loro aveva un coltello. Gli altri hanno fatto il giro attorno al camioncino e lo hanno assalito alle spalle, poi l'hanno bloccato a terra e gli sono saltati addosso, lo hanno colpito e lo hanno legato con una corda. 'Ok,' ha detto il messicano col coltello, 'se non vuoi continuare tu allora lo facciamo noi.' Io ho gridato, ma quelli mi hanno picchiata; mi tenevano il viso premuto sulla sabbia, non potevo respirare. E poi mi hanno scopata tutti. Io morivo dal dolore, ma avevo la bocca e gli occhi pieni di sabbia. Uno di loro mi ha scopata due volte; quando finalmente mi hanno lasciata ho sentito che diceva che lui mi avrebbe scopata ancora, ma io ormai non potevo più muovermi né ribellarmi, era come se fossi morta, e piangevo lacrime di sabbia."

P è rimasto immobile, con una mano sul bicchiere. Lei continua a parlare, ma ora il tono della sua voce è insolito: lento, abbattuto:

"Se ne sono andati un'ora dopo, però a me sembrava fosse trascorsa una vita intera. Non riuscivo a slegare il mio ragazzo e lui aveva una brutta ferita alla testa. Quasi non mi reggevo in piedi, ma piano piano ho raggiunto il boulevard e ho fermato una macchina. Poi è arrivata la polizia, e un'ambulanza per portarci all'ospedale. Ci sono rimasta per tre giorni all'ospedale, sempre sotto l'effetto di tranquillanti. Avevo, come si dice, *nightmares*." "Incubi" dice P. "Sì, incubi, e... paura. Ma il peggio è venuto dopo, quando siamo tornati a Oslo e ormai erano trascorse settimane, mesi, e le ferite si erano rimarginate e lo *psychologist* aveva detto che era tempo di ricominciare a vivere. Sai cosa è successo allora?"

"Cosa?"

"Il mio ragazzo ha deciso che era meglio rimandare il matrimonio. Io allora gli ho domandato perché, ma lui non ha saputo rispondermi, ha detto solo che era meglio aspettare. Non mi guardava più nemmeno negli occhi. E non riusciva più ad avvicinarsi a me come prima. E sai perché? Perché io ormai ero sporca," a questo punto i suoi occhi si riempiono di lacrime, "e lui non voleva una donna sporca e oltraggiata nella sua bella famiglia. Non voleva più neanche baciarmi: girava il viso dall'altra parte, proprio come hai fatto tu l'altro giorno, al Pub..."

P non sa cosa dire, e quindi rimane in silenzio. A lei scende una lacrima. L'asciuga. Poi si gira di lato per non farsi vedere, ma le lacrime continuano a scendere silenziosamente e così si copre il viso con le mani. P si alza per consolarla: "Ehi, ehi" le si avvicina, ma lei si alza in piedi e gli dice: "No, lasciami". Allora P la prende per le spalle e lei resta immobile con lo sguardo fisso sul pavimento. P le asciuga una lacrima col pollice. Lei lo lascia fare, e poi protende le labbra e P colma il resto della distanza per baciarla. Lei posa il palmo delle mani sul torace di P, e per qualche secondo il loro è un bacio dolce, tenero, affettuoso. Ma all'improvviso lei gli morde il labbro inferiore, e stringe, e poi si china e con tutta la forza che ha in corpo lo spinge indietro senza smettere di mordere. P barcolla, emette un gemito, si tasta il labbro sanguinante; il sangue gli macchia la camicia e gocciola sul pavimento. Lei ha di nuovo il suo sguardo di sfida e la sua risata torna quella di sempre, smisurata, inquietante:

"Per essere un poliziotto sei un imbecille del cazzo" gli dice. Raccoglie la giacca a vento da terra e, passandogli davanti, gli dà uno spintone. Poi raggiunge velocemente la porta, la apre ed esclama: "Ho preso la chiave del distributore di sigarette e ho passato mezz'ora a casa tua: è tutto quello che Cassandra voleva da te questo pomeriggio, stronzo".

20.

SULLA TERRA

Ultimo lunedì del commissario nel suo ufficio prima della cena di pensionamento. Sta per uscire quando riceve una chiamata interna. Risponde stando in piedi.

"Commissario, c'è una certa Susana Ortega del ministero" annuncia Varela.

"Passamela."

È una voce giovane, gentile:

"Commissario capo Pujol?".

"In persona. Chi parla?

"Mi scusi, chiamo dall'Istituto di Studi applicati di New York."

Il commissario non capisce subito di cosa si tratti, e dal suo silenzio lei lo intuisce:

"Del ministero degli Esteri, per i rapporti con l'Interpol... sono un'impiegata, posso darle il mio numero di codice se vuole".

"Ah, certo... ma prima mi dica di cosa si tratta."

"Vede, vorrei parlare con uno degli ispettori della sua questura, nella sua scheda ho trovato solo questo numero di telefono. Il suo codice è: 245/B/987/400012."

Il commissario riconosce le ultime tre cifre del codice di Tomás.

"Sì, esatto, appartiene a questa Direzione generale. Ma ora non è possibile contattarlo."

Lei sembra dispiaciuta:

"Ah..." indugia.

"È in missione fuori città," spiega il commissario, "ma se si tratta di una questione ufficiale posso passarle il capo della sezione Omicidi. È l'unico a poterlo sentire."

"No, non è una questione ufficiale..."

"Anche se si tratta di una questione personale urgente posso vedere cosa posso fare..."

"No, non è neanche urgente... non credo che..." la ragazza fa una pausa. "Scusi: lei lo vede, vero? Se non sbaglio credo mi abbia parlato di lei..."

"Lo conosce personalmente?"

"Sì... lo conosco... siamo... amici."

"Certo... ma francamente non so quando lo vedrò, e non posso nemmeno parlare con lui al telefono. Magari ci vedremo per Natale, se lui potrà lasciare il suo incarico per un paio di giorni... ma non è sicuro."

"Comunque potrebbe dargli un messaggio appena lo vede?"

"Se non è urgente..."

"No, non è urgente. Gli dica solo che ha telefonato Susana Ortega da New York, per favore. Gli dica di chiamarmi appena può. Credo che lo abbia già, comunque le lascio lo stesso il mio numero di Manhattan e quello di Santander, spero di tornare in Spagna nelle prossime settimane."

Il commissario scrive in stampatello il nome della ragazza, e poi i due numeri di telefono. Quando appende il ricevitore strappa il foglio dal bloc-notes, lo piega e lo mette nel portafoglio. Esce dall'ufficio pensando al biglietto e al fatto di non poter recapitare subito quel messaggio.

Assorto in questi pensieri, si scorda di andare in bagno prima di uscire, e così, poco prima di arrivare al concessionario dell'Audi, ha uno stimolo improvviso. Entra in un bar per andare al gabinetto. È l'ora di colazione e il locale è affollatissimo. Ordina un caffè macchiato e si avvia verso la toilette. La porta con il disegno di un uomo grasso è chiusa. Prova ad aprire quella con una donna, anche lei grassa e colorata. Occupato anche questo. Non gli resta che aspettare nell'antibagno, appoggiato alla parete, stringendo le gambe e cercando di pensare a qualunque cosa eccetto che gli scappa la pipì. Ha già visto quei ritratti di personaggi grassi, ma non si ricorda il nome del pittore. Fa anche sculture di animali grassi, come un enorme gatto di metallo che hanno piazzato vicino al porto. Botero, ecco: come Pedro Botero. Dietro la porta con la donna grassa squilla un cellulare, una suoneria elettronica. La melodia s'interrompe e si sente qualcuno, là dentro, una voce di donna che dice: "Sì, pronto? Finalmente, signor Gallardo, aspettavo una sua chiamata...". Si sente la donna che traffica con il rotolo della carta igienica. Il commissario se l'immagina seduta sul gabinetto, mentre regge il cellulare con una mano, probabilmente la sinistra, e si pulisce le sue vergogne con l'altra. L'immagine gli fa venire un po' da ridere, e così deve stringere ancor più le gambe per non farsela addosso. Dal bagno degli uomini esce un ragazzo, e il commissario, con gran sollievo, si affretta a entrare. Pensa a cosa succederebbe se adesso qualcuno lo chiamasse al telefono, e gli scappa ancora da ridere. Lui non porta quasi mai con sé il cellulare, che tra l'altro non è nemmeno suo, come non lo sono la pistola e il distintivo. Tra qualche giorno dovrà restituire tutto. Gli piacerebbe tenere almeno il distintivo, come ricordo. La pistola invece non gli mancherà di certo, e comunque anche quella non se la porta mai appresso. Magari però gli converrebbe comprarsi un cellulare... per la macchina nuova.

Uscendo dal bar vede altre due persone al telefono, e anche una terza, seduta a un tavolo, che cerca di aprire la bustina di zucchero con una mano sola. In realtà quest'abitudine di parlare continuamente al cellulare lo infastidisce, forse perché chi parla è impegnato in una conversazione che può sentire solo lui. Eppure è senz'altro un'invenzione utile, pensa il commissario. Ancora una volta si ricorda di Tomás, che a Horlá non può usare il cellulare perché non c'è copertura. Se così non fosse potrebbe recapitargli subito il messaggio di quella Susana Ortega. Che bella voce. Un'amica... Di sicuro era giovanissima. E potrebbe anche chiamarlo di tanto in tanto per sapere come sta. Il commissario ripensa alla conversazione che in luglio hanno avuto a Calabrava. Tomás gli ha parlato di un anello, di un anello che aveva comprato per una donna, ma gli aveva detto che lei era irlandese, e quindi è impossibile che quella ragazza parli perfettamente lo spagnolo e si chiami Susana Ortega. Comunque vorrebbe recapitargli al più presto quel messaggio. Tomás ha detto che era la prima volta che faceva una cosa del genere: comprare un anello. Anche il commissario ha regalato un solo anello in vita sua. E forse adesso è tempo di regalarne un altro, alla stessa donna, e questa è proprio l'occasione giusta, perché insieme stanno per cominciare una nuova vita.

Un secondo anello di fidanzamento. E magari potrebbe proporle anche un viaggio, una seconda luna di miele trentadue anni dopo. La prima volta hanno fatto un tour dell'entroterra con una Seicento a noleggio. La seconda potrebbero andare in un bell'hotel. A Parigi, a Venezia, in qualche posto romantico. Sarà romantica New York? Si ricorda di un film dove un uomo e una donna si conoscono su un battello e si danno appuntamento in cima all'Empire State, ma lei non si presenta perché ha un incidente. Comunque sarebbe difficile convincere Mercedes a salire su un aereo, e quindi è preferibile lasciar perdere New York, meglio Parigi. Con l'Audi che ha ordinato ci arriveranno senza nemmeno accorgersene, quella macchina ha il climatizzatore e ogni tipo di comfort. E anche un impianto di vivavoce per parlare al telefono senza dover impegnare le mani.

E quindi dovrà comprare un telefono, assolutamente.

***

Ma è solo quando arriva a Calabrava, lunedì, che il commissario ripensa alla serie di piccole macchinazioni su cui rimuginava in città venerdì, la mattina dopo la sua festa di pensionamento.

Quando tornano dal mercato lascia sua moglie sulla porta di casa, teoricamente per andare a posteggiare l'Audi nuova nel posto macchina che hanno preso in affitto in un edificio vicino. Invece il commissario raggiunge il parcheggio della spiaggia e lascia l'auto accanto alle barche che riposano arenate sulla sabbia. Un po' più complicato è il passo successivo. Poco prima di pranzo, approfittando del fatto che sua moglie è in cucina a pulire le cozze, il commissario sgattaiola nello spogliatoio e infila tutto l'occorrente in una sacca. Poi esce di nuovo, dicendo di essersi dimenticato il giornale, e mette la sacca nel bagagliaio dell'Audi. A questo punto prende il porta abiti e la valigia che, sempre di nascosto, ha portato dalla città, risale in casa, e li ficca nell'armadio vuoto della cosiddetta "stanza degli ospiti", che loro chiamano così anche se in realtà non la usa mai nessuno. Sua moglie, che sta ancora trafficando in cucina, non si accorge di ciò che accade a sua insaputa.

Il resto della giornata trascorre come tutti i sabato a Calabrava, anche se oggi è lunedì: pranzo a casa, lunga pennichella e passeggiata in paese. In questa stagione le strade sono decisamente meno affollate, non si vedono turisti né bagnanti della domenica. E come per incanto compaiono gli abitanti del luogo: gente che non va in giro bighellonando, che non è particolarmente abbronzata e che non indossa pantaloncini corti né camicie a fiori. In proporzione sembra anche aumentato il numero di stranieri anziani: coppie di nordici grossi e rubicondi pronti a godersi il piacevole autunno mediterraneo ancor più della torrida e soffocante estate. Non si vedono carrozzine, né adolescenti che sgasano con i loro motorini, né cani ansimanti legati davanti all'entrata dei negozi.

Incoraggiati dall'incredibile numero di tavolini liberi, il commissario e sua moglie si siedono in un bar all'aperto vicino alla chiesa e ordinano due birre a un cameriere molto gentile, che non manifesta sintomi di stress da troppo lavoro. Quando lei accenna alla cena: "Vanno bene delle costolette marinate questa sera?" il commissario attacca con voce melodiosa e insolitamente decisa, visto che sta parlando con sua moglie:

"Questa sera ceniamo fuori" annuncia.

"Ah sì? E dove?" domanda lei, intuendo subito di dover assumere un'aria un po' intrigata e un po' sorridente.

"È una sorpresa." Il commissario guarda l'orologio. "Su, andiamo a prepararci, ho prenotato un tavolo per le nove e mezzo."

"Ah... e bisogna vestirsi in modo speciale per questa cena?" domanda lei con un tono civettuolo che non usa da molto tempo, "be', io non so cosa mettermi..."

"Tu fai come ti dico. Oggi comando io..."

E così, prima delle nove, il commissario e la moglie tornano a casa e lui tira fuori il porta abiti e la valigia dal suo nascondiglio. Sua moglie, intuendo che lui le ha preparato una specie di sorpresa, decide di prenderla sullo scherzo e non si arrabbia quando si accorge che il marito ha piegato il suo vestito di voile sulla gruccia per infilarlo nel porta abiti. Ma non può evitare di portarsi una mano alla fronte quando lui apre la valigia e tira fuori delle scarpe, qualche gioiello e una busta di collant nuovi:

"Mamma mia, tremo al solo pensiero di come avrai buttato in aria i miei cassetti".

"Non ho buttato in aria niente, ho lasciato tutto com'era."

"Se hai lasciato tutto com'era è perché prima hai buttato in aria, vero? Mi hai preso dei collant pesanti?"

"Ah... non sapevo che ci fossero collant..."

"E dove lo trovo adesso un reggiseno da mettermi sotto un abito nero di voile? Non vedi che ne serve uno nero senza spalline?"

Per un attimo il commissario si lascia prendere dallo sconforto: è una settimana che organizza questa serata e sembra che tutto stia per andare a rotoli ancor prima di cominciare. Per fortuna, sua moglie, ben decisa a non rovinargli la sorpresa, riesce a improvvisare una tenuta adatta per entrambi utilizzando qualche indumento che il commissario ha portato da casa e qualche capo recuperato negli armadi, per lo più roba semplice ed estiva. Lei infila un paio di pantaloni di lino e una canottiera nera, tutto comprato al mercatino, e come scialle si mette sulle spalle il pareo con i grossi fiori d'ibisco rossi che di solito usa per andare in spiaggia. Mentre a lui, che si è portato il vestito nero della cena di pensionamento, ordina di tenere i pantaloni grigi, di mettersi una polo color granata che fa pendant con i fiori del suo pareo, e di prendere solo la giacca del completo. E così, travestiti da magnati appena sbarcati dal loro yacht in tenuta casual, il commissario e la moglie escono di casa e si avviano a braccetto per il viale che conduce al porto.

Il ristorante è in cima al promontorio che si trova alla fine del porto sportivo, affacciato sugli alberi delle barche a vela e con vista sulla baia. È uno dei ristoranti più cari ed eleganti di tutta la zona, ed è frequentato dai proprietari degli yacht o delle splendide case che s'intravedono nelle calette più inaccessibili della costa. Il profumo del mare, molto intenso, invoglia a riempirsi i polmoni del leggero ponente. Il commissario e la moglie si fermano ai piedi della scala davanti all'entrata del ristorante per guardare il cielo, ancora colorato all'orizzonte, e ammirare il panorama dell'arco del litorale punteggiato di luci tremolanti.

Di sopra, nel ristorante, legno tek incerato, sobrio arredamento stile coloniale e luce soffusa interrotta dai punti colorati delle lampade da tavolo stile Mondrian. Li riceve una ragazza in tailleur che chiede se hanno prenotato un tavolo. "Sì, a nome del commissario capo Pujol, della Questura centrale, mi hanno promesso che mi avreste riservato il migliore." Quando venerdì il commissario ha chiamato per prenotare, ha specificato la sua carica per esteso, approfittando della sua posizione per la prima volta nella sua carriera, proprio quando, ormai in pensione, non poteva più avvalersene nemmeno in via ufficiosa.

Ma sicuramente grazie a quel piccolo trucco, ora la ragazza li accompagna a un tavolo situato dietro a un séparé, in uno spazio grande come il salotto di un appartamento e con una vetrata affacciata sulla baia scintillante. Il commissario capisce che per sentirsi a loro agio in quel posto, lui e sua moglie hanno bisogno di qualche bicchierino, e quindi ordina subito una bottiglia di champagne ghiacciato. Snobba gli spagnoli e si lascia consigliare un Taittinger rosé di cui preferisce non guardare il prezzo. Regola della serata è prendere quello che non prendono mai, anche a costo di ordinare una ricca collezione delle solite prelibatezze.

Il commissario e la moglie non parlano molto durante la cena, prima estasiati dal panorama, poi distratti dai consigli dello chef e infine intenti a degustare tutte le delizie che arrivano al loro tavolo. Quando, al momento del dolce, il commissario ordina una seconda bottiglia di champagne, dice al cameriere che si occuperà lui personalmente di versarlo nei bicchieri, e il ragazzo scompare discretamente dietro il paravento, sua moglie ha ormai le gote arrossate e gli occhi un po' lucidi. Il commissario stesso, che non è molto abituato a bere alcolici, si sente abbastanza ardito per dire ciò che deve. Estrae il piccolo astuccio dalla tasca della giacca e lo fa scivolare sul tavolo fino a sua moglie. Lei, ormai certa che questa incantevole cena sia la replica in suo onore di quella ricevuta da suo marito la scorsa settimana, non si aspetta assolutamente niente del genere, e così questa volta la sua sorpresa è genuina. Apre l'astuccio e, con aria molto seria, sposta diverse volte lo sguardo dal brillante che scintilla incastonato nell'anello al viso del marito.

"È un anello di fidanzamento" le dice il commissario, tutto concentrato per non dimenticarsi nemmeno una parola del discorso che si è preparato. "Con questo anello vorrei chiederti di continuare a essere mia moglie nella nuova vita che stiamo per cominciare. Sei stata immensamente generosa sin dal giorno in cui hai deciso di abbandonare tutto per seguire un poliziotto appena uscito dall'accademia. Per tutti questi anni, mentre io ero impegnato col mio lavoro, mi hai dato una famiglia e mi hai fatto sentire amato e confortato, sei stata il mio sostegno e la mia gioia, e perciò spero che non sia troppo tardi per cominciare a restituirti parte di ciò che ho ricevuto. Dal canto mio posso solo dirti che se oggi dici di sì per la seconda volta dedicherò il resto della mia vita a renderti felice."

Lei, stupefatta da tale dichiarazione, si lascia sfuggire due lacrime:

"La mia gioia è essere arrivata sin qui con te" dice, e poi si alza, va da lui, gli prende il viso tra le mani e lo bacia sulle labbra. "La risposta è sì, lo voglio" e così dicendo tira fuori l'anello dall'astuccio e lo porge al marito per farselo infilare al dito. Anche il commissario si alza dalla sedia, e con una certa solennità infila l'anello all'anulare della moglie. A questo punto non resta loro che abbracciarsi per nascondersi il viso a vicenda. Restano così per qualche secondo, mentre cercano di ricomporsi prima di separarsi, con due, tre, quattro rapidi baci, e di accomodarsi nuovamente al tavolo uno davanti all'altro. "Adesso ci vuole un brindisi" annuncia il commissario dopo essersi passato il tovagliolo sul viso. Lei, che pure cerca di recuperare il suo consueto pragmatismo, avvicina il diamante alla luce della lampada:

"Dio mio, avrai speso una fortuna. Come hai fatto a comprarlo?".

"È da un po' che risparmio sulle mie spese personali, e poi ho fatto un po' di cresta."

"Davvero? E su cosa?"

"Be', la macchina è costata un po' meno di quanto ti ho detto."

Quando escono dal ristorante camminano mano nella mano, lentamente, sul marciapiede che dal porto sportivo conduce a quello dei pescatori. Poi seguono le reti da pesca stese per terra fino al passaggio pedonale che porta al loro appartamento. A questo punto lei accenna a incamminarsi verso casa, ma la mano del commissario continua a tirarla in linea retta: "Aspetta, la serata non è ancora finita". "Ah no?" domanda lei. "Guarda che non stiamo facendo la gara delle sorprese!" Entrano nel solitario parcheggio della spiaggia, ancor più buio del passaggio pedonale, e quando arrivano davanti all'Audi color argento il commissario lascia la mano della moglie per premere il pulsante del telecomando che ha in tasca. Apre il portabagagli, illuminato dalla sua lucetta, e tira fuori dalla sacca due asciugamani, un costume da donna color indaco e un costume da uomo color granata.

"E questo cosa significa?"

"Bagno al chiaro di luna. Be', non che ci sia molta luna, ma forse è meglio così."

Lei, trasportata dall'effetto dell'emozione e dello champagne, ride:

"Parli sul serio?".

"Certo. Dai, svestiti e infilati questo, che tanto non ci vede nessuno."

Il commissario apre le due portiere posteriori, spegne per precauzione la luce dell'abitacolo, e comincia a spogliarsi. Sua moglie continua a ridere, incredula: "Santo cielo, alla nostra età...", ma quando vede il marito in mutande in mezzo a un parcheggio pubblico capisce che non potrà mai dissuaderlo, e così comincia a togliersi anche lei i vestiti, impiegando un po' più tempo perché preferisce svolgere l'operazione in macchina, mentre il commissario sorveglia i dintorni. Poi prende per mano il marito e lo trascina verso la sabbia, apparentemente ansiosa di compiere quella birichinata. Praticamente al buio, sotto il sottile spicchio di luna crescente, i due passano in mezzo alle barche arenate sulla spiaggia come una famiglia di cetacei, e quando raggiungono l'ultima, ormai in prossimità dell'acqua, il commissario si ferma. "Aspetta," esclama, "pare che di notte sia meglio nuotare nudi." E così, accompagnato dalla risata soffocata di sua moglie, che cerca di contenersi per non far rumore, si sfila il costume, lo deposita dentro una barca, e poi va da lei, che gli ha voltato le spalle e si piega in due dalle risate. Le si accosta e cerca di abbassarle le spalline del costume. "Smettila, dai..." "Ma come? Non sono io quello timido?" Ed ecco che si scatena una piccola scaramuccia sulla sabbia. "Non fare lo stupido: dove vorresti andare con quell'affare che penzola?" gli domanda lei ridendo. E approfittando di una disattenzione del commissario, che istintivamente cerca di proteggersi da uno schiaffo, si libera dalla presa, raggiunge la barca, si sfila rapidamente il costume – che nella lotta si è abbassato fino a scoprire il seno – e corre in acqua facendo una finta per non lasciarsi acchiappare dal marito, che l'aspetta a metà strada in posizione da lottatore. Splash, splash. Rumore di spruzzi. Lei comincia a nuotare, mentre lui cammina fino a quando l'acqua gli arriva all'ombelico, e allora s'immerge.

Sott'acqua il commissario le afferra le gambe e lei strilla e si dimena, ma dato che tocca il fondo si alza in piedi, con il seno che quasi galleggia in superficie, e quando il commissario tira fuori la testa per respirare gli tira una spruzzata d'acqua con la mano. "L'acqua è bellissima" esclama. "Tu sei bellissima, dammi un bacio." "Non fare lo stupido..." protesta, però gli getta le braccia al collo e, sollevata dall'acqua, gli allaccia le gambe alla cintura. Lui l'afferra per le natiche come in una figura del rock and roll. E i due si scambiano un lungo bacio, grondanti di acqua salata. Restano uniti in questa posizione anche quando il commissario comincia a camminare in silenzio verso la riva; sente che il peso della moglie aumenta man mano che il livello dell'acqua si abbassa, ma prosegue fino alle barche più vicine. Allora lei posa i piedi per terra, e il commissario si siede e poi si sdraia sulla sabbia e le dice: "Vieni qui", prendendola per mano e incoraggiandola a coricarsi sopra di lui. Lei gli ubbidisce, e così fanno l'amore sincronizzando il ritmo del loro respiro con il lento ma vivace andirivieni delle onde.

Non è sabato sera, ma lunedì, lunedì 10 settembre del 2001. Il giorno dopo, martedì 11 settembre, il commissario e la moglie si alzano tardissimo, e nel pomeriggio rinunciano alla loro passeggiata per seguire attoniti l'edizione speciale del telegiornale.

***

Dopo aver installato l'impianto di riscaldamento nella casa di Calabrava, il commissario e la moglie hanno ancora due settimane di tempo per imbiancare l'appartamento prima di partire per Parigi, a metà di novembre. Hanno chiesto un preventivo a un imbianchino, il quale però li avvisa che non potrà cominciare a lavorare prima di dicembre.

"Cosa ne pensi?" domanda Mercedes quando l'imbianchino se ne va dopo aver lasciato un biglietto da visita col suo numero di telefono.

"Costa un occhio della testa. Sai cosa stavo pensando?"

"Cosa?"

"Che imbiancare l'appartamento ci costa come una notte nella suite presidenziale del Ritz di Parigi. Ho guardato i prezzi nell'opuscolo."

"E allora?"

"Be', con quei soldi potremmo trascorrere al Ritz la nostra ultima notte a Parigi, come se fossimo in luna di miele..."

"Senti un po', ma quante lune di miele vuoi?"

"Be', non so... una ogni due o tre mesi?"

"E saresti capace di spendere tutti quei soldi per una notte in albergo? Sarà anche una suite presidenziale ma..."

"Se imbiancassi io l'appartamento sarebbe come andarci gratis, no?"

"Bel modo di fare i conti! E poi tu credi di poter imbiancare un intero appartamento? Guarda che non sei abituato al lavoro fisico."

"Hai qualcosa da ridire a proposito del mio fisico?"

"Non essere sciocco..."

"Andiamo, non mi dirai che non ti piacerebbe passare una notte da regina? Se sbavavi quando hai visto le foto del bagno..."

"Non è alla nostra portata."

"Va bene, allora guardiamolo da un altro punto di vista: invece di dare il lavoro a quel tizio non preferiresti darlo a me se ti chiedessi la stessa cifra? Lui di lavoro ne ha fin troppo, hai sentito, e invece a me farebbe comodo un extra."

"Per farci cosa?"

"Cosa t'importa? Magari per portare mia moglie al Ritz."

In seguito a tale ragionamento, il mercoledì, la mattina fresca e soleggiata del 31 ottobre, il commissario tira fuori dal garage di Calabrava la sua Audi fiammante per recarsi in uno dei poligoni industriali a nord della capitale a comprare l'occorrente per imbiancare l'appartamento. Sua moglie rimane a casa a coprire i mobili con le lenzuola e a preparare il pranzo – polpette alle mandorle, su richiesta di suo marito – dopo averlo incaricato di comprare dei dolci e delle castagne da arrostire nel pomeriggio per celebrare il giorno dei Defunti. A mezzogiorno il commissario ha finito le sue commissioni in un punto vendita di una catena di negozi di bricolage e sta caricando sulla macchina quattro bidoni di vernice bianca, barattoli di smalto, solvente, colori, stucco, pennelli, rulli, secchi, nastro adesivo di carta e una scala di alluminio che infila di traverso nella macchina, occupando in parte il sedile del passeggero.

Prima di uscire dal parcheggio chiama sua moglie utilizzando il vivavoce: "Ciao, tra un'ora sono a casa. Come vanno le polpette?". "Come al solito. Tu, piuttosto, hai comprato tutto?" "Mi mancano solo i dolci e le castagne, li prenderò in paese." Malgrado lo stato di euforia del conducente, ben più adatto a un adolescente che a un pensionato, l'Audi si avvia per l'autostrada rispettando il limite di 120 all'ora. Dentro l'abitacolo climatizzato si ode appena il ronzio delle gomme sull'asfalto. Gli accessori di serie dell'auto comprendono anche un lettore di cd che può contenere ben dieci dischetti e che si manovra senza nemmeno dover staccare le mani dal volante, e così il nostro adolescente pensionato ne approfitta per ascoltare uno dei suoi ultimi acquisti cittadini, un cd consigliatogli personalmente dal commesso del negozio di musica, che ormai non ha più i cerotti sul naso: *Y aunque parezca mentira, me pongo colorada cuando me mi-ras / Me pongo colorada cuando me mi-ras/ Me pongo coloraaaaada.* Qualche giorno fa, mentre faceva zapping col telecomando, il commissario ha visto il video della canzone, con un harem di lolite che danzavano armoniosamente tutte in fila, serie e castamente provocanti: *y aunque parezca mentira...*

Tutto questo contribuisce allo stato di benessere, placidità, dolcezza e vaga eccitazione sessuale che avvolge il commissario quando, dopo essere uscito dall'autostrada e aver cominciato a percorrere gli ultimi chilometri sulla strada regionale per Calabrava, un furgone Mercedes bianco carico di materiale elettrico esce dalla sua corsia e centra quasi frontalmente la sua Audi color argento. L'energia cinetica liberata nell'impatto, calcolando la somma dei pesi e delle velocità dei rispettivi veicoli, è pari a quella di un meteorite di 6.600 chili che si sposta alla velocità di 220 chilometri orari. E quindi, con il fragore di una bomba, l'Audi A3 color argento si schiaccia e si contorce come un perniciotto contro il muso del furgone, facendo saltare dappertutto una miriade di piccoli pezzi ridotti in frantumi: finestrini, cerchioni, finiture, fari, specchietti... Nella macchina, sotto una scarica di vetri polverizzati, l'abitacolo si deforma e si accorcia in una frazione di secondo, fino a raggiungere la metà della sua dimensione originaria; tutti gli airbag si aprono, ma il motore invade ugualmente l'abitacolo passando sotto il cruscotto; i sedili posteriori saltano via, come i pesanti bidoni di vernice che stavano nel bagagliaio, e la scala di alluminio si spacca e finisce in pezzi, trasformandosi in un pettine dai denti appuntiti. L'ammasso di ferraglia balza subito indietro di qualche metro, finisce nel fosso, e si ferma sul tetto, leggermente dondolante, mentre il furgone, più pesante e quindi dotato di maggiore inerzia, si ribalta sulla carreggiata.

Un attimo prima dell'impatto il commissario chiude gli occhi. Quando li riapre, le prime cose che vede, proprio vicino al viso, sono il telefono cellulare e il lettore di cd, che per qualche scherzo della sorte funziona ancora, anche se adesso suona un'altra canzone: *Qué horas son, mi corazón...* Sentendolo gli viene da ridere, anche se in realtà è solo una reazione nervosa. Non prova dolore, nemmeno la fastidiosa sensazione di quando si sta capovolti, ma avverte la pressione della cintura di sicurezza che lo blocca sul sedile, e forse anche un formicolio non ben localizzato. Ha ancora gli occhiali sul naso, può vederne la montatura accartocciata. Allora gira la testa per cercare di scorgere altro, e così vede sbucare, da dietro la spalla, la fibbia dell'orologio che porta al polso e un po' più su (o un po' più giù, per uno spettatore che osservi la scena dalla parte giusta), in una posizione assolutamente assurda, gli appare il palmo inerte della sua mano sinistra. Questa visione gli dà la nausea. Chiude gli occhi e cerca di respirare profondamente, ma non ci riesce, perché così facendo sente una fitta terribile al petto. *Qué horas son en Mozanbique / qué horas son en el Japon...* Senza aprire gli occhi si accorge di poter muovere abbastanza liberamente la mano destra, e così si tocca la testa. Prova una grande angoscia quando sente una zona molle sulla tempia destra, e con tutte le sue forze desidera di perdere conoscenza e di risvegliarsi in un ospedale. Ma fa tanta fatica a respirare che non riesce ad abbandonarsi all'enorme stanchezza, è costretto a prendere aria poco per volta, in rapide boccate, e in quella posizione, capovolto, il suo cervello è ben irrorato e cosciente. Ed ecco che cominciano a piovere sangue e vernice bianca: gocce di sangue che stillano da qualche punto della metà inferiore del suo corpo capovolto e vernice proveniente da uno dei bidoni che si è aperto *Cinco de la mañana en la Habana, Cuba...* Istintivamente cerca di guardare giù (o su), ma a causa dell'accozzaglia di pezzi rotti e degli airbag mezzo aperti, può vedersi il corpo solo fino alla cintura, quanto basta per notare la camicia imbrattata di rosso e di bianco e la sbarra di alluminio affondata nel torace, sotto lo sterno, in mezzo alle costole. Con la mano destra cerca di afferrare la traversa di alluminio, e così si accorge che è penetrata profondamente, così profondamente che sente la punta che graffia lo schienale del sedile. È qui che il commissario capisce che sta per morire. Sarà questione di minuti, probabilmente. Però lui non vede il film della sua vita scorrergli davanti agli occhi: vede sua moglie che lo aspetta seduta al tavolo della cucina, mentre scalda e riscalda le polpette, sempre più preoccupata non vedendolo arrivare. L'immagine è così insopportabile che cerca di muoversi, di liberarsi, ma eccetto la testa e il braccio destro, il suo corpo ha cessato di esistere; non lo sente più, e meno che meno riesce a comandarlo sotto la pioggia di sangue e vernice che scende sempre più copiosa. *Qué horas son en Washington*... Ma può premere un pulsante del telefono e accendere il display. E poi il tasto della rubrica per selezionare il numero di Calabrava. Riflette un attimo prima di premere Chiama, vuole prima fare una prova: "Ciao, sono io...", prova a dire a voce alta. Ovviamente, però, la sua voce non è normale, può a malapena emettere un sussurro, perché sta a testa in giù e ormai non sente più nemmeno il diaframma, perforato dalla sbarra; di lui ormai resta solo una testa pensante e un braccio che si muove. Cosa può dire a sua moglie con quel sussurro pietoso? "Ti amo"? E cosa le risponderà quando lei gli domanderà preoccupata cosa sta succedendo? "Niente... ho avuto un incidente e sto morendo"? Si ricorda della gente imprigionata nel World Trade Center che chiamava casa. Almeno la maggior parte di loro parlava con voce normale, poteva mentire, o tranquillizzare la moglie, i genitori, il marito, i figli, mostrarsi immensamente sereno dieci minuti prima di gettarsi da una finestra, "un aereo si è schiantato contro il grattacielo, ma non preoccuparti, è tutto a posto, ti amo". Ma lui cosa le avrebbe detto?: "Cerca di essere felice anche senza di me e di' a Tomás di lasciare la Omicidi e di cercare di pensare un po' anche a se stesso?". Allora si ricorda del biglietto che ha messo nel portafogli, con il nome di Susana Ortega e i due numeri di telefono che non potrà mai dare a Tomás. Ma probabilmente Tomás verrà informato della sua morte tra settimane, forse mesi, mentre sua moglie lo saprà tra poche ore. Pensa a come la Polizia stradale informa di solito i parenti delle vittime. La tecnica consiste nell'inserire la notizia in un breve resoconto: "Suo marito stava pecorrendo la regionale C-78 in direzione nord. All'altezza del chilometro 17 ha incrociato un furgone Mercedes bianco che procedeva in senso contrario. A causa di una manovra brusca il furgone ha invaso la corsia opposta e si è scontrato con l'auto di suo marito, che nell'impatto è rimasto ucciso sul colpo". La parte finale è importantissima: "...che nell'impatto è rimasto ucciso sul colpo", come se la morte fosse la conseguenza di qualcosa, e cioè come se avesse un senso, una spiegazione, e soprattutto come se la causa avesse procurato un esito immediato, senza agonia, né dolore, né tempo di pensare. Il commissario invece ha tempo di pensare, malgrado il rapido dissanguamento e la progressiva asfissia che lo costringe a fare qualche respiro profondo e dolorosissimo. Ha tempo di pensare che nonostante avvenga dopo diverse ore di preoccupazione, di incertezza, è molto meglio che sua moglie sia informata da un paio di agenti della Stradale abituati ad affrontare casi del genere. La faranno sedere, le forniranno un breve resoconto ricco di insulsi dettagli, concluderanno il loro rapporto con queste precise parole: "...che nell'impatto è rimasto ucciso sul colpo", e poi cercheranno di distrarla dandole da bere un bicchier d'acqua o qualcosa del genere. *Me gusta la mañana me gustas tú...* Il commissario la vede piangere in silenzio, e anche lui adesso piange in silenzio, anche se trovandosi capovolto le lacrime non cadono, ma si accumulano nelle palpebre. *Qué voy a hacer, je ne sais pas / qué voy a hacer, je ne sais plus...* La vede anche mentre s'incolpa per essersi fatta convincere a lasciargli imbiancare l'appartamento, e per averlo mandato da solo al poligono industriale a comprare le vernici, e tutto per una stupidaggine, per un capriccio: una notte al Ritz. Ora bisogna dirle che queste cose capitano, che non si possono prevedere, bisogna dirle qualcosa di allegro per cercare di distoglierla dai suoi pensieri, il commissario saprebbe come prenderla in un momento del genere, lui riuscirebbe sicuramente a confortarla, e s'immagina mentre l'abbraccia e la bacia sulla fronte. Ma allora si rende conto che questa volta lui non sarà accanto a lei per consolarla, si rende improvvisamente conto che il morto è lui. *Qué voy a hacer, je suis perdu...*

E proprio allora, proprio all'una in punto della vigilia della festa di Ognissanti, un pianto convulso che gli fa sussultare il petto e provoca un collasso cardiorespiratorio. Un conato di sangue gli affiora alle labbra, e mentre spalanca la bocca e gli occhi per il dolore sconosciuto di sentirsi morire, il commissario cessa di vivere.

21.

ALL'INFERNO

Mattino al bar del Consorcio. Non c'è nessuno, eccetto P e la Nieves col suo pancione enorme. Per colazione P prende un caffè macchiato; la Nieves si prepara un caffellatte e si accomoda faticosamente su uno sgabello dietro il bancone.

"Come va al Pub?"

"Tutto ok, a parte il giorno in cui sono venuti quelli della valle."

"E il Malacaín? Ti dà filo da torcere?"

"Continua a stuzzicarmi, ma per ora niente di più."

Lei beve un goccio di caffellatte.

"Avevi già fatto il barista prima?"

"A dire la verità, no. Ma basta accontentare la gente ed essere gentile."

"Così dicono in giro: che sei gentile e che ti dai da fare. Mentre si lamentano tutti della Fighetta perché dicono che non muove un dito."

"È solo un po' stanca, passa dieci ore al giorno chiusa là dentro. Io ci vado solo due pomeriggi e quindi mi volano."

La Nieves tarda qualche secondo prima di domandare:

"Ti andrebbe di impegnare qualche altra ora durante la settimana?".

"Be', sì... Infatti mi sono segnato nella lista d'attesa del macello per il posto di impacchettatore."

"Sarà difficile che ti prendano... A me invece adesso serve qualcuno la mattina. Lo vedi anche tu, ormai ci siamo, nasce mercoledì, e il Rito può venire a darmi una mano solo quando non lavora al macello. Mi farebbe comodo avere qualcuno dal lunedì al giovedì. Ma si comincia presto, alle sette, perché i contadini vengono qui a prendere il caffè. Poi a mezzogiorno arriva la ragazza della cucina e allora mi arrangio. Avrei pensato a te, se ti interessa..."

"Sì, mi interessa... Per me andrebbe benissimo."

"Ti posso dare sei euro l'ora. So che al Pub ne prendi otto, ma qui faresti più ore e di giorno. Vuoi pensarci? Dovresti darmi una risposta entro questa settimana, per cominciare al più tardi lunedì prossimo."

"Non ci devo pensare: ho del tempo libero e mi servono i soldi. Vorrei imbiancare la casa e comprarmi dei mobili..."

"Ho saputo che abiti alla Casetta Bianca, dove sta Beethoven."

"Sì. L'appartamento è conciato male, però mi piace, ha un sacco di finestre e la terrazza che si affaccia sul campanile."

"Ci sono stata, ci viveva quella povera ragazza che lavorava al Pub prima della Fighetta... Be', a quanto pare hai proprio deciso di rimanere qui..."

"Per ora sì... ma non si può mai sapere."

"Già, non si può mai sapere... Insomma, allora siamo d'accordo che cominci lunedì? Però sarebbe meglio che tu facessi un salto venerdì mattina presto, così ti faccio vedere come si apre e tutto il resto."

In quel mentre arriva il macellaio. I suoi movimenti, solitamente energici, sono appesantiti dall'andatura faticosa: si muove a piccoli passi, aprendo appena le gambe. Al posto degli stivali di gomma porta un paio di pantofole, tagliate sul davanti per farci entrare i piedi bendati. La barba lunga di qualche giorno gli imbianca il viso, meno tondo e colorito del solito. Sembra che abbia perso peso e persino imponenza, come un pupazzo gonfiabile un po' sgonfio.

"Cosa succede?" gli domanda la Nieves quando lo vede avvicinarsi al bar.

"Niente, porca troia, adesso manco in casa mia non posso stare più tranquillo. Dammi un whisky con due cubetti di ghiaccio."

"Un whisky a quest'ora? Lo sai che conciato come sei è una bomba?"

"Meglio, così scoppio una volta per tutte."

"Non so se scoppi, però magari ti dovranno amputare le gambe..."

"Al diavolo le gambe, dammi un whisky, per piacere."

"Cosa succede? Quei due hanno ricominciato a litigare?"

Il macellaio non risponde subito: scuote la testa, emette un brontolio, si passa la mano sul viso ruvido e guarda le bottiglie:

"Uno si lagna perché ci sono i piatti da lavare, l'altro risponde che nessuno gli ha detto di lavarli... Sei proprio una frocia, sei geloso perché sei vecchio e ormai non ti vuole più nessuno... E guarda che non è mica finita qui, sai? Io cerco di far finta di niente, seduto in poltrona con un dolore ai piedi che nemmeno te lo immagini".

La Nieves versa un po' di whisky su un cubetto di ghiaccio:

"Tieni, bevi un goccio, ma vedi di fartelo durare perché non te ne darò un altro".

Si sente la porta che si apre. Entra il Rito. Dalla sua espressione si capisce che è sollevato vedendo il macellaio. Si avvicina al banco, saluta tutti un po' svogliatamente, si siede accanto a P e dice alla Nieves di prepararagli un caffè macchiato. Il macellaio non lo guarda neppure, e muove il bicchiere per raffreddare quel poco di whisky che gli ha servito la ragazza. Restano tutti in silenzio per qualche minuto. La Nieves comincia a sfaccendare dietro il banco e poi sparisce in cucina. Il silenzio è piuttosto imbarazzante. P, seduto in mezzo ai due litiganti, si sente in dovere di dire qualcosa:

"Allora, a quanto pare diventeremo colleghi..." dice al Rito.

"Sì, la Nieves mi ha detto che ti avrebbe chiesto se vuoi venire qui al mattino" in realtà non sembra affatto interessato alla faccenda, è serissimo, ma giacché il silenzio è stato rotto trova il coraggio di rivolgersi al macellaio con tono di leggero rimprovero:

"E tu cosa ci fai qui, e per di più a bere whisky...".

"Senti, vedi di non rompermi ancora il cazzo, eh?"

"Fa' come vuoi, se hai deciso di morire..."

"Magari morissi! Così almeno potrei riposare in pace."

Il Rito sta per ribattere, ma si trattiene. Spegne la sigaretta a metà e butta giù il caffè in un sorso. "Nieves, io vado" grida. Lei risponde: "Ok".

"Chi c'è in negozio?" domanda il macellaio prima che il Rito abbia raggiunto la porta.

"Chi vuoi che ci sia? La Favorita."

Il macellaio emette un "ffuu" e scuote la testa indignato. Il Rito esce. Nel bar restano solo P e il macellaio.

"Porca troia, ma chi me l'ha fatto fare?"

"Dai, succede così in tutte le famiglie..." dice P.

"Guarda che prima io non ero mai stato con un uomo, l'idea non mi era passata nemmeno per la testa, te lo giuro. Se mi sono imbarcato in questa storia è stato perché mi sono detto guarda, finalmente una persona di buon cuore che ti tratta con rispetto. Invece, cazzo, è peggio di quando stavo con mia moglie. Se lo avessi saputo mi sarei buttato giù dall'Horlá con la macchina e tutto, insomma, per non ricevere nemmeno un po' d'affetto..."

P tarda qualche secondo prima di decidersi a parlare:

"Secondo me il Rito ha davvero un buon cuore, e mi sembra che ti voglia bene".

"Certo. E quell'altro invece è un immaturo e ha bisogno di me. E io cosa ci guadagno?"

A P viene in mente una risposta, ma preferisce tacere. Il macellaio si sposta sullo sgabello e sbircia in cucina, dove la Nieves sta sfaccendando, per assicurarsi che lei non lo veda. Allora si alza senza far rumore e con inaspettata agilità balza dietro il bancone, fa cenno a P di fare silenzio, e si versa una bella dose di whisky riempendo fin quasi a metà il bicchiere. Poi torna sul suo sgabello e butta giù una sorsata come fosse gazzosa. Questo sembra visibilmente rinvigorirlo. Sbuffa e beve un altro sorso.

"Sei mai stato innamorato?" chiede a P.

"Non molto tempo fa il Rito mi ha fatto la stessa domanda. E me lo ha chiesto anche la Heidi. Tu sei il terzo."

"Già. E allora? Sei mai stato innamorato?"

"Sì."

"Io due volte. La prima di una donna, la seconda di un uomo. E tutte e due le volte è finita male." Pausa. "E tu?"

"Idem: è andata sempre male. E dall'ultima volta non è passato molto tempo."

"È successo nella capitale?"

P decide di lasciarsi un po' andare. Qualcosa, nel cielo nuvoloso oltre la vetrata, lo induce ad aprirsi:

"A New York".

Il macellaio emette un breve sibilo:

"E perché cazzo sei andato a cercartela così lontano?".

"È una lunga storia..."

"È bella?"

"Questo non mi importava."

"Ah no? E cosa ti importava?"

P ci riflette attentamente, mentre giocherella con la bustina di zucchero, ma non ha il tempo di rispondere perché San Martín entra nel bar spingendo rumorosamente la porta a vetri. È tutto eccitato:

"Porca troia, sta cominciando a nevicare...".

Il suo vocione giunge fino alla Nieves, che esce dalla cucina: "Davvero?" chiede quasi all'unisono con P, che si alza dallo sgabello per andare a guardare. Si dirigono entrambi verso le finestre affacciate sulla via principale, e San Martín li segue. La Nieves è la prima ad arrivare: "È vero" esclama vedendo i fiocchi di neve; grandi fiocchi di neve che cadono lentamente. "Certo che è vero, porca troia" esclama San Martín. I tre aprono la porta ed escono sullo stretto ballatoio, facendo quasi a spintoni, eccitati come dei cuccioli alla vista della neve. Le nuvole coprono tutto il cielo, e sembrano cadere in minuscoli pezzetti. I tre sporgono una mano oltre la grondaia per acchiappare i fiocchi, che cadono fitti, copiosi, impedendo la vista delle case di fronte e provocando in chi guarda la sensazione di salire verso il cielo. Già si sente quel silenzio tipico di quando nevica, che sembra vuotare le orecchie; le voci e le risatine di due contadinelle che chiacchierano sulla porta della panetteria echeggiano insolitamente chiare, prive di riverberazioni. Anche il pretino esce dalla macelleria e lascia che la neve gli imbianchi il viso, che rivolge verso il cielo, e le braccia spalancate. Più oltre, seguendo i portici, la Susi è uscita dal bar come un paguro in cerca del suo guscio, e gira su se stessa usando la mano come uno scudo per ripararsi gli occhi. Un trattore sta salendo per calle Mayor: è il Malacaín, che arrivato all'altezza della macelleria emette uno dei suoi gridi di guerra e scuote il braccio come un gaucho che lancia le *boleadoras*. Il pretino gli fa eco, e anche il Robocop, che appare qualche metro più in là, accanto alla Susi, e si solleva le falde del cappotto per ballare punta e tacco scoprendo le gambe nude. I solchi neri lasciati dal trattore sono ben visibili sul bianco, ma sbiadiscono subito, e poi scompaiono del tutto, perché la neve è così asciutta e gelata che attacca all'istante, persino sulla ringhiera di metallo del balcone del Consorcio. San Martín ne prende un mucchietto e lo tira in faccia alla Nieves, e in faccia a P, e persino al macellaio, che non ha voluto perdersi il miracolo ed è uscito anche lui sul balcone col suo bicchiere di whisky. “Porca troia, sarà una bella nevicata” esclama, e si siede sulla panca che delimita il perimetro del ballatoio per riposare le gambe malate. È un momento magico: tutti hanno voglia di parlare, di toccarsi, di ringraziare il cielo per esser vivi e poter assistere ancora una volta alla prima nevicata invernale. Con una mano la Nieves afferra P per un braccio e con l'altra si accarezza il pancione come già stesse accarezzando la testa di suo figlio. Dall'altra parte, San Martín gli circonda le spalle con un braccio e gli dà delle pacche sul petto: “Porca troia, Geimsbond, mica nevica così nella capitale, eh?” domanda, come se la nevicata fosse merito dei veterani del paese, “e dai, macellaio, fai un sorriso anche tu, cazzo, che la vita è bella!”. I quattro guardano il Rito che sale di corsa per la strada con quella sua andatura che sembra porti le scarpe col tacco: “Uh! Santo cielo...” lancia un'occhiata al balcone prima di entrare, e dal balcone tutti lo salutano gridando. “Rito, porca troia,” dice sghignazzando San Martín, “vieni su che ti congeli le palle.”

***

Due giorni e mezzo dopo, mentre P schiaccia un lungo pisolino al calduccio della stufa, smette completamente di nevicare.

P si sveglia quando un rantolio lo avverte che i gusci di nocciola nel serbatoio stanno per terminare, e così si alza insonnolito per caricare la stufa. Accende la radio e prepara il caffè. Trasmettono Luz Casal, *y no me importa nada, nada*... Beve il caffè mentre fuma una sigaretta e, una stanza dopo l'altra, apre gli scuri per vedere come si presenta il mondo. Fuori l'aria è nitida, immobile; l'Horlá è un monaco bianco dal viso scuro. Tutto è quieto e silenzioso.

Quando P apre la portafinestra, la neve che si è accumulata sul balcone entra nel salotto. Non ha una pala, e così si apre un breve passaggio fino alla ringhiera usando la paletta della spazzatura. Nelle ultime ore la temperatura è scesa in picchiata. Alla luce magenta e azzurra della sera, P non sente freddo – perché è accaldato per il lavoro che ha fatto con la paletta – ma gli fanno male le orecchie, ha le mani intirizzite e la pelle scoperta si arrossa a vista d'occhio. Giù di sotto, un manto uniforme impedisce di distinguere la carreggiata dal marciapiede; le macchine posteggiate sono diventate blocchi rigonfi con finestrini laterali; la chiesa è praticamente sepolta nei punti in cui il vento ha ammucchiato dei cumuli di neve; le luci del campanile fumano e colorano di blu il tetto candido. Rintocca l'ora di Compieta, l'unica ora che suona due volte: ventiquattro interminabili rintocchi. P guarda l'orologio per calcolare che ore sono in realtà; fa mentalmente quattro conti, non si è ancora abituato all'idea che il campanile segua un ritmo incomprensibile, irregolare e ogni giorno diverso, capriccioso come la nozione stessa del tempo.

La sagoma nerissima della gatta che si arrampica sui tetti bianchi lo distoglie dal suo passatempo matematico. Arriva miagolando; sembra lagnarsi perché a causa della neve, soffice sotto le sue zampette sottili, non può compiere i suoi soliti balzi. Non si vedeva da tre o quattro giorni, da quando ha cominciato a nevicare, e P si rallegra di trovarla in buona salute, piena di energie e col pelo nero e lucido. La osserva mentre percorre gli ultimi metri, camminando con cautela sulla ringhiera, Miaooo. Per la prima volta non si spaventa quando P cerca di accarezzarla, ma curva la schiena sotto il palmo della sua mano. "Cosa succede? Hai freddo, eh? Cosa fai in giro per i tetti a quest'ora?" La gatta ha fame, e miagola scoprendo i canini appuntiti. Balza giù dalla ringhiera, entra in casa e corre in cucina. P la segue e apre il frigorifero per prendere del cibo che vada bene per un gatto. Trova qualche fetta rinsecchita di salame, che sminuzza con le forbici e mette nel piattino. Nel frigo ci sono anche tre uova, e P ne prende uno per preparare una frittata che poi raffredda sotto il rubinetto. Il salame dev'essere troppo speziato, perché la gatta si mostra molto circospetta, ma la frittata la divora come fosse una preda viva. P scalda anche un po' di latte, e prima di versarlo nel piatto aggiunge qualche cucchiaio di zucchero; una dose extra di glucosio per combattere il freddo, pensa, ma non è sicuro di aver ragione. La gatta beve con la sua solita ingordigia, china sul piatto, con le orecchie basse e le zampette anteriori unite e composte, come una signorina ben educata col suo bel tovagliolo sulle ginocchia.

Quando P esce di casa ormai è buio pesto e la temperatura si sta abbassando, lo capisce dalle orecchie, così gelate che gli verranno i geloni. Al bar dei portici il camino è rimasto acceso per ore e ha riscaldato ogni angolo del locale. Dentro c'è una gran folla, come se ci fosse una partita di calcio alla televisione, ma è solo perché una metà della popolazione vuole incontrare l'altra metà dopo due giorni di reclusione. Naturalmente c'è Beethoven, ma anche il Robocop, la Heidi, il pretino... Ci sono persino il Francese, il Rito e San Martín, che dovrebbero essere al macello ma hanno staccato molto prima del solito perché le attività sono state quasi completamente sospese. L'ambiente è vivace, tutti bevono e ridono allegramente... Spiegano concitatamente a P che la strada per la valle è bloccata, che sono rimasti isolati, più isolati del solito, e che la neve gelerà e ci vorranno dei giorni – secondo qualcuno anche settimane – prima che si smolli. Le previsioni annunciano freddo intenso; il Francese racconta che, quando è andato ad accendere il furgone per evitare che il motore si congelasse, il termometro segnava otto gradi sotto zero; Beethoven scommette che stanotte la temperatura scenderà oltre quindici gradi sotto zero. P si rilassa, si sente bene, quasi a suo agio, e tra poco è Natale, un Natale da Circolo Pickwick, col camino acceso e la radio che diffonde musica anni ottanta, *Video killed the radio star...* Forse tra qualche giorno potrà tornare in città, farsi un bel pranzetto con il commissario e sua moglie, volti familiari, amati, persone su cui poter sempre contare, l'immagine più simile a un Natale in famiglia che P conosca. E magari si toglierà anche lo sfizio di uscire la sera del 25 per bere qualcosa di raffinato in un locale alla moda, meglio se pieno di gente vestita all'ultimo grido e con un buon dj che sforna le hit del momento, non importa se hip-hop, trance, fa lo stesso, basta non sentire Creedence Clearwater Revival o i Rolling Stones.

Per il momento decide di anticipare un po' l'inizio delle vacanze e di bere per puro piacere: bere e godersi questa sensazione di gioia assolutamente infantile finché dura. Decide di offrire un drink ai quattro o cinque avventori che stanno attorno a lui; e poi bisogna brindare: "Ai nuovi amici" dice P. E allora tutti battono così forte i bicchieri da farne schizzare fuori il contenuto, per assicurarsi salute e fortuna.

L'occasione è buona per ricordare l'ultimo Capodanno, quando il Boing ha rotto la coppa di champagne perché l'ha battuta contro la pentola del macellaio. San Martín spiega che la notte di Capodanno tutto il paese si raccoglie davanti all'orologio del campanile e che, siccome dell'orologio non ci si può fidare, gli abitanti del paese si affidano alla casseruola che il macellaio usa di solito per preparare il sanguinaccio e che per l'occasione, in piedi su una panchina davanti alla chiesa, dopo aver controllato che non manchi nessuno prima di cominciare la solenne spadellata, batte dodici volte col mestolo. Beethoven etichetta quest'immagine così riecheggiata come "surrealista", seppure ammetta che comunque non è più surrealista della scena dei sordi della locanda che si accalcano in prima fila per vedere bene il mestolo che colpisce la casseruola e non sbagliare a ficcarsi in bocca i chicchi d'uva. Ma ecco che tutto a un tratto la Susi abbassa completamente il volume della radio e alza quello del televisore. Ci sono le previsioni del tempo, un richiamo che induce tutti – contadini, allevatori e i chioma-variopinta – ad abbandonare le loro chiassose conversazioni e a girarsi verso lo schermo doppiamente imbiancato, dai disegni sulla carta geografica e dalla pessima ricezione, oggi ancor più scarsa del solito. Sono le previsioni della tivù regionale, e quindi la cartina è in scala piuttosto ridotta, ma è comunque troppo grande perché si possa vedere San Juan del Horlá: la regione intera si può a malapena immaginare sotto un enorme fiocco di neve che copre il Nord del paese. L'allampanato meteorologo annuncia un'ondata di freddo polare: una corrente siberiana che nei prossimi giorni attraverserà tutta l'Europa e che prima o poi arriverà anche da loro, perché, anche se nessuno lo direbbe, San Juan del Horlá si trova nello stesso continente di Parigi, *la Ville Lumière*, ora visibile su un'altra cartina sulla quale appaiono le temperature minime registrate durante la giornata nelle varie capitali: Stoccolma dodici sotto zero, Madrid tre sotto zero, Atene un grado. Stranamente, la notizia di tali inclemenze climatiche sembra riempire d'entusiasmo tutti i convenuti, come se, visto che il freddo va comunque sopportato, ci si possa almeno consolare sperando di battere i minimi storici e di aver qualcosa di cui discorrere in attesa della primavera. Ma al termine del bollettino la Susi alza di nuovo il volume della radio, proprio nel bel mezzo dell'assolo di *Sultans of Swing*, e tutti tornano alle loro birre e alle loro conversazioni: suona Mark Knopfler e la vita continua. Anche P ha voglia di scherzare, sente di ritrovare il brillante senso dell'umorismo che aveva recuperato ma nuovamente perso da parecchi mesi. Sette? Nove? Era primavera: un pettirosso mostrava le sue piume colorate sulla Quinta Strada e a Downtown Manhattan c'erano ancora due torri altissime. È un ricordo così dolcemente amaro che quasi guasta la genuina ed esuberante allegria del suo presente al bar dei portici. Ma San Martín ha un'idea, e propone una scommessa: vince chi indovina cosa contiene l'immancabile borsello di Beethoven. Le risposte si succedono tra le sghignazzate: preservativi scaduti, flaconi di Viagra... Beethoven, più risoluto del solito, stringe il borsello e si rifiuta di dare qualche indicazione, la qual cosa accresce la successione di spropositi: un chilo di nitroglicerina caso mai un mese non gli arrivi la pensione, un interfono per comunicare con la sua astronave...

Ma quando il Malacaín entra nel bar finisce la pace. L'esordio è il solito: grido di guerra e coro di risposta da parte dei suoi adepti chioma-variopinta. Però oggi il Malacaín è particolarmente ubriaco, e mentre si siede a uno dei tavoli accanto al bancone pronuncia queste testuali parole:

"Questo gran figlio di puttana è uno scrittore, uno scrittore figlio di puttana che viene qui a scrivere di noi".

P fa finta di niente, ma tutti sanno di chi sta parlando. E il Malacaín non molla: "Chiedetelo alla Heidi, che lo ha visto su una rivista". La Heidi, in fondo al locale, tace in segno di consenso, ma non si limita a questo: tira fuori dalla tasca della giacca a vento una copia di "Qué leer" aperto alla pagina giusta – proprio quella di cui solo quella copia della rivista è provvista – e la posa su un tavolo.

Il primo a prenderla è il Rito, che la osserva un attimo, ma poi la rivista fa subito il giro del locale e, anche se nessuno si sofferma più di tanto a guardarla, tutti vedono la fotografia che occupa un quarto di pagina. C'è P, con la barbetta, seduto su una scala con lo sguardo assorto: abito grigio, un'elegante camicia di Hugo Boss, cappello di cuoio; nell'immagine non si vede, ma il giorno in cui la fotografia è stata scattata, in uno dei giardini nei pressi della Centrale, il suo vestito profumava ancora di Boucheron. "Lo sapevo," esclama Beethoven, "me lo sentivo." Il Francese non dice niente, forse per non rivelare che lui ne era già al corrente, mentre San

Martín, che in principio sembra deluso: "Sei davvero uno scrittore?" si afferra gli attributi con la mano, caso mai si staccassero dal loro posto, e aggiunge: "Che storia, porca troia: parlerai anche di me?". Dopo aver fatto il giro del bar la rivista arriva al bancone. Beethoven guarda la foto e legge il titolo: "Pedro Balmes, ovvero il romanziere invisibile", e poi legge tutta l'intervista; la falsa intervista che Quique Aribau ha scritto per Rodero. Frattanto ai tavoli dei chioma-variopinta l'attenzione è tutta concentrata sull'attesa della prossima mossa di Malacaín, che oggi ha l'aria di voler attaccar briga e quindi promette di dar spettacolo.

"Come ci si sente a essere uno scrittore di merda?" domanda a voce alta e con tono di sfida rivolgendosi a P.

"Ti ho già detto di essere educato quando parli con me" risponde P con tutta tranquillità.

Ed è allora che Malacaín, senza in realtà sapere quello che sta facendo, gira il coltello nella piaga:

"Io non sono educato con nessuno, figlio di puttana. Figurati con te, che sicuramente non ti voleva nemmeno tua madre...".

A questo punto il Malacaín commette un errore, e anche P commette il suo. Ormai è un po' ubriaco e si è completamente dimenticato quale sia il suo ruolo. Quello che sta dietro il bancone e parla non è più il poliziotto:

"Ottimo," dice al Malacaín, sempre molto lentamente e scandendo bene le parole, "mi hai smascherato, sono uno scrittore. E ora che tu hai svelato il mio segreto, io svelerò il tuo, visto che da mesi stai facendo di tutto per tirarmelo fuori".

Ciò che avviene in seguito lascia tutti senza parole. P si avvicina al Malacaín, che sta seduto, e con un movimento fulmineo gli afferra il polso sinistro e lo blocca incrociandolo sull'altro braccio, la cui mano afferra la bottiglia di birra. A questo punto, facendo leva su buona parte dei suoi ottantatré chili, lo schiaccia contro il tavolo per immobilizzarlo, e quando la sua vittima è ben bloccata sulla sedia, con le braccia annodate sul tavolo, P ha ancora la mano destra libera, con la quale potrebbe colpirlo liberamente in viso, tanto da stancarsi a forza di fargli male e spaccargli le ossa, o magari afferrare la bottiglia di birra e prenderlo a mazzate sulla testa, o ancora ficcargli il pollice nell'occhio e premere fino a produrre un lieve schiocco vischioso. Ma questa volta P ha deciso di essere crudele, e quindi, invece di tutto ciò, con la mano destra afferra la cresta di capelli del Malacaín, che tira per fargli alzare il viso, e poi, con tutta calma, gli stampa uno spettacolare bacio sulle labbra, un bacio che mostra un Malacaín indifeso, sottomesso, completamente in balia di P davanti alla metà della popolazione maschile del paese.

La sua reazione, dopo aver subìto una simile umiliazione, non lo aiuta molto a riabilitarsi, perché quando P molla la presa e retrocede di due passi, lui si alza in piedi ansimando e strofinandosi la bocca quasi singhiozzando, senza sapere bene come comportarsi. Allora P assesta il colpo di grazia, e con le mani gli fa cenno di avvicinarsi dicendo: “Cos’hai da frignare, finocchio? Se sei un uomo fatti sotto e spaccami la faccia”. Il Malacaín non si riprende. “Dai, granduomo, che ti guardano tutti.” Niente. P allora imita l’ansito da femminuccia di quel povero diavolo che sta facendo la figura del pollo: “Uf, uf, uf”, e ce la mette tutta, divertendosi come un matto, “uf, uf, uf”. Il Malacaín si passa una mano sulla fronte, e per un attimo sembra sul punto di saltargli addosso, ma gli occhi di P si fanno di ghiaccio, e davanti a quello sguardo empatiazero tutto ciò che il ragazzo riesce a fare è rovesciare la sedia per terra, girare sui tacchi e uscire dal bar boccheggiando come fosse sull’orlo di un attacco cardiaco.

Ma è solo quando uno dei chioma-variopinta lo raggiunge per dargli il giubbotto che aveva lasciato sullo schienale di una sedia, che P comincia a pentirsi di ciò che ha fatto.

***

Lunedì successivo all’episodio del bar dei portici. Primo giorno di lavoro di P al Consorcio. Sono le sei e mezzo del mattino, e quando la sveglia del suo orologio suona, P schizza fuori dal letto e s’infila la felpa col cappuccio, la giacca a vento e i pantaloni di pail che tutte le sere prepara in fondo al letto. È inutile che accenda la stufa, perché non ha abbastanza tempo, ma deve coprirsi se vuole darsi almeno una sciacquata.

Dal rubinetto del lavandino non scende acqua. P cerca di ricordare se ieri sera lo ha chiuso completamente, perché per evitare che congeli bisogna lasciare sempre che un filo d’acqua scorra. Segue il tubo dell’acqua fino al lavatoio e vede uno squarcio nella tubatura principale: il gelo ha lacerato il piombo come uno straccio vecchio.

In cucina ci sono due taniche con l’acqua minerale che P compra per non bere il liquido torbido che scende dai rubinetti. L’acqua che resta in una tanica gli basta per bere, lavarsi i denti, sciacquarsi il viso come un gattino e preparare il caffè. Poi saltella come un pugile per una trentina di secondi, per scaldarsi prima di togliere la giacca a vento e il pigiama.

Fuori è buio. La nebbia, bassa e fitta, copre la luce dei lampioni. P cammina sul ghiaccio aggrappandosi a tutto ciò che trova. Raggiunta la porta del Consorcio si sfila i guanti per aprire il lucchetto e le sue dita si appiccicano al metallo come fosse coperto di miele, diventando così appendici insensibili ma dolorose.

Di sopra accende la macchina del caffè e infila i ceppi di legna nella stufa scorticandosi le nocche, e quando il ventre di ghisa comincia a emanare calore, apre l'imposta di una finestra per vedere l'alba. Accende la radio (*Here comes the sun and I say: It's all right...*), si prepara un caffellatte e prende una sedia per accomodarsi accanto alla stufa a fare colazione e a fumare una sigaretta.

Cinque minuti di benessere: caffè, tepore, nicotina (*little darling, it's been a long, cold, lonely winter*). Quando il sole accenna a levarsi, P si alza per aprire anche le altre imposte, ma fuori il mondo è sempre invisibile: bianco di nebbia su bianco di neve, il perfetto ritratto del nulla. P è scosso da un brivido di paura tipicamente infantile: paura del sovrannaturale, paura che appaia un mostro orrendo, una creatura demoniaca o proveniente dall'oltretomba. E avverte anche una strana sonnolenza, una specie di intontimento, come quando si ha l'influenza. Per fortuna la radio riesce ad arrivare fin lassù da qualche punto giù in valle, volando sulla strada gelata e attraversando la nebbia come una luce per le orecchie (*I want to ride my bicycle, I want to ride my bike...*). Quando ormai sono le sette e mezzo passate, P comincia a stupirsi di non vedere nessuno; in teoria ormai dovrebbe esserci almeno qualche allevatore. Poi arrivano le otto, e le nove... Non viene nemmeno il garzone del panettiere a portare le brioche, e neanche il macellaio, che di solito a quest'ora mangia un panino. Alle nove e mezzo, dalle finestre non si vede ancora nessuno, e persino il suono della radio comincia a sembrare minaccioso. In realtà è come una specie di psicofonia (*You ain't nothing but a hunt dog, crying all the time*), stamattina cantano solo i morti, voci dell'aldilà. Alle dieci, in uno stato quasi febbrile, P scende per vedere se trova qualcuno nella nebbia. Nessuno. Però prende i giornali che il ragazzo dell'edicola ha lasciato davanti al portone. Risale e sfoglia il quotidiano. Nella pagina della cultura trova un articolo firmato da Quique Aribau: B. Traven e lo scrittore inventato. Quando ha finito tutto il giornale, compreso parte del cruciverba, ormai sono le dieci e un quarto, e finalmente arriva la Nieves, col suo pancione e due borse con gli ingredienti per preparare il menù del giorno. P si sente rincuorato, come un bambino che è rimasto a casa da solo per ore e finalmente vede la sua mamma. Le va incontro per aiutarla con i sacchetti.

"Allora? Come va?" domanda lei ancor prima di salutarlo.

"Be', non so cosa succede... ci credi che non è ancora entrato nessuno? Sono qui dalle sette e non ho ancora visto anima viva. Non è venuto nemmeno il garzone del panettiere a portare le brioche, e i giornali li hanno lasciati dabbasso."

La Nieves tace, ma scuote il capo in segno di diniego mentre va dietro al bancone. P porta i sacchetti in cucina. Lei lo raggiunge e da una borsa tira fuori un sacchetto con un paio di brioche. Poi tornano insieme al banco e la Nieves si prepara un caffellatte.

"Hai preso solo due brioche?" domanda P.

"Una per te e una per me. Questa mattina non verrà nessuno."

"Perché? Per la nebbia?"

Lei tarda un attimo a rispondere.

"Per quello che è successo ieri sera dalla Susi."

"Quello che è successo ieri sera? Cos'è successo?"

Lei indugia prima di rispondere, quasi fosse imbarazzata.

"È successo qualcosa col Malacaín, giusto?"

"Sì, lui ha fatto lo stronzo e ha avuto il fatto suo. Ma cosa c'entra questo..."

Ancora una pausa:

"Qui tutto c'entra con tutto".

La Nieves esce da dietro il bancone e si siede su uno sgabello per bere il suo caffellatte.

"Vuoi dire che nessuno viene qui perché ci sono io? Che mi stanno facendo terra bruciata attorno o qualcosa del genere?"

Lei annuisce mentre intinge la sua brioche. P resta perplesso.

"Ma se sono mesi che mi stuzzica, lo conosci anche tu, lo sai che non lo sopporta nessuno..."

"Lui è del paese," risponde suo malgrado, "e tu no."

Anche P non sa bene cosa dire:

"E i forestieri devono lasciarsi calpestare dagli abitanti del paese senza dire niente?".

"Non è questo... Tu non sei il primo ad azzuffarsi con lui..."

"E allora?"

"Una cosa sono due cazzotti in un momento di rabbia. Vi avrebbero diviso prima che vi faceste male e poi vi sareste bevuti insieme una birra da buoni amici. Invece tu hai superato un limite che non si deve superare. Non so cosa gli hai fatto, perché nessuno racconta i particolari, la qual cosa è proprio un brutto segno... Ma si dice che a questo punto o se ne va lui o lui caccia via te, che non gli hai lasciato altra scelta..."

"Non è mica la fine del mondo... Se vuoi che sia sincero tutta questa storia mi sembra una fesseria, mi ricorda le scaramucce di quando andavo a scuola."

"In effetti questo posto assomiglia più a una scuola che a un paese. In città basta percorrere due isolati e già non ti conosce più nessuno, qui invece vedi le stesse cinquanta facce tutti i giorni."

"Senti, non so cosa ti hanno detto, ma ti giuro che non è la fine del mondo."

"Mi hanno detto che lo hai umiliato davanti a tutti. E umiliare pubblicamente qualcuno del paese è come ammazzarlo: o si vendica o qui non ci può più stare, perché dovrebbe chinare la testa per il resto della sua vita. A questo punto, o tu o lui. Quanto agli altri, rivolgendoti la parola è come se si alleassero contro di lui. Per questo stamattina non è venuto nessuno. E non verrà nessuno fino a che questa faccenda non sarà risolta."

P ha bisogno di un altro caffè, lo prepara in silenzio mentre riflette.

"Pensi che possa fare qualcosa? Per esempio parlare con lui..."

Smorfia dubbiosa di lei:

"Puoi provare a portarlo in cima all'Horlá e buttarlo di sotto. Ma ti consiglio di andartene, perché la cosa più probabile è che lui chieda manforte ai suoi amici della valle. E il Proprietario è dalla sua parte...".

Ma P sta pensando un'altra cosa:

"Vuoi dire che nemmeno il Francese, il Rito e il Beethoven mi parleranno più? Non ci posso credere. Eppure ieri sera ho continuato a far baldoria con loro".

"Loro sono forestieri, come noi."

"Anche tu sei forestiera?"

"Sono della valle, come la Susi. Quando sono arrivata qui avevo solo dodici anni, ma non importa, perché mio figlio sarà del paese, mentre io non lo sarò mai. Qui non ci puoi stare se anche uno solo degli abitanti del paese non ti vuole. Tu eri simpatico a tutti, e tutti ti portavano rispetto... Adesso il Proprietario ti farà licenziare dal Pub, e non potrai più lavorare neanche qui, e sarà anche difficile che tu possa tenere l'appartamento, anche se hai firmato un contratto. Perciò prima te ne vai, meglio è. Lo dico per te: cerca il Francese prima che vada al macello e chiedigli di darti un passaggio giù in valle, non aspettare l'autobus di domani mattina. Se fossi in te non entrerei nemmeno più in casa da solo."

"Non ho nessuna intenzione di andarmene così, come un fuggiasco, non mi sembra di aver fatto una cosa così terribile. Se vogliono che me ne vada dovranno dirmelo in faccia."

"Ascoltami bene: qui non si espone mai nessuno, e più resti qui più tempo avrà il Malacaín per organizzare la sua vendetta, sempre che non l'abbia già organizzata. Quelli sono capacissimi di ammazzarti, credimi."

P scuote la testa:

"Non capisco...".

"Così stanno le cose. Lo hai visto anche tu che in tre ore qui non è entrato nessuno. Preferiscono andare a lavorare senza colazione piuttosto che parlare con te. E non verranno neppure a pranzo."

"Già. Allora immagino che sarà meglio che qualcuno mi veda uscire prima possibile."

Lei tace. P prende le sigarette e l'accendino e s'infila la giacca a vento.

"Aspetta, devo pagarti le ore di lavoro."

"Non mi devi pagare niente, la cassa è vuota, e a quanto pare per colpa mia."

"Cosa c'entra? Hai mangiato qualcosa?"

"No... prenderò qualcosa in macelleria."

"Ormai in paese non puoi comprare niente. Preparati un panino o quello che preferisci prima di andare."

"Grazie, ma adesso non ho voglia di mangiare."

È tutto assolutamente assurdo, e mentre scende le scale P avverte una forte sensazione di irrealtà.

Fuori è ancora tutto uniformemente bianco; ciò che si trova a più di tre metri di distanza svanisce e scompare. Si ode un colpo di tosse, e voci che transitano sotto i portici, voci senza corpo, che fluttuano nella nebbia. È meglio scendere dal marciapiede, per non scivolare sullo strato di neve ormai compatto. P cammina lungo il ciglio della strada tastando le macchine parcheggiate e aguzza gli occhi per scorgere la recinzione del giardinetto. Un'auto passa lentamente proprio mentre si accinge ad aprire il cancello. Si gira: è la Porsche nera, con le catene e senza neanche un granello di neve. Entrare nel pianerottolo del primo piano è come uscire da una nuvola e tornare sulla Terra, anche se l'alito, uscendo dalla bocca, continua a condensarsi in vapore, persino nell'ingresso di casa sua.

Per prima cosa P si affaccia al balcone per vedere se la gatta lo ha sentito arrivare, ma non la sente miagolare, vede solo il consueto nulla bianco di neve e di nebbia. Bisogna accendere subito la stufa... e fare qualcosa per cercare di distrarsi. P s'infila la tuta e le scarpe da ginnastica. Poi vuota nel serbatoio tutti i gusci di nocciola rimasti nel sacco; per fortuna ne ha ancora tre o quattro di scorta. Quando va a lavarsi le mani, sporche di fuliggine, si accorge che manca ancora l'acqua, e così, prima ancora di levarsi la giacca a vento, va in cucina e apre l'ultima tanica. Beve un bicchier d'acqua per calmare la sete accumulata con i quattro o cinque caffè macchiati e zuccherati che ha bevuto nel corso della mattinata. Magari ha la febbre, e avverte anche un fastidio all'intestino, deve andare in bagno. Decide di riempire una pentola con la neve del balcone e di farla sciogliere sulla stufa per avere dell'acqua da versare nel gabinetto.

Si mette all'opera: con la paletta preleva dei pezzi di neve gelata e li sminuzza per ficcarli nella pentola; poi mette la pentola sulla stufa. Infine va a prendere un altro sacco di gusci di nocciole nella stanza che funge da magazzino. Apre la porta, preme l'interruttore, e la lampadina che pende dal soffitto si accende, ma dove si aspettava di trovare almeno tre sacchi di gusci posati contro il muro non c'è niente: solo la parete rosa shocking. È assurdo controllare dietro la porta, ma P guarda lo stesso. È assurdo anche controllare nelle altre stanze, ma P cerca lo stesso dappertutto. Non è comunque più assurdo che digerire l'idea che tre o quattro sacchi con venti chili di gusci di nocciole siano svaniti nel nulla. All'ipotesi più sensata, e cioè che qualcuno sia entrato in casa sua e li abbia presi, giunge solo dopo qualche istante di perplessità, sicuramente perché è assolutamente assurdo anche pensare che qualcuno sia entrato in casa sua per rubare dei gusci. Si versa un altro bicchier d'acqua, che beve a lunghe sorsate in salotto, e all'improvviso gli balena in testa l'idea che forse anche lo squarcio nella tubatura non sia casuale. È assorto in questi pensieri quando vede un'ombra tremolante uscire dalle fessure della cassa di birra che funge da tavolino, proprio davanti ai suoi piedi. È un ragno, nero, grosso come la mano di un bambino. P resta paralizzato da un attacco di aracnofobia. Il ragno schizza via e attraversa rapidamente la stanza fino a raggiungere il battiscopa. Lì si ferma, e comincia a muovere le zampette anteriori così lentamente che a P sembra voglia sfidarlo. Il cuore gli batte forte, e si accorge che nonostante il freddo sta sudando. Cerca di respirare profondamente, per recuperare il controllo, quando alle sue spalle, in fondo al corridoio, ode un rumore lieve e attutito, come se qualcuno camminasse strascicando le pantofole. Si gira appena in tempo per scorgere le sagome di due uomini che attraversano la penombra dell'ingresso, lentamente, come per spostarsi da una stanza all'altra. Non riesce a vederli in viso, vede solo il profilo della seconda figura che si staglia nel buio: è un uomo, un vecchio in maglietta a maniche corte e pantofole. Quanto basta per riconoscere uno dei sordi della locanda. P grida: "Ehi!" e corre verso la stanza dove gli sembra che siano entrati quei due. Nel buio, spinge la porta a due battenti e preme con forza l'interruttore della luce. Dentro non c'è nessuno. P indietreggia fino al centro dell'ingresso, ora rischiarato dalla luce proveniente dalla stanza, ed è in questa luminosa penombra che si accorge del cambiamento: la porta d'entrata non è più al suo posto, ma si è spostata proprio di fronte, sulla parete di destra. Fissate con delle viti ci sono due targhe con un paio di avvisi in inglese: il primo ricorda di controllare i propri oggetti personali prima di lasciare la stanza, l'altro esorta a far scorrere la catenella prima di aprire la porta a sconosciuti. Preoccupato, P gira su se stesso per guardare in fondo al corridoio, verso il salotto, forse cercando di capire cosa lo abbia fatto confondere. Il suo cuore continua a battere forte, le gambe si afflosciano. In lontananza, come provenisse dal balcone, gli sembra di sentire rumore di traffico, sirene, un brusio di voci e di macchinari accesi. P sa di non sognare, perché la veglia è troppo ricca di dettagli per essere un sogno, ma capisce che la sua percezione della realtà è distorta. Percorrendo il corridoio per tornare in soggiorno passa davanti alle porte aperte delle altre due stanze, nel cui interno buio non osa nemmeno guardare. Entra in cucina. Si avvicina alla tanica d'acqua minerale che c'è sul piano di marmo. Il tappo è ancora chiuso. Faticosamente, perché adesso anche le sue braccia sono prive di forze, capovolge il pesante recipiente e si accorge che proprio dal collo esce un sottile filo d'acqua. Allora raddrizza la tanica ed esamina il foro. È un bucherellino microscopico, con il bordo dell'orifizio schiacciato verso l'interno, come quello lasciato da una siringa ipodermica. Gli viene in mente una parola: "stramonio", ma per un attimo si domanda se quel foro sia più o meno reale del ragno. O della porta; adesso non è più tanto sicuro che non sia sempre stata sulla parete di sinistra. Il ragno invece è sempre in salotto, accanto al battiscopa, e muove le zampette anteriori come una ballerina in costumino di velluto nero. P sente di nuovo freddo, un brivido che si diffonde in tutto il corpo, e avverte un dolore al torace, contratto nello sforzo di resistere al gelo. Mentre con mani tremanti s'infila la giacca a vento, si accorge che il rumore del traffico proveniente dall'esterno è diventato un suono continuo di sirene. E non solo: colpi, rumore di vetri rotti, scoppi... Si avvicina alla portafinestra e la apre.

Baccano confuso, buio pesto. Poco più in là, oltre i tetti, la chiesa in fiamme: le due alte torri gemelle d'acciaio e cristallo sono ora due torce gigantesche, ma per vedere l'incendio bisogna guardare molto in alto, perché il fuoco è divampato in cima, al sessantesimo o al settantesimo piano. Ancora più su si scorgono delle figurette minuscole che si protendono nel vuoto, malamente aggrappate alla struttura d'acciaio. Volano fogli di carta incendiati e schegge di vetro. Precipita nel vuoto un corpo umano, che si schianta con un tonfo sordo su una panchina del giardinetto, ai piedi della Torre Nord, e poi rimbalza sullo spigolo dello schienale spezzandosi la colonna vertebrale e cadendo infine inerte al suolo..."

P rientra, chiude la portafinestra e spranga gli scuri; il suono delle sirene si smorza subito, torna a essere un rumore lontano. Il ragno è sempre rannicchiato vicino al battiscopa. All'improvviso a P sembra di sentire odore di pelo bollito, un fetore nauseabondo che proviene dalla cucina. Ma come fa lui a sapere che odore ha il pelo bollito? Si accorge che l'anta del frigo non è perfettamente chiusa. La apre per dare un'occhiata e vede qualcosa che non ricorda di aver comprato: carne, carne ben disposta su un vassoio di polistirolo, con un ammasso nero nel centro. Quando toglie il vassoio dal frigo gli sembra sia un coniglio squartato. Ma poi riconosce la palla nera. Lascia cadere il vassoio, e la palla gli rotola in mezzo ai piedi: ha orecchie, due occhi semiaperti e inespressivi, una linguetta che spunta tra i canini, lunghi baffi, viscere sanguinolente alla base. Sul fondo del vassoio, un messaggio i cui caratteri maiuscoli scritti col pennarello sono sbiaditi dall'umidità: NEL NOME DEL PORCO.

***

P vorrebbe bere un goccio d'acqua, ma non ne ha la forza, riesce solo a sedersi al tavolo del salotto per riposarsi dalla stanchezza. Da questa postazione controlla il ragno e cerca di non pensare a come avranno fatto ad acchiappare e ammazzare la gatta. Deve pensare in modo razionale. Innanzitutto deve sbarazzarsi della gatta, gettarla via, non può lasciarla sparsa sul pavimento della cucina. La cosa migliore è ficcarla in un sacchetto e metterla nel cassonetto dabbasso. Ma fuori le torri della chiesa stanno cadendo a pezzi. E forse il corpo massacrato della gatta non è neanche reale. Prima di tutto bisogna capire cosa è reale e cosa non lo è. Una parte di lui deve sicuramente saperlo. C'è sempre una parte di noi che sa, giusto? Giusto. Sete pazzesca e gusto acre in bocca. Potrebbe toglierselo con un sorso di whisky, se nell'armadietto della dispensa ce ne fosse davvero una bottiglia. Torna in cucina facendo attenzione a non calpestare i pezzi di gatto sul pavimento. La bottiglia di whisky esiste, o perlomeno è dove dovrebbe essere. Sputa una prima e una seconda sorsata sul pavimento, e poi ne butta giù una terza, una quarta e una quinta, per liberarsi dal tanfo di pelo bollito che ormai ha invaso tutto l'appartamento. La stufa, sul punto di spegnersi per mancanza di combustibile, tossicchia. Ciò significa che è passata più di un'ora da quando l'ha caricata. Ma forse anche la sua nozione del tempo è distorta. Uno dei sordi della locanda, quello più magrolino, sta andando in bagno, e vedendo P in piedi in mezzo al salotto gli sorride. Ed ecco che suona il campanello della porta: brrrb, brrrb, brrrrrrrrb...

P non bada all'avviso in inglese che raccomanda di far scorrere la catenella prima di aprire: lui sa chi c'è alla porta, e perciò apre subito. Tiene lo sguardo basso, e la prima cosa che vede è la moquette sui toni dell'arancio del labirintico corridoio dell'Hotel Pennsylvania, e sopra la moquette due scarpe in stile italiano. Più sopra un abito grigio chiaro, camicia di Hugo Boss con il colletto sbottonato. E infine il viso di T, con la barbetta e il cappello di cuoio nero. Sorride, avvolto da una nuvola di Boucheron:

"Che razza d'inferno, eh? Posso entrare?".

"Eri già dentro."

T oltrepassa la soglia. P chiude la porta e si ferma dietro di lui. Gli osserva le spalle. Gli sembrano molto larghe, un particolare che non ha mai notato allo specchio. Lo stupisce anche la statura, malgrado T sia alto come lui. E il suo aspetto minaccioso, come quello di un leopardo, o di uno squalo tigre.

"Ehi... che *cool* questo appartamento" dice T dirigendosi in salotto. "E con vista sul World Trade Center in fiamme, si vede che ti gira bene..."

"Non ti ho chiamato per farmi prendere in giro."

"Prendere in giro te o me?"

P non risponde. Raggiunge T in salotto. Lo guarda mentre si sbottona la giacca e si toglie il cappello. T prende la mira e lancia il cappello sul televisore, poi scosta un poco una sedia dal tavolo e si siede con una gamba incrociata sull'altra, afferrando la caviglia con una mano. A guardarlo non si direbbe che la temperatura è sotto zero. "Posso bere un sorso di quel whisky che hai nell'armadietto?" domanda. P accenna a muoversi per andare a prenderlo. "No, non disturbarti, siediti..." dice T, e poi, a voce più alta, come se stesse parlando con qualcuno in cucina:

"Enoch! Ci porti la bottiglia, per favore".

Arriva subito l'altro sordo della locanda, quello pelato e grassottello, che posa sul tavolo la bottiglia e due bicchieri puliti.

"Pensavo fossero sordi" dice P a T.

"Solo ai suoni... Allora, cosa vuoi da me?" Afferra la bottiglia per il collo per bere il primo sorso a canna, mentre con l'altra mano tira fuori dalla tasca della giacca un pacchetto di Lucky Strike senza filtro e lo allunga a P, che prende una sigaretta e si siede davanti a lui:

"Non ti sembra sufficiente il casino in cui mi ritrovo?" domanda.

"Non c'è male: 'Poliziotto avvelenato con lo stramonio vede figure dantesche in un paesino isolato dalla neve'. Avvicina la bottiglia, sempre afferrandola per il collo. "Quello che non capisco è cosa posso fare io per te."

"Devo sapere cosa è reale e cosa non lo è. E so che tu lo sai."

T lo guarda. Sorride. Cambia posizione.

"Credo che la realtà non ti piacerebbe..." dice, dopo aver buttato giù un sorso di whisky.

P sembra non aver sentito, sta pensando, ma si odono comunque le sue parole:

"Del ragno non sono sicuro... So che l'incendio là fuori non è reale: ci sono l'11 settembre di New York più certi dipinti della chiesa in fiamme che ho visto in *Rosemary's Baby*. Lo stesso vale per gli stregoni che vanno su e giù per il corridoio. Ma di altre cose non sono sicuro. Credo che qualcuno voglia ammazzarmi... sono sicuro che qualcuno stia tramando di ammazzarmi... forse sono già in azione. Devo sapere cosa fare per uscire da questo casino, e tu puoi aiutarmi".

"*Rosemary's Baby*, *Fight Club*... Mi sembra che tu abbia visto troppi film..."

"*Fight Club*? Questo non l'ho visto..."

"Fa lo stesso, non posso aiutarti comunque." T si alza dalla sedia per andare a dare un'occhiata alla stampa del Bellini appesa alla parete "Una bella ragazza da calendario..."

"Tu sei in pericolo quanto me" esclama P.

"Non credere, io so badare abbastanza bene a me stesso. Ormai dovresti saperlo."

T fa qualche passo con lo sguardo fisso sul pavimento. Si china per acchiappare il ragno, lo afferra con la mano e lo avvicina alle labbra. Poi lo afferra con i denti e, faticosamente, contorcendo il viso per lo sforzo, lacera il corpo molliccio di quell'esserino che si dibatte. Infine sputa per terra il pezzo di ragno che gli è rimasto in bocca e lancia verso il tavolo quello che gli è rimasto in mano. Il corpicino mozzato, con tre o quattro zampette che si agitano ancora, cade ai piedi di P. D'istinto, senza nemmeno alzarsi dalla sedia, P schiaccia il ragno che ormai si muove appena, osservando soddisfatto la macchia rossa e nerastra lasciata dalla massa viscida e inerte sulle piastrelle.

"Bravo," dice T vedendo P, "distruggi il tuo nemico. E non solo il tuo nemico: distruggi chiunque e tutto quello che ostacola la tua volontà. Distruggi per puro diletto, per affermare il tuo potere. Senza pietà, come insegna il vampiro Lestat: 'Dio uccide indiscriminatamente e così faremo noi'."

P ritira il piede, ma qualche pezzo di ragno gli resta appiccicato sotto la suola e così facendo disegna un arco di sangue sul pavimento:

"Sai che non condivido, ma comunque adesso non è questo il problema. Il problema è che se non mi aiuti a orientarmi nella realtà forse moriremo entrambi".

"Secondo me il problema non è nemmeno questo. Ciò che mi chiedi è assurdo: nessuno sa cos'è reale e cosa non lo è, non si possono tracciare mappe della realtà... Prova a vederlo in un altro modo: è ovvio che per te il ragno è un problema solo perché hai paura dei ragni, no? Se avessi visto una mosca non ti saresti neanche domandato se fosse reale o meno. Perciò l'unica cosa che devi chiarire è di cosa hai paura: è questo il problema. E non credo che tu sia disposto ad affrontarlo, anzi, potresti persino finire per commettere qualche sciocchezza. 'Non hai visto quell'altro film, quello di Alejandro Amenábar, dove i fantasmi non sanno di essere fantasmi?' Dove ho già sentito queste parole?" con le mani sui fianchi, T si avvicina di nuovo alla *Madonna* del Bellini.

"Mettimi alla prova" lo stuzzica P. "Non eri tu che amavi le sfide e le prove di coraggio?"

"Dai, lascia perdere..."

P sa come punzecchiarlo:

"Hai paura di me, vero?".

T ride.

"Lo sai che posso distruggerti" insiste P.

T non ribatte.

"E perciò farai quello che ti dico..."

T inspira bruscamente e trattiene il fiato per tre secondi, e mentre si gira di scatto sembra emettere un gemito, come un piccolo ruggito:

"Fare quello che dici?" fa due passi, si avvicina a P, che è ancora seduto e gli volta la schiena. Gli posa le mani sulle spalle. Preme un poco. Poi gli passa un braccio attorno al collo e avvicina il viso per sussurrargli all'orecchio: "Vuoi davvero sapere, fratellino, chi è a ubbidire e chi ha paura e di chi ha paura?".

P non risponde, ma è così teso che avverte una morsa allo stomaco. T lo intuisce, ed eccitato dall'insicurezza della sua controparte molla la presa e, con un balzo, torna a sedersi sulla sedia davanti a lui. E poi batte tre volte la mano sul tavolo e annuncia con il tono di un maestro di cerimonia:

"Signore e signori, lo spettacolo comincia!".

In quel mentre crolla la Torre Nord della chiesa, quella più lontana. Si ode il frastuono, il pavimento trema; dietro gli scuri s'infrangono i vetri delle finestre, il legno si spacca e una polvere finissima entra nell'appartamento e offusca l'aria. La luce trema e si spegne all'improvviso, e il salotto sprofonda nel buio più completo. Ma ecco che uno dei due sordi arriva dal corridoio con un candelabro a due candele e lo sistema sul tavolo tra i due convitati. Il viso di P e quello di T sono ora illuminati, nella penombra di una nuvola di polvere di cemento oltre la quale, in fondo alla sala, comincia a materializzarsi un'immagine dai contorni indefiniti.

***

Una sala d'aspetto buia, coperta di tappeti; a sinistra una porta chiusa e a destra una stampa della *Madonna col Bambino* di Giovanni Bellini. Davanti alla stampa un vecchio sedile di legno. E seduto sul bordo del sedile un bimbetto di circa sei anni. Il suo viso è proprio davanti alla stampa del Bellini; ha gli occhi chiusi e le labbra animate da un movimento quasi impercettibile. È lì da più di un'ora. Poco dopo la porta alla sua sinistra si apre, un fascio di luce gialla entra nella sala e il piccolo si gira da quella parte con gli occhi spalancati. Una figura alta, il cui viso resta in controluce, si staglia sul fascio di luce e forma un'ombra sul tappeto. Con la mano, la figura fa cenno al bambino di entrare nello studio. Il bambino ubbidisce subito, asciugandosi le mani sudate nel grembiulino. Entra nello studio, e la porta si richiude silenziosamente, accompagnata da una mano ossuta.

"Perché mi fai vedere questo?" domanda P.

T ride, burlone:

"Uhhh... sono lo Spirito dei Natali passati..." e poi, più serio: "Vedrai, è tutta questione di ordine, meglio cominciare dal principio. A quell'epoca eravamo ancora uno solo: io e te, insieme".

"Non voglio ricordare..."

"È stato allora che abbiamo cominciato a non andare più d'accordo, lo sai. Ed è proprio là che hai imparato a dimenticarmi. E mentre io mi affannavo per farmi carico di quel fardello e di tutto ciò che sarebbe accaduto in seguito, tu realizzavi il tuo sogno di eroe giustiziere e diventavi un cacciatore di serial killer."

"Non ho dimenticato niente, ricordo tutto alla perfezione."

"Certo. Vediamo se ti ricordi anche questo."

T indica la nebbiolina in fondo al salotto, che s'illumina di nuovo mostrando uno scorcio della 33ma, a Manhattan. Sullo sfondo si vede la base dell'Empire State. Un tizio bianco con la felpa ferma T per chiedergli l'ora. Si scambiano qualche parola, in apparenza con un po' di tensione. Allora T lo afferra per un braccio, compie un giro su se stesso come un lanciatore di martello e al momento giusto molla la presa, facendolo schiantare all'indietro. Poi lo raggiunge e gli assesta un dritto alla mascella, e il poveretto, con la mandibola lussata, rimane tramortito a terra. T gli sfila la felpa. E quando quello cerca di alzarsi e, come un cerbiatto appena nato, riesce finalmente a puntellare un ginocchio per terra, T lo colpisce con un violento calcio allo zigomo. A quel punto il poveretto emette un profondo "Oh" prima di crollare privo di conoscenza.

"Ti ricordi la felpa?" domanda T, seduto sulla sedia, a P, seduto sulla sedia davanti a lui. P guarda la felpa che indossa, col marsupio e la scritta NY in blu. È sbigottito.

"Quello non sono io" protesta.

"Ah no? E allora cos'è quella sensazione di *déjà-vu*? Preferisci continuare a pensare che la felpa sia comparsa all'improvviso nell'armadio dell'hotel? Misteriosamente come questa sera sono comparsi i sordi della locanda?"

"Quello non sono io" ripete T.

"Ok, magari sono io. Ma allora dimmi, chi è quell'altro?"

T indica ancora il fondo del salotto. Ora si vede una brandina. E sulla brandina T, in ginocchio, in mutande, che lotta con una ragazza nuda con il volto coperto da una massa di capelli ramati. Lei cerca di proteggersi il viso, e grida, ma T le molla un colpo nello stomaco, zittendola all'istante e costringendola a portarsi le mani al ventre. Così facendo, il viso della ragazza, che ora esprime un misto di dolore e panico, resta scoperto, e T le assesta un pugno sul naso. La testa di lei sbatte contro la parete, facendo tremare la stanzetta, e il corpo di lei crolla inerte. T la spinge, e lei cade sul pavimento, col naso sanguinante e le gambe aperte in una posizione grottesca.

P, seduto in salotto, prefigura la scena che accadrà in quella stanzetta e non riesce a sopportarne la vista: non vuole guardarsi mentre violenta il corpo martoriato della ragazza. È vero, ha una sensazione di *déjà-vu*, ma è uno strano *déjà-vu*, perché in realtà lui è in grado di prevedere ciò che succederà in seguito.

È ancora T a parlare:

"Siamo due psicopatici in piena regola, eh?".

In quel mentre crolla la seconda torre, la Sud, quella più vicina. T corruga la fronte, infastidito da quel fragore da ecatombe; P posa le mani sul tavolo per cercare di bloccare la seggiola sul pavimento che traballa. Gli oggetti cadono dagli scaffali, il televisore precipita sul pavimento con lo schermo all'ingiù, in cucina lo scolapiatti cade sull'acquaio di ceramica.

Quando il terremoto si placa, la nuova immagine del salotto è disastrosa, con il pavimento coperto di oggetti, la polvere che fluttua nell'aria, fitta e grigiastra. Il freddo condensa l'alito e il puzzo di pelo bollito torna a sovrastare l'odore di polvere di cemento e di carta bruciacchiata.

***

"Ti sbagli" esclama P.

"Può darsi," dice T, che è riuscito a salvare la bottiglia di whisky, "ma se io mi sbaglio ti sbagli anche tu."

P sembra non sentirlo:

"Ti sbagli: io non sono uno psicopatico, io ho un'anima".

"Oh, 'anima', bella parola, si accoppia bene con 'amore', 'felicità' e 'torta di ciliegie'. Comunque non credo che sulla scala di Hare risulteresti positivo, so che sei il tipico tizio sensibile, capace di regalare dieci dollari a un homeless e un mazzo di fiori e un anello a una donna... Ma ci sono anche altri autori, a parte Hare, e a questo proposito posso citarti la lista delle personalità psicopatiche di Koch: 'Le anime fragili, i sentimentalisti lacrimosi, i sognatori e i visionari, gli scontrosi, i timidi, quelli pieni di scrupoli morali, gli esigenti e i suscettibili, i capricciosi, gli esaltati, i burloni, i vanitosi e i presuntuosi, i vagabondi e i pettegoli, gli inquieti, i malvagi, gli strambi, i collezionisti e gli inventori, i geni frustrati e non frustrati...'."

"Resta qualcuno fuori dalla lista?" domanda P.

"Chiunque può manifestare qualche caratteristica tipica della psicopatia, certo. Ma è significativo, e qui cito Schneider, che il soggetto abbia una personalità non comune e conduca una vita inconsueta, che si discosta dalla norma. Soprattutto se la norma gli procura frustrazione, sofferenza, e ancor peggio se pensa che la sua sofferenza sia causata, o sia stata causata, da qualcuno, e perciò gli sembra giusto che quel qualcuno debba pagare. Tutto questo ti dice qualcosa? Inseguendo criminali non cerchi forse vendetta? Perché quello che tenta di acciuffarli per chiuderli in galera sei tu, non ci sono dubbi, perché io mi limito semplicemente a divertirmi un po' con loro quando capita. Ti sei accorto che io arrivo solo quando bevi? *In vino veritas*, fratellino."

"Io non sono te... Io posso provare affetto per qualcuno, per una gattina vagabonda, per il commissario, per sua moglie..."

"Povero commissario... non saprà mai quale rischio ha corso con te. Ma in effetti è stato molto utile averlo dalla nostra parte: mentre a te insegnava come essere un buon poliziotto, a me insegnava come farmi impunemente i miei comodi senza perdere il rispetto dei miei simili..."

Ma P ha sempre lo stesso chiodo fisso:

"Tu non puoi innamorarti, io sì... Mi sono innamorato di Suzanne."

"Ah... Suzanne! Un'altra Madonna del Bellini, a quante siamo ormai?" E così dicendo T tira fuori dalla tasca della giacca un astuccio. "Jewel Zoo", dicono le lettere incise sul coperchio. Lo apre ed estrae l'anello. "Ammetto che questa volta ti sei lasciato coinvolgere più del solito, però mi domando di cosa tu ti sia innamorato..."

"Mi sono innamorato di una donna, di una persona, di un essere umano, e ciò dimostra che anche io sono umano..."

"Te lo dico io di cosa ti sei innamorato: ti sei innamorato di un volto che assomiglia vagamente a quello di un quadro di Bellini che ti porti appresso dappertutto e davanti al quale, da bambino, pregavi in preda al terrore nella penombra di una sala d'aspetto. Ti sei innamorato di una profezia su te stesso che da sempre cerchi di realizzare, di un ideale di te, della possibilità di essere un altro all'infuori di me. Ti sei innamorato di una vita normale, perfetta, senza conti in sospeso. Ti sei innamorato di un romanzo di Dickens e di una soap opera strappalacrime con il suo bell'happy end. Di questo ti sei innamorato, non di una donna in carne e ossa. Quanto a lei, è fortunata di essere ancora viva. Quanto tempo ci avresti messo a distruggerla? Per quanto mi riguarda, io e lei abbiamo un conto in sospeso: non mi piace essere mollato in cima a un grattacielo..."

P è un po' confuso:

"Non le ho fatto niente di male, mi ricordo tutto...".

"Proprio tutto? Ammetto che l'hai fatta spaventare giusto in tempo per salvarle la vita. A volte la bestia affiora, e sicuramente dopo quello che le hai raccontato sul quadro del Bellini lei non si sarà certo sentita tranquilla vedendo la stampa appesa nella tua camera d'albergo. È stata fortunata, non ci sono dubbi. Quella ragazza di Sligo invece non ha avuto così tanta fortuna, e nemmeno la russa del Kingdom, Tatiana, ti ricordi che si chiamava Tatiana?"

"Io non sono capace di uccidere, non sono uno psicopatico."

T sghignazza.

"Va bene, d'accordo, non ho certo intenzione di discutere per un termine: se preferisci diciamo pure che quello che uccide e combina danni sono io. In questo modo tu rientri nel quadro psicotico, diciamo che sei uno schizofrenico da manuale, mentre lo psicopatico privo di coscienza descritto da Hare sono io. Nulla vieta che una delle personalità di uno schizofrenico si buschi un raffreddore, no? Come nulla vieta che sia alcolizzata, o psicopatica, o tutte e due le cose insieme. Contento?"

"Tutto questo non ha alcun senso, è una diagnosi senza fondamento."

"Be', potremmo chiedere a uno psichiatra, ma francamente non credo che la diagnosi abbia molta importanza. Sta di fatto che siamo uno nell'altro, come Jekyll e Hyde, sempre uniti... Io vivo la mia vita, e tu insegui pure tutti gli psicopatici che vuoi. Eccetto me, ovviamente."

P si osserva le mani, le chiude e le apre strofinando le dita e poi le asciuga nel marsupio.

"Posso inseguire anche te" esclama risoluto, e questa volta senza la solita morsa di terrore che gli stringe lo stomaco.

"Perfetto! Ecco l'eroe... il contrario, il rovescio della stessa medaglia... Sai cosa dovresti fare ora? Non volevi che ti aiutassi a salvare la pelle? Guarda fuori: davanti alla locanda ci sarà ancora la Porsche nera, se scendi lo trovi lì. 'Il Cavaliere del Monte Perverso' è venuto a vedere che ti ammazzano, a lui piacciono queste cose, come a me. Questa volta l'intuito del commissario ha fatto centro. Ricordi cosa ti ha detto a proposito della poesia? Ma tu cosa vuoi? Uscirne sano e salvo e fare la figura del buon poliziotto? Benissimo, allora proponi al Proprietario di prenderti al suo servizio al posto del Malacaín e dei suoi amici della valle. Sai come falsificare delle prove e la tua testimonianza come infiltrato basta a costituire una prova d'accusa: puoi incriminare quello scemo con la cresta, e per di più hai elementi sufficienti per dimostrare che sono stati loro a commettere il delitto del mattatoio, e ciò basta per tranquillizzare anche la tua scrupolosa coscienza. Proponi al proprietario questo accordo e comincia a lavorare al suo servizio. Almeno per ora, fino a quando trovo il modo di sbarazzarmi di lui una volta per tutte. Se ha un minimo di cervello capirà subito che sei dieci volte più coraggioso di quell'apprendista spaccone: diventa amico del capo dei tuoi nemici, lascia che ci pensi lui a distruggerli e io poi mi occuperò del resto."

P ha ascoltato attentamente, ora ha un gran sonno, vorrebbe dormire, anche in quella casa gelida, adesso che la stufa si è spenta. Però si sforza di alzarsi dal tavolo per andare a prendere la giacca a vento.

"Sei pazzo... Sei un assassino..." dice a T.

"E adesso dove diavolo vai?"

"Hai finito di usarmi."

T sorride:

"Hai visto? Lo sapevo che saresti stato capace di combinare qualche sciocchezza. Che brillante idea hai avuto: gettarti tra le braccia di un tizio barbuto che ti salvi dall'Inferno. In questo confidi? In un Eden escatologico?".

P cerca i guanti nelle tasche della giacca a vento:

"Sono un poliziotto. Sono diventato un poliziotto per eliminare quelli come te. È questa la scelta che ho fatto".

T ride, e poi sghignazza senza pietà:

"E chi mai sceglie qualcosa? Hai forse scelto il tuo passato? Credi che potrai scegliere il tuo futuro? Esiste un dio più potente di quello vagamente cristiano nel quale non sei neanche sicuro di credere. Tra il Caos e il Cosmo, tra Eros e Thanatos, tra Satana e Yahvè, governa un signore ancor più potente: l'Arbitro che stabilisce il vincitore di ogni combattimento tra divinità minori. Conosci il suo nome. Lo conosci in lingue diverse, hai consultato i dizionari per scoprirlo. In italiano si chiama Azzardo; in tedesco Zufall; in inglese Hazard; in arabo Zahar: come il fiore che c'era su una faccia del dado, un inquietante fiore che eliminava dal gioco chi lo pescava. Il Caso, l'imprevedibile, l'imponderabile, l'imprevisto che porta sventura e morte: il rischio di esistere".

"C'è un modo molto semplice per eliminare il rischio che tu esista" esclama P guardandolo dritto negli occhi.

Ma nonostante la ferma determinazione, la soluzione che P si ripropone è molto simile a una fuga. Non prende un bagaglio, pensa solo a proteggersi dal freddo, ma non può mettersi di più di quello che già indossa. Torna in salotto solo per prendere il portafoglio con i documenti. Poi percorre il corridoio in penombra e apre la porta sulla parete destra dell'anticamera. Fuori la moquette color arancio; si ode l'eco della respirazione di un aspirapolvere industriale e alcune voci che parlano in spagnolo. Le Donzelle e il Minotauro.

T segue P giù per le scale, fino in strada.

"Mi pare che tu mi stia sottovalutando, io non sono Brad Pitt...," gli dice, "ma vengo lo stesso con te, perché comincio a essere curioso di sapere come andrà a finire questa storia."

***

Fuori è notte, ma non si sa quale notte, P ha perso la nozione del tempo, non riesce a capire quanto è passato dall'ultima mattina in cui era lucido, potrebbero essere quattro ore come tre mesi. Le macerie fumanti delle torri della chiesa coprono il giardinetto, ma adesso in strada non si muove una foglia. In lontananza si intravede solo una macchina nera, senza neanche un fiocco di neve, parcheggiata davanti alla locanda, e in primo piano i tetti gialli di qualche taxi mezzo sepolto, e l'enorme cadavere di Golia, pieno di polvere, con la sua gigantesca divisa a brandelli. Le luci del bar dei portici sono spente e anche quelle di tutte le finestre.

P, sempre al buio, cammina fino all'angolo del Consorcio con le mani affondate nelle tasche della giacca a vento. T lo segue a qualche passo di distanza: "Ehi," gli dice, "vai dalla parte sbagliata". P non lo ascolta, ma imbocca la West Broadway e cerca di raggiungere la calle del Puente. Non si vedono automobili, né passanti, ma solo neon spenti, montagne di sacchi di spazzatura ricoperti di polvere finissima, un manifesto con Michael Jordan che pubblicizza una marca d'abbigliamento all'uscita della metropolitana di Franklin Street. A causa del fumo si vedono solo i primi piani degli edifici, tutto il resto si confonde nel buio. P imbocca la Sesta all'altezza dei primi casermoni e degli allevamenti di maiali, e segue il sentiero che conduce fuori dal paese costeggiando il corso del fiumiciattolo gelato. Dopo le ultime casette di mattoni, molto più umili di quelle di Midtown, appare un vecchio mulino diroccato, senza tetto, pieno di neve come un vasetto di panna, e poi un ponte di pietra sul fiume immobile, e subito dopo l'incrocio con la mulattiera che si arrampica verso il bosco senza restringersi.

Sotto il cielo ora è tutto nero; per orientarsi bisogna affidarsi alla memoria e alla forza di gravità, che indica ciò che sta sopra e ciò che sta sotto. P imbocca la strada nella direzione dove camminare è più faticoso, proteggendosi dagli ostacoli con una mano sollevata, come un cieco. Ma sulla neve procede così lentamente che poco importano gli ostacoli.

In lontananza, contro il bagliore confuso della luna, si staglia la torretta di un edificio industriale che sembra acquattato nella boscaglia come un'astronave a riposo. Ma bisogna continuare a salire: P sempre in testa, ansimante, sudato, anche se ormai non sente più le dita dei piedi e ha il labbro superiore coperto da una crosta di alito gelato. T lo segue a qualche passo di distanza, con la sua bella giacca e la camicia di Hugo Boss. P non lo vede, ma lo sente canticchiare come in una scampagnata in un pomeriggio di primavera.

Dietro una curva appare il profilo del Monte Horlá: una testa e due spalle che coprono il tenue chiarore della luna. P continua a salire, tastando il terreno con il piede prima di compiere il passo successivo. Ha perso del tutto la nozione del tempo; non sa nemmeno da quanto tempo stia camminando sulla neve, e gli pare che ormai siano trascorsi anni interi dall'ultimo momento che ricorda chiaramente: un autobus, buio dietro i finestrini, pioggerella sottile, San Juan del Horlá: "È sicuro di non voler tornare indietro con me?". Tutto il resto è un incubo che sta giungendo al culmine in cui solitamente ci si sveglia in preda al terrore.

Ma P non si sveglia, perché non sta dormendo, però ha così tanto sonno che per un attimo perde la speranza, piange d'impotenza e cerca di asciugarsi le lacrime con il collo del maglione per evitare che si gelino negli occhi. Cerca conforto nel ricordo di un passato un poco più lontano; ricorda quando stava seduto sul muretto di Central Park e si guardava le braccia pallide alla luce splendente della primavera, mentre aspettava Suzanne su una panchina di Strawberry Field. E ricorda anche il boccale di birra appannato dalla condensa a Calabrava, la camicia a fiori e gli occhiali da sole del commissario; la paella di Mercedes, loro tre attorno al tavolo... Tutta questa luce dei ricordi è come una promessa, bisogna solo continuare a salire verso il dorso dell'Horlá, continuare a salire, non importa se la marcia è lenta, l'importante è non fermarsi e continuare.

"Ehi, fratellino," grida T dietro di lui, "se quel che vuoi è tornare rapidamente al tuo Eden basta solo che ti fermi e ti addormenti... Lo dico per te, sembra che la morte per assideramento sia una delle più dolci..."

P si ferma un attimo per rispondere, anche se deve fare uno sforzo disumano per articolare qualche parola:

"Ci sono cose che bisogna lanciare da molto in alto".

"Già. In fin dei conti ha ragione il Beethoven: un suicida *bon vivant* dev'essere una specie di controsenso..."

Quando passa davanti alla Cappella di San Juan del Horlá, ora mezzo sepolta dalla neve, P decide di concentrarsi meglio sul suo corpo per affrontare l'ultimo tratto di salita, il più duro. Cerca di tremare contraendo volontariamente i pettorali e gli addominali, di muovere continuamente le dita dei piedi negli stivali, di aprire le mani e stringere i pugni. Cerca anche di contare mentalmente i passi, per scacciare il sonno che pesa sulle palpebre: "Uno, due, tre, quattro..." ma ben presto si confonde, è troppo faticoso concentrarsi sulla successione dei numeri. Il mondo è solo la sua respirazione, i movimenti ritmici e metodici, la neve che scricchiola, il buio assoluto.

Quando, procedendo carponi, raggiunge il dorso piano dell'Horlá, non ricorda come abbia potuto percorrere l'ultimo tratto di salita. Lassù, dopo essersi alzato in piedi e aver fatto qualche passo, si lascia cadere sulle ginocchia, con le mani sulle cosce, per cercare di recuperare le forze. T è in piedi, impassibile, con una gamba incrociata sull'altra e una mano appoggiata sulla croce di pietra, la cui cima spunta appena dalla neve, al centro della radura:

"Sei sicuro di volerlo fare? Ricordati che certi gesti hanno l'inconveniente di essere irreversibili, e che in fin dei conti non siamo poi una cattiva squadra".

"Vai all'inferno" replica P ancora ansimante.

E allora, senza neppure avvicinarsi a guardare il fondo del precipizio, P si alza in piedi e comincia a correre verso il lato nord della spianata, senza congedarsi da nulla, perché teme di perdere il coraggio se indugia. Deve solo correre e spiccare un salto, tutto qui. Ma proprio quando P comincia la sua breve corsa verso il vuoto, T inizia a pronunciare una frase burlona, che in realtà è una domanda. E mentre corre, P riesce a sentirla tutta intera, e a comprenderne pienamente il significato mentre salta, vola oltre il ciglio del dirupo e precipita cercando una risposta:

"Come fai a essere così sicuro che l'allucinazione sia io, fratellino?".

EPILOGO

Mercedes è seduta davanti alla televisione nella poltrona bergère, gemella dell'altra, vuota, dall'altra parte del divano, dove sta accovacciato Garfield. Un rumore di stoviglie proviene dalla cucina. María, sua sorella minore, lava i piatti a mezzogiorno, lei alla sera, quando tornano dal club dopo aver frequentato uno dei loro corsi. Mercedes non porta il lutto, pensa che a suo marito non piacerebbe. Per qualche ragione, tra tutte le centinaia di immagini che rivede, riguarda e rivive ogni giorno, preferisce ricordarlo mentre mangia la paella, sorridente, con i bermuda e la camicia rosa a fiori che in realtà ha indossato solo una volta a Calabrava. E un uomo sorridente con una camicia a fiori non deve essere ricordato da una donna vestita di nero.

È l'ora del telegiornale. Prima la voce fuori campo della presentatrice annuncia un breve riepilogo delle notizie: "Buon pomeriggio, gentili telespettatori. Arrestati i presunti colpevoli dell'omicidio dello scorso maggio a San Juan del Horlá. La polizia informa della cattura di sei giovani residenti nella zona, ora a disposizione giudiziale". Nell'immagine la sala stampa della Centrale, con Sanchís in divisa davanti a un microfono.

Mercedes lo riconosce, e solo per questo presta attenzione a una notizia che altrimenti non l'avrebbe colpita. E così, poco dopo, quando sua sorella si siede nell'altra poltrona e le dice che il nuovo detersivo per i piatti ha davvero un buon profumo, lei la prega di far silenzio: "Shhh, un attimo, che voglio sentire".

"...grazie alla testimonianza del proprietario del macello e alle prove raccolte nel corso delle indagini condotte da un infiltrato della sezione Omicidi della Centrale, è stato possibile procedere all'arresto di vari indiziati, ora accusati di sequestro e di omicidio di primo grado, oltre a diversi gradi di collaborazione in altri delitti. Il principale indiziato è Germán Marín Bancebo, detto Malacaín, nativo e residente nel comune di San Juan del Horlá. Gli altri cinque indiziati abitano nella valle..."

"Quel signore lo conosco," esclama Mercedes contravvenendo così la sua specifica preghiera di silenzio, "me lo ha presentato José María alla cena di pensionamento, c'era anche al funerale..."

In realtà, nella sala stampa sono riunite molte altre persone che Mercedes conosce. C'è Rodero, seduto alla destra di Sanchís, anche se un po' fuori fuoco. E da qualche parte, tra i giornalisti, o tra i convenuti che stanno appoggiati allo stipite di qualche porta, ci sono anche Puértolas, lo psichiatra, e Varela, e Berganza, e Prades, il medico legale, che sono venuti dal commissariato di zona. Anche loro erano alla cena di pensionamento, e il commissario li ha presentati a sua moglie. Mercedes conosce anche Quique Aribau, lo scrittore. Non l'ha incontrato alla cena ma ne ha sentito parlare da suo marito, e poi lo ha visto al funerale, anche se allora se non sapeva che fosse lui. Era con Sanchís, ma è rimasto qualche passo indietro quando lui è andato dalla vedova per farle le condoglianze.

E ovviamente Mercedes conosce Tomás, che partecipa alla conferenza stampa ma si mantiene completamente in disparte, un po' in penombra, accanto alla porta della sala, e parla sottovoce con qualcuno che rimane nascosto nel corridoio. Quique lo guarda, soprattutto perché intende andare a salutarlo al termine della conferenza, e vedendolo ora, quando ormai sono trascorsi dei mesi da quella loro dissoluta serata d'agosto, ha l'impressione che abbia un'aria strana, forse un'aura un po' minacciosa, come quella di un leopardo, o di uno squalo tigre. Gli sembra incredibile che quello sia l'uomo che gli ha raccontato la triste storia del suo amore non corrisposto, con tanto di appuntamento in cima all'Empire State: adesso non sembra affatto il tipo da innamorarsi di una ventiquattrenne mezzo irlandese. Ma tutto a un tratto, mentre Quique lo osserva da lontano, T stringe la mano della persona nascosta nel corridoio. Di lui si vede solo una mano lunga e ossuta, la mano di un uomo alto e magro. E all'improvviso quella scena gli ricorda una conversazione con Puértolas sul *Giardino delle delizie*.

Il pannello con il Paradiso a sinistra, la Terra al centro, e a destra l'Inferno. Tale successione, da sinistra verso destra – la stessa sequenza secondo cui si leggono i libri o i fumetti –, narra una storia, la storia di una caduta. All'inizio di questa storia l'uomo sta nel Paradiso, e nel Paradiso commette un peccato mangiando il frutto proibito. Il castigo lo esilia sulla Terra, e da lì, al termine di un infame passaggio nel mondo, l'uomo precipita all'Inferno. Questo è l'ordine secondo cui l'autore desiderava si guardasse il quadro. E alla fine della fine, nell'angolo più recondito dell'Inferno, nel suo fondo più remoto e buio, l'uomo firma un accordo con un maiale vestito da suora. A quanto sembra quell'uomo è proprio l'autore – un autoritratto di Bosch – come pure sembra evidente che il maiale sia il Diavolo in persona, che gli promette chissà quali piaceri.

E forse proprio per questo, perché è spinto dalla morbosa curiosità di vedere il Diavolo in faccia, Quique è così impaziente di scoprire a chi appartenga la mano che T ha appena stretto. Non si sa mai, da qualunque seme può germogliare l'idea per un nuovo romanzo, per una storia d'amore e di morte. Ma alla fine della conferenza stampa si alzano tutti, ed è difficile raggiungere l'uscita attraversando la folla di poliziotti e giornalisti. Quique si affretta, si apre persino un varco spingendo gli altri ospiti come fossero ostacoli fastidiosi.

Ma T e l'uomo misterioso, lo sconosciuto senza volto, hanno un buon vantaggio su di lui. Riesce a malapena a intravederli da lontano quando hanno già oltrepassato l'ingresso con l'agente in uniforme sono fuori. Quando Quique raggiunge la vetrata, la sagoma alta e snella è già montata su una Porsche nera con la capote bianca, che contro tutte le regole è parcheggiata proprio davanti alla porta super sorvegliata del commissariato e sulla quale sale anche T.

La Porsche parte sgommando con le sue ruote dai cerchioni d'oro – *oro calza l'animal*... a Quique torna in mente uno dei versi che gli ha mostrato il commissario – e con un rombo di motore si allontana sull'angusta strada dove la Centrale si affaccia come un acquario panoramico.

E basta. Resta la strada coperta di cartacce ed escrementi di piccioni, decorata dai panni degli immigrati clandestini, appesi come colorate bandiere senza patria.

INDICE

9 Introduzione

29 Il giardino delle delizie

31 *1. In Paradiso*

43 *2. Sulla Terra*

52 *3. In Paradiso*

65 *4. Sulla Terra*

94 *5. In Paradiso*

116 *6. Sulla Terra*

141 *7. In Paradiso*

166 *8. Sulla Terra*

181 *9. All'Inferno*

185 *10. Sulla Terra*

186 *11. All'Inferno*

189 *12. Sulla Terra*

193 *13. All'Inferno*

196 *14. Sulla Terra*

198 *15. All'Inferno*

203 *16. Sulla Terra*

204 *17. All'Inferno*
232 *18. In Paradiso*
249 *19. All'Inferno*
279 *20. Sulla Terra*
293 *21. All'Inferno*

323 Epilogo

Stampa Grafica Sipiel - Milano, giugno 2007